Sonja Bethke-Jehle

Neubeginn

Geschichten über das Aufstehen nach dem Fallen

Anthologie

Neubeginn

Geschichten über das Aufstehen nach dem Fallen

Anthologie

Bibliografische Information der Deutschen Nationalbibliothek:
Die Deutsche Nationalbibliothek verzeichnet diese Publikation in der Deutschen Nationalbibliografie; detaillierte bibliografische Daten sind im Internet über http://dnb.dnb.de abrufbar.
© 2020 Sonja Bethke-Jehle (Originalauflage)
© 2024 Sonja Bethke-Jehle (2. Auflage, überarbeitet)
Illustration: Annika Schüttler (Woodlice Designs)
Lektorat / Korrektorat: Lisa Lamp
weitere Mitwirkende: Magdalena Chwastek-Puczkowska, Esther Guretzke, Daniela Hahner, Ute Köhler, Katja Kulin, Stefanie Steger, Franziska Lara, Sabine Grote, Sylke Richter, Marlene Holz, Eike Guthard, Alva Furisto und Markus Jehle, Bettina Reitz, Scarlett Lee, Sandra Pohlenz, Sabine Ernst, Imke Brunn
Verlag: BoD · Books on Demand GmbH, In de Tarpen 42, 22848 Norderstedt
Druck: Libri Plureos GmbH, Friedensallee 273, 22763 Hamburg
ISBN: 978-3-7597-2270-6

Für W. und K,
Ihr habt mich zu dem gemacht, was ich heute bin.
Ihr bleibt in meinem Herzen und ich spüre Euch in jeder Seite
dieser Kurzgeschichten-Anthologie.

Sonja Bethke-Jehle wurde 1984 im Odenwald geboren und studierte in Mannheim Wirtschaftsinformatik. Heute lebt sie an der Bergstraße. Das Lesen und Schreiben ist seit der Kindheit ihre große Leidenschaft. Dabei rückt sie vor allem Menschen in den Vordergrund, die Grenzen überwinden, gegen Ungerechtigkeit kämpfen oder Herausforderungen bestehen müssen und dabei über sich selbst hinauswachsen.

Seit 2015 ist sie überzeugte Selbstpublisherin und hat seitdem 9 Romane veröffentlicht.

Wenn sie nicht gerade schreibt, arbeitet sie ehrenamtlich in einer Bücherei, hilft bei der Ausleihe oder jagt während ihrer Joggingrunden nach neuen „Plot-Bunnys".

Weitere Informationen findet Ihr auf: www.sonja-bethke-jehle.de

Inhalt

Vorwort

Ich glaube ganz fest daran, dass Menschen Herausforderungen überwinden können – auch wenn sie es zu Beginn als unüberwindbar einschätzen. Auch glaube ich daran, dass es viel leichter ist, wenn man jemanden an seiner Seite hat. Einen Partner. Freunde. Familie. Oder auch einen Fremden.

Ich schreibe sehr gerne über genau diese Menschen: Über die, die Grenzen überwinden, und über die, die sie dabei unterstützen. Weil das der gemeinsame Kern aller zwölf Kurzgeschichten in dieser Anthologie ist, habe ich mich für den Titel *Neubeginn – Vom Aufstehen nach dem Fallen* entschieden.

Ich habe viele Geschichten in all den Jahren, in denen ich schon schreibe, alleine für meine Schublade geschrieben. Von einigen bin ich überzeugt, dass es an der Zeit ist, sie das Licht der Welt erblicken zu lassen. Einige der Kurzgeschichten konnte ich bereits als Beitrag in einer Anthologie veröffentlichen, die meisten jedoch kennt ihr noch nicht. Teilweise sind sie schon über zehn Jahre alt, andere wiederum sind neuer.

Auch wenn die Kurzgeschichten getrennt voneinander und in beliebiger Reihenfolge gelesen, und ohne meine anderen Veröffentlichungen zu kennen, verstanden werden können, sind sie doch miteinander und mit den anderen Romanen verbunden. Diese Idee der Verknüpfung gefällt mir sehr gut.

Wenn ihr die anderen Bücher (noch) nicht kennt, ist das aber kein Grund, das Buch wieder in die Ecke zu legen ;)

Ich wünsche Euch viel Spaß, *Sonja*

Vorwort zur Neuauflage

Das Cover der ehemaligen Auflage im Jahr 2020 wurde von mir selbst entworfen. Das Bild entstand während meines Norwegenurlaubs im Herbst 2018 in der Hardangervidda. Das kleine Boot in der düsteren, aber doch schönen Landschaft, wartend darauf, dass jemand damit ans andere Ufer gelangen will, empfand ich als sehr passend. Aus diesem Grund entschied ich mich, bei dieser Veröffentlichung keine Coverdesignerin zu beauftragen, auch wenn ich die Arbeit zu diesem Zeitpunkt bereits sehr schätzte.

Die Anthologie enthält einige sehr persönliche Geschichten von mir, sind Menschen in meinem engsten persönlicher Umkreis gewidmet, entstanden in einer für mich sehr prägenden, aber auch verlustreichen Phase meines Lebens. Es kam mir zu dem damaligen Zeitpunkt logisch vor, auch ein persönliches Cover zu verwenden, immerhin entstand das Bild während einer privaten Reise.

Heute weiß ich, dass dies ein Fehler war. Ich mag immer besser darin werden, Geschichten zu erzählen, und steigere mich stetig darin, lebendige Figuren zu erschaffen, doch im Coverdesign fehlen mir zu viele Kompetenzen und technische Voraussetzungen. Auch Fehler einzusehen gehört zu einer Weiterentwicklung!

Als ich das Cover in Form eines Premades auf der Homepage von Annika Schüttler von Woodlice Designs durch Zufall fand, war ich wie elektrisiert. Es schien, als wäre es für diese Anthologie gemacht worden. Ich überlegte eine unruhige Nacht und teilte Annika am nächsten Vormittag mit, dass ich das Cover unbedingt haben möchte.

Nach einigen Anpassungen passte dann alles, und nun freue ich mich auf die Neuveröffentlichung. Ich habe hierzu alle Geschichten nochmal überarbeitet und die Korrektoratfassung von Lisa dazu herangezogen. Im Wesentlichen sind die Geschichten aber so geblieben, wie sie in der ursprünglichen Version waren.

Neubeginn

12 Kurzgeschichten über das
Aufstehen nach dem Fallen

Sonja Bethke-Jehle

Um Lesenden, die das Buch ein zweites Buch kaufen, etwas bieten zu können, entschied ich mich, 3 weitere Kurzgeschichten hinzuzufügen. Eine davon ist schon etwas älter, die anderen beiden sind eng miteinander verknüpft und entstanden vor wenigen Wochen. Ich wurde beim Schreiben von einem Besuch bei einer Glasbläserei in Schweden inspiriert, der mich sehr fasziniert hat.

Annika danke ich von Herzen für die gute Zusammenarbeit, und ich freue mich sehr darüber, dass die Kurzgeschichten nun endlich ein Cover erhalten, das ihnen würdig ist. Ich liebe es und ich freue mich darauf, das fertige Buch mit neuem Cover endlich in den Händen halten zu können.

Euch, liebe Lesende wünsche ich viel Spaß (auch jetzt noch),

Sonja

Links ein Bild vom alten Buchcover: Es zeigt ein verlassenes Ruderboot am Ufer eines ruhigen Sees. Die Farben sind gedeckt und herbstlich, mit Grün- und Grautönen, die eine melancholische Stimmung vermitteln. Im Hintergrund erstreckt sich eine hügelige Landschaft mit kahlen Bergen, die in den nebligen Himmel übergehen. Der Titel „Neubeginn" ist in schwarzer, schlichter Schrift auf einem türkisfarbenen, halbtransparenten Balken im oberen Drittel des Covers platziert. Darunter in kleinerer Schrift: „12 Kurzgeschichten über das Aufstehen nach dem Fallen" und der Name der Autorin.

Das aktuelle Cover hat einen verträumten, mystischen Stil. Es zeigt eine menschliche Hand, die einen zarten, bläulich-violetten Schmetterling hält, der im Fokus des Covers steht. Der Hintergrund ist in verschiedenen Violett- und Blautönen gestaltet, mit dezenten Linien und Mustern, die an Federn oder Rauch erinnern. Der Titel „Neubeginn" ist in eleganten, geschwungenen weißen Buchstaben in die Gestaltung integriert, wobei die Buchstaben stilvoll überlagert sind. Am unteren Rand stehen die Worte „Kurzgeschichten über das Aufstehen nach dem Fallen" und der Name der Autorin, ebenfalls in Weiß.

Neubeginn

Der Flügelschlag eines Schmetterlings mag zart sein,
doch nie unbedeutend oder vergessen.

Nika erinnert sich an seine Kindheit und an **Tom**, der ihm damals geholfen hat. **Bobby** trifft in einer verhängnisvollen Nacht auf **Lena**. **Daniel** ist tief gefallen, aber sein Bruder **Nils** will ihm helfen. **Anna** besucht **Ben** in der Rehaklinik, doch der hat sich verändert, seit er auf den Rollstuhl angewiesen ist. **Vince** ist blind, **Paula** ist taub, das hält sie nicht davon ab, miteinander zu reden. **Jamie** erhält von **Matheo** einen geheimnisvollen Brief. Die Schwestern **Emma** und **Babsel** sind sich fremd geworden, finden sie trotzdem wieder zueinander? **Signe** hat ein Geheimnis, und das hat was mit **Bastian** zu tun. **Oliver** und **Martin** haben sich nichts mehr zu sagen - oder doch? **Thorsten** und **Bea** glauben, ihre Beziehung sei zu Ende. **Lukas** trauert um seinen Bruder, vielleicht kann **Flo** ihm helfen, darüber hinwegzukommen? **Manuela** und **Marco** machen sich Sorgen um ihre Pflegetochter **Samia**.

In der Neuauflage hinzugekommen: **Carla** hat eine Verabredung mit **Len**, aber wird er auch kommen? **Miro** lebt ein zurückgezogenes Leben als Künstler in einer Glasbläserei, kann **Kira** ihn vom Brennerofen weglocken?

Kurzgeschichten über das Aufstehen nach dem Fallen.

Im Zeichen des Jupiters

Impressum: Erstmals veröffentlicht 2016 in Grenzenlos: Geschichten und Gedichte, ISBN: 978-3739211152 / Lektorat: Daniela Hahner, Ute Köhler, Katja Kulin / Korrektorat: Lisa Lamp

Zusammenfassung: Bei einem Garagenflohmarkt findet Nika ein unvollständiges Mobile mit den Planeten des Sonnensystems. Ihm kommt es bekannt vor und es erinnert ihn an die erste Zeit in Deutschland, als seine Familie und er noch in einem Flüchtlingslager gelebt haben. Schnell wird ihm klar, dass der Jupiter bei dem Mobile fehlt. Er beginnt zu recherchieren und kommt schon bald dem Geheimnis auf die Spur.

Vorwort: Das Jahr 2015 stellte uns alle vor einer besonderen Herausforderung. Zum einen blühte eine neue Willkommenskultur, zum anderen erstarkten rechtspopulistische Parteien; und Menschen begannen zu diskutieren. In dem »Deutschen Schriftstellerforum dsfo.de« entstand der Wunsch, zu diesem Thema eine Anthologie herauszubringen. Gesucht wurden Autoren und Autorinnen, die ihre Gedanken, Sorgen und Hoffnungen niederschrieben. Nicht nur Autoren, sondern auch Lektoren und Designer verzichteten auf Erlöse, stattdessen wurden die Einnahmen an die Organisation »Ärzte ohne Grenzen« gespendet. Es ist mir eine große Ehre, dass meine Kurzgeschichte »Im Zeichen des Jupiters« ein Teil dieser wunderbaren Anthologie geworden ist. Um auf die Anthologie aufmerksam zu machen, erhält die Geschichte von Nika und Tom hier ihren Ehrenplatz als Einstiegsgeschichte. Für mich ist sie etwas ganz Besonderes. Die Anthologie kann nach wie vor gekauft werden.

Das Auffanglager. Nika auf der Wiese vor den Zelten, seine große Schwester ist bei ihm. Ein Streit zwischen den Geschwistern, ein Tritt von Svea, dann Schmerz, und Nika, der auf die Erde fällt und weint. Ein anderer Junge, blond, schmal, spitzes Gesicht. Eine blasse Hand, die sich nach Nika ausstreckt, und eine bunte Kugel, die Nika gegen den Bauch gedrückt wird.

Es war eine von vielen Erinnerungen, die Nika mit sich herumtrug. Eine, die in Bruchstücken und wie unter einem Nebel existierte – verschwommen und unwirklich. Nika war sich nicht sicher, was davon tatsächlich passiert war und was er sich einbildete. Die Szene kam ihm in den Sinn, während er sich das Angebot des Garagenflohmarkts ansah. Warum musste er bei dem Anblick des Mobiles mit den Planeten an das Flüchtlingsheim denken, in dem seine Schwester und er gelebt hatten, bevor ihr Asylantrag genehmigt worden war? Noch heute löste diese Zeit in ihm Albträume aus, weswegen er es vermied, darüber nachzudenken.

Mit dem Mobile stimmte etwas nicht. Nika runzelte die Stirn und kniff die Augen zusammen. Statt neun waren es lediglich acht Plastikbälle. Nika wäre nicht irritiert gewesen, wenn Pluto fehlen würde, da ihm vor einigen Jahren der Status als Planet aberkannt worden war. Doch Pluto existierte in dem Mobile als kleine Kugel am Rand. Was fehlte, war …

»Der Jupiter fehlt«, meinte eine Stimme hinter ihm.

Nika zuckte zusammen und drehte sich rasch um. So schreckhaft kannte er sich nicht. War er so in Gedanken versunken gewesen, dass er nicht bemerkt hatte, wie die Verkäuferin zu ihm gekommen war?

»Warum?«, fragte Nika verwundert.

»Mein Mann hat den Jupiter wohl verschenkt.« Die Frau hob die Schultern. »Deswegen glauben wir auch nicht, dass wir viel Geld dafür verlangen können.« Auf ihrem Gesicht zeichnete sich Trübsinn ab, doch sie versuchte ihn zu verbergen, indem sie Nika offen anlächelte. Sie trat einen Schritt nach vorn und berührte den Planeten, der dicht an der gelben Halterung angebracht war. »Das Mobile ist noch aus der Kindheit meines Mannes. Zum Glück haben seine Eltern es nie weggeworfen, denn unsere Kinder haben es ebenfalls geliebt. Mir fällt es schwer, es wegzugeben, aber sie sind inzwischen so groß.« Sie ließ die Kugel, die wohl den Merkur darstellte, los und straffte die Schultern. »Sie sollten es mitnehmen, wenn Sie Kinder haben. Gerade Säuglinge mögen so was.«

Nika nickte und wandte sich erneut zum Mobile. Fasziniert betrachtete er die Planeten, die sich durch den Wind leicht bewegten. Er konnte sich gut vorstellen, wie beruhigend es war, als Baby oder Kleinkind einzuschlafen, während über dem Bett die Planeten schwebten. Er empfand den wohlbekannten dumpfen Schmerz, der immer dann kam, wenn er an seine Eltern denken musste. Der Anblick des Mobiles berührte ihn tief und löste etwas in ihm aus, das er nicht einordnen konnte. Rasch verabschiedete er sich von der Frau und eilte nach Hause.

***

Der Junge, der ihm die Kugel geschenkt hatte, kam jeden Tag. Sie spielten miteinander, ohne zu reden. Nika verstand die fremde Sprache nicht und der Junge hob immer nur die Schultern, wenn Nika auf Afghanisch mit ihm redete. Doch das hielt sie nicht davon ab, viel Zeit miteinander zu verbringen, nebeneinander zu schaukeln und um die Wette zu rennen. Nika durfte sogar mit dem Fahrrad des Jungen fahren. Es waren Momente des Glücks, ein kurzes Aufflackern von Freude inmitten einer Welt voller Armut, Angst und Aggression.

Gedankenverloren stand Nika am Fenster in der Küche und presste die Stirn gegen die kühle Scheibe. Sein Herz klopfte ihm viel zu schnell in der Brust und seine Hände zitterten, als er die Tasse mit heißem Tee an seine Lippen führte. Er musste sich täuschen. Sein Erinnerungsvermögen spielte ihm einen Streich. Oder? Konnte es sein, dass …

»Bin auf dem Speicher«, rief Nika seiner Frau zu. Sarah lag im Wohnzimmer auf dem Sofa und streichelte ihren prallen Bauch. Nur noch vier Wochen bis zum errechneten Termin. Der Gedanke an Sarahs Schwangerschaft trat in den Hintergrund, als Nika die Leiter zum Speicher hinaufkletterte.

Seine Eltern hatten versucht, Svea und ihn von Terror und Krieg abzuschirmen und ihnen eine gute Kindheit zu ermöglichen. Zwar in armen Verhältnissen, aber behütet genug, um zu glauben, die Welt wäre ein guter Ort. Diese Naivität hatte Nika inzwischen abgelegt. Seine Eltern waren aus Afghanistan geflohen, um ihnen eine bessere Zukunft zu ermöglichen, und dafür war Nika dankbar. Leider waren sie bei der Flucht gestorben. Umso härter hatte Nika darum gekämpft, erfolgreich zu sein und hier sein Glück zu finden, denn so war das Opfer seiner Eltern nicht umsonst gewesen. Er arbeitete als Teamleiter bei einem IT-Dienstleister, war verheiratet und lebte in einem geräumigen modernen Haus. Bald würde er Vater werden.

An die erste Zeit in Deutschland hatte Nika keine guten Erinnerungen. Überfüllte Zelte, unterschwellige Aggression, Missverständnisse zwischen Menschen unterschiedlicher Herkunft und Sprachen. Jeder von ihnen hatte eine Geschichte, eine Vergangenheit. Vergewaltigung, Hunger, Folter … Und Krieg. Erlebnisse, die nicht erlebt werden sollten. Viele Deutsche waren misstrauisch gewesen und hatten verhalten reagiert. Gerade zu Beginn hatte Nika sich sehr unerwünscht und unwillkommen gefühlt.

Nika schüttelte leicht den Kopf und versuchte damit die Gedanken zu vertreiben. Er kratzte sich am Kinn und sah sich auf dem Dachboden um. Endlich, in der Ecke: Ein kleiner verbeulter Koffer mit den wenigen Dingen, die er im Asylantenheim besessen hatte. Nika hatte nie wieder hineingeblickt. Sobald der Asylantrag bewilligt worden war, hatte er sein Hab und Gut versteckt, in der Hoffnung, alles, was mit der Flucht zusammenhing, verdrängen zu können. Fortan hatten sie in einer richtigen Wohnung gelebt, seine Tante, sein Onkel, Svea und er, hatten Deutsch gelernt und er war mit Svea in die Schule gegangen. Ein Neuanfang!

Viel hatte ihm nicht gehört. Klamotten, ein Kamm, eine Zahnbürste, ein Teddy … und ein Plastikball mit einem Haken oben. Den hatte ihm der blasse, blonde Junge geschenkt. Nika fühlte Freude. Er war sich sicher: Der Ehemann der Flohmarktausstellerin war das Kind gewesen, das ihm damals Mut gemacht hatte. Als kleiner Junge hatte er keine Ahnung gehabt, was diese orangefarbene Kugel mit den weißen Streifen darstellen sollte. Jetzt, nach vielen Jahren, konnte er das Geheimnis endlich lüften. Es war ein Modell des Jupiters. Hastig griff Nika danach. Das Material fühlte sich kühl an, was Nika überraschte, denn trotz der Kälte auf dem Speicher hatte er gedacht, die Kugel müsste noch warm sein. Damals war sie warm gewesen. Nika hatte sie immer bei sich getragen. Selbst nachts, wenn er im Bett gelegen und nicht hatte schlafen können, weil es in dem Zelt noch laut war. Immer wenn er sich abgelehnt gefühlt hatte oder ihm Misstrauen und Abneigung begegnet war, hatte Nika an diesen Jungen gedacht.

Und das hatte ihm Hoffnung gegeben. Viele Jahre lang.

***

Der blonde Junge und Nika hockten nebeneinander und aßen Süßigkeiten, die der Junge mitgebracht hatte und mit Nika teilte. Die bunte durchsichtige Substanz schmeckte süß und gleichzeitig sauer, aber so gut! »Tom!«, brüllte eine Frau. Die Mutter des Jungen. Der Junge sah hoch. Für einen Moment glaubte Nika, er würde wegrennen, aber dann senkte er den Kopf. »Tom!«, rief die Frau noch einmal. Sie sah Nika böse an und umschlang die Hand ihres Sohnes. Dann zerrte sie ihn schimpfend weg. Nika rief ihnen etwas auf Afghanisch zu, obwohl er wusste, dass sie ihn nicht verstehen würden. Der Junge drehte sich um, hob die Schultern und antwortete auf Deutsch. Traurig presste Nika die Plastikkugel an sich. Jeden Tag stand er am Eingang des Asyllagers und wartete – umsonst.

Am Vormittag waren die Erinnerungen noch blass gewesen wie unter Nebel, doch den Tag über waren sie immer klarer geworden. Immer besser konnte Nika sich an den Jungen erinnern, und die Bilder waren nicht länger farblos und verschwommen, sondern strahlend hell. Während er vor der Wohnungstür wartete, drückte er die Kugel an sich , so wie er es damals vor vielen Jahren als Kind getan hatte. Ein Mann öffnete ihm die Tür.

»Kommen Sie wegen des Betts?«, fragte er.

»Nein, es geht es um etwas anderes«, sagte Nika und rieb sich mit einer verschwitzen Hand über die Stirn. Dass der Mann ihn nicht erkannte, verwunderte ihn nicht. Er hätte ihn ebenfalls nicht erkannt, wenn er ihn hier nicht erwartet hätte. Damals waren sie noch kleine Jungen im Alter von ungefähr zehn gewesen. »Können wir kurz was besprechen?«

»Gibt es ein Problem mit dem Flohmarkt unten?«

Ursprünglich hatte Nika den Jungen ein bisschen jünger als sich selbst eingeschätzt, nun aber überlegte er, ob er diese Annahme revidieren musste. Leichte Falten zeichneten sich bereits auf dem Gesicht des Mannes ab. Seine

Augen huschten nervös hin und her. Das blonde Haar war stumpf, die Gestalt etwas zu dünn. Tom, fiel Nika ein. Die Mutter hatte den Jungen Tom genannt. Das musste sein Name sein.

»Nein, nicht wirklich«, meinte Nika eilig, um den Mann zu beruhigen.

»Kommen Sie doch mal rein«, bat Tom, wirkte aber trotz der Einladung distanziert und widerwillig. Er lächelte nicht, öffnete jedoch die Tür weiter und deutete an, dass Nika ihm folgen könne.

Nika räusperte sich mehrmals. Es war nicht einfach, das Gespräch zu beginnen. Die Wohnung wirkte klein und war schlicht eingerichtet. Es war sauber, doch die Möbel wirkten schäbig, abgewohnt, was Nika irritierte. Vielleicht war das Ehepaar auf das Geld dringend angewiesen? Auf dem Wohnzimmerschrank stand ein Bild der Familie. Tom, die Frau, die Nika unten beim Garagenflohmarkt kennengelernt hatte, sowie drei Kinder. Zwei Jungen, das mittlere Kind war ein Mädchen. Eine glückliche Familie, lachend, einander umarmend. Anscheinend waren Tom und seine Frau früh Eltern geworden und lebten auch heute noch zusammen, worum Nika ihn etwas beneidete.

Nika hatte seine Frau erst spät kennengelernt und sich danach viel Zeit gelassen. Sowohl er als auch Sarah hatten erst Karriere machen wollen. Sarahs Eltern hatten Vorbehalte gegen Nikas Hautfarbe und Angst um ihre Tochter wegen seiner Religion gehabt. Dazu waren die Warnungen seiner Schwester gekommen, gemischte Ehen seien kompliziert. Später hatte es mit der Schwangerschaft lange nicht geklappt, sodass sie befürchtet hatten, ungewollt kinderlos zu bleiben. Hatten sie zu lange gewartet? Sich zu viel Zeit gelassen? Als Sarah dann endlich schwanger war, hatten sie ihr Glück kaum fassen können.

Nika spürte Toms ungeduldigen Blick. Stechend und intensiv. Wenn Tom gleich aufbrausend verlangen würde zu erfahren, was los wäre, würde Nika es ihm nicht übelnehmen können. Wer hatte es schon gern, wenn Fremde in die Wohnung marschierten und die privaten Bilder betrachteten, ohne etwas zu sagen?

»Ich hoffe, Sie haben das Planetenmobile noch nicht verkauft?«, fragte Nika, einfach um irgendetwas zu sagen. Er drehte sich von dem Bild weg und betrachtete Tom.

Dieser hob den Kopf und runzelte die Stirn. »Nein, hätten Sie es gerne?« Seine Stimme klang nun etwas freundlicher, vermutlich, weil er glaubte, Nika wäre doch wegen des Flohmarkts gekommen. Er lächelte und erschien dadurch jünger, was Nika vermuten ließ, dass Tom doch nicht wesentlich älter als er, sondern lediglich mehr vom Leben gezeichnet war. »Es ist nicht vollständig, aber ich glaube, Kinder würde das nicht stören. Meine hat es nie gestört. Sie konnten immer gut einschlafen.«

»Ich glaube, dass ich es vervollständigen kann«, meinte Nika und hob die Schultern. »Ich weiß, dass Jupiter fehlt.«

Tom lachte trocken auf. In seinem Blick schwang Verbitterung, die Nika nicht einordnen konnte. »Das würde mich doch sehr verwundern.«

»Du hast Jupiter doch verschenkt«, begann Nika.

»Ich glaube, ich war damals erst neun oder zehn«, sagte Tom. »Seitdem ist viel passiert und ich habe den Jungen, dem ich es geschenkt habe, nie wiedergesehen.«

»Dieser Junge war ich, Tom«, sagte Nika leise und strich den Stoff seiner Hose glatt. »Du hast es mir geschenkt.«

Zuerst verzog Tom das Gesicht, dann wich seine Ablehnung und stattdessen legte sich Überraschung auf seine Miene. »Das kann nicht sein«, sagte er entgeistert.

Nika nickte. »Ich bin es. Ich … ich habe dir viel zu verdanken.« Er ging einen Schritt nach vorn und legte die Plastikkugel, die ihm im Auffanglager viel Trost gespendet hatte, auf den Wohnzimmertisch.

»Oh mein Gott«, stieß Tom aus. »Ich kann mich gut an dich erinnern. Meine Eltern wollten nie, dass ich zu euch komme, ich war aber trotzdem neugierig. Bei euch gab es viele Kinder, während bei uns in der Straße nur alte Leute gelebt haben.«

Nika nickte und verzog das Gesicht. »Das stimmt, es gab viele Kinder. Zu viele Kinder auf zu wenig Raum.«

Tom betrachtete die Kugel und schüttelte den Kopf. »Es ist schade, dass ich niemals erfahren habe, wie du heißt. Leider haben meine Eltern mir verboten, dich weiterhin zu besuchen. Sie hatten Angst um mich, dachten, ihr würdet mich in die Kriminalität ziehen.«

Nika schnaubte. »Nika«, sagte er und schob seine Hände in die Hosentaschen.

Verwirrt blinzelte Tom. »Was?«

»Du hast gesagt, du fandest es schade, dass du meinen Namen nicht erfahren hast. Ich heiße Nika.«

»Nika«, wiederholte Tom und streckte die Hand aus. »Schön dich kennenzulernen. Ich bin Tom.«

Nika zog rasch die Hand aus der Hosentasche und nahm Toms in seine. »Hallo Tom«, meinte er leise und fühlte Ehrfurcht in sich aufsteigen.

Der Junge, wenn auch lange namenlos, hatte ihm sehr viel bedeutet. All die Jahre war er für Tom wohl auch immer ›der Junge‹ gewesen. Nun endlich konnten sie miteinander sprechen, sich verständigen und einander mitteilen.

»Woher kamen du und deine Schwester?«, erkundigte Tom sich nach einem Moment des Schweigens. Neugierig starrte Tom ihn an, fast begierig, alles von ihm zu erfahren, was er damals nicht hatte fragen können.

»Afghanistan«, antwortete Nika. »Inzwischen habe ich einen deutschen Pass und ich habe mich gut eingelebt.«

»Wie geht es deiner Schwester?« Vergnügt funkelte Tom ihn an und grinste, so als wäre ihm etwas eingefallen. »Ärgert sie dich immer noch so? Ich musste dich ständig vor ihr beschützen.«

Auch Nika lachte. »Na, ganz so war es nicht. Habe nicht eher ich dich vor ihr beschützt? Svea geht es gut, lebt inzwischen mit ihrem Mann an der Nordsee und ist umgänglicher geworden, seit sie erwachsen ist.«

»Du wirkst zufrieden. Was machst du?«, hakte Tom nach. Obwohl Tom ihn nicht gebeten hatte, sich zu setzen, tat Nika nun genau das. Seine Beine zitterten, weil die Begegnung ihn aufwühlte.

Zunächst erzählte er, was er beruflich machte. Weil Tom einen interessierten Eindruck machte, redete Nika weiter und berichtete von seiner Frau Sarah und der bevorstehenden Geburt ihrer Tochter.

»Und wie geht es dir?«, fragte er, nachdem er geendet hatte.

Kurz zögerte Tom. »Meine Familie hast du vorhin ja schon recht intensiv auf dem Bild betrachtet. Drei Kinder, verheiratet. Ich bin arbeitssuchend. Deswegen der Flohmarkt. Unsere Tochter geht zur Kommunion und wünscht sich ein schönes Kleid. Vielleicht bekommen wir auf die Art genug Geld zusammen. Sie träumt von einem mit Spitze besetzten weißen Kleid.« Tom setzte sich ebenfalls. »Meine Kinder sollen nicht darunter leiden, dass ich keine richtige Arbeit finde. Ihnen soll es an nichts mangeln.«

Anerkennend nickte Nika.

»Meine Mutter hat immer gesagt, wenn ich mich zu oft ›bei denen herumtreibe‹, werde ich kriminell«, erzählte Tom weiter. »Also hat sie mir verboten, dich zu besuchen. ›Das ist eine ganz andere Mentalität, Tom‹, hat sie mir gesagt. Sie war nicht gegen Ausländer, aber sie wollte nichts mit ihnen zu tun haben.«

Nika lachte trocken auf.

»Das Klauen in der Schule haben mir schließlich deutsche Schüler gezeigt, die Drogen haben mir ebenfalls Deutsche verkauft.« Tom verdrehte die Augen. »Ich habe keinen Schulabschluss, bin viel zu früh Vater geworden. Für den Abstieg, den ich gemacht habe, schäme ich mich, weil ich genau weiß, dass einiges selbst verschuldet war. Aber ich bin stolz, dass ich mich wegen der Kinder gefangen und einen Entzug gemacht habe. Glücklicherweise hat meine Frau zu mir gehalten, was vermutlich nicht jede getan hätte. Es ist aber schwer, nach so einem Start ins Arbeitsleben zu kommen.« In Toms Stimme lag Wehmut.

Nika wurde traurig. »Verkauf das Mobile nicht«, rutschte es ihm heraus. »Ich glaube, deine Frau hat daran viele gute Erinnerungen. Und jetzt ist es vollständig.«

Tom hob eine Augenbraue. Nika starrte auf den Boden. Eine unangenehme Stille breitete sich aus.

Weil Nika es nicht mehr aushielt, brach er das Schweigen. »Hast du Lust, runter in den Biergarten zu gehen? Es ist schönes Wetter, die haben gutes Essen und wir können uns noch länger unterhalten.«

»Das hört sich wunderbar an.« Tom stand ruckartig auf. »Ich habe mir eben überlegt, ob ich Gummibärchen holen soll, aber ich glaube, dass wir aus dem Alter raus sind. Biergarten klingt gut.«

Ein (erster) kurzer Sommer

Impressum: Neuveröffentlichung in der erweiterten Neuauflage / Testlesende: Bettina Reitz, Sandra Pohlenz, Imke Brunn, Sabine Ernst, Markus Jehle

Zusammenfassung: Miro und Kira kennen sich nicht, als sie sich in einer Glasbläserei in Schweden über den Weg laufen. Doch Miro ist sofort von ihr fasziniert, und sie scheint sich nicht nur für sein Kunsthandwerk zu interessieren ...

Vorwort: Als ich mich dazu entschieden habe, eine Neuauflage der Anthologie zu wagen, wollte ich auch neuere Werke beisteuern. Damit ist die Kurzgeschichte »*Ein kurzer Sommer*« die einzige Kurzgeschichte, die ich ausschließlich für diese Anthologie geschrieben habe. Sie erzählt die Geschichte von Miro, einer Nebenfigur, die in einer geplanten zukünftigen Veröffentlichung mit dem Namen *Ein langer Winter* vorkommen wird. Dies ist der erste Teil der Kurzgeschichte. Die Fortsetzung findet Ihr später in der Anthologie.

Als Miro sie das erste Mal sah, fielen ihm sofort ihre blonden Haare auf. Sie hatte sie zu einem Pferdeschwanz oben am Hinterkopf zusammengebunden und trotzdem fielen sie glatt und glänzend den Rücken hinab bis weit unter die Schulterblätter. Davon abgesehen hielt er sie zunächst für eine recht durchschnittliche Touristin, die sich für die Kunst, die er herstellte, interessierte. Ihre Augen beobachteten genau jeden seiner Handgriffe, doch nach einer halben Stunde verließ sie die Halle mit raschen energischen Schritten. Ihr Zopf wippte währenddessen.

Doch schon am nächsten Tag war sie wieder da und setzte sich auf die Zuschauertribüne zu den anderen Leuten, die hier in Schweden vermutlich ihren Sommerurlaub verbrachten.

Es war heiß. Miro spürte, wie sich der Schweiß in seinem Nacken sammelte, auf seiner Stirn, unter den Achseln. Die beiden großen Brenner sorgten dafür, dass die Halle sich weiter aufheizte, und die kurzen Nächte schafften es nicht, die Temperaturen wieder nach unten zu regeln. Viele Gäste blieben nur wenige Minuten und verschwanden dann in der Cafeteria, wo sie sich mit Wasser versorgten und einen Teelichthalter aus Glas im Souvenirshop kauften, um zuhause etwas aufstellen zu können.

Allerdings blieb sie, als ob es am Ende einen Preis für hartnäckiges Warten geben würde. Wiederholt sah Miro zu ihr hinüber, während er die Glasmacherpfeife geschmeidig zwischen den Handflächen rollte, um das Hohlglas in die gewünschte Form zu bringen bevor es erkaltete und damit versteifte. Dann setzte er das eiserne Rohr an seine Lippen und bemerkte, dass sie sich gespannt aufrichtete.

Sobald die Weihnachtsbaumspitze schmal und lang und als solche erkennbar war, klopfte er sachte mit einem Holzstift gegen das Metall, um die Form vom Rohr zu lösen. Es zischte, als das noch warme Material in den Eimer mit kaltem Wasser eintauchte. Als Miro sich umdrehte, war die Unbekannte verschwunden.

Obwohl es albern war, war er am Tag darauf fast etwas enttäuscht, dass sie nicht kam. Er machte ein paar Späße mit den Kindern, die mit ihren Eltern gekommen waren, es im Gegensatz zu ihnen aber langweilig fanden, ihm zuzuschauen, und konzentrierte sich darauf, weiter seinen Weihnachtsschmuck herzustellen. Es war die Art von Glaskunst, die als Auftragsarbeiten von ihm und den anderen Glasbläsern fertig gestellt werden mussten, und die sich am einfachsten herstellen ließ, wenn sie Leute im Zuschauerraum hatten.

Als sich die Halle leerte und er mit seiner Kollegin alleine war, setzte er sich und betrachtete seine Notizen. Seit langem versuchte er sich an einem Kunstwerk, einer feinen Vase für eine einzelne Glasrose, deren Stiel in einem feinen spiralförmigen Glashals stehen sollte. Die Rose aus Glas, in Blau, weil er rote Rosen und ihre bedeutungsschwangere Botschaft nicht mochte, war bereits vollendet. Der zweite Teil, der spiralförmige Glashals, war ihm bei jedem Versuch bisher zerbrochen.

Bevor er sich aufrichtete, um es erneut zu versuchen, erschien sie. Ihm stockte der Atem, als er sie betrachtete, während sie an ihm vorbeilief. Die glatten Haare schwangen wie ein offener Schleier über ihre Schultern. Sie trug eine enge Jeans und ein weites Karohemd, das aussah, als wäre es für den heißen Sommertag zu warm. Sie bemerkte, dass er sie anstarrte, und lächelte, etwas schüchtern, aber freundlich.

Verlegen senkte Miro den Blick und seufzte. Er war noch nie der Typ gewesen, der sich schnell verliebte. Oft bemerkte er erst nach langer Zeit, dass er etwas für die andere Frau empfand. Bevor er genug Vertrauen aufgebaut hatte, um sich ihr zu öffnen, sowohl seelisch als auch körperlich, vergingen oft Wochen. Manchmal war es dann bereits zu spät, und die Frau war bereits weitergezogen, enttäuscht, dass er kein Interesse gezeigt hatte.

Es verging eine ganze Woche, in der die Besucherin bis auf einen Tag täglich gekommen war, um ihm bei der Arbeit zuzusehen, bevor sie das erste Mal miteinander redeten. Er machte eine Pause, als die Halle in der heißen Mittagszeit leer war, und saß selbst auf der Zuschauertribüne. Die Fersen drückte er gegen die Sitzfläche, die Beine eng am Körper angezogen. Seine Notizen hatte er auf den nackten hellen Knien abgelegt, die durch riesige Löcher seiner langen Jeans hervorblitzten.

»Genug Weihnachtsschmuck hergestellt?«

Miro hob den Kopf und musste schlucken, als er bemerkte, dass sie zu ihm hinabblickte. Ihre Sonnenbrille drehte sie zwischen den Fingern, als sie sich neben ihn setzte. Sofort bemerke er, wie angenehm sie roch, nach Minze und Vanille. Erfrischend in dieser stickigen Luft.

Er verlagerte sein Gewicht und schlug das Notizbuch zu. Leider wusste er nicht, was er sagen sollte. Normalerweise konnte er vor den Besuchenden der Glashütte seine Unsicherheit verbergen; konnte sich gut verstellen. Die Kinder liebten ihn, weil er witzig war, die Erwachsenen behandelten ihn voller Respekt und stellten ihm Fragen zu seinem Handwerk. Es fiel ihm leicht, einen selbstbewussten Eindruck zu machen, wenn er im Rücken einen heißen Brennerofen hatte oder ein Bläserrohr in den Händen hielt.

Nun aber schien es, als wäre all die Schüchternheit und das Gefühl von Schwäche, die er in Anwesenheit seines dominanten Vaters stets empfunden hatte, wieder da, obwohl er gehofft hatte, die Scheu und Hemmungen in Deutschland gelassen zu haben.

Die Frau musterte ihn einen Moment lang, dann schob sie ihre Brille in ihr Shirt. Sie sah ihn erneut an und ihm fiel auf, wie hell ihre Augen waren, grau, glitzernd, fast silbern.

Miro räusperte sich und sah nach vorne zu seinen Werkzeugen und den Resten seines letzten Versuchs, den Spiralhals seiner Vase herzustellen. Die Scherben hatte er notdürftig zusammengekehrt. »Ich war gerade an etwas anderem dran«, murmelte er. Jetzt wo er sie nicht mehr direkt ansah, fiel es ihm leichter, ihr zu antworten.

Er fragte sich, was sie hier machte. Nicht das erste Mal, aber es war das erste Mal, dass er sich wünschte, er würde sich trauen, die Frage laut auszusprechen. Wer kam schon jeden Tag in eine Glasbläserei, um gebannt dabei zuzusehen, wie reihenweise Baumschmuck gegossen wurde?

»Hat es was mit diesem gedrehten Eiszapfen zu tun?«, fragte sie.

Miro vergaß jede Unsicherheit und drehte sich empört zu ihr um. »Gedrehter Eiszapfen?«

Sie hob die Schulter und lachte leise.

Woher auch immer er seinen Mut nahm, aber er stand auf und winkte sie zu sich nach unten in den abgesperrten Bereich, der für eine Touristin wie sie eigentlich verboten war. »Ich versuche es schon seit Tagen«, sagte er leise und hielt ihr das Poster mit der großen Skizze seines geplanten Kunstwerks, hin. Er hatte es vorgestern erstellt, um herauszufinden, ob er andere Möglichkeiten hatte, seine Vorstellungen in die Tat umzusetzen.

»Die Rose ist bereits fertig, oder?« Sie tippte mit dem Zeigefinger auf die Zeichnung.

Miro nickte. »Ich habe keine Ahnung, wie ich das hinbekommen soll.« Sein Finger zeigte auf den Spiralhals der Vase, dann zog er den Papierbogen zu sich heran und rollte ihn ein. Er schob ihn auf den Tisch neben der Werkbank.

»So faszinierend«, sagte sie bewundernd.

Wieder wünschte er sich, er hätte den Mut, sie zu fragen, warum sie jeden Tag kam, aber stattdessen sah er ihr in die Augen und bemerkte, wie ein leichter Schauer über seinen Rücken lief, während er in sie hineinblickte.

Sie lächelte. »Kira«, sagte sie.

Miro blinzelte.

»Mein Name ist Kira«, sagte sie. Sie hob die Schultern und das Haar fiel durch die kurze Erschütterung nach vorne. »Das war wohl die Frage, die du mir stellen wolltest.« Sie schob die Haarsträhne nach hinten.

»Ach so.« Miro ging ein Schritt zurück und grinste. Dann nannte er ihren Namen.

»Du kommst nicht aus Schweden, oder?«, fragte sie.

Miro schüttelte den Kopf. »Aus Deutschland. Der Name kommt aus Osteuropa, aber ich bin vor vielen Jahren aus Deutschland hierher ausgewandert, um Glasbläser zu werden. Die Gegend hier ist bekannt für einige der besten Glasbläser der Welt.«

Kira hob die Augenbrauen. »Ich ebenso«, sagte sie und das erste Mal war ihre Stimme hoch und laut. Überraschung spiegelte sich in ihren Augen. »Ich meine der Teil mit Osteuropa und Deutschland. Nicht den mit der Glaskunst.«

Verblüfft sah Miro sie an.

»Ich habe auch einen großen Teil meiner Kindheit in Deutschland verbracht, aber meine Eltern kommen aus der Ukraine. Als meine Mutter meinen Stiefvater kennengelernt hat, sind wir nach Schweden gegangen und seit einigen Jahren lebe ich in Jönköpping.« Ihr Deutsch war stockend, als hätte sie es seit Ewigkeiten nicht mehr gesprochen.

»Also ein europäischer Mix so wie ich«, erwiderte Miro.

Ihr Lachen war hell und strahlend, wie es die Sonne an Mittsommer war. Als sie ihn an der Schulter berührte und viel Erfolg mit seiner Vase wünschte, kribbelte es in seinem Bauch. Er war verliebt. Es gefiel ihm nicht wirklich. Besonders weil sie in Jönköpping lebte, was weit weg war.

In der nächsten Woche besuchte Kira die Glashütte regelmäßig, manchmal nur für eine halbe Stunde, ab und zu für länger. Sie redeten fast jeden Tag ein bisschen. Über die Unterschiede zwischen der schwedischen und der deutschen Lebensweise, ihre Vorliebe für große Städte und seine bewusste Entscheidung in ein Land zu ziehen, wo er viel Natur um sich herum hatte, und natürlich über die Glaskunst.

Er wusste immer noch nicht, warum sie den Sommer hier im Süden Schwedens verbrachte, obwohl sie den Trubel in der Großstadt bevorzugte. Statt ihm den Grund ihres Aufenthalts zu erzählen, erzählte sie ihm von ihrer Familie, ihren Eltern und ihren zwei jüngeren Halbschwestern, ihrem Studium und ihren Hobbys, von denen eines das Wandern war, was ihm verriet, dass sie zumindest ein wenig ebenfalls die Natur mochte.

Wenn sie da war und zusammen mit den anderen Urlaubern zu ihm hinsah, fühlte er sich unsicher und spürte immer mehr, dass seine Gefühle überhandnahmen. Wie hatte er sich dermaßen heftig verlieben können, obwohl er sie noch gar nicht kannte? Obwohl er wusste, dass sie bald aus seinem Leben verschwinden würde. Ihr Leben war in Jönköpping, sie hatte dort eine riesige funktionierende Familie, ihr Studium und einen großen Freundeskreis.

Eines Tages, als er erneut an dem Versuch scheiterte, den Spiralhals der Vase zu blasen, schlug er den Metallstab gegen das Stuhlbein und sah zu, wie sein Versuch in tausende Scherben zerfiel. Ein Symbol für jede Beziehung, die er bisher eingegangen war, und die alle nacheinander zerbrochen waren.

Er ignorierte die Fragen seiner Kollegin und das Erstaunen der beiden Besucherinnen, die neben Kira auf der Tribüne saßen, und lief zu ihr. Er streckte die Hand aus und sie ergriff sie, als wäre es das selbstverständlichste der Welt. Ihre Hand zu halten ließ sein Herz heftig pochen und ein Kitzeln machte sich in seinem Magen bemerkbar. Als sie gemeinsam, Hand in Hand, die Halle verließen, schlich sich ein Lächeln auf Kiras Lippen, das mit Sicherheit schöner aussah, als sein dümmliches Grinsen.

Er führte sie zu einem abgelegenen Pfad, der zu einem See mitten im Wald führte, und von dem er sich etwas kühlende frische Luft versprach. Er musste seinen Geist ordnen, einen Moment lang seine Obsession zur Seite schieben, dieses Kunstwerk fertigstellen zu wollen. Und Kira stellte sich als willkommene Abwechselung heraus, denn während er ihre Hand hielt, verzog sich seine schlechte Laune.

»Ich habe es in der stickigen Halle nicht mehr ausgehalten«, meinte er, als sie endlich bei der Bank am See angekommen waren. Er ließ ihre Hand los und fühlte sich mit einem Male einsam, als hätte er sich bereits an den Körperkontakt viel zu sehr gewöhnt. Er setzte sich.

Zu seiner Enttäuschung setzte Kira sich nicht, stattdessen ging sie nach vorne zum See, legte ihre Hände an ihren unteren Rücken und streckte sich nach hinten, die Augen zum blauen, wolkenlosen Himmel gerichtet. So blieb sie einige Minuten stehen, Minuten, in denen Miro unruhiger wurde und begann, über sein Projekt nachzudenken. Dann wandte sie sich um, und ihr Gesicht war sorgenvoll verzogen, das strahlende Lächeln war verschwunden.

»Hey Miro«, sagte sie und setzte sich endlich zu ihm. Sie sah ihn so ernst an, dass sich die vorherige Nähe nicht einstellen konnte.

»Was ist?«, fragte er besorgt.

Sie senkte den Kopf und biss sich auf die Lippen, dann sah sie erneut auf und ihre grauen Augen richteten sich auf ihn, während sie sich unruhig in den Augenhöhlen bewegten. »Bevor wir weitermachen, müssen wir darüber reden. Ich ... muss nach Jönköpping zurück.«

»Ja«, sagte er. Er nickte. Dessen war er sich bewusst, schon immer bewusst gewesen, seit er sie etwas näher kannte. Er hatte sich mit diesem Bewusstsein in sie verliebt. »Ich weiß«, fügte er hinzu. Er hatte es längst akzeptiert und viel zu schnell als selbstverständlich hingenommen. So war es eben mit ihm. Keine Beziehung hielt ewig. Weder eine Romanze noch eine andere Art von zwischenmenschlicher Beziehung. Manche länger, manche, wie die zu Kira, eben verdammt kurz. Aber jede fand irgendwann ein Ende.

»Und das ist okay?« Kira sog scharf die Luft ein.

»Es war mir von Anfang an klar«, meinte er und ergriff erneut ihre Hand. Er ertrug den traurigen Anblick in ihren Augen kaum, aber als er mit dem Daumen ihren Handrücken streichelte, verschwand er ein wenig.

Sie küssten sich, zunächst zaghaft, sanft, dann presste Kira ihre Stirn gegen seine und atmete tief ein. Ihr Geruch nach Minze und dem Hauch von Vanille hüllte ihn ein, und als sie das nächste Mal ihre Lippen auf seine legte, teilte er

diese sanft mit seiner Zunge. Er wartete ab, aber Kiras Zunge hieß ihn willkommen, kam seiner entgegen.

In den nächsten Tagen, bevor Kira abreisen musste, trafen sie sich nur
noch selten in der stickigen Halle. Auch wenn Miro es vermisste, sie im
Zuschauerraum zu wissen, genoss er die Zeit mit ihr draußen in der Natur. Es
war eine Gemeinsamkeit, die sie teilten. Sie gingen spazieren, zählten die
Rehe, die ihnen begegneten, und manchmal saßen sie am Fluss, die nackten
Füße ins kühle Wasser getaucht.

Und dann eines Tages lud Miro sie zu sich nach Hause ein und sie schliefen miteinander. Alles schien zu passen, lediglich die Tatsache, dass sie bald
getrennte Wege gehen mussten, hing schwer zwischen ihnen. Als sie nackt
nebeneinander im Bett lagen, traute er sich, sie zu fragen, warum sie eigentlich
zu ihm in die Glashütte gekommen war. Sie antwortete ihm, während Ihre
Hände ineinander verschränkt und die Augen aufeinander gerichtet waren, als
könnten sie so eine Verbindung verstärken, die bereits von Anfang an dazu
bestimmt war, zu reißen. Sie erzählte ihm von der Mutter ihres Stiefvaters, die
hier Künstlerin gewesen war, lange bevor Miro aus Deutschland gekommen
war. Sie hatte Bilder im Haus ihres Großvaters gefunden und sich dafür interessiert, was die Frau hergestellt hatte. Als sie ihren Namen nannte, riss Miro die
Augen auf. Ida Britt Anderson war der Grund gewesen, warum er sich für diese
Glasbläserei entschieden hatte, als er für eine Ausbildung anfragte. Sie war
bekannt in der Glasbläserszene und er war von Anfang an von ihren Werken
begeistert gewesen. Leider verstarb sie bereits in dem Jahr, in dem er nach
Schweden ausgewandert war und deswegen hatte er sie nie dabei beobachten
können, wie sie Glas formte.

Am nächsten Tag zeigte er Kira die Ausstellungsecke ganz hinten rechts
des Cafés, wo sich Besuchende stärken konnten, und wo gleichzeitig die
schönsten Kunstwerke von Mitarbeitenden ausgestellt waren. Unverkäufliche
Glanzstücke, auf die alle besonders stolz waren. Eine Sammlung, zu der Miro
noch nie etwas hatte beitragen können, weil sein Können und Talent lange
nicht an das von Kiras Oma heranreichte.

Er zeigte ihr den Obstteller in der Vitrine und dann auf die filigranen
Fabelwesen, die auf einer bunten Platte angeordnet waren. Beides war von Ida

Britt geblasen worden, mit einer Feinheit, die ihn jedes Mal, wenn er sie betrachtete, erschütterte.

Kira berührte das Glas der Vitrine und nickte andächtig. Es schnürte ihm den Hals zu, denn er wusste, dass sie soeben ein Ziel erreicht hatte und dass es nun nichts mehr gab, was sie davon abhalten konnte, ihn zu verlassen.

Den Abend verbrachten sie in der Fabrik, denn Miro hatte eine neue Idee für sein Kunstwerk und dazu brauchte er ihre Hilfe. Es kam ihm passend vor, dass die Enkelin von seinem großen Idol ihm dabei behilflich war. Es war streng verboten, Touristen in die Nähe des heißen Brenners zu lassen, aber Miro setzte sich über diese Regel hinweg.

Er zeigte Kira, wie sie den Metallstab drehen musste, um die Spiralform in das flüssige Glas zu bekommen, während er hinter ihr stand und sachte blies. Doch so wie er es sich in seiner romantischen Vorstellung ausgemalt hatte, sah das Glas nicht aus. Sie hatten nur wenige Minuten, um es in Form zu bringen, bevor es auskühlte und zu zäh war, um die feinen Spiralen hineinzudrehen.

»Ich glaube, wir müssen es anders machen«, murmelte er. Er hatte die Erfahrung, er musste derjenige sein, der das Blasrohr in seinen Händen tanzen ließ. Sie musste blasen.

Es kam auf einen Versuch an, fand er. Er ging zum Brenner und schnappte sich mit dem Blasrohr etwas geschmolzenes Glas, und während er Kira aufforderte, hineinzublasen, stand er hinter ihr, die Hände auf ihren Schultern gelegt, seine Wange gegen ihre gepresst. Er wollte sie umarmen, sie fest an sich drücken. Sie bitten, nicht zu gehen. Aber er wollte sie nicht unter Druck setzen, außerdem konnte er ihr nicht im Weg stehen. Sie musste in ihr altes Leben zurück zu ihrem Studium. Zu ihrer Familie.

Sie übten es eine Weile, bevor Kira tief durchatmete und meinte, sie würde es versuchen. Sie stieg auf einen Tritt, während Miro in die Hocke ging und die Neigung musterte, den das Blasrohr hatte, wenn sie von oben hineinblies. Er musste die Schwerkraft nutzen und das hätte er ohne ihre Hilfe nie geschafft. Aber ohne Schwerkraft würde er das Metall nicht schnell genug drehen können.

Sie versuchten es. Und es gelang ihnen beim ersten Versuch. Die Spiralform war perfekt, genauso wie er es sich vorgestellt hatte. Er verstaute den Vasenhals zum Abkühlen, dann trat er mit klopfendem Herzen zu Kira und half ihr, den Tritt hinunterzukommen. Ihre Wangen waren gerötet, die Lippen zu einem ihrer wunderschönsten Lächeln geformt. Sie sah so hübsch aus. So verdammt schön. Und er wollte nicht, dass sie ging. Aber er sagte nichts, als er sie in den Arm nahm und stürmisch küsste.

Sie schliefen miteinander im Pausenraum, der für ihn und die anderen Künstler und Künstlerinnen bestimmt war. Er lag auf dem Rücken, sie über ihm und sie sahen einander währenddessen die ganze Zeit in die Augen.

Am nächsten Morgen erwachte Miro mit einem unruhigen Gefühl in der Magengegend. Kira war verschwunden. Und kurz dachte er, sie wäre gegangen, ohne dass sie sich verabschiedet hätte. So wie es üblich in seiner Familie war. Doch sie war noch da, stand vor den Kunstwerken ihrer Großmutter, nackt, lediglich mit einer Bettdecke umhüllt, als wüsste sie, dass am heutigen Tag die Glashütte geschlossen blieb und niemand sie sehen konnte.

Sie wussten beide, dass sie heute noch den Zug nach Jönköpping nehmen musste. Dringende Familienangelegenheiten sagte sie und senkte den Blick. Er massierte ihre Schultern, küsste ihren Nacken und nickte verständnisvoll, auch wenn er innerlich fast in so viele Stücke zerbrach wie Glas, das auf den Boden der Tatsachen aufkam.

Nachdem Kira verschwunden war, reichte Miro ein paar Tage Urlaub ein. Er brauchte die Zeit für sich, um seinen Liebeskummer irgendwie in den Griff zu bekommen. Dafür ging er an die Orte, die er ihr gezeigt hatte. Der See, die verschlungenen Pfade im dichten Wald, der kühle Fluss und die Bänke, auf denen sie gesessen hatten.

Nachdem er sich bereit fühlte, wieder zu arbeiten, fühlte er sich besser. Nicht gut, aber besser. Es war nicht das erste Mal, dass jemand aus seinem Leben verschwand, den er geliebt hatte. Und sehr vermisste. Er würde darüber hinwegkommen, so wie er immer drüber hinweggekommen war.

Er stellte seinen Weihnachtsschmuck her, unterhielt sich mit zwei Besucherinnen und beantwortete die neugierigen Fragen von zwei kleinen Jungen, die sich mehr für Bagger als für die Kunst des Glasblasens interessierten. Am Abend, als alle Touristen verschwunden waren, machte er Musik an und beendete seine Vase. Den Fuß, der schlicht werden sollte und das Blau der Rose widerspiegelte, und das breitere Oberteil der Vase, in das er nach einigen Versuchen ein Muster drehen konnte, das den Spiralen, die er mit Kira gemeinsam geschafft hatte, zwar nicht ansatzweise Konkurrenz machen konnten, welches aber gut dazu passte.

Am nächsten Abend setzte er die Teile zusammen. Den Fuß, den Hauptteil, den kunstvollen Spiralhals und am Ende die Glasrose, die er vorsichtig hineinsteckte. Er zeigte seiner Chefin das Kunstwerk, innerlich zufrieden darüber, was er geschaffen hatte. Sie war begeistert, und bereits eine Woche später wurde in der Vitrine Platz geschaffen für seine Rose. Es war das erste Mal, dass er die Ehre hatte, dort ausgestellt zu werden. Dass sein Kunstwerk dort stand, gemeinsam mit denen von Kiras Oma und allen anderen Vorbildern, die er so sehr schätzte, war ihm eine große Ehre.

Er bedauerte, dass er Kiras Handynummer nicht hatte. Er hätte ihr gerne ein Bild von der Vitrine geschickt. Er betrachtete die Vase mit dem Spiralhals noch einen Moment lang, dann wischte er sich die Tränen aus den Augenwinkeln, die sich wegen einer Mischung aus Trauer, Triumph und Dankbarkeit gebildet hatten. Zufrieden verließ er die Glashütte, um Feierabend zu machen.

Narben

Impressum: Veröffentlichung in der ursprünglichen Auflage / Lektorat & Korrektorat: Lisa Lamp / Testleser*innen: Magdalena Chwastek-Puczkowska, Esther Guretzke

Zusammenfassung: Bobby hängt lieber mit seinen Kumpels ab, als Zeit mit seiner Frau zu verbringen, obwohl er sich nicht wirklich für seine Freunde interessiert und stets an der Oberfläche bleibt. Bis er eine Frau trifft, die ebenfalls ein Problem damit hat, Nähe zuzulassen. Ihr kann er plötzlich ganz nah kommen.

Vorwort: Viele von Euch kennen die Figur Bobby. Sie ist eine Randfigur in der »Umdrehungen-Trilogie«. Hier in dieser Geschichte trifft Bobby auf Lena, deren weitere Geschichte in »Tango in der Dunkelheit« erzählt wird. All meine Geschichten sind miteinander verwoben, genauso wie auch wir miteinander verknüpft sind. Manchmal begegnet uns ein Mensch, eine einmalige, zunächst unwichtig wirkende Begegnung, die aber unser Leben dennoch maßgeblich verändern kann. Lena und Bobby treffen sich und beeinflussen dadurch sowohl die Ereignisse in »Umdrehungen« als auch in »Tango in der Dunkelheit«. Beide Romane müssen nicht vorher gelesen werden. Ach ja, und möglicherweise findet ihr auch eine Verbindung zu einer Kurzgeschichte in dieser Anthologie. Hat was mit Zauberwürfel zu tun ;)

Es ist fünf Jahre her. Genau auf den Tag. Während er mit seinem Finger über ihre Haut streicht, fragt er sich, ob es ihr bewusst ist, doch er will sie nicht fragen. Vielleicht bringt er sie durch seine Frage erst dazu, daran zu denken. Also schweigt er und versucht sich auf ihre weiche Haut zu konzentrieren.

Langsam fährt er mit seinem Finger über ein kleines Muttermal am Oberarm und lehnt sich ein wenig nach vorne, um es fasziniert zu mustern. Als er gegen ihre Haut atmet, stellen die Härchen sich ein klein wenig auf und sie glänzen im Feuerschein des Kamins. Behutsam lässt er seinen Finger weiter gleiten.

Fasziniert beobachtet er, dass sie den Kopf zur Seite kippt, als er seine Hand auf ihren Hals legt. Es ist ein Zeichen ihres Vertrauens, dass sie es zulässt, dass er sie hier berührt. Hier, wo die Haut empfindlich ist, und wo ein zu fester Griff ihr Tod bedeutet hätte.

Erneut denkt er an die Vergangenheit. Daran, wie schwer es gewesen war, ihr Vertrauen wieder zu gewinnen. Und daran, welches Wunder es ist, dass es ihm überhaupt gelungen war. Ihm ist bewusst, dass es nicht viele Frauen wie sie gibt, die das aushalten würden. Als er sich daran erinnert, wie stark sie ist, schaudert er leicht. Weil sie nie aufgegeben hat, weil sie nie aufgehört hat, ihn zu lieben. Er hofft bis heute, dass er es verdient hat, dass er sich als würdig erwiesen hat, an ihrer Seite bleiben zu dürfen.

Ihr Atem geht heftig und schnell, weil sie erregt ist. Natürlich. Inzwischen weiß er, was ihr gefällt und was nicht.

Wenn er seine Hand auf ihren Bauch legt, kann er fühlen, wie er sich hebt und wieder senkt. Schnell und befreit. Weil sie ihm vertraut – weil sie ihn liebt. Voller Bewunderung streicht er über die glatte Haut, führt die Hand unter ihr Shirt und lässt seine Finger über ihren Oberkörper gleiten. Er berührt sanft ihre Brust mit nur einem Finger. Ein sinnliches Seufzen entfährt ihr.

Ihr Körper ist ein Paradies für seine Hände, seine Finger und auch für seinen Mund. Die Gedanken an die Vergangenheit verblassen etwas, als er sich vorbeugt und die kleine Erhebung am Schlüsselbein mit den Lippen umschließt. Als er seine Zunge heraus schnellen lässt und diese empfindliche Stelle anstupst, stöhnt sie. Laut und entspannt.

So schön. So erotisch. So erregend.

Und doch kann es ihn nicht ablenken. Nicht heute. Nicht jetzt. Egal, wie sehr er es auch versucht.

Gerade als er seine Hand nach unten führen will, um sie dort zu berühren, wo er ihre Muskeln zum Beben bringen kann, fällt sein Blick auf ihre linke Hand. Der Ehering, den sie schon so viele Jahre trägt, und in den in der Innenseite seinen Namen und das Datum ihrer Hochzeit geprägt wurde. Zehn Jahre sind sie verheiratet. Viele schöne Momente strömen auf ihn ein, kostbare Erinnerungen, wunderbare Augenblicke, und doch liegt ein Schatten auf ihnen. Und das ist seine Schuld.

Nein, heute kann er nicht vergessen. Egal, wie sehr er es auch versucht. Nicht heute. Nicht, wenn heute der Tag ist, an dem es sich jährt. Zwar schon zum fünften Mal, aber fünf Jahre sind manchmal nicht genug. Schatten bleiben ewig. Erinnerungen bleiben ewig. Narben bleiben ewig.

*

Normalerweise fuhr Corinna mit, wenn er mit seinen Kumpels übers Wochenende eine Motorradtour unternahm. Sie hatte sich über die Jahre mit den Partnerinnen von Roland und Mike angefreundet und liebte die Ausflüge fast genauso wie er. Dieses Mal war jedoch alles anders. Einige der Clique hatten gar nicht erst zugesagt. Das kam immer wieder vor. Sie fuhren regelmäßig, aber in einer sich leicht ändernden Besetzung. Doch von Anfang an war die Gruppe in diesem Jahr klein gewesen und sie schrumpfte, je näher das Wochenende kam. Zunächst hatten Mike und seine Frau abgesagt, dann hatte auch Helena, Rolands Freundin, verkündet, dass sie dieses Mal nicht dabei sein würde. Da Benny wegen seiner Verletzung ebenfalls nicht mitkommen konnte, würden sie dieses Mal nur zu dritt sein. Roland, Corinna und er. Doch dann fragte Corinnas Schwester, ob jemand den Hund aufnehmen könnte, da sie selber ebenfalls übers Wochenende wegfahren wollte. Corinna sagte sofort zu. Bobby vermutete, dass es ihr unangenehm war, mit Roland und ihm alleine zu sein. Vermutlich glaubte sie, dass Roland sich wie ein drittes Rad am Wagen fühlen könnte, wenn er mit einem Pärchen unterwegs war.

Eigentlich hatte Bobby nicht sehr viel Lust, aber er glaubte, dass Roland etwas einsam war. Benny, sein bester Freund, war einige Wochen zuvor schwer verletzt worden. Bobby kannte die Einzelheiten der Diagnose nicht, doch er wusste, dass sich Roland große Sorgen machte.

Sie waren keine dieser Kumpels, die sich alles erzählten. Also redete Roland mit Bobby nicht über Benny und Benny hatte sich rar gemacht und reagierte nicht auf Bobbys SMS. Sie fuhren gerne Motorrad. Das verband sie. Mehr nicht.

Noch nie zuvor war Bobby mit Roland alleine unterwegs gewesen. Bisher waren immer mindestens zwei andere dabei gewesen. Nicht besonders erfreut packte Bobby seine Sachen und verabschiedete sich von Corinna, die bereits den Hund ihrer Schwester in ihre Wohnung geholt hatte und sich auf einen langen Spaziergang vorbereitete. Zu gerne würde Bobby sie begleiten. Doch er wollte Roland nicht absagen, nicht wenn alle anderen abgesagt hatten und Roland so bedrückt wegen Bennys Verletzung war.

Sie fuhren den gleichen kurvenreichen Weg durch den Wald, den sie immer fuhren, nur dass sie dieses Mal nur knapp drei Stunden benötigten, bis sie den Stausee erreichten, an dem die Jugendherberge stand, in der sie bereits häufiger übernachtet hatten. Normalerweise ließen sie sich länger Zeit, machten häufiger Rast und genossen die Fahrt in vollen Zügen. Doch Roland war nachdenklich und redete nicht viel. Und als es auch noch begann zu regnen, beeilten sie sich. Bobby bereute, dass er mitgekommen war und seine schlechte Laune war ins Unermessliche gestiegen, als sie endlich angekommen waren. Richtig sauer war er, als Roland verkündete, sich ein wenig die Füße vertreten zu wollen. Immerhin war er wegen ihm mitgekommen und jetzt ließ der Kerl ihn hier alleine.

Bobby rief zuhause an, doch er erreichte Corinna nicht.

Vollkommen unterkühlt zog Bobby sich die nassen Klamotten aus und ging duschen. Da Roland danach immer noch nicht wieder da war, entschied er, dass er in den Ort gehen würde, um irgendwo etwas zu essen zu bekommen.

Er war in der Nähe seines Heimatdorfs, dort wo er und ein Teil der Clique früher einmal zuhause gewesen waren, trotzdem rechnete er nicht damit, dass er jemanden antreffen würde, den er von früher kannte. Doch er irrte sich.

Als er sie sah, erkannte er sie sofort. Groß, hager, lange glatte Haare, hohe Wangenknochen und eine spitze Nase. Nur die Tätowierung am Arm war neu.

Sie war mit Rolands Schwester und ihm zusammen in die Schule gegangen, hatte aber nie ihren Abschluss gemacht. Sie hatte einen asozialen Typen geheiratet und sich kurz danach wieder scheiden lassen. Gerüchte besagten, dass sie alkoholabhängig gewesen war. Doch Bobby hatte keine Ahnung, ob das wirklich der Wahrheit entsprach. Zumindest wirkte sie nicht ganz so unten angekommen, wie er erwartet hatte, nachdem er die Geschichten von ihr gehört hatte. Weil er sich blöd vorkam, alleine zu essen, und sie ebenfalls alleine war, ging er zu ihr. Sie sah nicht begeistert aus, als er sie fragte, ob er sich setzen könnte, doch er war neugierig. Er fragte sich, was sie hier alleine trieb.

»Also? Was treibst du hier?«, fragte Lena ungeduldig, als hätte sie seine Gedanken erraten.

»Bin mit einem Bekannten unterwegs«, antwortete Bobby, dann fiel ihm ein, dass sie Roland kennen musste. »Mit Roland. Annas Bruder«, konkretisierte er.

Lena runzelte zunächst die Stirn, dann nickte sie.

Bobby bestellte eine Pizza und Bier, obwohl er mit dem Gedanken spielte, später nochmal mit dem Motorrad bei seinen Eltern vorbeizufahren. Auch das war etwas, was er normalerweise nicht machte, wenn er mit seinen Kumpels unterwegs war, aber der Gedanke, den Abend mit dem wortkargen Roland verbringen zu müssen, behagte ihm nicht. »Motorrad«, fügte er schließlich hinzu, weil ihm das Schweigen zwischen ihnen unbehaglich war.

»Aha.« Lena verzog keine Miene. Sie wirkte nicht gerade so, als würde sie es wirklich interessieren.

»Und du?«, fragte Bobby und streckte seine Beine aus.

»Hatte ein Date«, antwortete Lena.

»Ist es schon vorbei?« Bobby runzelte die Stirn und betrachtete seine ehemalige Klassenkameradin etwas genauer. Sie trug lässige Klamotten und hatte die Haare zu einem einfachen Pferdeschwanz gebunden. Soweit er beurteilen konnte, war sie ungeschminkt. Es sah nicht so danach aus, als hätte sie sich für ein Date zurechtgemacht.

»Wir waren in der Kneipe gegenüber verabredet, aber ... « Lena seufzte.

»Du hattest dann doch keine Lust?«, erkundigte Bobby sich.

Sie lächelte, das erste Mal während ihres Gesprächs, und Bobby schluckte hastig, als sein Bauch überraschend kitzelte. »Nein, der Typ hätte mich nur genervt, glaub ich. Mir ist nicht so nach Gesellschaft.«

»Mir auch nicht.« Bobby verdrehte die Augen. Als sie nichts erwiderte, begann er ihr zu erzählen, warum er mit Roland alleine unterwegs war und wie sehr ihn das alles nervte. Er erwähnte nicht, dass er auch sauer auf Corinna war, weil sie sich bisher noch nicht bei ihm gemeldet hatte. Er erwähnte sie überhaupt nicht.

Als die Pizza kam, bot er ihr ein Stückchen an.

»Du hast keine Ahnung, was dieser Typ hat?«, fragte Lena und schnappte sich eine der Ecken seiner Pizza.

»Nee, keine Ahnung. Er war lange im Krankenhaus. Bestimmt acht Wochen. Roland macht sich echt große Sorgen.« Bobby nahm sich ebenfalls eine Ecke der Pizza.

»Aber hast du ihn nie im Krankenhaus besucht?« Lena sah erstaunt aus. Bobby hob die Schultern. Er war mit Benny nie richtig befreundet gewesen. Er war mit keinem von ihnen wirklich eng verbunden. Wenn er damit jetzt beginnen würde, würde er sich blöd vorkommen.

»Ich kann dich verstehen.«

Überrascht richtete Bobby sich auf und sah sie an.

»Ich meine, es wäre mir auch irgendwie unangenehm. Wenn man den Menschen zu nahe kommt, dann verletzt man sie vielleicht unabsichtlich. Man möchte ja nicht aufdringlich sein. Ich bin auch echt nicht gut in diesen Dingen.« Lena hob die Schultern.

»Ja«, sagte Bobby leise.

»Ich bin mir aber nicht sicher, ob es wirklich gut ist, wenn man es sich immer leicht macht«, fügte Lena ernst hinzu.

Als sie ihn erneut anlächelte, entschied er, dass er sich über den Inhalt des Gesprächs später Gedanken machen würde. Er verdrängte jeden Gedanken, als er sich ein neues Bier bestellte. Und als er sie mitnahm in die Jugendherberge.

Die Schuldgefühle kamen ihm nicht, während sie nebeneinander herliefen und auch nicht, als er zusah, wie sie sich auszog. Erst als sie sich neben ihn setzte, ihre kleine feste Brust seinen Arm berührten, zuckte er zusammen. Er stöhnte auf und presste seine Hände gegen sein Gesicht. Seine Wangen fühlten sich heiß an und waren sicherlich gerötet. »Lena, ich bin verheiratet.«

Sie nickte und setzte sich zu ihm, ohne ihn anzufassen. Dann beugte sie sich vor und angelte sich eine Zigarettenschachtel. Sie machte sich eine Zigarette an.

»Wie heißt sie?«, fragte sie, nachdem sie den ersten Zug genommen hatte. Die Reaktion von ihr erstaunte ihn, eher hätte er damit gerechnet, dass sie empört den Raum verlassen oder sich darüber beschweren würde, dass er ihr das erst gesagt hatte, nachdem sie sich ausgezogen hatten.

»Corinna«, antwortete Bobby leise. Er starrte die Bierflasche an, die auf dem Nachtisch stand. Sie waren unterwegs bei einer Tankstelle vorbeigegangen und hatten sich mit Bier und Kondomen eingedeckt. Wenigstens an Verhütung hatte er gedacht, wenn es ihn auch sehr beschämte, dass er daran eher gedacht hatte als daran, was für ihn auf dem Spiel stand. Er nahm die Flasche und trank einen großen Schluck, dann wischte er sich mit dem Handrücken den Mund ab.

»Warum bist du hier?«, fragte Lena.

»Ich weiß es nicht.« Bobby glättet das Betttuch. Er schämte sich für das, was er hier machte, gleichzeitig wollte er Lena nicht wegschicken. Zu groß war die Angst vor dem Alleinsein und den Gedanken, die dann auf ihn einströmen würden. Ja, sie hatten nicht miteinander geschlafen, aber er war bereit gewesen, es zu tun. Fast hätte er es getan. Und alleine das war ein Betrug in seinen Augen. Und dass er nun halb nackt mit einer anderen Frau zusammensaß. Alleine das war genug. Mit ihr nackt und betrunken über Dinge redete, die er bei Corinna nicht angesprochen hatte, das war der eigentliche Betrug. »Roland. Ich wollte ihm nicht absagen.«

»Ich weiß.« Lena lächelte leicht und sah dabei wieder so hübsch aus, dass die Spuren des Lebens in ihrem Gesicht von einem Augenblick zum anderen vergessen waren. »Darüber hatten wir schon gesprochen. Aber warum bin ich hier?«

Bobby sah sie lange an, dann hob er die Schultern. »Ich will nicht alleine sein. Und doch nicht zu viel Nähe. Ich wollte meine Frau anrufen, habe sie aber nicht erreicht, und ja, ich weiß, dass das keine Entschuldigung dafür ist, was ich hier gerade tue.«

Lena nickte langsam. »Ich war auch verheiratet.«

»Ich weiß.« Bobby nickte.

Dann begann Lena zu erzählen, von ihrer Einsamkeit, von ihren Ängsten und der Panik, die sie empfand, wenn jemand ihr zu nahe kam. Davon, dass sie jedes Mal fliehen wollte, wenn es zu eng wurde, und davon, dass sie die dumpfe Angst ständig pochen fühlen konnte, die Angst, dass sie das niemals überwinden konnte und für immer alleine bleiben würde.

Während sie redete, erkannte Bobby immer mehr, wie ähnlich er ihr war. Zwar lebte er in einer festen Beziehung, aber wie oft zog es ihn weg von zuhause? Warum bedeutete es ihm so viel, Zeit mit Roland und den anderen zu verbringen, wenn er doch nie eine Verbindung zu ihnen aufbauen konnte? Wie wertvoll war diese Bekanntschaft schon, wenn er zwar unbedingt mit Roland wegfahren wollte, ihm aber das Gefühl gegeben hatte, es doch gar nicht wirklich zu wollen. Was für ein Kumpel war er, wenn Benny wochenlang im Krankenhaus lag, ohne dass er ihm ein Besuch abstattete oder zumindest fragte, was er überhaupt hatte? Was war nur mit ihm los? Waren seine Motorradkerle nur die Ausrede, um nicht mit Corinna alleine sein zu müssen? Bedeuteten sie ihm sonst gar nichts? Und wieso empfand er die Zeit, die er alleine mit Corinna verbrachte, als so mühsam?

Sie tranken das Bier leer und sie rauchten alle Zigaretten aus der Schachtel, danach teilten sie sich einen Müsliriegel und eine Tüte Gummibärchen, die Bobby noch in seinem Rucksack fand. Lena erzählte ihm von ihrem Exmann und als sie ihm sagte, dass sie von ihm geschlagen worden war und wie froh sie war, dass sie von ihm weggekommen war, berührte er ihre Schultern und später hielt er ihre Hand.

Er hörte ihr zu und es fühlte sich innig an, wie ein besonders wertvoller Moment. Sie waren zwei Gestrandete, einsam in ihrer Isolation, die einander so gut verstehen konnten.

»Und? Was wirst du tun?«, fragte Lena um vier Uhr früh. Sie hatte sich nicht angezogen, stattdessen saß sie im Schneidersitz vor ihm auf der Matratze, seine Decke wie ein Zelt um sich geschlungen.

»Ich fahre nach Hause zu meiner Frau und dann sehe ich weiter«, sagte Bobby und er fröstelte leicht dabei. »Und du?«

Lena hob die Schultern. Dann lächelte sie. »Ich gehe nach Hause und bleib alleine.«

»Du wirst nicht alleine bleiben. Du wirst dir die Zeit nehmen, die du brauchst. Und dann wirst du irgendwann spüren, dass du nicht mehr alleine sein musst«, betonte Bobby.

Er sah ihr zu, wie sie sich anzog. Zum Abschied zog er sie fest in seine Arme und strich ihr liebevoll über die Haare. Draußen wurde es langsam wieder hell und er hatte das Gefühl, dass der Abend nicht so viel kaputtgemacht hatte, wie er zwischenzeitlich verzweifelt gedacht hatte.

Doch am nächsten Tag fühlte er sich leer. Müde, erschöpft, verkatert, aber vor allem sehr leer. Mit Roland redete er kaum etwas und dabei fühlte er sich mies, doch er schaffte es einfach nicht, diese bleierne Gefühl der Hoffnungslosigkeit abzulegen. Das Gefühl der Leere verschwand auch dann nicht, als er wieder zuhause war und Corinna in den Arm nahm.

Nur wenige Wochen hielt er es aus, bis er es ihr erzählte. Sie war verzweifelt. Sie schrie. Und weinte. Dann zog sie aus.

Sie sprach zwei Monate nicht mit ihm. Danach redeten sie sehr viel miteinander. Doch bis sie wieder einzog, dauerte es viele weitere Wochen.

Während ihrer Beziehungspause versuchte Bobby, seine Bekanntschaften zu sortieren. Er wagte nicht, Benny in der Reha zu besuchen, doch er packte ein Päckchen und befüllte es mit Dingen, die Benny von Schmerzen oder Sorgen ablenken konnten, ein Rätselheft, ein Escaperoomspiel und der Zauberwürfel, den er seinem älteren Bruder mal geklaut hatte, weil er so viel Spaß daran gehabt hatte, damit zu spielen. Mit Roland traf er sich regelmäßiger und irgendwann fühlte es sich nicht mehr gelangweilt, wenn er mit Roland alleine war. Sie konnten irgendwann auch über andere Dinge miteinander reden, über andere Dinge als Motorräder. Auch mit den anderen Jungs traf er sich und als er Geburtstag hatte, lud er alle zu einer Grillparty ein. Irgendwann fragte Roland ihn, ob er mit ihm zusammen Benny besuchen wolle und Bobby willigte ein.

Nachdem Corinna wieder eingezogen war, reduzierte er die Motorradausflüge und machte stattdessen einmal im Jahr mit seiner Frau Urlaub. Gemeinsam bereisten sie ganz Skandinavien, Island und das vereinigte Königreich. Ohne Motorrad. Er traf sich weniger oft mit seinen Motorradkumpels, aber wenn, dann achtete er auch darauf, dass er sich wirklich für sie interessierte, anstatt mit ihnen nur die Zeit totzuschlagen.

Inzwischen, das wusste Bobby aus den sozialen Medien, war Lena wieder in einer festen Beziehung. Er zeigte Corinna das Bild von ihr und ihrem neuen Freund. Felix. Er trug eine Sonnenbrille und einen schicken Anzug, was nicht so recht zusammenpasste. Lena hatte ein Abendkleid an. Es sah so aus, als wären die beiden auf einem Ball. Und als wären sie glücklich. Sie hielten einander fest im Arm.

Corinna lehnte sich nach vorne und betrachtete das Paar eine Weile, dann nickte sie schließlich. Bobby berührte die Maus und schloss das Browserfenster.

Das war vor einer Stunde gewesen.

*

»Ich glaube nicht, dass ich mich entspannen kann, Bobby.« Sie streicht mit ihrem Zeigefinger über den Stoff seines Hemdes.

»Du denkst auch daran?«, fragt er und berührt ihr braunes Haar.

»Du auch?« Ihre Stimme ist warm und weich, aber nicht so tief wie sonst.

»Ja«, flüstert er. »Natürlich, Corinna.« Er lässt sich von ihr nach unten ziehen und schmiegt sich von hinten an ihren schlanken Körper und gleichzeitig drückt sie sich fest gegen ihn, sodass sie ganz eng beieinanderliegen. Sie starren ins Feuer des Kamins und schweigen.

Irgendwann weint sie und er hebt seine Hand und streicht über ihre Wange, um die nasse Haut zu trocknen. Gerne würde er ihren Schmerz lindern, doch wie soll das funktionieren, wenn doch heute dieser Tag ist.

Es ist gut, denkt er, während er behutsam einen Kuss auf ihren Nacken drückt, dass sie jetzt gemeinsam daran denken. Langsam passt sich ihr Atem an seinen an. Oder ist es seiner, der sich an ihren anpasst? Es ist egal. Wichtig ist nur, dass sie zusammen sind.

Als sich ihre Finger mit seinen verflechten, lächelt sie, obwohl sie immer noch weint. Das darf sie. In seinen Armen darf sie weinen und lachen. Und wenn sie beides gleichzeitig tun möchte, darf sie das auch.

Nach einer langen kalten Nacht

Impressum: Veröffentlichung in der ursprünglichen Auflage / Lektorat & Korrektorat: Lisa Lamp / Testleser*innen: Esther Guretzke

Zusammenfassung: Nachdem Daniel betrunken und vollkommen verwahrlost von einem Streetworker aufgelesen wurde, übernachtet er im Obdachlosenheim und erhält Seife und einen heißen Kaffee. Und sein Bruder stattet ihm einen Besuch ab. Ersteres ist Daniel willkommen, zweiteres aber eher nicht.

Vorwort: Diese Geschichte fristet bereits ein langes Dasein als Schubladenopfer. Geschrieben habe ich sie vor einigen Jahren für einen Adventskalender, den ich zusammen mit anderen Autor*innen auf die Beine stellen wollte, und wo sie eine von 24 weihnachtlichen Kurzgeschichten werden sollte, doch ich habe sie nicht eingereicht. Ich habe sie als zu wenig weihnachtlich empfunden. Ich denke, in dieser Anthologie fügt sie sich besser ein.

Der langhaarige Streetworker war seltsam.

Das hatte Daniel schon gedacht, als er am Abend von dem Kerl aufgesammelt worden war. Wirklich erinnern konnte er sich an die Begegnung nicht mehr, aber irgendwas irritierte Daniel an ihm. Warum hatte er betont, dass er hierbleiben solle? Sogar frisch gebrühten Kaffee und ein Blätterteigteilchen hatte er ihm angeboten und ihn erneut darum gebeten, in seinem Büro zu warten. Wenn Daniel nur wüsste, was er gesagt … oder getan hatte. Hatte er sich am Abend zuvor so verdächtig verhalten? Würde der Streetworker die Polizei rufen? Aber wenn es irgendwas gäbe, weswegen man Daniel verhaften könnte, dann hätte der Streetworker doch schon am Abend zuvor etwas unternommen und nicht gewartet, bis er ausgeschlafen und nüchtern war. Verdammt, wenn er nur genau wüsste, was am Vortrag vorgefallen war. Doch er war zu betrunken gewesen und konnte sich an das Gespräch nur noch wie durch einen Schleier erinnern.

Alles an dem Streetworker war seltsam. Seine geduldige Art, die freundlichen Versuche, ihn davon zu überzeugen, hier zu bleiben. Und sein Pullover sah schrecklich aus. Der hässlichste Pullover, den Daniel seit langem gesehen hatte.

Es war nicht die erste Nacht, die Daniel in dem Obdachlosenheim übernachtete. Schon häufiger war er hier gelandet. Manchmal musste er im Freien übernachten, weil sämtliche Freunde ihm die Tür vor der Nase zuschlugen und sein Chef im Bordell alle Zimmer vermietet hatte, weswegen Daniel dort auch nicht schlafen konnte. Wenn es zu kalt war, wurde er manchmal von Streetworkern aufgesammelt. Die kannten die Orte, an denen Menschen wie er sich aufhielten. Wenn niemand ihn wollte, dann war er eben auf Platte. So nannte man umgangssprachlich die Orte, an denen Obdachlose schliefen: Hauseingänge, Baustellen, Bahnhöfe oder unter Brücken. Normalerweise bezeichnete Daniel sich nicht als Obdachlosen. Meist schaffte er es ja, sich irgendwo hineinzudrängen. Aber es hatte eben schon die Nächte gegeben, als alles schiefgelaufen war. Doch oft hatte er auch dann Glück gehabt. Die Streetworker waren gut und deswegen konnte man ihnen vertrauen, dass sie einem einen warmen Ort zum Schlafen anboten.

Doch noch nie hatte man ihn darum gebeten, ins Büro des Streetworkers zu kommen und noch nie hatte man ihm ein so leckeres Frühstück angeboten.

Alleine der Kaffee ... heiß und nicht lauwarm. Ein Traum. Die Brühe im Bordell schmeckte immer wässrig, die bei seinem Kumpel Jessy modrig. Das hier aber war richtig guter Kaffee. Stark, heiß ... wirklich richtig gut.

»Hier ist er.«

Das war die Stimme des langhaarigen Streetworkers. Er öffnete die Tür zu dem Büro und zeigte auf ihn, zog sich dann aber wieder zurück.

»Kann ich kurz ungestört mit ihm reden?«, fragte ein anderer Mann. Die Stimme kam Daniel vage bekannt vor. Er runzelte die Stirn und ging verschiedene Orte in Gedanken durch, um herauszufinden, wo er diese Stimme schon gehört hatte. Hoffentlich war es kein Typ aus dem Puff ... oder jemand, dem Daniel Geld schuldete. Das wäre noch schlimmer.

»Natürlich. Ich bin draußen, falls du mich suchst.« Wieder der Streetworker.

Daniel hörte Kleidergeraschel und ein Klopfen, so als wenn ein Mann einem anderen auf die Schulter schlagen würde. Dann wurde die Tür weiter geöffnet und ...

Nein! Das konnte nicht sein!

»Scheiße!«, sagte der Mann mit einer heiseren Stimme und kam vorsichtig näher, so als befürchte er, dass Daniel aufstehen und weglaufen würde. Tja, eigentlich war er wirklich kurz davor. »Du bist es wirklich. Daniel ... Daniel.«

Gequält verzog Daniel sein Gesicht. Von allen kam ausgerechnet der vorbei. Was für ein Pech. Was für ein bescheuertes Pech. Jetzt wäre ihm ein Kunde doch lieber ... oder ein Schläger, dem er Geld schuldete.

»Was tust du hier?«

Nur mit Mühe schaffte Daniel es, wieder die Augen zu öffnen, dann straffte er seine Schultern und setzte sich etwas aufrechter hin. »Sollte ich das nicht eher dich fragen, Nils?« Er räusperte sich, weil er nicht wollte, dass seine Stimme unsicher klang.

»Mein Bekannter ...« Nils zeigte zu der geschlossenen Tür. »Mein Bekannter ist der Streetworker, der dich gestern Nacht gefunden hat. Ich habe ihm mal von dir erzählt und er hat ein Bild von uns gesehen. Als ihm bewusst wurde, dass du es sein könntest, hat er mich angerufen. Daniel ... was tust du hier?«

Tja, was tat er hier? Er hatte hier übernachtet, weil er am Abend zuvor betrunken von einem Streetworker aufgesammelt worden war. Jetzt hockte er hier und hatte den besten Kaffee serviert bekommen, den er in den letzten Monaten getrunken hatte.

Aber das konnte er Nils doch nicht sagen!

Er wagte nicht, die Tasse zum Mund zu führen, denn dann hätte er offenbaren müssen, dass seine Hände zitterten.

Ohne etwas zu antworten, hob Daniel sein Kinn etwas und hoffte, dass er dadurch etwas selbstbewusster aussehen könnte. Das Gefühl von Selbstwertgefühl war lange vorbei, aber er hatte noch genug davon übrig, dass er nicht zulassen konnte, dass Nils davon erfuhr.

»Julien sagt, du wärst betrunken gewesen«, murmelte Nils und wirkte betroffen.

»Ist Julien der langhaarige Streetworker mit dem farbenfrohen Pullover?«, erkundigte Daniel sich und grinste. Es tat ihm gut, höhnisch zu sein. Es war seine Waffe.

Wie erwartet zuckte Nils zusammen. »Julien ist ein guter Mann. Das ist das Einzige, das zählt.«

»Ein grellgelber Pullover mit roten Punkten zeugt dennoch nicht von gutem Geschmack.« Daniel zog die Augenbraue hoch und lehnte sich zurück in den Stuhl. Jetzt fühlte er sich ein wenig sicherer. Neugierig musterte er seinen Stiefbruder.

Im Gegensatz zu ihm hatte Nils sich nicht sehr verändert. Seine silberne Brille war eleganter als die, die er zuvor getragen hatte, seine Haare etwas kürzer, was ihm allerdings stand. Voller Neid betrachtete Daniel die Klamotten des anderen Mannes und stellte fest, dass Nils ordentlich gekleidet war. Während er eine ausgeleierte Jeans trug, die auch noch Flecken aufwies, sowie ein altes Shirt mit Löchern und eine leichte Jacke, die er einem anderen Penner geklaut hatte, hatte Nils eine ordentlich gebügelte Stoffhose und einen für die Jahreszeit angemessenen Mantel an. Ein eleganter schwarzgrau karierter Schal baumelte lässig herab.

Obwohl er zwei Jahre älter als er war, wirkte Nils jünger. Wie Ende zwanzig. Und so alt war er auch, fiel Daniel ein. Er selber war auch erst 27. Doch das harte Leben auf der Straße hatte sein Gesicht vorzeitig altern lassen. Was Daniel aber wirklich ärgerte, war die Tatsache, dass Julien Zähne noch gut waren, während die von ihm kariös, teilweise abgebrochen und dunkel waren.

Noch nie war Daniel so bewusst geworden, wie schrecklich mitgenommen er aussah. Nils jetzt so zu sehen tat ihm schrecklich weh. Es zeigte ihm zu deutlich, wer von ihnen der Sieger war und wer verloren hatte. Er war so tief gefallen, dass er es nicht einmal mehr schaffte, sich selbst anzulügen.

Betroffen starrte Daniel auf die Hände in seinem Schoß. Wenigstens musste er dann nicht mehr in diese besorgte Miene von Nils sehen. Doch was er da sah, war auch nicht besser. Seine Fingernägel waren abgekaut, quer über die rechte Handfläche verlief eine dicke Brandnarbe und an seiner linken Hand fehlte ein Teil des kleinen Fingers. Weil ihm die Jacke zu klein war, war ein Teil seines Armes zu sehen. An der linken Seite konnte man gut die Tätowierung erkennen, die sich Daniel so sehr gewünscht hatte, die er sich aber nicht hatte leisten können. So war er zu einem Typen gegangen, der nur wenig Geld verlangt hatte, aber kaum was von der Kunst verstand. Nun sah sein Arm missgestaltet aus. Außerdem zitterten seine Finger so stark, dass Daniel das Bedürfnis hatte, sich draufzusetzen. Er brauchte dringend einen Schnaps. Oder wenigstens ein Bier. Oder mehr Kaffee … wenigstens das.

Mit bebenden Fingern griff er nach der Tasse und führte sie zu seinem Mund. Als er seine Augen hob, bemerkte er, dass Nils ihn erschrocken anstarrte. Daniel hatte keine Ahnung, warum Nils so entsetzt war. Wegen der schlechten Zähne? Oder wegen seiner ungepflegten Fingernägel? Oder wegen dem Gesamtbild?

»Julien sagt, du warst betrunken«, wiederholte Nils nach einem Moment des Schweigens.

Daniel stellte die Tasse wieder auf den Tisch zurück. »Ein Freund hatte Geburtstag. Hatte wohl einen Sekt zu viel«, log er. Sicherlich würde er Nils nicht auf die Nase binden, dass er regelmäßig zu viel trank, oder dass er das Leben nüchtern eigentlich nicht mehr ertrug.

»Du warst so betrunken, dass du offenbar vollkommen unterkühlt eingeschlafen bist«, fuhr Nils fort.

»Häh?« Daniel runzelte die Stirn.

»Du warst total unterkühlt«, wiederholte Nils und klang ungeduldig. »Julien sagt, er hat dich auf einem Spielplatz gefunden. Du hast dort in einem Schlafsack in einem Klettergerüst gelegen. Die Schnapsflasche neben dir.«

Das waren eindeutig zu viele Details. Das sollte Nils eigentlich alles nicht wissen. Unruhig knetete Daniel die Hände. Er wagte nicht, aufzusehen, denn er wusste, dass Nils ungehalten aussah.

»Was ist los, Daniel?«, fragte Nils ungläubig. »Was ist nur passiert?«

Auf diese Frage würde Daniel einfach nicht eingehen. Aber ein anderer Gedanke, der ihm gekommen war, zwang ihn dazu, etwas zu sagen. »Sag mal, bist du eigentlich Arzt geworden, so wie du es als Kind vorgehabt hattest?«, erkundigte er sich und hob nun doch seinen Kopf, um Nils anzusehen.

»Lenk nicht vom Thema ab«, schnappte Nils. Er sah wirklich sehr wütend aus. Die Haare standen ihm wirr vom Kopf ab und die Brille hing ein wenig schief auf der Nase.

Trotzdem sah Nils gepflegter aus. Egal, wie sehr Daniel sich auch anstrengte, er konnte diese Tatsache nicht ignorieren. Seine eigene Verwahrlosung war ihm schrecklich peinlich. Seine Freunde und Kollegen waren alle so wie er. Menschen, die am Rand der Gesellschaft lebten. Selbst die Kunden im Bordell waren nicht besonders wohlhabend. Natürlich nicht … es war ein Drecksloch. Für wohlhabende Männer gab es ganz andere Läden, mit sauberen Zimmern und hübscheren Prostituierten. Wenn Daniel doch mal auf einen Mann oder eine Frau stieß, die nicht so heruntergekommen aussahen, wie er es tat, dann schützte er sich mit Spott oder Hohn, dachte sich seinen Teil und versuchte sich einzureden, dass solche Menschen irgendwann auch noch fallen würden.

Doch das hier war Nils …

Sich einfach abzuwenden und mit dem Leben fortzufahren würde jetzt nicht mehr so leicht gehen. Sie beide waren einmal Teil derselben Familie gewesen. Sie hatten einmal dieselbe Grundvoraussetzung gehabt. Sie waren ungefähr gleich gut in der Schule gewesen. Hatten dieselben Freunde gehabt. Doch jetzt war Nils Arzt und Daniel lebte als Ausgestoßener am Existenzminimum.

Wenn die Scheidung ihrer Eltern nicht gewesen wäre …

»Was ist passiert?«, wiederholte Nils eindringlich.

Obwohl es ihm unangenehm war, konnte Daniel sich seinem Blick nicht entziehen. »Ich habe irgendwann bemerkt, dass ich ein freies Leben bevorzuge«, meinte er und grinste. Es hörte sich so idiotisch an, dass er es schon wieder lustig fand.

»Blödsinn«, fauchte Nils. »Wem willst du hier etwas vormachen?«

Verärgert über seine Aufdringlichkeit biss Daniel sich auf die Unterlippe und runzelte die Stirn. Es wäre ihm lieber, wenn er seinem Stiefbruder gegenüber verheimlichen könnte, wie es um ihn bestellt war. Allerdings befürchtete er, dass es kaum möglich war, irgendwas zu vertuschen. Alleine seine Klamotten und seine körperliche Verfassung offenbarten wohl schon alles. Außerdem würde er wohl schlecht eine Ausrede finden können, warum er im Obdachlosenheim geschlafen hatte, nachdem ein Streetworker ihn in einem alten Schlafsack und betrunken auf einem Spielplatz gefunden hatte.

»Was ist passiert?«, fragte Nils schon wieder. Diesmal klang seine Stimme fordernd und fast ein wenig hysterisch.

»Wieso willst du das eigentlich wissen?«, erkundigte Daniel sich und verlagerte sein Gewicht. Sein Blick fiel auf seine Schuhe. Auch die waren kaum besser als seine restlichen Klamotten. Die Turnschuhe waren an der Spitze kaputt und die Sohle fiel fast ab, und wenn er durch Schnee laufen musste, wurden seine Strümpfe nass, weil es nicht die richtigen Schuhe für diese Jahreszeit waren.

»Wieso ich …?« Nils sah ihn verdutzt an. »Verdammt, Daniel, wir sind Brüder, erinnerst du dich nicht mehr? Trotz allem, was passiert ist! Wir bleiben Brüder. Ich finde es schrecklich, dich so zu sehen.«

Irritiert hob Daniel die Augenbrauen. Ganz so war es nicht gewesen. Ja, sie waren zu Stiefbrüder geworden, nachdem sein Vater die Mutter von Nils geheiratet hatte. Damals waren sie acht und sechs Jahre alt gewesen. Sie hatten eine gemeinsame Kindheit verbracht, doch bereits zehn Jahre später waren sie nach der Scheidung der Eltern getrennte Wege gegangen. Sie waren wie Brüder gewesen, aber sie hatten sich nicht richtig leiden können. Häufig hatten sie gestritten und nach der Scheidung hatten sie kaum noch Kontakt zueinander gehabt.

»Was ist passiert?« Wieder dieselbe Frage, diesmal war Nils' Stimme allerdings leise und behutsam. Seine Augen drückten echte Anteilnahme aus. Seinen Oberkörper lehnte er leicht nach vorne, so als ob er Daniel das Gefühl geben wollte, dass er sich nicht vor ihm ekelte.

Es war, als hätte er mit diesem Verhalten einen Knopf gedrückt. Auf einmal fiel es Daniel nicht mehr so schwer, zu reden. Er räusperte sich. »Nach der Scheidung unserer Eltern ging es irgendwie unaufhaltsam bergab. Mein Vater kam nicht gut klar und hat sich um nichts mehr gekümmert. Ich wurde schlechter in der Schule. Dann die falschen Freunde ... Und Drogen ...« Er verstummte und verlagerte sein Gewicht von einem Fuß zum anderen, während er auf seine Finger blickte.

»Aber meine Mutter wollte den Kontakt zu dir wieder aufnehmen«, betonte Nils. »Ich dachte ...«

»Vielleicht war es einfach zu früh«, unterbrach Daniel ihn. »Mein Vater vertrug den Kontakt zu ihr nicht mehr und ich habe mich ihm verpflichtet gefühlt.«

»Sie hat dir angeboten, dass du uns besuchen kannst, wann immer du willst. Sie hat sich wirklich um dich bemüht und ich weiß, dass sie dich eine Zeit lang angerufen hat«, erinnerte Nils ihn. Seine Stimme war so leise, dass Daniel ihn fast nicht verstanden hatte. Dann wurde er lauter: »Du wolltest nichts mehr mit uns zu tun haben.«

»Wie ich dir sagte: Mein Vater wollte den Kontakt nicht mehr.« Daniel hob die Schulter. »Und als ich verstand, dass ich ihm egal bin, war es zu spät. Ich konnte ja nicht mehr nach einem Jahr plötzlich bei euch auftauchen.«

Ungläubig blinzelte Nils. Daniel wandte sich ab, weil er den Anblick nicht ertrug. All die Jahre hatte es ihn getröstet, auf seine ehemalige Stiefmutter und deren Sohn Groll zu hegen, deswegen weil sie ihn im Stich gelassen hatten, doch die Reaktion von Nils erinnerte ihn daran, dass er ihre Hilfe ausgeschlagen hatte.

»Tja, vielleicht habe ich es einfach verbockt.« Daniel starrte auf seine Hände, die nun wie Espenlaub zitterten.

»Aber vielleicht hätten wir es länger versuchen sollen«, hauchte Nils. Nun wirkte er total zerstreut und mit der Situation überfordert.

Sehr gut. Das könnte seine Chance sein. Daniel hatte ihm die Leitung des Gesprächs aus der Hand gerissen und jetzt könnte er ihm ein schlechtes Gewissen bereiten. Wenn er wollte ... »Na ja, wie ich gehört habe, hat sie ja erneut geheiratet und ein Baby bekommen und ihr wart eine bezaubernde neue

Familie«, meinte Daniel und schob einen dramatischen Seufzer hinterher. »Was hätte ich da zu suchen gehabt?«

»Erzähl keinen Blödsinn. In den Jahren, in denen unsere Eltern verheiratet gewesen waren, warst du für sie wie ein Sohn.« Nils fuhr sich mit der Hand durch die Haare.

Ruckartig schlug Daniel sein Bein über das andere und schob eine der Hände darunter. »Ich hätte nie wirklich dazu gehört«, schnappte er. »Du und das neue Kind wart ihre leiblichen Kinder. Ich war ... nur der Sohn ihres Exmannes, der sie nicht mal besonders gut behandelt hat.«

»Du hättest dich einfach der Herausforderung stellen können, es zu versuchen«, protestierte Nils mit einer lauten schrillen Stimme. Man konnte ihm anmerken, dass er aufgebracht war. Früher hätte Daniel sich daran erfreut, dass er Nils dazu gebracht hatte, sich aufzuregen, aber jetzt fühlte sich dieser Erfolg schal an. Vielleicht, weil er sich einfach zu erbärmlich fühlte. Nach wie vor wollte er nicht, dass Nils erfuhr, wie schlecht die Bedingungen waren, unter denen er lebte. Diesen letzten Rest Stolz wollte er sich bewahren.

»Nils, diese Art von perfekter Patchwork Familie gibt es nicht«, erklärte Daniel und straffte seine Schultern. »Akzeptiere das einfach. Mein Vater hätte Verantwortung für mich übernehmen sollen. Nach dem Tod meiner Mutter schon, aber da hatte sich ja deine Mutter um mich gekümmert. Doch spätestens nach dem sie ihn verlassen hatte, hätte er endlich auch mal für mich da sein sollen.«

Ohne etwas zu sagen, starrte Nils ihn an. In seinen Augen war Mitleid zu sehen. Offenbar ging es ihm ziemlich nah, was er da hörte. Tja, jetzt war er auch endlich mal in der Realität angekommen, dachte Daniel verbittert.

»Du siehst, dass es mir gut geht. Zumindest den Umständen entsprechend«, fügte Daniel hinzu, weil es keinen Sinn machte, zu verleugnen, dass er einige Schwierigkeiten hatte. »Ich komme gut klar. Dass ich heute Nacht im Obdachlosenheim gelandet bin, war eine Verkettung von ganz unglücklichen Umständen. Ich habe wenigstens einen Job und die Möglichkeit ein bisschen Geld zu verdienen. Ich habe hier Freunde. Und eine Perspektive. Eine Zukunft, auf die ich hinspare. Du kannst jetzt gehen. Ich komme alleine klar.«

»Ich gehe nicht.« Trotzig hob Nils sein Kinn.

Seufzend verdrehte Daniel die Augen. »Wieso nicht?«

»Weil ich sehe, dass es dir nicht gut geht.« Nils presste seine Lippen aufeinander.

»Gut.« Daniel stand auf. »Dann gehe ich.«

Während er zur Tür ging, ließ ihn etwas zögern. Auf einmal hatte er das Gefühl, sich umdrehen zu müssen. Das Bedürfnis, sich zu bedanken, war sehr stark und wurde kräftiger, je näher er zu der Tür kam. Immerhin war Nils wegen ihm hierher gekommen. Hatte sich nach seinem Leben erkundigt. Als er seine Hand auf die Türklinke legte, hielt er inne.

»Geh noch nicht«, erklang es von hinten.

Langsam drehte Daniel sich herum und musterte Nils, der immer noch an Ort und Stelle war. Er unternahm keinen Versuch ihm hinterherzueilen und ihn aufzuhalten, aber in seinem Gesichtsausdruck konnte Daniel lesen, dass es ihm schwerfiel, ihn gehen zu sehen. »Was ist denn jetzt noch?«, fragte Daniel leise und fühlte sich erschöpft. Er wusste ganz genau, dass er jetzt nicht mehr so schnell fliehen konnte, jetzt wo er Nils das Gefühl gegeben hatte, dass man ihn aufhalten konnte.

»Ich habe nicht Medizin studiert«, erzählte Nils und betrachtete Daniel. Die Wut, die ihn vorhin noch hatte schäumen lassen, war komplett verschwunden. Jetzt lehnte er sich entspannt gegen die Wand, seine Gesichtszüge weich und die Arme locker auf die Armlehne abgelehnt.

Na klar, dadurch, dass Daniel sich aufhalten gelassen hatte, hatte er Nils die Leitung des Gesprächs wieder zurückgegeben. Das gefiel Daniel nicht. Es war zu gefährlich. Er befürchtete, dass Nils ihn dazu bringen konnte, ihm alles zu erzählen. Die Versuchung war zu groß, den Ballast, den er mit sich herumtrug, einfach in den Schoß eines anderen zu werfen. Zumindest für einen kurzen Moment, um endlich wieder frei atmen zu können. »Warum erzählst du mir das?«, fragte Daniel.

»Ich bin stattdessen Krankenpfleger geworden«, fuhr Nils fort und lächelte leicht. »Auch ich hatte einige Schwierigkeiten mit meinem Abi und deswegen wurde ich nicht bei der Uni zugelassen.«

Erstaunt runzelte Daniel die Stirn und trat einen Schritt auf Nils zu. »Aber ich dachte, dass ... « Er brach ab, weil er verwirrt feststellte, dass er nicht wusste, warum er so fest davon ausgegangen war, dass Nils alles gelingen würde.

»Ach nein.« Nils winkte ab. »Es hat nicht geklappt. Und letztendlich war es nicht schlimm. Ich mag meinen Job.«

Das erstaunte Daniel tatsächlich, doch er hoffte, dass er sich die Überraschung nicht anmerken ließ. Weil er nicht wusste, was er sagen sollte, ließ er Nils weiterreden.

»Du siehst ziemlich unterernährt aus. Ich könnte dir Blut abnehmen und ein Blutbild in dem Labor des Krankenhauses machen lassen ... Vielleicht brauchst du Vitamintabletten, um wieder fit zu werden.« Nils hielt inne und sah Daniel vorsichtig an.

»Ich war schon immer dünn«, erwiderte Daniel und ging einen Schritt zurück. Warum war er nicht geflohen, als es noch gegangen war? Wie sollte er dieses Angebot nur ablehnen?

»Ein Arzt sollte deine Leber und deine Bauchspeicheldrüse untersuchen«, fuhr Nils fort, ohne auf Daniels Einwand einzugehen.

»Wieso das?« Daniel verengte die Augen. Der Moment, als er noch hatte fliehen können, war definitiv vorbei. Zwar spürte Daniel die Abneigung, sich von Nils aus der Patsche helfen zu lassen, aber ... die Sehnsucht danach, dass man ihm half, und zwar in einem Ausmaß, das die Streetworker nicht leisten konnten, war einfach zu groß.

Nils hob die Schulter, so als ob sein Angebot vollkommen normal und angemessen wäre. So direkt hatte ihm noch nie jemand Hilfe angeboten. Zwar hatten die Streetworker mehrmals betont, dass es ein Arzt gab, zu dem Daniel gehen konnte, aber bisher hatte er sich nie überwinden können. Es kam ihm erbärmlich vor. So als würde er sich endlich eingestehen, dass er ein Penner geworden war. »Es ist offensichtlich, dass du mit Alkoholproblemen zu kämpfen hast. Es wäre wirklich besser, wenn du dich untersuchen lässt.«

»Moment!« Daniel trat zwei rasche Schritte nach vorne. »Ich bin kein Alkoholiker.«

»Das habe ich auch nicht behauptet. Um das beurteilen zu können, müsste ein Arzt dich erst untersuchen und dein Trinkverhalten analysieren. Für mich steht aber fest, dass du, wenn du kein Alkoholiker bist, auf dem besten Weg dahin bist«, sagte Nils ruhig. Er nickte zu den Händen, die immer noch zitterten.

Sofort schob Daniel seine Hände hinter den Rücken. Er spürte, dass sich Tränen in den Augen bildeten. Einerseits fühlte er Dankbarkeit in sich aufsteigen, andererseits hatte er Angst. Angst davor, dass Nils ihn verachten würde. Daniel verachtete sich selbst schon so sehr. Wenn jetzt auch noch derjenige, den Daniel immer hatte beeindrucken wollen, ihn verachtete … was war dann noch von seinem altem Ich übrig?

»Nimmst du Drogen?«, fragte Nils leise.

Daniel schüttelte den Kopf. »Ich möchte nicht leugnen, dass ich damit in der Vergangenheit nicht schon meine Probleme hatte, aber ich habe damit aufgehört, denn ich wusste, dass ich … dass ich dann wirklich falle,wenn ich das tue. Soviel Verstand habe ich noch.«

»Sehr gut.« Nils deutete ein leichtes Lächeln an.

Obwohl Daniel sich hoffnungslos und sehr beschämt fühlte, erwiderte er das Lächeln zaghaft. »Ich bin nicht … ich weiß, dass ich so aussehe, aber ich bin nicht dreckig. Ich meine, ich versuche wirklich auf meine Hygiene zu achten«, sagte er und schluckte schwer. Es war ihm wichtig, das zu betonen, aber ihm wurde bewusst, wie peinlich es war, wenn man es dem anderen Menschen gegenüber auch noch versichern musste. Normalerweise sollte man eigentlich davon ausgehen, dass Menschen sich wuschen.

»Es ist halt nicht immer leicht, an eine warme Dusche zu kommen. Oder an eine Zahnbürste. Ich verstehe schon.« Nils nickte beruhigend. Jetzt wo er wieder die Oberhand über das Gespräch hatte, konnte man ihm anmerken, dass er entspannter war.

Daniel hatte große Lust sich und sein erbärmliches Leben einfach Nils anzuvertrauen. Es war ihm noch nie leicht gefallen, Hilfe anzunehmen. Obwohl es ihm oft sehr dreckig gegangen war, hatte er nie angefangen zu betteln. Wenn seine Freunde ihm die Gelegenheit nicht gaben etwas zu essen, sich zu duschen oder in einem warmen Bett zu schlafen, dann arrangierte er sich immer. Von den Streetworkern nahm er nur das Notwendigste, um zu überleben. So wie gestern, als er mitgegangen war. Es war kalt draußen. Jetzt im Dezember … in der Adventszeit.

Doch Nils` Art machte es ihm leicht. Nils gab ihm das Gefühl, als wäre diese Situation gar nicht so absonderlich und als wäre Daniel gar nicht so abartig.

»Das mit den Zähnen … tut mir leid. Das mit meinen Klamotten auch.«
Daniel presste seine Lippen fest zusammen. Doch was nützte es ihm, wenn er jetzt seinen Mund nicht mehr aufmachen würde? Mit einem Mal wurden ihm die verfilzten langen Haare bewusst, die an den Spitzen stumpf waren. Doch er griff nicht an seinen Kopf, sondern seufzte laut. Nils wusste doch bereits schon, was los war. Außerdem hatte Daniel auf einmal die Gewissheit, dass hier jemand saß, der sich wirklich für ihn interessierte. All seine Dämme brachen ein … »Ich habe möglicherweise eine Blasenentzündung. Es tut weh, wenn ich uriniere.«

»Ich bin nur ein Krankenpfleger. Ich würde einen Termin bei einem Arzt organisieren, aber ich selber kann dir nicht bei allem helfen.«

Daniel nickte.

»Du bist viel zu kalt angezogen«, meinte Nils seufzend und zeigte dann auf die Tischkante, während er aufstand. »Setz dich hierher.« Erstaunlich sanft nahm er Daniels Hand in seine, nachdem Daniel sich auf den Tisch gehoben hatte. Langsam drehte Nils den Arm, indem er mit seinen Fingern das dünne Handgelenk von Daniel umfasste. Er kommentierte weder die fehlende Fingerkuppe noch die Brandnarben, die Daniel von ausgedrückten Zigaretten hatte. Er schloss die Augen und schien seinen Puls zu messen. Schließlich nickte er.

»Dein Puls ist okay.«

»Wenigstens das.« Daniel lachte auf.

»Daniel.« Nils umklammerte Daniels Hand. Anscheinend störte es ihn gar nicht, dass Daniel einen ungepflegten Eindruck machte, denn er ging ein wenig näher und berührte mit seiner freien Hand die Schulter von Daniel. »Du solltest mit mir mitkommen. Ich werde dich über die Feiertage aufpäppeln. Meine Freundin ist sowieso vor zwei Monate ausgezogen und mir würde die Decke auf den Kopf fallen. Meine Mutter würde dich wirklich gerne mal wieder sehen, da bin ich mir sicher. Und nach den Feiertagen organisiere ich dir einen Termin bei einem Arzt.«

Daniel sagte nichts, stattdessen wandte er seinen Kopf ein wenig zur Seite. Es klang verlockend, aber … es würde auch bedeuten, dass er sich selber und seiner alten Familie eingestand, dass er auf allen Ebenen gescheitert war. Doch … vielleicht war es auch die Chance wieder auf die Beine zu kommen?

»Daniel.« Nils wartete, bis Daniel ihn ansah, bevor er weiter sprach. »Wenn du mitkommst, kannst du ein Bad nehmen. Oder eine Dusche. Du kannst dich mit warmem Wasser waschen und bekommst gute Seifen. Ich habe eine große Wohnung und ein gemütliches Gästezimmer. Du wirst in einem großen warmen weichen Bett schlafen. Etwas Warmes essen. Es ist Weihnachten, du solltest nicht auf der Straße leben.« Er trat einen weiteren Schritt zurück und sah Daniel ernst an.

Daniel schüttelte müde den Kopf. Das Angebot war verlockend, aber Daniel konnte es nicht annehmen. Wenn er … für einen kurzen süßen Moment das bekommen würde, nach dem er sich immer gesehnt hatte, würde es ihm schwerfallen wieder zurück in sein Leben zu finden. Es war zu riskant. Außerdem konnte er sich nicht so sehr auf Nils verlassen. Das ging einfach nicht.

»Dein Körper ist einem schlechtem Zustand. Wenn du so weitermachst ... Noch kannst du das Blatt wenden«, betonte Nils. »Keine Sorge, ich werde dich schon bald wieder rauswerfen, weil ich meinen Freiraum brauche, aber erst, wenn wir dir eine günstige Wohnung gefunden haben. Wenn du erst wieder über einen Wohnort verfügst, dann sieht es auf dem Arbeitsmarkt wieder besser aus.«

»Ich habe einen Job.« Gereizt sah Daniel den anderen an. Alles in ihm sehnte sich danach, mit seinem Stiefbruder mitzugehen. Doch er durfte sich nicht so hängen lassen. Es wäre so einfach, sich einfach der bittersüßen Hoffnung hingeben, davon zu träumen, dass wirklich jemand gekommen war, um ihn zu retten. Dass er Weihnachten nicht alleine und stattdessen an einem trockenen, warmen Ort verbringen würde. »Was arbeitest du? Reicht es nicht für die Miete? Hast du Freunde?«, erkundigte Nils sich.

»Natürlich habe ich Freunde.« Verärgert verengte Daniel die Augen. »Jede Menge sogar.« Eigentlich hatte er nur Jessy als Freund. Bei ihm konnte er häufiger schlafen. Außerdem hatte Jessy selbst viele Freunde und er hatte genug Einfluss auf die anderen, dass Daniel auch von denen angenommen wurde.

»Können die dir Unterschlupf gewähren? Zumindest über die kalte Jahreszeit?«, hakte Nils nach.

»Ich bin nicht obdachlos«, fauchte Daniel.

»Obdachlos ist jeder Mensch, der keinen festen Wohnsitz hat, Daniel. Lüg`
dich nicht selbst an. Damit tust du dir doch keinen Gefallen.« Nils setzte sich
auf den Stuhl, auf dem Daniel vorher gesessen hatte, und betrachtete ihn ernst.

Was wollte Nils? Wollte er noch weniger vor ihm halten und ihm gar
keinen Respekt entgegenbringen? Sie hatten über den übermäßigen Alkohol-
konsum und seinen körperlichen Verfall gesprochen. Langte das nicht? Reichte
es ihm nicht, Daniel am Boden liegen zu sehen? Musste er noch auf ihn eintreten?

»Gehst du auf den Strich?«, erkundigte Nils sich, als Daniel nichts sagte.

Müde schüttelte er den Kopf.

»Du musst mir nichts vormachen, Daniel. Ich weiß jetzt sowieso schon
alles über dich. Rede einfach mit mir. Vertraue dich mir an.« Die Stimme von
Nils klang nun flehentlich, so als ob ihm bewusst wäre, dass Daniel jederzeit
aufstehen und wegrennen könnte.

»Ich bin vielleicht obdachlos und alkoholabhängig, aber ich gehe nicht auf
den Strich«, schnappte Daniel.

»Okay.« Nils nickte nachdenklich. »Was machst du? Verdienst du Geld?«

Stirnrunzelnd sah Daniel ihn an. Natürlich verdiente er Geld. Glaubte Nils,
dass er auf der Straße hockte und bettelte? War ihm nicht bewusst, dass Daniel
kein Anrecht auf Arbeitslosengeld hatte, weil er nicht gemeldet war? »Ich
arbeite in einem Puff«, gestand er schließlich, weil Nils ihn unentwegt anstarrte. Seine Arbeit war entwürdigend, aber wenigstens hatte er es warm, während
er arbeitete. Nils hatte Recht. Jetzt hatte er ihm schon so viel anvertraut, darauf
kam es jetzt auch nicht mehr an.

»Du bist ...« Nils brach ab und echte Verzweiflung zog über sein Gesicht.

»Ich putze da.« Daniel spürte, dass er rot wurde. Putzhilfe in einem Bordell
zu sein war nie sein Traum gewesen. Aber er hatte ein regelmäßiges Einkommen. Und auch wenn er in seinem Leben viel in den Sand gesetzt hatte, so
ging er seit vielen Jahren täglich zur Arbeit und verrichtete diese so gut, dass
sein Chef mit ihm zufrieden war. Er meldete sich nur sehr selten krank, obwohl
es ihm häufig sehr schlecht ging.

»Und das Geld reicht nicht für eine Wohnung?« Langsam stand Nils auf
und ging um den Tisch herum. »Da muss doch etwas dabei rumkommen,

oder?« Nun setzte er sich auf die Tischkante und beugte sich ein wenig nach vorne.

»Ich will sparen. Alles, was ich habe, versuche ich zu sparen«, erzählte Daniel und strich sich mit seinen Fingern durch die Haare. Er hatte sie am Morgen gewaschen, aber das Shampoo, das die Streetworker hier verteilten, war nicht besonders gut. Trotzdem fühlte es sich jetzt etwas besser an als zuvor und seine Kopfhaut juckte nicht mehr. »Ich hatte eine Wohnung, aber das Geld hat nie gereicht, dass ich was zur Seite legen konnte. Und mein Kumpel hat gemeint, er lässt mich bei sich wohnen. Ich konnte ja nicht ahnen, dass er mich regelmäßig rauswirft, weil er sich ständig irgendwelche Frauen ans Bein bindet.«

»Wofür sparst du denn?« Nils verlagerte sein Gewicht und betrachtete ihn neugierig.

»Ich hau ab«, erzählte Daniel und kniff die Augen zusammen. »Ich … ich will wieder ein Leben haben. Ich geh` nach Berlin. Da ist jemand wie ich nichts Besonderes. Da finde ich bessere Jobs. Ich will … gesund werden.«

»Daniel ...« Nils streckte die Hand aus. »Geh nicht.«

»Warum nicht?« Daniel spürte, dass sein Herz heftig klopfte. Die Stimmung zwischen ihnen war plötzlich wie zum Zerreißen angespannt. Irgendwas hatte sich gerade verändert. Er wusste, wenn Nils jetzt das Richtige sagen würde, dann würde er einknicken. Und vermutlich wäre es das Beste, was ihm passieren konnte.

»Weil ich dann nicht mehr die Chance habe, dich kennenzulernen«, meinte Nils leise.

»Du willst mich kennenlernen?« Verblüfft sah Daniel ihn an. »Warum?«

»Weil du mein Bruder bist«, antwortete Nils.

Fassungslos starrte Daniel auf seine schmutzige Hose und schluckte schwer.

»Lass uns zusammen Weihnachten feiern«, bot Nils erneut an. »Meine Wohnung ist groß. Ich bin alleine während der Feiertage, weil ich keinen Dienst habe. Ursprünglich sollte es das erste Weihnachten werden, das meine Freundin und ich zusammen verbringen ohne arbeiten zu müssen. Jetzt habe ich frei und sitze alleine zuhause rum. Du siehst, es würde mir einfach gut passen.« Er hob die Schultern hoch.

»Ich weiß nicht, was ich sagen soll«, flüsterte Daniel und rieb sich über die Augen, die brannten.

Anscheinend wertete Nils das als gutes Zeichen, denn er machte weiter und versuchte Daniel zu überzeugen. »Schau, wir können sehen, wie es läuft. Du tankst wieder Energie auf. Wenn du merkst, dass es nicht angenehm ist oder dass ich dich nerve, dann kannst du immer noch sagen, dass du wieder verschwindest. Wenn du das wirklich willst, werde ich dir keine Steine in den Weg legen, aber ich will wenigstens wissen, wer du bist und was dich ausmacht. Dann kann ich wenigstens vor mir behaupten, dass ich es versucht habe.«

Ruckartig streckte er seine Hand in Daniels Richtung und sah ihn durchdringend an. Die Sekunden dehnten sich in die Länge, zumindest fühlte es sich für Daniel so an. Er spürte, dass sein Herz klopfte. Weihnachten im Warmen. Weihnachten mit einem vollen Bauch. Weihnachten mit Medikamenten, einem weichen Bett und einem Badezimmer. Weihnachten mit einem anderen Menschen. Weihnachten mit seiner Familie.

Langsam hob Daniel seine Hand, zögerte wieder kurz, berührte dann Nils‹ Handfläche. Für einen kurzen Moment dachte er darüber nach, die Hand wegzustoßen, aber bevor er das tun konnte umfasste er mit seinen Fingern die warme Haut von Nils` Hand und drückte leicht zu. Als Nils erleichtert ausatmete, musste Daniel lächeln.

Das war nicht die Lösung für seine Probleme. Das wusste er. Aber es war die Hoffnung darauf. Und das war mehr als er in den letzten zwei Jahren erhalten hatte.

»Also Weihnachten mit zwei einsamen Stiefbrüdern«, sagte er.

»Weihnachten mit zwei Brüdern«, bestätigte Nils.

Anna

Impressum: Erstmals veröffentlicht 2017 in Umdrehungen: Gesamtausgabe, ISBN: 978-3743194809 / Lektorat & Korrektorat: Lisa Lamp, Eike Guthard / Testleser*innen: Esther Guretzke, Stefanie Steger, Franziska Lara, Sabine Grote, Sylke Richter, Marlene Holz

Zusammenfassung: Wie begegnet man einem Menschen, der erst seit Kurzem weiß, dass er sein restliches Leben im Rollstuhl verbringen wird? Was sagt man zu einem Freund, dem genau das passiert ist? Wie geht man mit dieser Situation um? Anna besucht einen guten Freund in der Rehaklinik und fühlt sich verunsichert und hilflos. Der ehemals so starke Mann vor ihr wirkt verletzlich und überfordert. Die Freundschaft sollte sich nicht verändert haben - aber trotzdem ist jetzt alles anders. Oder doch nicht?

Vorwort: Diese Kurzgeschichte entstand aufgrund mehrerer Rückfragen von Lesenden. Sie vermissten im ersten Band der Umdrehungen-Trilogie »Das Leben steht still« eine etwas ausführlichere Schilderung von Bens Rehaaufenthalt, nachdem er mit der Diagnose Querschnittlähmung aus dem Krankenhaus entlassen worden ist. Die Geschichte spielt während Band 1 nach dem Kapitel Ben, kann aber auch ohne Vorkenntnis gelesen werden. Die Kurzgeschichte »Narben«, ebenfalls in dieser Anthologie enthalten, ist im selben Zeitraum angesiedelt.

Anna musste schlucken, als sie ihn erblickte. Und als sie ihn begrüßte, drohte ihre Stimme zu kippen. Mit Mühe schaffte sie es sogar zu lächeln, als sie sich herunterbeugte und ihre Arme um seine Schultern legte, um ihn kurz an sich zu drücken. Ihr lag auf der Zunge, ihn zu fragen, wie es ihm ging, dann aber erinnerte sie sich rechtzeitig daran, dass diese Frage in seiner Situation wie eine Provokation klingen könnte.

An den Rollstuhl würde sie sich vermutlich nie gewöhnen können. Er wirkte groß und sperrig und sah so aus, als würde er ihn behindern und einschränken, dabei war es sein eigener Körper, der das tat.

Weil sie nicht wusste, was sie sonst sagen sollte, fragte sie doch: »Wie geht es dir, Benny?«

Er hob die Schultern und verzog das Gesicht. Seine Hand, die auf dem Tisch lag, verkrampfte sich kurz, bevor er sie wieder entspannte. Er antwortete nicht.

Anna zog den Besucherstuhl zu sich heran und setzte sich. Sie sah sich um, damit sie ihm nicht ins Gesicht sehen musste. Er hatte hier in der Cafeteria des Rehabilitätszentrums auf sie gewartet. Sie wusste nicht, warum es ihm so wichtig gewesen war, aber er hatte mehrmals am Telefon wiederholt, er würde runterkommen und sie hier in Empfang nehmen. Anscheinend wollte er nicht, dass sie sein Zimmer sah.

Als sie ihn das letzte Mal gesehen hatte, war nicht mal daran zu denken gewesen, dass er alleine irgendwohin … rollte. Er war selbstständiger geworden. Trotzdem ertrug sie seinen Anblick nicht und sie wollte nicht, dass er dachte, sie würde ihn anstarren. Also sah sie sich um. Zumindest sah es hier schick aus. Nicht wie ein Krankenhaus, sondern eher wie eine normale Cafeteria. In der Mitte stand ein großer Brunnen mit Grünpflanzen und einem Wasserlauf. Auf den Tischen standen Gestecke, die das Kommen des Frühlings versprachen, und an den Wänden hingen Gemälde, die laut der Hinweisschilder von Patienten gemalt worden waren. An der Theke stand eine ältere Frau mit einem herzlichen Strahlen und winkte ihnen zu. »Wollen Sie schon bestellen?«, rief sie.

Anna war dankbar für die Ablenkung und nickte.

Die Frau eilte heran und holte einen Notizzettel aus der Tasche ihrer Schürze heraus. Abwartend sah sie zu Benny, der nach der Karte griff, die in einem

Ständer am Rand des Tisches steckte. Anna bemerkte, dass er sich mit seiner anderen Hand fest an der Tischkante festhielt, während er blätterte und wieder musste sie sich abwenden, weil sie den Anblick nicht ertrug.

Sie hatte ihn natürlich auch im Krankenhaus besucht, aber da hatte er meistens im Bett gelegen. Natürlich war auch das ein bedrückender Anblick gewesen, doch das war immer so, wenn man jemanden im Krankenhaus besuchte. Die Hoffnung hatte bestanden, dass er gesund werden würde. Zumindest hatte man es sich gut einreden können. Aber der Rollstuhl war wie ein Zeichen dafür, dass es so bleiben würde, dass es hoffnungslos war.

Als sie erfahren hatte, dass Benny während eines Polizeieinsatzes angeschossen worden war, war sie erleichtert gewesen, als ihr Bruder Roland sofort gesagt hatte, dass er außer Lebensgefahr war. Sie war überzeugt davon gewesen, dass Benny komplett gesund werden würde. Hatte viele Wochen darauf gehofft und nicht glauben können, dass er Schäden davongetragen hatte, die ihn für den Rest seines Lebens behindern würden.

»Eine Cola«, bestellte Benny und seine Stimme klang belegt.

Anna seufzte und zog die Karte zu sich heran. Einerseits war es beruhigend, so zu tun, als würde sie angestrengt die Karte studieren, andererseits war ihr schmerzlich bewusst, dass die Bedienung extra gekommen war, um ihre Bestellung sofort aufzunehmen. »Ich nehme einen Cappuccino«, sagte sie und schloss die Karte.

»Wo ist Björn?«, fragte Benny.

»Bei meinen Eltern«, antwortete Anna und fühlte sich schuldig. Im Krankenhaus hatte Benny die Besuche von ihrem Sohn immer gutgetan. Doch sie hatte auch an Björn denken müssen. Der Junge verstand nicht, was passiert war, und die Tatsache, dass es Benny so schlecht ging, beschäftigte ihn sehr. Solange Benny so war ... so unausgeglichen, wollte sie Björn nicht dabeihaben. Es verunsicherte ihn. Immerhin war Benny für Björn eine Art männliches Vorbild und sehr wichtig, weil sein Vater abgehauen war. Vermutlich kümmerte sich Benny deswegen so liebevoll um ihn, da auch er seinen Vater sehr früh verloren hatte.

»Wie läuft es hier?«, fragte Anna und straffte ihre Schultern. Es interessierte sie wirklich, aber sie befürchtete, dass Benny nicht darüber reden wollte. Oder aus welchem Grund sonst sollte er vermeiden wollen, dass sie ihn im

Zimmer besuchte? Hatte er sie hierher bestellt, weil er den Eindruck erwecken wollte, es wäre wie früher? Gab es in seinem Zimmer Hinweise auf seine Behandlung und Hilfsmittel für die Therapie, die er verbergen wollte? Einerseits war Anna froh, dass sie das nicht sehen musste, andererseits machte es sie traurig, weil das auch bedeutete, dass Benny ihr nicht vertraute, obwohl sie sich schon so lange kannten.

»Es ist hart«, sagte Benny und legte beide Hände mit den Handflächen nach unten auf die Tischplatte. Er rollte seine Schultern nach hinten, was Anna daran erinnerte, dass ihr Bruder Roland erzählt hatte, dass Benny schreckliche Verspannungen wegen der ungewohnten Belastung im Oberkörper hatte. Immerhin musste er mit den Armen viel mehr machen als früher, zum Beispiel seinen Körper stabilisieren, wenn er irgendwo saß.

»Das glaub ich«, sagte Anna und räusperte sich.

Benny schwieg einen Moment, dann strich er sich mit einer Hand über die Stirn. Mit der anderen krallte er sich in die Tischdecke. »Ich weiß nicht, ob ich jemals wieder der Alte sein werde.«

In einem Anflug von Dankbarkeit dafür, dass er so ehrlich war, streckte Anna den Arm aus und berührte seine Hand. Sie strich über die verkrampften Finger und versuchte so, den Griff etwas zu entspannen. »Vielleicht musst du das gar nicht?«

Benny sah zu einem imaginären Punkt an ihrer rechten Seite. Sein Adamsapfel hüpfte auf und ab, als er heftig schluckte. Anna drückte seine Finger noch fester mit ihrer Hand und spürte Verzweiflung aufsteigen. Sie konnte sich so gut an die Anfangszeit erinnern, als Roland immer häufiger mit Benny zuhause aufgekreuzt war. Sie waren so gute Freunde gewesen, dass er ihn sogar mit zu den Familienfesten gebracht hatte. Für einige Wochen hatte Anna sogar den Verdacht gehabt, ihr Bruder sei schwul und mit Benny zusammen. Einige Monate später hatte sich stattdessen aber ihre Schwester Julia als lesbisch geoutet und Roland hatte ihnen Helena vorgestellt, mit der er immer noch glücklich zusammen war. Doch auch die enge Freundschaft mit Benny war bis heute geblieben.

Ihre Eltern hatten Benny wie einen Pflegesohn aufgenommen. Er hatte irgendwann einfach dazugehört. Vielleicht, weil er früh seine Eltern verloren hatte, aber vermutlich hatte das gar nicht so viel Einfluss darauf gehabt. Er war einfach sehr beliebt und jeder hatte ihn gemocht. Auch heute war er noch Teil der Familie, für sie wie ein zusätzlicher jüngerer Bruder und ihr Sohn bewunderte ihn sehr. Nur seine Partnerin, Zita, hatte sich nicht richtig in die Familie eingliedern können. Bis heute hatte Anna sich nicht an das hochnäsige Mädchen gewöhnen können und fragte sich, warum ausgerechnet sie Bennys Herz erobert hatte.

»Ich soll dich von allen grüßen«, sagte Anna. »Von meinen Eltern. Und natürlich auch von Roland und Julia und eigentlich allen«, zählte sie auf und verstummte, als die Bedienung kam und die Getränke vor ihnen platzierte. Die Frau wirkte nicht beeindruckt von dem Rollstuhl, aber vermutlich hatte sie häufiger mit Rollstuhlfahrenden zu tun. Geschickt lief sie darum herum, um Bennys Cola schräg von ihm hinstellen zu können.

Anna fragte sich, wie es für Benny sein würde, draußen mit dem Rollstuhl gesehen zu werden. Sie stellte sich vor, sie wäre diejenige, die im Rollstuhl sitzen würde, und schauderte, als sie sich vorstellte, dass sie immer von unten nach oben zu den Gesichtern der Leute schauen müsste. Erschwerend hinzu kam die fehlende Stabilität. Aufgrund der Höhe der Verletzung hatte er kaum Kontrolle über die Bauchmuskeln und hatte es somit erheblich schwerer als jemand, der lediglich ab der Taille gelähmt war.

Auch ohne Rollstuhl war er wie ein Magnet für die gaffenden Blicke der Leute, denn durch die Herkunft seines Vaters, der Ghanaer gewesen war, hatte er dunkle Haut. Es war ihm unangenehm, angestarrt zu werden. Das hatte er Anna mal erzählt und sie vermutete, dass das nun mit Rollstuhl ein noch größeres Problem für werden könnte.

»Wie geht es deinen Eltern?«, fragte Benny.

Anna sah ihm ins Gesicht, denn jetzt fühlte sie sich etwas sicherer. Über ihre Familie zu reden war wie gewohntes Terrain. Hier kannte sie sich aus. Und er auch. »Gut«, meinte sie. »Es geht allen gut. Alle vermissen dich.«

»Julia?«

Mit Julia hatte Benny stets ein ganz besonderes Verhältnis gehabt. Obwohl sie sich mit ihrer jüngeren Schwester gut verstand, hatte diese Benny als erste Vertrauensperson gewählt und ihm gestanden, dass sie auf Frauen stand. Auch sie hatte sich immer gut mit Benny verstanden, aber manchmal hatte sie den Eindruck, als würde der große Altersunterschied verhindern, dass sie echte

Freunde geworden waren. Mit ihrem Sohn verstand Benny sich sehr gut, aber mit Anna hatte er nicht so viele Gemeinsamkeiten. »Auch ihr geht es gut«, antwortete Anna sanft. »Sie würde dich gerne besuchen, weiß aber nicht genau, wann sie es schafft zu kommen.« Seit Julia in der Schweiz lebte, besuchte sie die Familie selten.

Anna betrachtete Benny, der sich auf die Cola konzentrierte. Es war ihm anzumerken, wie schwer es ihm fiel, aufrecht im Rollstuhl sitzen zu bleiben. Er trank mit gerunzelter Stirn und hielt sich mit der anderen Hand verkrampft an der Lehne fest. Es sah aus, als wäre es eine Qual, pure Anstrengung. Es sah so aus, als würde Benny alles, was er tat, Mühe bereiten.

Er trug seine Haare etwas länger, seinen Bart hatte er komplett abrasiert, obwohl ihm die Stoppeln immer gutgestanden hatten. Seine Augen sahen müde aus und Anna meinte, dass sich kleine Falten in die dunkle Haut über der Nase zwischen den Augenbrauen gegraben hatten. Die Lippen waren rissig, so, als würde er ständig darauf herum kauen.

Sein Pullover sah bequem aus, aber die Jogginghose, die er trug, erinnerte Anna wieder daran, wie schwer ihn die Querschnittlähmung getroffen hatte. Roland hatte ihr erzählt, dass er nicht mehr so gerne Jeans trug, weil er Hilfe beim Anziehen benötigte. Nur in weite Sporthosen kam er eigenständig, und nur, wenn er diese trug, schaffte er es alleine auf die Toilette.

Anna warf einen Würfelzucker in ihren Cappuccino, obwohl sie süßen Kaffee gar nicht mochte. Aber sie mochte es, zu beobachten, wie der Zucker langsam braun wurde und sich schließlich auflöste. Sie nahm ihren ganzen Mut zusammen und fragte: »Was genau ist hart an der Reha?« Sie befürchtete eine wütende Antwort, aber Benny blieb ruhig.

»Erst jetzt wird mir langsam bewusst, wie eingeschränkt ich bin«, meinte er. »Solange ich im Bett herumlag, war mir das Ganze gar nicht so wichtig. Und es ist mir auch nicht groß aufgefallen. Doch nun bei den ganzen Übungen und praktischen Tipps für den Alltag und das Rollstuhltraining ... ich kann es nicht mehr vor mir selber leugnen.« Benny starrte verzweifelt in seine Cola.

Betroffen schob Anna ihre Tasse zur Seite und lehnte sich vor. »Es tut mir wirklich leid, dass dir das passiert ist.«

»Mir auch.« Benny umklammerte mit einer Hand wieder die Stuhllehne seines Rollstuhls, mit der anderen drückte er gegen seine Stirn.

»Benny.« Hilflos berührte Anna seinen Arm. Sie wusste nicht, wie sie reagieren sollte. Sie wusste von Roland, dass Benny verschiedene Phasen durch litt. Mal war er motiviert und optimistisch, zielstrebig darin, diese Herausforderung zu bestehen, dann wiederum in sich gekehrt und traurig. Oder ganz oft auch wütend und aggressiv. Dann provozierte er Streit und ließ an den Personen in seiner Umgebung die Wut heraus, die er über sein Schicksal empfand. Sie hatte mit Letzterem gerechnet, denn als sie Benny im Krankenhaus besucht hatte, war er stets unfreundlich gewesen und hatte sie unfair behandelt. Als Julia wegen ihm aus der Schweiz gekommen war, um ihn zu besuchen, war er wohl fast lethargisch gewesen und hatte kaum geredet. Anna hatte geglaubt, das läge daran, weil er mit Julia einfach besser klarkam, aber jetzt wurde ihr bewusst, dass Benny vermutlich einfach überfordert von der Situation war und deswegen je nach Stimmung reagierte.

»Wie soll ich das schaffen?«, fragte Benny leise. »Ich schaff das nicht. Ich kann das nicht.«

»Benny, du wirst es schaffen. Du bist so ein starker Mann. Du weißt doch, was du schon alles zuvor gepackt hast«, erinnerte Anna ihn.

»Das schaffe ich dieses Mal nicht«, betonte Benny und seine Stimme klang so verzweifelt wie er aussah.

»Doch. Benny?« Anna berührte seine Hand und zog sie von seinem Gesicht weg. Sie erstarrte, als sie die Tränen sah. Nie hatte sie ihn weinen sehen. Er war immer der starke Mann gewesen, der so selbstbewusst und strahlend durchs Leben gegangen war. Nichts schien ihn niederzuringen. Immer war er derjenige gewesen, der andere getröstet hatte. Anna konnte sich noch gut an die Phase erinnern, als der Vater von Björn sie verlassen hatte und sie mit dem kleinen Baby alleine dagestanden hatte. Benny war jemand, der einfach zupackte, hilfsbereit und ohne Umwege. Er war für sie da gewesen, hatte sie getröstet, sich um das Kind gekümmert, wann immer es sein Job erlaubte.

Sie stand auf, wusste aber nicht, was sie tun sollte, also setzte sie sich wieder hin. »Du schaffst das«, versprach sie, obwohl es ein leeres Versprechen war.

Die Tränen schienen Benny peinlich zu sein. Er griff zu seiner Hosentasche, während er sich abwandte. Für einen Moment schien er vergessen zu haben, dass die Muskeln ihm nicht mehr gehorchten. Er knickte mit dem Oberkörper ein, verlor das Gleichgewicht und knallte mit den Rippen gegen die Kante des Tisches.

Erschrocken griff Anna nach vorne, griff aber ins Leere. Geschockt sah sie zu, wie Benny sich mit Mühe wieder aufrichtete. Seine Finger zitterten. Er räusperte sich. »Hast du ein Taschentuch?«, fragte er leise.

»Natürlich.« Anna griff in ihre Handtasche und wühlte nervös darin herum. Endlich fand sie die Packung mit den Taschentüchern. Sie reichte sie Benny.

Er putzte sich die Nase und als er das Tuch senkte, lächelte er leicht. »Jetzt hast du mich wirklich am Boden liegen gesehen. Heulend und wankend im Rollstuhl, als wäre ich betrunken.« Er klang verbittert, aber als er die Schultern hob, meinte Anna ein Hauch seiner alten Lässigkeit zu sehen.

»Das macht gar nichts«, sagte Anna und lehnte sich in ihrem Stuhl zurück. »Wirklich nicht.«

Benny seufzte.

»Das nächste Mal bringe ich Björn mit«, entschied Anna.

»Weil du es alleine mit mir nicht mehr aushältst?«, fragte Benny und sah sie angriffslustig an.

Früher hatte er das nicht gemacht, alles gleich persönlich zu nehmen, dachte Anna und schluckte fest. »Nein, ich … also ich dachte … er und du … ihr versteht euch doch so gut«, stammelte sie und brach ab, als sie bemerkte, dass es keinen Sinn machte, sich zu verteidigen.

»Es ist nicht so, als wüsste ich nicht ganz genau, wie scheiße es mit mir ist. Dass ich euch nicht nett behandele und unfair reagiere. Und alle mit meiner schlechten Laune in die Flucht schlage. Das weiß ich. Ich komme mit mir selber nicht mehr gut klar und meistens kann ich mich selber nicht mehr leiden. Zumindest dann, wenn ich mir selber nicht gerade leidtue, was auch ziemlich oft vorkommt«. Benny sah sie an. »Ich kann verstehen, dass du nicht gerne Zeit mit mir verbringen willst.«

Anna biss sich auf die Lippen. Sie wollte das nicht so stehen lassen, nicht so, dass es wirkte, als könnte sie ihn nicht ertragen. Es war nicht leicht, aber war es nicht auch verständlich, dass der Umgang mit ihm vorübergehend etwas komplizierter geworden war? »Darum geht es wirklich nicht«, betonte sie mit einem festen Ton und war stolz auf sich, als sie hörte, dass ihre Stimme nicht so albern zitterte, wie sie es oft machte, wenn sie aufgeregt war.

Benny starrte sie an. Eine einzelne Träne löste sich von seinen Wimpern und lief an seiner Wange hinab. Er schlug sie weg, als wäre sie eine lästige Fliege, die es sich auf seiner Haut bequem gemacht hatte. Grimmig wischte er sich mit dem Taschentuch über die Augen. »Gib doch einfach zu, dass ich mich wie ein Arschloch verhalte.«

Sie stand ruckartig auf, lief um den Tisch herum und drückte Benny an sich. Es fühlte sich an wie etwas, das einfach notwendig war. Und als sie den starken Körper an sich drückte, bemerkte sie, dass es wirklich richtig gewesen war, ihrem Impuls nachzugeben. Sie flüsterte ihm ins Ohr: »Du schaffst das, wir sind für dich da. Wir alle und wir lassen dich nicht im Stich und bleiben bei dir, selbst wenn du manchmal ein Mistkerl bist.«

Benny grinste und dieses Mal sah er wirklich ein klein wenig so aus wie früher, nur mit dem großen Unterschied, dass die Augen tränennass waren.

»Du hast Björn nicht mitgebracht, weil ich so oft ein Mistkerl war, oder?«

»Ja ... aber ich kann es verstehen und er versteht es sicher auch. Ich muss es ihm einfach erklären«, meinte Anna und drückte ihn ein weiteres Mal eng an sich, dann setzte sie sich wieder auf den Stuhl. Sie trank einen Schluck. »Mir ist klar geworden, dass wir dich nicht meiden können, nur weil du eine schwierige Phase durchmachst. Das ist nicht richtig. Immerhin sind wir deine Familie und Björn bewundert dich. Du bist sein Vorbild, das weißt du doch.«

Benny nahm ebenfalls einen Schluck. »Danke«, sagte er.

»Dafür nicht. Wir sind Freunde und dafür sind Freunde da, oder?« Anna lächelte ihm zu. »Du warst auch immer für mich da, erinnerst du dich? «

»Ja.« Benny sah nachdenklich aus. Dann nickte er. »Ja, ich denke schon.«

Er richtete sich auf und stützte sich dabei mit seinen Händen von den Lehnen des Rollstuhls ab. Es sah unkoordiniert und wacklig aus. Anna starrte zur Seite. »Willst du mein Zimmer sehen?«

Anna sah wieder zu ihm. Er saß nun wieder normal in seinem Rollstuhl und das erzeugte ein tiefes Gefühl von Erleichterung. Gleichzeitig hatte sie ein schlechtes Gewissen, weil sie seinen Anblick nicht ertrug. Wie sollte er sich dabei fühlen, wenn er ihr die Unsicherheit anmerkte? Fühlte er sich abgewiesen? Oder gar wie jemand, den man sich nicht mehr gerne ansah?

Um überhaupt über die peinliche Situation hinwegzukommen, stand sie auf. »Ja, sicher.« Sie wartete, bis er seinen Rollstuhl vom Tisch weggeschoben hatte, und folgte ihm dann zur Theke. Diese war wohl bewusst für Rollstuhl-fahrende konzipiert, denn ein Teil der Theke war niedriger und so besser für Benny zu erreichen. Er zog seinen Geldbeutel aus der Hosentasche und sein Oberkörper wankte dabei erneut bedrohlich.

Rasch trat Anna vor. »Ich kann bezahlen«, murmelte sie. Sie zuckte zusammen, als Benny ihren Arm ergriff und diesen festdrückte. Er zerrte an ihr, sodass ihr nichts anderes übrigblieb, als sich umzudrehen.

»Nein, ich zahle«, sagte er und klang fast streng dabei. Seine Augen waren fest auf die ihren gerichtet. »Ich lade dich ein«, fügte er versöhnlicher hinzu.

Anna senkte den Kopf und ging zur Seite.

Wieder schämte sie sich für ihr Verhalten und schluckte.

Nachdem er gezahlt hatte, führte er sie aus der Cafeteria und fuhr zum nächsten Aufzug. Er drückte den Knopf, um den Aufzug zu holen und vermied es, sie anzusehen.

»Danke, dass du mich eingeladen hast«, meinte Anna, weil sie die Stille unterbrechen wollte, die sich wieder hartnäckig festgesetzt hatte. »Ich wollte nicht ... So war es nicht gemeint«, stammelte sie, ohne dass sie genau wusste, was sie genau damit ausdrücken wollte.

Eine Aggression, die sie von ihm nicht gewohnt war, strahlte er aus, als er sie anstarrte. »Du besuchst mich, also lade ich dich ein«, betonte er. »So war es doch immer, oder etwa nicht?«

Anna senkte den Blick. »Benny, lass uns nicht wegen zwei Getränken strei-ten.«

Ohne etwas zu sagen, rollte er in den Fahrstuhl rein, als dieser endlich kam, und drückte den Knopf für den vierten Stock. Anna drängte sich in die Ecke des Fahrstuhls und betrachtete ihren Freund von der Seite. Benny schien es nicht zu merken, denn er konzentrierte sich auf die digitale Anzeige, die mit großen roten Zahlen ankündigte, auf welches Stockwerk sie als nächstes zufuhren.

Zum ersten Mal fiel ihr auf, wie sehr seine Schultern bebten. Ob vor Wut oder vor Anstrengung, weil er sich mit der Kraft seiner Arme fortbewegen musste, konnte sie nicht einschätzen. Aber er wirkte verkrampft und ange-strengt. Ein bisschen so, als wäre er lieber alleine als sie in seiner Nähe zu wissen. Anna fragte sich, ob es eine gute Idee gewesen war, ihm ins Zimmer zu folgen. Vielleicht hätte sie sich verabschieden und heimgehen sollen. Doch in dem Moment, als er sie eingeladen hatte, hatte sie das Gefühl gehabt, willkommen zu sein. Es hatte sich richtig angefühlt. Normal. Doch dann war die Stimmung umgeschlagen.

Ihr Bruder hatte sie vorgewarnt. Roland hatte ihr gesagt, dass es manchmal Kleinigkeiten waren, die die Launen von Benny beeinflussten. Niemand war davor sicher. Es war ihren Eltern passiert, ihrer Schwester Julia und auch Bennys Freundin Zita. Am Anfang hatte Anna es auf die Tatsache geschoben, dass ihre Schwester nicht geschaffen war für diese Art von Herausforderung und dass sie sich emotional vielleicht von Benny entfernt hatte, nachdem sie in die Schweiz gezogen war. Und Roland hatte sie ebenso wenig ein sensibles Verhalten zugetraut. Nun aber verstand sie, dass es weder die Schuld von Julia noch die von Roland war.

Lediglich bei Zita war sich Anna nicht sicher. Sie hielt die neue Partnerin von Benny für oberflächlich und zickig. Zugegeben: Sie kannte Zita kaum. Immerhin war Benny erst seit wenigen Wochen mit ihr zusammen. Doch als er sie ihr vorgestellt hatte, war ihr sofort aufgefallen, dass Zita verwöhnt und hochnäsig war. Ihre Eltern waren reich, sie selber eine Langzeitstudentin, die immer wieder neue Studiengänge begann und sich von ihren Eltern finanzieren ließ. Somit war sie das genaue Gegenteil von Benny, der durch den frühen Tod seiner Eltern bereits als Kind gelernt hatte, selbstständiger als andere zu sein. Wie sollte sie es schaffen, ihre eigenen Befindlichkeiten hinten anzustellen, obwohl sie es gewohnt war, dass sich alles um sie drehte?

Es war schwer, mit Benny umzugehen. Er war empfindlich und noch verschlossener, als er es früher gewesen war. Er wirkte unnahbar, geradezu aggressiv reagierend, wenn man ihm zu nahekam. Wie gut kam jemand wie Zita damit klar?

Und alles nur wegen Kleinigkeiten.

Aber war es das wirklich? Nur Kleinigkeiten?

Begonnen hatte seine schlechte Laune in dem Moment, als er sich auf diese seltsame Art hochgedrückt und Anna zur Seite geblickt hatte. Unterschwellig, aber lodernd war seine Aggression zu spüren gewesen. Noch weiter verschlechtert hatte sich seine Laune, als sie für ihn hatte bezahlen wollen.

Letzteres konnte sie sehr gut nachvollziehen. Sie wusste, dass das keine Kleinigkeit für ihn war. Obwohl er sehr modern war und auf die Leute einen offenen Eindruck machte, hatte er manchmal ein seltsames Verhalten gegenüber Frauen. Er bestand darauf, ihnen die Tür zu öffnen, und wollte für sie bezahlen. Er war schlicht unmodern, wenn es um solche Dinge ging. Sein Machogehabe hatte ihm bereits häufig Ärger eingebracht. Zita vermutlich konnte das genießen, zumindest schätzte Anna sie so ein. Genauso wie ihre Mutter, die immer davon schwärmte, wie höflich Benny im Gegensatz zu ihren Söhnen war. Aber sie zum Beispiel hatte er damit nie beeindrucken können. Es hatte häufig Streit gegeben. Und Benny hatte immer wieder versucht, sich durchzusetzen.

Und nun musste es ihm wie ein Angriff vorkommen, wenn sie für ihn bezahlen wollte. Früher hatte er es vielleicht als Herausforderung angesehen, wenn sie darauf bestanden hatte, selber zu zahlen. Jetzt aber ... Was, wenn er sich in seiner Männlichkeit angegriffen fühlte, wenn sein Selbstwertgefühl auf Grund der Tatsache, dass er im Rollstuhl saß und wohl bis zu seinem Lebensende auf die Hilfe anderer Menschen angewiesen sein würde, zertrümmert worden war? War das jetzt wirklich der richtige Zeitpunkt, sich durchzusetzen?

Als der Fahrstuhl hielt und Benny zur Station rollte, folgte Anna ihm und blieb abwartend vor der Tür stehen. Benny konnte sie öffnen mit Hilfe eines großen silbernen Knopfs, der an der Seite der Wand angebracht war. Er hielt ihr die Tür auf, und sie ging hindurch, ohne sich umzudrehen und zu prüfen, ob er ihr folgte.

Er holte sie nur wenige Sekunden später ein und nahm wieder die Führung auf. Vor einer Holztür am Ende vom Gang stoppte er seinen Rollstuhl und wieder wartete Anna geduldig darauf, bis er die nächste Tür geöffnet, seinen Rollstuhl einhändig hindurch gerollt hatte und stehen blieb, um sie für sie offen zu halten.

Sie trat ein und bemerkte ein Schmunzeln auf seinen Lippen, die bis gerade eben noch fest aufeinandergepresst gewesen waren, als er die Tür hinter ihr schloss.

»Was ist?«, fragte sie und überlegte, ob es jetzt gut gewesen war, sich so demonstrativ von ihm die Tür öffnen zu lassen. »Danke«, meinte er und grinste. Er zeigte nach hinten zur Tür. »Du weiß ja, dass das eine Macke von mir ist.«

»Oh ja«, sagte Anna, verdrehte auf eine übertriebene Art die Augen und stellte erleichtert fest, dass er dem früheren Benny viel ähnlicher sah, wenn er lachte. Es stand ihm und er sah gleich entspannter aus und außerdem lenkte es von dem Rollstuhl ab. Er sah gesund und ein klein wenig zufriedener aus, als er den Rollstuhl in den Raum lenkte.

»Ich weiß, es ist dumm«, meinte Benny.

Anna trat in den Raum. Ihr traten die Tränen in die Augen und sie spürte ein Kitzeln vor Freude in ihrem Bauch. Sie hatte den Moment sehr gefürchtet, Benny ins Zimmer zu folgen. Sie hatte ein kaltes weißes Krankenhauszimmer befürchtet, so eines der Art, in dem Benny gelegen hatte, kurz nachdem er angeschossen worden war. Der Anblick von ihm in diesem sterilen Raum war grausam gewesen. Doch dieser Raum hier glich seiner Wohnung, schon mal alleine wegen des Chaos, das vorherrschte. Überall lagen Klamotten verstreut und angebrochene Wasserflaschen. Automagazine lagen aufgeschlagen auf dem Bett, auf dem Tisch und auf dem Nachttisch standen Gläser und aufgebrochene Keksverpackungen. Sein Handy mit Kopfhörer lag in der geöffneten Schublade und in der Ecke lag eine Tüte, aus der ein Badehandtuch hervorlugte.

»Ich meine, dieser Blödsinn mit der Tür aufhalten, aber momentan reagiere ich darauf echt empfindlich«, erklärte Benny und fuhr zur Balkontür. Er öffnete diese und wendete den Rollstuhl, um sie anzusehen. »Vielleicht komme ich darüber irgendwann hinweg, aber jetzt ... ich habe genug Baustellen und da verzeihe ich mir selber meine alberne Wut darüber, dass mir plötzlich alle Frauen die Tür aufhalten wollen.«

»Schon okay.« Anna grinste und sah sich nach einer freien Stelle um, um sich zu setzen. Auf den beiden Besucherstühlen lagen Dinge, so als hätte Benny nicht genug Ablagefläche. »Was ist los?«, fragte Benny und klang verwirrt.

Es ist ziemlich unaufgeräumt hier«, wagte Anna zu sagen.

»Ah.« Benny grinste ebenfalls. »Ja, das stimmt. Ich habe nicht aufgeräumt. Das war der Grund, warum ich dich ursprünglich in die Cafeteria einladen wollte, aber dann ist mir aufgefallen, dass das Blödsinn ist. Du kennst mich, du weißt, wie meine Wohnung aussieht. Vor dir muss ich mich nicht schämen.«

»Nein, musst du wirklich nicht«, bestätigte Anna und schob die beiden Socken von der Stuhlfläche auf den Boden und legte den Krimi auf den Tisch, bevor sie sich setzte. Sie überkreuzte die Beine und sah zu Benny. Erleichtert darüber, dass er ihr vertraute.

Ja, es waren vermutlich nur Kleinigkeiten, die Benny auf die Palme brachten, aber für ihn war es mehr. Für ihn war es Teil seines neues Lebens, an das er sich erst gewöhnen musste.

Anders als Anna erwartet hatte, gab es kein Krankenbett oder krankenhausähnliche Möbel, sondern alle Einrichtungsgegenstände waren aus Holz. Es sah aus wie ein in die Jahre gekommenes Hotelzimmer. Nur die Halterung über dem Bett erinnerte Anna daran, dass Benny Hilfe beim Aufstehen brauchte. Vermutlich konnte er sich daran nach oben ziehen. Und im Bad sah es vermutlich auch etwas anders aus als in einem gewöhnlichen Badezimmer. Aber es fiel nicht so auf, wie Anna geglaubt hatte. Es sah wie Bennys Bude aus.

Und das freute sie. Weil sie den Gedanken scheußlich fand, dass Benny diesen Kampf an einem Ort kämpfte, an dem er sich nicht zu Hause fühlte. Zumindest hatte er sich so eingerichtet, wie er sich wohlfühlte. Wenigstens hatte er diesen Rückzugsort, wo er sich vielleicht wieder wie er selber fühlen konnte - trotz der vielen Veränderungen, die sein Körper durchgemacht hatte.

Wieder drückte er sich nach oben. Wieder stellte er beide Handflächen auf die Armlehnen und drückte die Arme durch. Und wieder sah es unbeholfen aus. Aber Anna schaute dennoch zu. Sie zwang sich dazu, und als sie näher darüber nachdachte, fand sie, dass es so schrecklich gar nicht war, einfach hinzusehen.

Als Benny wieder normal im Rollstuhl saß, fragte sie: »Warum machst du das immer?«

Benny hob den Kopf, scheinbar überrascht, dass sie so neugierig war. Dann lächelte er. »Ach, das ist wegen der Druckstellen. Ich muss das tun. Ich sitze zu viel und gerade jetzt in der Anfangszeit, wo ich noch nicht alleine ohne Hilfe aus dem Rollstuhl rauskomme, um woanders sitzen zu können, muss ich das machen.«

Anna unterdrückte den Drang, die Augen auf den Boden zu richten. »Ach so«, sagte sie und hoffte, dass sie ungezwungen klang.

»Es ist kompliziert.« Bennys Stimme hörte sich belegt an.

»Mir war es nicht bewusst, dass ... ich meine, früher habe ich immer gedacht, Rollstuhlfahrer könnten nicht laufen, aber ... dass da noch viel mehr dran hängt.« Anna verstummte.

»Ging mir genauso«, sagte Benny und seufzte. »Nun weiß ich es besser.«

Anna räusperte sich. Ihr Blick fiel auf den Zauberwürfel, der auf dem Boden lag, direkt vor dem Rad von Bennys Rollstuhl. Sie fragte sich, ob es für ihn in Zukunft ein Problem sein könnte, wenn er keine Ordnung hielt. Zumindest behinderten ihn solche Dinge doch sicherlich, wenn er daran vorbeifahren wollte.

»Du spielst Zauberwürfel?«, fragte sie. Sie war einige Jahre älter als er, aber selbst in ihrer Kindheit war dieser bereits nicht mehr weit verbreitet gewesen.

»Ein Kumpel von mir hat ihn mir geschickt. Bobby. Ein klein wenig älter als ich, aber die waren trotzdem schon nicht mehr angesagt, als er jünger war. Ich weiß nicht, was er sich dabei gedacht hat«, meinte Benny. »Ich komme nicht weiter. Komme damit nicht klar. Hab damit Stunden verbracht, aber wenigstens hat es mich gut abgelenkt, als es mir mal mies ging.«

Anna sah auf und starrte zum Bett. Sie grinste. »Du bist sauer geworden, weil du nicht weiterkommst, und hast ihn auf den Boden geworfen, als du auf dem Bett gesessen hast, oder?«

»Ja, und danach war ich noch verärgerter, weil mir bewusst geworden ist, dass ich ihn nicht alleine holen kann, da ich nicht ohne Hilfe aus dem Bett rauskomme. Aber mir war es zu peinlich die Pfleger zu holen. Da habe ich dann halt aufgegeben.« Er hob die Schultern.

Anna stand auf und ging vor Benny in die Hocke. Sie griff nach dem Zauberwürfel. »Lass mich mal probieren.« Sie setzte sich auf den Boden und starrte auf die farbigen Rechtecke. Geschickt drehte sie den Würfel und schaffte es tatsächlich, die weiße Reihe vollständig zu machen. Triumphierend hielt sie Benny den Würfel vor die Nase.

Erstaunt griff er danach und probierte sich selbst daran, auch die blaue Reihe zu vervollständigen.

Als es ihm gelang, biss er sich vergnügt auf die Lippen und nickte zufrieden. Es war nicht sehr offensichtlich, aber trotzdem meinte Anna, in seinen Augen zu sehen, dass er für einen Moment seine Behinderung vergessen hatte und glücklich war. Aus diesem Grund sollte sie ihn häufiger besuchen und auch Björn mitbringen, einfach um Benny ein bisschen abzulenken und ihm zu zeigen, dass er nach wie vor Spaß haben konnte.

Deine Dunkelheit und meine Stille

Impressum: Erstmals veröffentlicht 2015 als kostenlose Kurzgeschichte, inzwischen nicht mehr erhältlich / Lektorat & Korrektorat: Lisa Lamp, Alva Furisto / Testleser*innen: Esther Guretzke, Anja Arens

Zusammenfassung: Es ist ein bisschen kompliziert geworden, miteinander zu reden, seit Vince blind und Paula taub ist. Aber das Paar hat Wege gefunden, einander wieder wahrzunehmen und aufeinander einzugehen. Es gibt Möglichkeiten sich trotz ihrer Behinderung weiterhin zu fühlen und zu lieben. Lediglich die Gespräche sind manchmal kompliziert - aber bei welchem Paar ist das nicht so?

Vorwort: Diese Geschichte entstand während einer sehr frühen Phase meiner Vorbereitung zu meinem längeren Roman »Tango in der Dunkelheit«, hat aber außer derselben Entstehungsphase keinerlei (offensichtlichen) Verbindungen dazu. Während eines Gesprächs mit Fernando stolperten wir über einen interessanten Gedankengang. Wir überlegten uns, ob es möglich wäre, mit einem tauben Menschen zu kommunizieren, wenn man selber blind ist. Immerhin kompensieren blinde Personen viel mit den Ohren, während taube Menschen ihre Behinderung eher durch ihr Augenlicht kompensieren (Gebärdensprache, Lippenlesen etc.). Gemeinsam mit Paula und Vince haben wir eine Lösung gefunden. Fernando (selbst seit der Geburt blind) unterstützte mich bei der Vorbereitung auf »Tango in der Dunkelheit« und las eine frühe Version von dem Manuskript. Wir haben erst später erfahren, dass dieses Vorgehen Sensitivity Reading genannt wird. Diese Kurzgeschichte widme ich natürlich ihm, weil er mir in so vielen Bereichen die Augen geöffnet hat und mich so gut auf »Tango in der Dunkelheit« vorbereitet hat. Danke, Fernando!

»Vince.« Paula legte die Hand auf den Arm ihres Partners, als sie in die Küche kam. Mit dem Daumen verstärkte sie leicht den Druck auf Vince' Haut. So wusste Vince, in welche Richtung er sprechen musste, wenn er ihr antworten wollte, damit Paula von seinen Lippen ablesen konnte. »Du die Paprika und ich die Zucchini?«

»Wir lassen die Zucchini ganz weg«, schlug Vince vor, nachdem er sich ihr zugewendet hatte. Seine Lippen verzogen sich zu einem Grinsen. Er hob seine Hand, legte sie in Paulas Nacken und strich mit einer federleichten Berührung über ihre Haut. Vielleicht tat er das, weil er sich so besser orientieren und sicherstellen konnte, dass Paula seine Lippen immer im Blick hatte. Wahrscheinlicher war aber, dass er glaubte, durch ein paar Streicheleinheiten erreichen zu können, dass Paula nachgab.

»Darüber haben wir doch vorhin schon diskutiert.« Auch Paula lächelte und beugte ihren Kopf, damit Vince sie besser streicheln konnte. »Zu einer richtigen mediterranen Pfanne gehört Zucchini.«

Immer noch grinsend löste Vince rasch die Hand von Paulas Nacken und machte in der Luft eine Bewegung, die für die meisten Beobachtenden dieser Szene keine Bedeutung hätte. Doch sie waren alleine in der Küche und das war auch gut so, denn sie hatten sich in der letzten Woche selten gesehen und Zweisamkeit genossen. Die Vorbereitungen für ihre Hochzeit liefen auf Hochtouren und sowohl Vince als auch Paula waren zurzeit beruflich sehr eingespannt.

Empört über die neckende Geste, die Vince gemacht hatte, hob Paula ihr Bein und stieß mit dem Fuß leicht gegen seine Kniekehle. Er taumelte und musste sich an der Küchenzeile festhalten. Lachend hob Vince seine Hand und formte ein Zeichen. Seine Hand war zu einer Faust geballt und der Zeigefinger sowie der Mittelfinger gespreizt in die Höhe gestreckt.

»In Ordnung.« Auch Paula grinste und tätschelte entschuldigend Vince' Po. »Frieden. Also du schneidest die Paprika.« Sie schob Vince das Gemüse gegen die Finger, sodass er es nicht suchen musste, und widmete sich der Zucchini.

Doch nach einem Moment berührte Vince sie an ihrem Arm. Er drückte leicht auf die Innenfläche der Armbeuge. Rasch drehte Paula sich um und tippte Vince' Hand an, um ihm zu zeigen, dass sie bereit war.

Mit einer schnellen Folge von Gesten erkundigte Vince sich, ob das wirklich rote Paprika seien. Er fügte energisch hinzu, dass er glaube, es seien grüne Paprika.

»Ich weiß, dass du grüne Paprika nicht magst.« Paula wollte sich wieder zu ihrer Zucchini umdrehen, doch Vince ergriff ihre Schulter und zog sie wieder in seine Richtung.

Erneut eine hektische Abfolge der Gebärdensprache.

»Doch, Vince, das sind rote Paprika.« Paula verschränkte die Arme vor der Brust. »Wie kommst du auf die Idee, dass das Grüne sind? Ich weiß doch, dass du die Roten am liebsten magst.«

»Es fühlt sich so an«, formte Vince mit den Lippen. Vielleicht sagte er es auch wirklich. Das konnte Paula nicht beurteilen. Aber wenigstens hatte er nicht seine Stimme erhoben, denn das hätte Paula an seiner Mimik ablesen können.

»Ich habe extra rote Paprika gekauft«, fauchte Paula. »Extra für dich, weil ich weiß, dass du die Grünen nicht magst.« Verärgert versuchte sie ihre Schulter wegzudrehen, doch Vince' Hand blieb, wo sie war. »Du vertraust mir nicht«, stellte Paula fest, nachdem sie für einen kurzen Moment Vince' Gesichtszüge beobachtet hatte.

»Doch. Ich vertraue dir.« Jetzt hatte Vince seine Stimme erhoben. Wenn Menschen laut redeten, weil sie verärgert waren, waren ihre Gesichtszüge ganz anders, als wenn sie leise redeten. Besser von ihren Lippen ablesen konnte man aber dennoch nicht. Eher sogar schlechter.

Zu ihrer Beruhigung ging Vince wieder zur Gebärdensprache über. Er zeigte seine Gesten nicht nur schnell, sondern sehr betont. Ihr Partner konnte durchaus seine Verärgerung auch durch Gebärden ausdrücken.

»In Ordnung.« Paula wurde wieder ruhiger. »Du vertraust mir, wenn ich dich über eine vierspurige Bundesstraße führe, aber du traust mir dennoch zu, dass ich dir grüne Paprika unterjubele?«

Ein energisches Nicken von Vince und ein weiterer Schwall an Gesten folgten, die Paula schnell unterbrach, bevor er sich zu sehr hineinsteigern konnte.

»Warum sollte ich das tun? Wenn ich nicht extra für dich rote Paprika gekauft hätte, dann hätte ich die Gelben gekauft. Und weißt du auch warum?

Häh? Ich hasse grüne Paprika genauso wie du.« Paula konnte ein Grinsen nicht unterdrücken. Der Streit war albern, aber ihre beste Freundin Sybille hatte Paula erzählt, dass sie mit ihrem Mann auch über Albernheiten stritt. Wahrscheinlich taten das alle Paare, die keinen richtigen Grund hatten zu streiten.

Überrascht hielt Vince inne. Er nickte und gab zu, dass er das vergessen hatte.

»Du würdest mich auch nicht anlügen.« Paula umfasste erneut Vince' Arm. Zärtlich strich sie über seine Haut. »Egal, ob es um Paprika oder um mein Leben geht.«

Ohne etwas zu sagen, packte Vince Paula und zog sie ruckartig zu sich. Irgendwas murmelte er in Paulas Haare hinein. Sie spürte die Vibration in seinem Brustkorb und die federleichte Bewegung seiner Lippen. An ihrem Hals fühlte sie warmen Atem. Auch wenn sie es nicht hören konnte – es war ein schönes Gefühl und die Liebe, die Vince ihr übermitteln wollte, verstand sie auch ohne seine Worte hören zu müssen.

»Weißt du eigentlich«, hauchte sie in Vince' Ohr hinein, »dass du sehr sexy aussiehst, wenn du so wütend die Gebärdensprache nutzt?«

Vince zog sie noch enger zu sich heran und presste seine Lippen gegen ihren Hals. Seine kalte Nase rieb über ihre Haut, was sie kurz aufseufzen ließ. Leider ließ Vince sie jedoch zu schnell wieder los und zeigte mit seinem Finger auf seinen Mund. »Lass uns das Gemüse schneiden«, meinte Vince nach einem kurzem Moment und lächelte. Vorsichtig tastete er nach dem Messer, das er wegen ihres kleinen Streits einfach liegen gelassen hatte. Normalerweise war er sehr sorgfältig, was das anging, und ließ keine gefährlichen Gegenstände irgendwo herumliegen, wo er sie nicht mehr finden konnte.

»Hier.« Paula drückte sich an ihren Freund, nahm dessen Hand und legte sie auf den Griff des Messers. Dann nahm sie ihr eigenes Messer und widmete sich der Zucchini.

Das gemeinsame Kochen war ein Ritual geworden, seit sie sich verliebt hatten, und sie versuchten mindestens ein- oder zweimal in der Woche Zeit zu finden, um gemeinsam in der Küche zu stehen. Vince liebte es, Gerichte zuzubereiten, und genoss sehr, dass er gelernt hatte, auch ohne seinen Sehsinn zu kochen. Anfangs war es ihm sehr schwergefallen. Es hatte ihn frustriert, weil ihm vieles nicht gleich gelungen war. Inzwischen merkte man fast nicht mehr, dass er nicht mehr sehen konnte. In der Küche kannte er sich gut aus. Er hatte ein komplexes System, wie er zwischen den verschiedenen Gewürzen und den ganzen Utensilien unterscheiden konnte. Paula hatte noch nie gerne gekocht, aber auch sie fühlte sich mittlerweile sehr wohl in der Küche.

Es war nicht das Einzige, das Paula zusammen mit Vince entdeckt hatte. Es gab soviel, was sie miteinander erlebt hatten, und sehr viele Orte, zu denen sie gereist waren. Erst mit Vince hatte Paula gelernt, das Leben zu genießen. Zuvor war sie in sich gekehrt gewesen und hatte sich nichts zugetraut. Wer wusste schon, was aus ihr geworden wäre, wenn sie taub geworden wäre, und niemanden wie Vince an ihrer Seite gehabt hatte? Womöglich hätte sie sich noch mehr zurückgezogen.

Als sie einander kennengelernt hatten, waren sie beide nicht behindert gewesen. Vince hatte als Tierpfleger im Zoo gearbeitet, in den Paula oft mit ihren Kindergartenkindern gegangen war. Es hatte sich angeboten; der Kindergarten war direkt nebenan gewesen. Da Paula viel zu schüchtern gewesen war, hatte sie Vince wochenlang nur beobachtet, ohne ihn anzusprechen. Er war irgendwann auf sie aufmerksam geworden und hatte versucht, sie in ein Gespräch zu verwickeln. Zuerst hatte sie ein Date abgelehnt, zu groß die Angst davor, dass es nicht klappte, irgendwann hatte sie dann aber eingewilligt. Sie waren Essen gegangen und hatten sich vom ersten Moment an sehr gut verstanden und viel gelacht.

Leider fühlte Paula sich nicht mehr in der Lage, als Erzieherin zu arbeiten. Seit sie den Menschen von den Lippen ablesen konnte, war sie zwar unabhängiger, aber gerade Kinder machten es ihr schwer, da sie Buchstaben verschluckten und ihre Lippen nicht betont genug bewegten. Glücklicherweise hatte Paula dennoch wieder Arbeit gefunden, betreute taube Kinder und brachte ihnen die Gebärdensprache bei.

Auch Vince hatte sich beruflich umorientieren müssen und arbeitete nicht mehr als Tierpfleger. Seine Liebe zu Tieren war allerdings geblieben. Sein Hund Charlie war ihm ein treuer Begleiter und half ihm den manchmal schweren Alltag zu bewältigen.

Auch Paula liebte Charlie abgöttisch. Deswegen war es auch kein Wunder, dass sie sich über ihn unterhielten, während sie das Gemüse schnitten. Meistens redete Paula und Vince gab kurze Kommentare ab, denn es war schwierig von Vince' Lippen abzulesen, wenn sie nebeneinander arbeiteten. Und die Nutzung der Gebärdensprache war für Vince kaum möglich, weil es keine gute Idee war, wenn er mit dem Messer in der Hand die notwendigen Gesten formte. Das wäre auch gefährlich gewesen, wenn er noch sehen könnte.

Die Kommunikation zwischen ihnen war umständlicher geworden, aber kurioserweise auch tiefer und ehrlicher. Vielleicht war das so, weil sie jetzt bewusster miteinander sprachen. Oder vielleicht auch, weil sie für einige Wochen geglaubt hatten, die Möglichkeit sich einander mitzuteilen, für immer verloren zu haben.

Als sie in den ersten Wochen nach dem Unfall trotz regelmäßigem Kontakt voneinander isoliert gewesen waren, hatten sie erfahren, was es für sie bedeuten würde, nicht mehr miteinander kommunizieren zu können. Wenn man etwas verloren glaubte und es dann wiederfand, war man dankbar und wusste, was das Verlorengeglaubte wert war.

Natürlich hatten sie zu Beginn ihrer Beziehung nicht erwartet, dass sie zusammen einen Unfall haben würden, der bei ihnen beiden schwere bleibende Schäden verursachen würde. Hinzu kam die Tatsache, dass ihre Behinderungen so gegensätzlich waren, dass sie einander eher ein weiteres Hindernis als Hilfe waren. Vermutlich wäre das anders gewesen, wenn nur einer von ihnen eine körperliche Beeinträchtigung gehabt hätte oder sie wenigstens von dem selben Handicap betroffen wären. Doch in der Regel wurde niemand gefragt, welche Art von Behinderung am günstigsten wäre.

Nachdem sie im Krankenhaus erwacht waren, hatte Vince sein Augenlicht verloren und Paula war ertaubt. Es grenzte an ein Wunder, dass sie überhaupt wieder zu Bewusstsein gekommen waren und überlebt hatten. Dennoch war es ein Schock gewesen, als die Ärzte gesagt hatten, dass sie die entstandenen Schäden nicht rückgängig machen konnten. Daraufhin waren schreckliche Wochen gefolgt, denn sie hatten nicht nur beide mit ihrem Schicksal gehadert, sondern sie hatten sich gegenseitig nicht unterstützen können.

Paula wusste nicht, wie sich ihre Wörter anhörten. Es fühlte sich komisch an, zu sprechen, ohne sich selber zu hören. Lange Zeit hatte sie Hemmungen gehabt, zu reden. Glücklicherweise konnte sie schreiben. Worte, die alle in ihrer Umgebung lesen konnten. Alle - außer Vince.

Manchmal hatte Vince auf sie eingeredet, ihr berichtet, wie schwer die Dunkelheit für ihn war und betont, dass sie beide es schon irgendwie schaffen würden, aber Paula hatte seine Worte nicht hören können. Benommen hatte sie neben Vince' Bett auf dem Besucherstuhl gesessen und auf die Lippen ihres Partners gestarrt, die sich viel zu schnell bewegt hatten. Noch verzweifelter hatte Paula sich gefühlt, wenn Vince wegen seines fehlenden Augenlichts nicht wusste, in welche Richtung er schauen musste, weil sie dann nicht einmal mehr die Gestik und die Mimik verstehen konnte.

Oft hatte Farid, der beste Kumpel von Vince, für sie übermittelt. Er hörte, was Vince sagte und schrieb es für Paula auf. Später hatte er Vince vorgelesen, was Paula als Antwort aufgeschrieben hatte. Es war eine gute Übergangslösung gewesen, doch als Dauerlösung unbrauchbar, umständlich und sehr unbefriedigend. Sowohl für Paula und Vince als auch für Farid, der oft täglich gekommen war, um sie im Krankenhaus zu besuchen.

Der ältere Bruder von Vince hatte sie schließlich aufgenommen, denn sie waren zu Beginn nicht fähig gewesen, wieder in ihre alte Wohnung zurückzugehen.

Jeder hatte Paula und Vince zur Seite gestanden und sie unterstützt. Wären ihre Freunde und Familien nicht für sie dagewesen, dann hätten sie sich sicherlich getrennt. Davon war Paula leider überzeugt. Sie hatten mit sich selber genug zu kämpfen gehabt und hatten nicht einmal im Traum daran gedacht, sich gegenseitig zu helfen. Alles war so mühsam gewesen. Ihre Kommunikation hatten sie immer weiter reduziert und so hatten sie sich in ihrer wohl schwierigsten Lebensphase voneinander distanziert.

Auch wenn Paula dankbar gewesen war, dass sie im Haus von Vince' Bruder Unterstützung und Fürsorge erhalten hatten, hatte ihr der Kontakt mit Vince sehr gefehlt. Doch dort hatten sie wenigstens ein Zimmer teilen können, in dem sie schliefen, im Gegensatz zum Krankenhaus, wo das nicht geduldet worden war.

Wenn sie nachts im Bett gelegen hatten, war es plötzlich gar nicht mehr so wichtig gewesen, miteinander reden zu können. Einige Wochen, nachdem sie zu Vince' Bruder und dessen Frau gezogen waren, hatten sie entdeckt, dass sie sich immer noch im Arm halten konnten. Ihnen waren immerhin drei gemeinsame Sinne geblieben und so genossen sie in der Dunkelheit und der Stille der

Nacht ihre Berührungen und ihre Nähe. Das gab Paula wieder Trost und sie fand die Energie, sich mit ihrer Behinderung und der von Vince zu arrangieren. Zumindest ganz langsam.

Im Gästezimmer von Vince' Bruder wurde auch ihre Schlafzimmersprache erfunden, die sie bis heute nutzten, da Paula im Dunkeln nicht von den Lippen ablesen konnte und auch Vince' Hände nicht sehen konnte. Außerdem waren Vince' Hände ja im Bett meistens mit etwas anderem beschäftigt und konnten sich nicht mit aufwendigen Gesten aufhalten.

Ihre ganz persönliche Schlafzimmersprache beherrschte sonst niemand auf der Welt. Es machte Spaß in der Öffentlichkeit darüber zu plaudern, was sie planten, im Bett alles zu treiben, ohne dass die Menschen wussten, über was sie redeten. Immer, wenn sie das machten, kribbelte es in Paulas Bauch und Vince lächelte sie verschwörerisch an.

Damals hatte das alles natürlich noch eine andere Bedeutung gehabt. Es war weit über das Sexuelle hinausgegangen, denn es waren ihre ersten richtigen Gespräche gewesen, die sie alleine geführt hatten. Zuvor hatte immer jemand zwischen ihnen vermitteln müssen. Der Gedanke daran, dass es noch funktionierte, der intime vertraute Austausch war so tröstlich gewesen.

Den Daumen in die Handinnenfläche des anderen zu legen, bedeutete ,Gute Nacht'. ,Guten Morgen' sagten sie sich, indem sie den Daumen auf die Außenfläche der Hand legten. Wenn sie ihre kleinen Finger miteinander verhakten, teilten sie sich mit, dass sie müde waren. ,Ich liebe Dich' sagten sie sich, indem sie die Finger des Partners auf die eigene Brust oberhalb des Herzens legten. ,Hast du Lust auf Sex?' fragten sie sich, indem sie das Handgelenk des anderen umschlangen.

Diese ersten Gespräche im Schlafzimmer motivierten sie beide dazu, das Beste aus ihrem Schicksal zu machen. Das erste Ziel war ihre Beziehung wieder vollumfänglich aufzunehmen. Das Zweite, wieder in einen Beruf einsteigen zu können, und sich ein selbstständiges Leben aufzubauen.

Zuerst überwand Paula ihre Hemmungen, zu sprechen. Nun, da sie nicht mehr hören konnte, wie sich die Töne aus ihrem Mund anhörten, kostete es sie sehr viel Überwindung. Immerhin war sie auch schon sehr schüchtern gewesen, als sie noch hatte hören können. Doch ihr wurde damals immer mehr bewusst, dass es keine andere Möglichkeit gab, mit Vince richtig zu kommunizieren –

und nur die wenigen Gesten ihrer Schlafzimmersprache zu nutzen, war ihr doch sehr kärglich erschienen. Für ihn hatte sie alle Hemmungen abgelegt.

Noch heute war Paula dankbar, dass Sylvia sie zum Logopäden begleitet und zuhause die Übungen mit ihr gemacht hatte. Sie war die Erste, bei der sie es gewagt hatte, zu sprechen, zu Beginn die Hand an ihren Hals gepresst, weil es die einzige Möglichkeit für sie war, ihre Sprache zu kontrollieren.

Am Anfang war sie sich blöd vorgekommen, doch inzwischen schämte sie sich nicht mehr dafür. Es war meist nicht notwendig, ihre Stimme an ihrem Hals zu fühlen, weil sie sich mittlerweile daran gewöhnt hatte. Aber hin und wieder war sie immer noch so verunsichert und konnte sich nur beruhigen, wenn sie ihre Finger gegen die Kehle drückte, um dort die Vibrationen zu spüren.

Sprechen war bis heute etwas, was sie nur in der Anwesenheit von Vince und den Menschen machte, die ihr nahe waren. In der Öffentlichkeit redete sie nur, wenn es wirklich notwendig war. Nicht weil sie sich schämte, sondern weil es ihr unangenehm war. Die Stille um sie herum hatte sie stiller werden lassen, doch sie war nicht verstummt. Sie hatte noch viel zu sagen, das allerdings teilweise mit ihren Händen.

Die Gebärdensprache war für Vince schwierig zu lernen gewesen. Doch es war unumgänglich, da er sich Paula irgendwie ebenfalls verständlich machen wollte. Schwierig war es deswegen, weil Vince nicht sehen konnte, wenn jemand ihm die Gesten vormachte. Es war notwendig gewesen, dass ihn jemand bei allen Bewegungen führte. Stundenlang hingen Farid und seine Freundin über Vince' Schulter und brachten ihm die Gesten bei, indem sie seine Hände so arrangierten, dass es Paula verstehen konnte.

Monate waren vergangen, bis Vince sich Paula wieder richtig flüssig mitteilen konnte. Nur mit verbissenem Ehrgeiz war es ihm gelungen. Paula bewunderte ihn sehr dafür.

Mit der Zeit hatte Paula auch das Lippenablesen gelernt. Das war in erster Linie eine Sache der Geduld und Übung und auch heute noch manchmal schwer alle Worte zu erkennen. Lediglich vertraute Lippen konnte sie korrekt ablesen und auch dann verstand sie nicht alle Worte und musste häufiger nachfragen. Deswegen war es gut, dass Vince die Gebärdensprache beherrschte. Inzwischen sogar sehr gut. Sie war sehr stolz auf ihn. Nicht nur blind zu sein, sondern auch seiner tauben Freundin zuliebe sich die komplizierte Gebärdensprache anzueignen, war Höchstleistung.

Damit sie auch schriftlich miteinander kommunizieren konnten, hatte Paula die Brailleschrift gelernt, die Vince auch ohne Augenlicht lesen konnte. Doch das hatten sie erst getan, als sie bereits wieder in ihrer Wohnung gelebt und sich an den neuen Alltag gewöhnt hatten.

Der Weg zu ihrer Kommunikation war ermüdend gewesen. Oft waren sie kurz davor gewesen, es aufzugeben, doch ihre Liebe und der sehnsüchtige Wunsch danach wieder das Paar zu werden, dass sie zuvor gewesen waren, hatte sie immer weiter angetrieben. Im Grunde hatten sie sich somit ihre Liebe bewiesen. Sie gehörten zusammen.

Erst als sie wieder wirklich zusammen waren, miteinander reden und leben konnten, waren sie bereit dazu, sich den anderen Herausforderungen zu stellen, die ihre Behinderungen mit sich brachten. Nur gemeinsam hatten sie den Mut, wieder arbeiten zu gehen und Vince' Eltern mitzuteilen, dass sie die ständigen Besuche nicht mehr brauchten, weil sie fähig waren, ihren Alltag zu bewältigen. Paula hatte es etwas leichter gehabt, eine Arbeitsstelle zu finden, doch die Ausbildung als Tierpfleger war so speziell gewesen, dass Vince kaum Chancen gesehen hatte, wieder berufstätig zu werden. Er hatte eine Umschulung gemacht und kurze Zeit im Büro gearbeitet. Glücklich war er damit nicht geworden. Inzwischen arbeitete er im Blindenmuseum und führte Menschen durch dunkle Räume, um ihnen das Leben als Sehbehinderter näherzubringen. Das machte ihm mehr Spaß. Er war kein Schreibtischmensch.

Durch seine Blindheit hatte Vince manchmal Probleme damit sich zu orientieren. Paula hatte hin und wieder Schwierigkeiten auf andere Menschen zuzugehen, weil ihre Behinderung sie isolierte, aber glücklicherweise ergänzten sie sich inzwischen wunderbar und waren einander nicht eine zusätzliche Belastung wie es zu Anfang gewesen war. Kurz nach dem Unfall hatten sie sich als gegenseitig hindernd empfunden. Jetzt wusste Paula, dass das nicht ganz der Wahrheit entsprach. Gemeinsam waren sie viel stärker als getrennt voneinander. Paula half Vince, sich in seiner dunklen Welt zurechtzufinden, und Vince half Paula, sich in ihrer stillen Welt zu behaupten.

Ein Schubs von Vince zeigte Paula, dass Vince ihr etwas sagen wollte und sie hob den Kopf. »In Gedanken?«, fragte Vince mit der Gebärdensprache. Das Messer hielt er immer noch in der Hand.

Sanft entwand Paula es ihm und schob die Schutzhülle darum, damit sich Vince nicht aus Versehen damit schnitt »Ja, war ich. Aber jetzt bin ich wieder da. Bei dir.«

»Das ist gut«, erklärte Vince ihr, nachdem er ihr erneut an die Schulter getippt hatte, um sicherzustellen, dass Paula ihn ansah. »Reis oder Nudeln?«

»Ich würde Reis bevorzugen, aber wir haben auch leckere Nudeln da. Oder wie wäre es mit Kartoffeln? Das würde auch gut ...« Sie hörte auf zu sprechen, als Vince sie am Arm berührte. »Was?« Paula blinzelte verwirrt.

Gekonnt antwortete Vince ihr mit seinen Händen. Du bist zu laut.

Paula biss sich auf die Lippe. Sie berührte Vince' Hand und sprach weiter. »Wir haben noch Kartoffeln, wollte ich sagen. Und das würde auch gut dazu passen. Aber wir nehmen den Reis, oder?«

»Leiser, Paula.« Um das zu betonen, machte Vince erneut die entsprechende Geste, erfasste Paula an beiden Schultern und begann damit, sie zu kneten.

Kraftlos ließ sich Paula gegen den starken Körper sacken und seufzte. Vince nahm sie sofort in den Arm und strich über ihren Rücken.

Immer wieder fragte Paula Vince, wie es sich anhörte, wenn sie ihre Stimme benutzte. Vince antwortete stets ehrlich, dass Paulas Sprechqualität abgenommen hätte. Das tat Paula weh, aber letztendlich war sie dankbar dafür, dass sie einen Partner hatte, dem sie vertrauen konnte. Seit Paula ihr Hörvermögen verloren hatte, sprach sie zu laut, oft undeutlich und viel zu schnell. Besonders, wenn sie aufgeregt war.

Glücklicherweise nahm Vince sich die Zeit und übte mit ihr, indem er Paula aus einem Buch vorlesen ließ. Bevorzugt natürlich eines, dass er eh gerne gelesen hätte. So hatte auch er etwas von der Übung.

Die Sprachqualität von Paula war für die Beziehung wichtig. Wenn sie das Sprechen verlernen würde, würden sich Paula und Vince nur noch mit der Brailleschrift mitteilen können und das wäre aufwendig und zeitraubend.

Vince trug schon genug Last auf den Schultern. Er war nicht nur blind, sondern musste wegen Paulas Behinderung auch noch mit der Gebärdensprache sprechen. Somit war er doppelt eingeschränkt. Wenigstens sollte er eine angenehme Stimme von Paula hören können.

Ruckartig schob Vince sie weg, fuhr mit seiner Hand über Paulas Hals und legte sie in den Nacken. Es war eine weitere Art sicherzustellen, dass Paula zu ihm sah. »Alles in Ordnung, Paula?«, fragte er, betont und langsam, so wie er es immer machte, wenn er der Meinung war, dass sich Paula nicht auf das Lippenlesen konzentrieren konnte.

Kurz hielt Paula inne, räusperte sich und nickte langsam. Vince konnte diese Geste spüren, weil seine Hand ihren Nacken hielt. »Ich hätte gerne Reis, Vince«, erklärte sie und hoffte, dass sich ihre Stimme wie die eines menschlichen Wesens anhörte.

»Ich weiß«, sagte Vince. Da er lächelte, klang seine Stimme bestimmt sanft. Er fuhr mit seiner Hand über Paulas Wange, orientierte sich daran und drückte Paula danach einen Kuss auf die Lippen. Warm, weich und behutsam.

»Danke.« Paula zwirbelte mit ihrem Finger eine Haarsträhne von ihm und drückte sich noch einmal fest gegen Vince' Körper. Dann löste sie sich und widmete sich wieder dem Essen.

Vince bereitete den Reis vor und Paula rührte das Gemüse in dem Topf um. Den Hunger, den Paula durch den Anblick des Essens und den Geruch, den der Rosmarin verströmte, bekam, vertrieb ihre kurzzeitige Traurigkeit endgültig.

Als Paula etwas sagen wollte, berührte Vince sie an der Schulter. »Bier? Zigarette?«

»Gute Idee. Sehr gute Idee.« Paula grinste, stellte sich auf die Zehenspitzen und drückte einen Kuss auf Vince' Stirn. Bevor Vince aus der Küche verschwand, um die Zigaretten zu holen, legte sie ihre Hand auf Vince' Brust. *Ich liebe dich.*

»Ich dich auch«, zeigten Vince' Lippen. Er lächelte dabei, weswegen Paula es nicht wirklich ablesen konnte. Aber sie wusste dennoch, was Vince ihr sagen wollte, denn dieser legte ebenfalls seine Hand auf Paulas Brust.

Das einzige Problem, was sie in ihrer Kommunikation noch hatten, war, dass Paula die Möglichkeit haben musste, Vince anzusehen, wenn dieser ihr etwas sagte, gleichzeitig Vince aber nicht immer wusste, wo Paula war. Das war ein Problem, das sie nicht einfach lösen konnten. Sie waren gezwungen, durch Körperkontakt Signale zu senden. Doch Paula fand, dass es wirklich Schlimmeres gab, als Vince ständig anfassen zu müssen, auch wenn es Situationen gab, wo das etwas umständlich war.

Vince stellte durch ein Tippen auf die Schulter und dem Berühren von Paulas Arm sicher, dass Paula zu ihm sah. Paula machte dasselbe bei Vince, damit dieser wusste, wo sie stand.

Das Essen köchelte vor sich hin und sie streckten die Köpfe aus dem Fenster. Rauchen war in der Wohnung verboten, wie der Vermieter ihnen schon mehrmals erklärt hatte. Aber solange der Mund außerhalb der Wohnung war, war das in Ordnung. Zumindest sahen Vince und Paula das so. Immerhin rauchten sie mit dem Mund und nicht mit dem Körper, der sich immer noch in der Wohnung befand.

Vince rauchte, Paula nippte an ihrem Bier. Endlich Wochenende.

Paula dachte darüber nach, was sie alles vorhatten und was sie erledigen mussten, dabei betrachtete sie Vince. Er hatte den Kopf gegen den Fensterrahmen gelehnt und inhalierte den Rauch seiner Zigarette tief ein. Seine leblosen Augen starrten in die Ferne, ohne zu sehen, aber er wirkte auf etwas konzentriert. Wahrscheinlich lauschte er den Grillen oder dem Plätschern des Teiches, der im Garten angelegt war. Geräusche, die Paula nie wieder hören würde.

»Tauschen?« Paula drückte ihre Flasche gegen Vince' Handfläche.

»Gerne«, las Paula von Vince' Lippen ab, doch anstatt die Zigarette Paula zu reichen, behielt er die Kippe zwischen seinen Lippen.

»Hey.« Lachend beugte sich Paula zu Vince und griff nach der Zigarette.

Dieser hob die Hände und machte eine Geste. *Noch ein Zug, Baby.*

»Scheiße, bist du gierig, Liebling.« Paula seufzte und beobachtete, wie Vince erneut einen tiefen Zug nahm. Er wirkte so zufrieden und ausgeglichen. Paula spürte ein Schwall Zuneigung für diesen Mann, der so viel mit ihr durchgestanden hatte.

Ruckartig drehte Vince sich um und lachte über das ganze Gesicht. »Noch ein Zug, Paula. Warte«, sagte er betont langsam, damit Paula keine Schwierigkeiten hatte. Sein Lachen musste auch zu hören sein, so offen und herzlich, wie es aussah.

Manchmal wusste Paula nicht, ob Vince ihr leidtun sollte, weil dieser nicht mehr sehen konnte, wie Paula lachte, oder ob sie eher neidisch darauf war, dass Vince im Gegensatz zu ihr hören konnte, wie sich ein Lachen aus der Kehle hinauf drang und mit einem hellen und glitzernden Ton über die Lippen rutschte. Meistens verbot Paula sich diesen albernen Gedanken, denn sie würden sowieso nicht tauschen können. Nicht einmal für einen Tag, um zu sehen oder zu hören, was der andere normalerweise sah oder hörte.

Nach einem Zögern streckte Paula die Hand aus und zog die Zigarette aus Vince' Fingern, um sie sich zwischen die Lippen zu stecken. Beschwichtigend hob Vince die Hände und lehnte sich erneut gegen das Fenster. Er lächelte, als er einen Schluck aus Paulas Bierflasche nahm.

Mit einem Kitzeln im Bauch lehnte Paula sich gegen den Körper von Vince, schlang die Arme um seine Hüfte und legte ihre Hand auf seinen Oberkörper. Vorsorglich legte sie die Hand mit der Zigarette mit einem gewissen Abstand zwischen ihnen auf dem Fensterbrett ab. »Ich freue mich auf das Wochenende«, flüsterte sie.

Vince nickte lediglich. Er hob mit einem strahlenden Lächeln die Hand und legte sie auf Paulas. Während er sich gegen sie drückte, schlang er seine Finger um Paulas Handgelenk.

»Später, in Ordnung?« Zärtlich drückte Paula einen Kuss auf Vince' Nacken. »Ich habe nämlich Hunger«, fügte sie hinzu.

Kurz löste Vince den Kontakt ihrer Hände und antwortete Paula mit der Gebärdensprache. *Ja. Später.* Dann legte er seine Hand wieder auf Paulas Finger und drückte sie fest.

Entfernt zusammen

Impressum: Veröffentlichung in der ursprünglichen Auflage / Lektorat & Korrektorat: Lisa Lamp

Zusammenfassung: Jamie erhält von Matheo einen Brief und gleichzeitig die Anweisung, nicht über den Inhalt zu sprechen. Das tut er auch nicht, obwohl er all die Jahre, in denen er Matheo immer wieder begegnet, glaubt, dass er es tun sollte.

Vorwort: Ich habe viele Geschichten in all den Jahren, in denen ich schon schreibe, alleine für meine Schublade produziert. Von einigen bin ich überzeugt, dass sie es wert sind, von euch gelesen zu werden. Diese ist es definitiv. Es ist eine Geschichte von fehlendem Mut, von falschen Zeitpunkten und Chancen, die nicht genutzt werden.

Dezember 1998

»Schau mal. Den hab‹ ich ja schon ewig nicht mehr gesehen.« Andy tippte Jamie an die Schulter an und zeigte in die Menschenmenge, die sich auf dem Weihnachtsmarkt aneinander vorbei drängte.

Zuerst sah Jamie nichts, dann fiel ihm ein, dass Andy viel größer war als er. Nachdem er sich auf die Fußspitzen stellte, sah er, wen Andy meinte. Matheo. Und er sah auch noch genau in Jamies Richtung und hob auffordernd die Augenbrauen. »Scheiße, jetzt hat er mich gesehen«, murmelte Jamie und wandte sich ab.

»Er kommt her«, murmelte Andy.

»Wieso haben wir ihn nicht einfach ignoriert?«, zischte Jamie und schnappte sich Andys Ärmel, um ihn wegzuzerren. Er musste weg hier, denn er wollte Matheo nicht begegnen. Er hatte einfach keine Lust, sich damit auseinanderzusetzen, was vor einem halben Jahr auf der Abiparty passiert war. Matheo wiederzusehen, bedeutete, dass er automatisch daran erinnert wurde.

Bruchstücke von einzelnen nichts miteinander zu tun habenden Szenen jagten ihm durch den Kopf. Sie alle mit einem Bier in der Hand, grölend. Kühle Finger, die seine Wange berührten. Fäuste, die sein Oberkörper trafen. Unsichere Blicke. Hastige Berührungen auf dem Gang. Ein heftig atmender Matheo, der auf dem Boden hockte. Wüste Beschimpfungen, sein Name flüsternd gehaucht. Und am nächsten Morgen: Schmerz. Scham. Unglaube. »Kommst du jetzt?«, fragte Jamie nervös und sah Andy an, der leicht dümmlich grinste. In dem Moment wollte Jamie seinen besten Freund schlagen oder wenigstens fest schütteln. »Hallo, Matheo«, grüßte dieser freundlich.

Eilig drehte Jamie sich um. Verdammt! Er war ja schon da!

»Andy.« Matheo nickte ihnen zu. »Jamie.«

Das Schweigen, welches sich nun zwischen ihnen ausbreitete, war unangenehm. Es zeugte von all den ungesagten Dingen, über die keiner von ihnen reden wollte. Das Herz in Jamies Brust pochte unangenehm. Er räusperte sich. »Und du bist auf dem Weihnachtsmarkt?«

»Nein, ich bin auf der Ostereierausstellung«, antwortete Matheo ruhig.

Ein Glucksen entwischte Andys Kehle. Verärgert sah Jamie zu ihm. Immerhin wusste Andy, was los war. Ihm sollte bewusst sein, dass Jamie so schnell wie möglich von hier weg wollte. Er hatte sich Andy anvertraut, auch wenn es ihm peinlich gewesen war. Zum Glück hatte Andy nicht entsetzt reagiert, jedoch irritiert, als Jamie ihm gesagt hatte, dass er mit Matheo nichts mehr zu tun haben wollte.

»Jamie, könnten wir unter vier Augen sprechen?«, erkundigte Matheo sich nach einem kurzen Moment und klang merkwürdig höflich dabei.

Unruhig verlagerte Jamie sein Gewicht. Er wollte nicht mit Matheo unter vier Augen sprechen. Viel zu wahrscheinlich war es, dass Matheo über die Sache reden wollte. »Ich habe kein Problem, wenn Andy zuhört.«

»Vielleicht habe ich damit aber ein Problem?«, erwiderte Matheo.

»Sag doch einfach, was du zu sagen hast«, schlug Andy ungeduldig vor.

»Wenn Jamie nicht mit dir alleine quatschen will, dann ist das seine Sache.« Andy stellte sich leicht schräg vor ihn, sodass er sich wieder auf die Fußspitzen stellen musste, um Matheo überhaupt sehen zu können.

Also konnte Andy doch loyal sein und ihm beistehen.

»Du hast noch meinen Duden«, bemerkte Matheo und ignorierte Andy vollkommen.

»Ich habe dein Zeug im Sekreteriat abgeben, da ich nicht wusste, wo du wohnst«, antwortete Jamie leise und drängte Andy ein wenig zur Seite. Er wollte nicht mit Matheo alleine reden, aber er brauchte auch keinen Bodyguard.

»Gut.« Matheo zog scharf die Luft ein und schloss für einen kurzen Moment die Augen. »Danke, dass du mir ein Taxi geholt hast.«

»Du warst betrunken. Ich hätte kein gutes Gefühl gehabt, dich da einfach sitzen zu lassen«, teilte Jamie ihm mit und wünschte sich plötzlich doch, er hätte Andy weggeschickt. Zwar wusste Andy, was passiert war, als Matheo und er sich von der Party entfernt hatten, doch er kannte nicht jedes Detail. Auch nicht die Tatsache, dass Jamie einfach abgehauen war und anschließend zurückgekommen war, um Matheo ein Taxi zu holen. »Ich …« Matheo warf Andy einen genervten Blick zu, dann drehte er sich komplett zu Jamie. »Ich habe dir einen Brief geschrieben. Lies ihn später und sprich mich niemals darauf an. Du wirst es bereuen, wenn du das jemals tun wirst.« Er zog einen zerknitterten Bogen Papier aus der hinteren Hosentasche.

Die Schulsachen von Matheo waren immer ordentlich gewesen. Dass dieses Papier so mitgenommen aussah, musste bedeuten, dass er diesen Brief seit langer Zeit mit sich herumschleppte. Vielleicht seit der Abiparty. Offenbar hatte er darauf gewartet, Jamie zu sehen. Auch wenn sich alles in ihm wehrte und er genau wusste, dass das keine gute Idee war, streckte er die Hand danach aus. »Danke.« Jamie schluckte den Widerwillen endgültig hinunter und berührte das Papier.

»Viel Spaß noch auf dem Weihnachtsmarkt«, sagte Matheo und schubste Andy leicht, während er sich an ihm vorbeizwängte.

»Was zur Hölle war das da eben?«, erkundigte Andy sich mit einem verwunderten Ausdruck im Gesicht. Er musterte den Brief. »Willst du ihm nicht nachgehen?«

»Quatsch.« Jamie runzelte die Stirn und schob das Schreiben von Matheo in seine Jackentasche. Irgendwas an Matheos Auftritt sagte ihm, dass dieser es hassen würde, wenn Jamie den Brief lesen würde, während Andy neben ihm stand. »Komm lass uns nach den gebrannten Mandeln schauen.«

Andy strahlte ihn an und nickte begeistert. Mit Essen hatte man ihn schon früher gut ablenken können.

Juni 2000

Es dauerte eine Weile, bis Jamie genug Mut fand, um vorzutreten. Er straffte seine Schultern, räusperte sich und trat noch einen Schritt nach vorne. »Hallo, Matheo.«

Der blonde Mann wirbelte herum und starrte ihn entsetzt an. »Du hast mich erschreckt, Jamie«, fauchte er aufgewühlt und presste seine Hand gegen die Brust.

Meist begann Matheo seine Schicht, wenn Jamie mit seiner Arbeit fertig war. Deswegen hatte Jamie ihn schon einige Male gesehen, wenn er auf dem Weg nach Hause war. Offenbar hatte Matheo nichts Besseres gefunden als Sicherheitskraft im Polizeipräsidium zu werden, wo Jamie den praktischen Teil seines Dualstudiums absolvierte. Matheo arbeitete in der Regel nachts und bewachte den Eingang des Präsidiums. Es war weder ein Ausbildungsberuf noch sehr hoch angesehen und wurde schon gar nicht gut gezahlt. Jamie hatte keine Ahnung, warum Matheo sich nicht darum bemüht hatte, etwas Besseres zu finden. Sein Abitur war nicht besonders gut gewesen, aber immerhin hatte er alle Prüfungen bestanden.

Bisher hatte Jamie sich nicht getraut, Matheo anzusprechen. Doch seit er die Hochzeitsanzeige in der Zeitung gesehen hatte, war es ihm ein großes Bedürfnis mit seinem ehemaligen Schulkameraden zu sprechen.

»Ich wollte dich nicht erschrecken«, sagte Jamie eilig.

»Hast du aber.« Matheo sah ihn verärgert an. »Schleichst dich einfach von hinten an. Ich muss hier meine Arbeit machen, verdammt. Wir sind sensibilisiert auf Menschen, die sich verdächtig benehmen.«

Laut atmete Jamie aus. »Ich habe mich nicht verdächtig benommen. Ich bin einfach nur durch das Tor gelaufen und habe dich angesprochen, als ich dich gesehen habe.«

»Du läufst ständig an mir vorbei, aber du gibst immer vor, mich nicht zu kennen«, erwiderte Matheo kühl. »Ist es einem Studenten zu peinlich mit einem wie mir gesehen zu werden?«

»Was für ein Blödsinn.« Jamie kniff die Augen zusammen. Schon bereute er es, Matheo überhaupt angesprochen zu haben. In den nächsten Tagen würde er einfach den Hintereingang nehmen. Dort würde er zwar seine Karte benötigen, um hinauszukommen, aber das war ihm wesentlich lieber, als sich an Matheo vorbeischleichen zu müssen.

»Was willst du denn?«, fragte Matheo ungeduldig und nickte einem Kollegen zu, der genauso wie er in Uniform gekleidet war und offenbar mit ihm die Schicht verbringen würde.

»Ich habe gehört, dass du geheiratet hast«, meinte Jamie leise.

Matheo hob sein Kinn ein wenig nach oben. »Willst du mir etwa gratulieren?«

»Matheo … Der Brief …« Jamie hielt inne und fuhr sich mit der Hand über die Haare. Obwohl er sich vorher gedanklich so viele Sätze zusammengelegt hatte, fiel ihm nun nicht mehr ein, wie er sich ausdrücken sollte. Bevor er weiterreden konnte, unterbrach Matheo ihn.

»Hör auf, herumzustottern. Und erwähne den Brief nicht mehr«, knurrte er leise und bedrohlich.

»Also, du bist jetzt verheiratet?«, fragte Jamie verunsichert.

»Meine Ehefrau Signe und ich nehmen deine Glückwünsche sehr gerne an. Jetzt muss ich aber weiterarbeiten.« Matheo trat an ihm vorbei und ging mit aufgerichtetem Rücken zu seinem Kollegen.

März 2002

»Was macht er denn hier?« Verunsichert sah Jamie zum Garten hinaus. Man hörte Stimmen, Lachen, das Klirren von Gläser. Eine Party. Eigentlich hatte Andy gemeint, es wäre eine Gartenfeier für engere Freunde. Doch wie passte dann Matheo hinein? Oder die schwarzhaarige hagere Frau, die seine Hand hielt?

»Ach, Jamie ...« Andy hob die Schultern. »Was sucht er hier, Andy?«, fragte Jamie erneut.

»Jamie, lass gut sein, es ist nicht deine Party?«, bat Vanessa.

»Ich frag doch nur. Ist das nicht erlaubt?« Jamie schüttelte den Kopf, während er Vanessa ansah, die Andy einen selbstgemachten Salat entgegenstreckte. Seine Laune war an einem Niedrigpunkt angekommen, nicht zuletzt, weil seine Frau und seine bester Freund ihm zu verstehen gaben, dass sie beide einer Meinung und damit gegen das waren, was er davon hielt. Alte Konflikte beiseite legen, frühere Geschichten vergessen, einfach mal gut sein lassen – er kannte ihre Argumente.

»Du weißt schon, Tim und Lisa haben sporadisch Kontakt zu ihm, seit seine Mutter beerdigt worden ist. Sie haben mich gefragt, ob ich was dagegen habe. Es ist so lange her, Jamie.« Unsicher sah Andy zu Vanessa. Er trat von einem Bein zum anderen.

Jamie seufzte.

»Geh doch schon mal in die Küche und stell den Salat in den Kühlschrank. Ich hänge deine Jacke auf«, bot Andy an.

Vanessa bedankte sich lächelnd und öffnete langsam die Tür zum Wohnbereich der kleinen Wohnung, die Andy und seine Frau bezogen hatten. Andy eilte mit ihrer Jacke davon. Beide schienen es eilig zu haben, Jamie einfach stehen zu lassen.

Atemlos sah Jamie ihr hinterher und bemerkte, dass Matheo zusammenzuckte, als er Vanessa erblickte. Seine Frau schien das nicht zu bemerken.

Sofort stand sie auf, lief Vanessa entgegen und gab ihr die Hand. Sie war verdammt hübsch. Schwarze Haare, perfekte Figur mit weniger Hüfte als Vanessa aber dafür mit mehr Oberweite, ein wunderbares Lächeln, geschwungene Wimpern und volle Lippen.

»Matheo ...«

Andy war zurück, scheinbar wollte er jetzt, wo Vanessa nicht mehr da war, das Gespräch mit ihm suchen. »Du hättest es mir sagen sollen«, wandte Matheo sich an seinen besten Freund.

»Red mit ihm«, schlug Andy vor.

Verblüfft sah Matheo ihn an. »Sag mal, spinnst du?« Dann runzelte er die Stirn und er kniff die Lippen zusammen. »Seine Mutter ist gestorben?«

»Vor einem halben Jahr.« Andy seufzte laut. »Ich habe dir doch mal erzählt, dass ich sie in der Stadt gesehen habe und sie so abgenommen hat. Sie hatte Krebs. Bauchspeicheldrüsenkrebs. Sie starb innerhalb weniger Monate.«

»Verdammt.« Betroffen sah Jamie wieder über die Schulter und bemerkte, dass Signe und Matheo miteinander leise diskutierten, während Vanessa danebenstand und so aussah, als würde sie sich unbehaglich fühlen. Jamie konnte es seiner Frau nicht verdenken. So fühlte man sich halt in Anwesenheit mit Matheo, aber sie hatte ja nicht auf ihn hören wollen. »Warum hast du mir das nicht erzählt?«

»Du hattest den Kopf voll mit den Hochzeitsvorbereitungen und warst dann lange auf Hochzeitsreise. Du reagierst immer so gehetzt, wenn ich von Matheo spreche«, erwiderte Andy.

»Ich reagiere doch nicht gehetzt«, meinte Jamie empört und straffte seine Schultern, als Matheo zusammen mit seiner Frau an Vanessa vorbeilief und zu ihnen kam.

»Jamie. Das ist meine Frau. Signe«, stellte Matheo vor. Mit einem bezaubernden Lächeln schüttelte Signe Jamies Hand. »Deine Frau hat uns eben erzählt, dass auch ihr geheiratet habt. Meinen Glückwunsch. Schrecklich konservativ passend. Jetzt wo ihr beide eure Ausbildung beendet habt«, fügte Matheo hinzu. Er grinste.

Zuerst wollte Jamie sich aufregen über diesen Spruch. Immerhin hatte Matheo selbst verdammt früh geheiratet. Dann verkniff er es sich jedoch. Statt dessen murmelte er: »Das mit deiner Mutter tut mir leid. Ich habe eben erst davon erfahren.« Er starrte zum Boden.

»Das ist sehr nett«, meinte Signe mit einer angenehm tiefen Stimmen. Sie tätschelte Matheos Schulter und lächelte ihn liebevoll an. «Es war keine leichte Zeit für uns. Zuerst der Tod von Matheos Mutter, dann seine Arbeitslosigkeit. Aber wir haben hier einen sehr tollen Nachmittag verbracht. Vielen Dank für die Einladung, Andy.« Signe streckte die Hand aus und berührte Andys Schulter. Sie beugte sich vor und nahm ihn sachte in den Arm.

Über ihre Schulter sah Jamie zu Matheo, welcher zur Seite blickte und vermied, ihm in die Augen zu sehen. Jamie fragte sich, ob Signe Norwegerin war oder woher der Name stammte, den sie trug. Wusste sie ...?

»Ihr müsst noch nicht gehen«, sagte Andy und starrte vorsichtig zu Jamie.

»Deswegen habe ich dich im Präsidium nicht mehr gesehen. Sie haben dich bei der letzten Kündigungswelle gekündigt«, murmelte Jamie.

»Tja, du hast zu lange den Hintereingang benutzt. Knapp verpasst. Bin schon seit vier Monaten arbeitslos«, meinte Matheo kühl und nahm ein wenig grob den Arm seiner Frau. »Komm schon, Liebling, wir müssen jetzt gehen. Jamie und seine Frau wollen ihren Freunden sicherlich in Ruhe die Bilder von ihrer Hochzeitsreise auf den kanarischen Inseln zeigen.«

Wie betäubt starrte Jamie zur Tür, durch die Matheo mit seiner Frau verschwand. Er schüttelte den Arm von Andy ab, als diese ihn berührte, und lief Vanessa hinterher.

November 2004

»Ich müsste dich jetzt eigentlich festnehmen und vernehmen«, zischte Jamie wütend und drückte Matheos schmalen Körper noch etwas fester gegen das dreckige Mauerwerk in der Nebengasse.

Matheo sagte nichts und er hörte auch auf sich zu wehren. Statt weiterhin herumzuzappeln, wurde sein Körper ganz schlaff und sackte gegen Jamies.

In diesem Moment musste Jamie an den bescheuerten Brief denken, den Matheo ihm vor sechs Jahren gegeben hatte. Seitdem hatte er den Brief nur selten hervorgeholt und gelesen. Meist hatte er nicht daran gedacht. Doch jetzt kam die Erinnerung mit voller Kraft zurück. Verwirrt ging Jamie einen Schritt zurück, behielt seine Hände aber weiterhin an Matheos Schultern, weil der andere Mann vermutlich ansonsten gefallen wäre.

»Wieso muss ich ausgerechnet dich mit Gras erwischen?«, erkundigte Jamie sich erbost und krallte seine Finger in Matheos Jacke. Es war die Gleiche, die er auch damals trug als sie sich das letzte Mal gesehen hatte, kurz nachdem Matheos Mutter gestorben und Jamie Vanessa geheiratet hatte. Nur war sie jetzt zu kalt für den Wintereinbruch. Außerdem war sie nicht mehr in einem guten Zustand. Es war Matheo wohl in den letzten Jahren nicht sehr gut ergangen. »Bist du nicht zu alt für so einen Blödsinn, Matheo? Verdammt. Ich müsste dich eigentlich festnehmen.«

»Dann tu es doch einfach«, meinte Matheo leise.

Erschrocken starrte Jamie ihn an. »Hör auf, so einen Blödsinn zu reden. Warum machst du so ein Scheiß? Ich kann dich mit einer Geldstrafe davonkommen lassen, aber das ist deine letzte Chance, Mann.« Jamie drückte Matheo noch ein wenig fester gegen die Wand.

»Meine Frau ist schwanger«, meinte Matheo leise.

»Wer? Signe?«, fragte Jamie verwirrt. Er hatte nicht damit gerechnet, dass die beiden zusammenbleiben würden. Als er Signe kennengelernt hatte, war sie ihm so geduldig und bezaubernd vorgekommen, nicht wie eine Frau, die bei einem Halunken wie Matheo blieb. Sie war so hübsch, und liebreizend. Das genaue Gegenteil von Matheo, der sich scheinbar aufgegeben hatte.

»Natürlich. Was glaubst du, wie viele Frauen ich habe?« Matheo runzelte die Stirn.

Wieder dachte Jamie an den Brief. Verdammt, es ging ihn doch nichts an, was Matheo und seine Frau trieben, oder? Solange es dem Kind gut ging … Doch es würde dem Kind nicht gut gehen, wenn Matheo Gras rauchte. Da er selbst seit drei Monaten Vater war, war ihm das Wohl von kleinen Babys ganz besonders wichtig. Seit es seinen kleinen Sohn in seinem Leben gab, konnte er das Leid von anderen Kindern noch schlechter ertragen, dabei war er schon immer sehr empfindlich gewesen.

»Wenn das so ist, hast du jetzt Verantwortung, Matheo«, erwiderte Jamie sanft und ließ Matheo probehalber los. »Ich werde dich nicht festnehmen, aber um eine Geldstrafe wirst du nicht drumherumkommen. Merk dir das fürs nächste Mal.«

Der Blonde wankte, aber er hielt sich aufrecht. Er starrte Jamie geradewegs an. »Bitte keine Geldstrafe. Wir brauchen das Geld. Meine Frau kann nicht mehr arbeiten gehen. Sie leidet sehr und muss viel liegen.«

»Du bist immer noch arbeitslos?«, fragte Jamie und versuchte kein Mitleid durchklingen zu lassen. Wenn er arbeitslos wäre, würde er das nicht gut vertragen können. Es würde ziemlich an seinem Selbstwertgefühl kratzen. Besonders wenn es über solch einen langen Zeitraum ging.

»Nein, wieder«, korrigierte Matheo.

»Was ist nur los bei dir?«, fragte Jamie frustriert. »Meine Frau hat Schwierigkeiten und hat einen verkürzten Gebärmutterhals. Ich bin der Arbeit oft unentschuldigt fern geblieben, weil ich Angst um sie und unser Baby hatte. Dann wurde ich gekündigt. Es kann nicht jeder so viel Glück haben wie du. Du bist Polizist, deine Frau ist Sportlehrerin. Und dann hatte sie auch noch eine Traumschwangerschaft und eine Hausgeburt ohne Komplikationen. Schön für dich, Jamie.«

»Glaub nicht alles, was unsere ehemaligen Schulkameraden dir gegenüber behaupten«, bat Jamie leise. »Unser Sohn kam zwei Wochen zu früh auf die Welt.«

Schnaubend verdrehte Matheo die Augen. »Meine Frau ist im sechsten Monat und ich kann froh sein, wenn die Wehen nicht jeden Moment beginnen. Hör auf damit, ja? Hör einfach auf.«

Seufzend starrte Jamie zu der Kneipe, wo er Matheo auf frischer Tat ertappt hatte. Die Leute in seinem Team und er hatten schon länger befürchtet, dass dort Drogen konsumiert wurden. Doch er hatte seine Augen nicht getraut, als er seinen ehemaligen Schulkameraden betrunken mit einem Joint aufgefunden hatte. »Brauchst du Hilfe?«

»Wie sollst du mir helfen können?« Matheo sah ihn wütend an.

»Keine Ahnung.« Jamie kniff die Augen zusammen. Seine eigene Wut konnte er kaum unterdrücken. »Verrate du es mir.«

Einen Moment lang schwieg Matheo. Als er sich umdrehen wollte, ergriff Jamie wieder seine Schultern, um ihn gegen die Mauer zu drücken. Er würde Matheo nicht fliehen lassen. Sein Daumen streifte kurz Matheos Ohrläppchen, als er seine Hand wieder wegzog und ein Schauer lief über seinen Rücken.

»Wenn du mich laufen lässt … ich werde versuchen irgendwie einen Job zu finden. Aber lass mich laufen. Eine Geldstrafe kann ich mir nicht leisten. Wenn du mich jetzt festnimmst, dann ist Signe ganz alleine. Ich will sie nicht einmal für eine Nacht alleine lassen«, meinte Matheo leise und starrte auf den Boden.

»Dann bleib gefälligst bei ihr, statt dich hier rumzutreiben«, fauchte Jamie wütend.

Matheos Schultern vibrierten leicht.

Jamie seufzte. »Okay. Du hast mich hier nie gesehen. Und ich habe dich nicht gesehen. Wenn du irgendjemand davon erzählst, bekomme ich ein Problem, also behalte es für dich.« Jamie trat einen Schritt zurück.

Eigentlich hatte er dabei kein gutes Gefühl. Er war hin- und hergerissen. Normalerweise machte er seinen Job gewissenhaft, aber jetzt … Er brachte es einfach nichts übers Herz, Matheos Personalien aufzunehmen. Es gelang ihm einfach nicht. Verdammt.

Als Matheo weglief, hielt Jamie ihn auf, indem er seinen Namen sagte. Langsam drehte Matheo sich um. Wie konnte es sein, dass er sogar noch dünner geworden war als damals während ihrer Schulzeit? Seine Wangenknochen stachen fast hervor und sein Kinn war spitzer als früher. Und in seinen Augengrübchen hatten sich feine Falten gebildet. »Ich warne dich. Wenn ich dich noch einmal erwische, muss ich das aufschreiben.«

Ohne etwas zu sagen, nickte Matheo und drehte sich wieder um.

»Geh zu Lisa. Vielleicht hat sie ja eine Idee«, rief Jamie ihm noch nach. Während er zusah, wie Matheo verschwand, machte sich ein eisiger Klumpen in seinem Bauch breit.

Januar 2006

»Kann ich dich kurz alleine lassen?« Ohne eine Antwort abzuwarten drückte Jamie seiner Frau das Baby in den Arm und strich seinem älteren Sohn, der auf wackligen Beinchen neben seiner Mutter stand, über die feinen Haare.

Heute war wieder viel los auf der Post, trotzdem waren nicht mehr als drei Schalter geöffnet. Heute jedoch war Jamie froh, denn er hatte zufällig Matheo entdeckt, der in der Schlange nebenan wartete.

»Jamie.« Freundlich lächelte Signe ihn an und drückte den etwa einjährigen Jungen an sich, den sie auf dem Arm trug. Man sah ihr nicht an, dass sie ein Baby zur Welt gebracht hatte. Ihre Figur war immer noch makellos.

Vanessa hingegen schlug sich immer noch mit den Pfunden herum, die sie seit ihrer ersten Schwangerschaft mit sich herumtrug. Seit das zweite Baby auf der Welt war, hatte sie noch einmal zugenommen. Da sie Mutter von zwei Kindern war und nebenbei noch als Sportlehrerin arbeitete, hatte sie keine Zeit für eigenen Sport oder einer aufwendigen Frisur. Ihre Klamotten waren zuhause meist bequem. Sie wirkte lässig, hatte meist nur einen Pferdeschwanz.

Signe allerdings trug ein feines Kostüm. Es war nicht aus teurem Stoff, aber sie trug es mit so viel Würde, dass es nicht wirklich auffiel. Diese Frau hatte Stil. Trotzdem konnte Jamie keinen Neid empfinden. Man konnte ihr ansehen, dass das Leben nicht leicht war. Sie wirkte erschöpft.

Genauso wie Matheo. Auch er wirkte sehr müde.

»Ich wollte kurz Guten Tag sagen«, meinte Jamie und schüttelte Signes Hand. Besorgt warf er Matheo einen Blick zu. Obwohl ihr Verhältnis immer distanziert gewesen war, fiel es Jamie jetzt leichter, auf die kleine Familie zuzugehen. Signe war so offen und nett und machte es ihm leicht. »Ich hoffe, es geht euch gut?«

»Wie es einem halt so geht, wenn man an einem Samstagnachmittag in einer stickigen Postfiliale steht«, meinte Matheo und sah mit gerunzelter Stirn nach vorne. »Warum öffnen die nicht einfach einen Schalter mehr?«

»Meine Frau vermutet, dass die Postangestellten sich besser fühlen, wenn die Kunden schlecht gelaunt sind«, meinte Jamie und drehte sich herum zu ihr. Vanessa bemerkte nicht, dass sie alle zu ihr sahen, denn der ältere Sohn trampelte mit dem Fuß auf und heulte laut, während der jüngere Sohn ständig versuchte, sich an den braunen Haaren seiner Mutter festzuhalten. Marcel und Marius. Das eine war ein Wunschkind gewesen, das zweite eher eine Überraschung.

»Wie alt ist euer jüngerer Sohn jetzt?«, erkundigte Signe sich. Sie betrachtete liebevoll den kleinen Marius in Vanessas Arm.

»Knapp vier Monate«, antwortete Jamie und drehte sich wieder zu Matheos Frau um. »Und was ist mit diesem kleinen Sonnenschein?« Er machte eine Grimasse in die Richtung von Matheos Sohn, der sofort über das ganze Gesicht strahlte und sich mit einem Jauchzen nach hinten bog.

»Himmel, mein Sohn scheint Jamie zu mögen«, murmelte Matheo mit einem sarkastischen Unterton.

»Das ist Haakon«, stellte Signe vor und wippte den Jungen auf der Hüfte.

»Ein norwegischer Name?«, fragte Jamie.

»Nein, arabisch.« Matheo verdrehte die Augen.

»Ach, Matheo.« Signe seufzte, dann lächelte sie Jamie an. »Ja, der Name kommt aus Norwegen.«

»Toll.« Jamie nickte zufrieden und streckte die Hand aus. Sein Finger wurde sofort von Haakon gepackt und genau betrachtet. Unsicher sah er zu Matheo, der nicht den Anschein machte, als wolle er sich an der Unterhaltung beteiligen. »Wie läuft es im Pflegeheim?«

»Gut«, antwortete Matheo. Er wirkte gereizt, anders als seine Frau. Ungeduldig streckte er den Arm aus. Er nahm seiner Frau das Kind ab und zwang Haakon somit dazu, Jamies Finger loszulassen. Der Kleine wimmerte kurz, begann aber nicht zu weinen. Stattdessen drehte er sich um und begann an Matheos Jackenknöpfen zu spielen.

»Es war eine gute Idee, Matheo zu sagen, dass er sich bei Lisa melden soll«, sagte Signe und reichte Haakon eine Rassel zum Spielen. »Durch ihre Kontakte im Arbeitsamt, hat sie ihm tatsächlich etwas vermitteln können. Jetzt kann Matheo sogar irgendwann eine Ausbildung dort machen. Es war zwar nie sein Wunsch, als Altenpfleger zu arbeiten, aber er verdient besser als je zuvor. Und er kann nachts arbeiten. So kann ich tagsüber putzen gehen, weil er auf den Kleinen aufpassen kann.«

»Du musst Jamie nicht unsere ganze Lebensgeschichte erzählen. Ich bin mir sicher, Lisa hat ihm schon alles erzählt«, meinte Matheo kühl und drückte seinen Sohn enger an sich heran, so als würde es ihn beruhigen, das Kind bei sich zu haben. »Ah, wir sind glücklicherweise bald dran. Jamie, schönen Tag noch. Grüß deine Frau und deine Söhne von uns.« Matheo ging nach vorne und drängte Signe, ebenfalls vorzugehen.

Mit einem unguten Gefühl betrachtete Jamie die beiden. Auf den ersten Blick schien es so, als hätten sie eine gute Möglichkeit gefunden und als hätten sie sich dazu entschieden, zu kämpfen, trotzdem wirkte besonders Matheo ziemlich angespannt und Signe sah unglaublich müde aus. Wenn sie tagsüber und Matheo nachts arbeitete, hatten sie kaum ein Familienleben.

Aber wenigstens hatte Matheo wieder einen Job.

Als Jamie sich umwandte und Vanessa mit den beiden Jungs betrachtete, hatte er den Eindruck, als würde seine eigene Familie manchmal auch gestresst und müde aussehen. Vielleicht war das so, wenn man kleine Kinder hatte.

Mai 2007

Zuerst war Jamie sich nicht bewusst, dass der Mann, der dort zusammengekauert auf dem Besucherstuhl saß, Matheo war. Erst als er näherkam, erkannte er die blonden Haare und die magere Gestalt. Sie waren hier im Bereich vom Krankenhaus, in dem die Kinder zur Welt kamen.

Jamies drittes Kind war vor drei Tagen geboren worden. Nach zwei Jungen waren sie nun auch mit einem Mädchen gesegnet worden. Die Freude auf das Baby hatten die Eintönigkeit in der Ehe zwischen ihm und Vanessa wieder vertrieben. Sie waren sich durch die Freude auf das neue Kind wieder nähergekommen. Dadurch, dass Jamie so viel arbeitete und Vanessa oft mit den Kindern alleine ließ und sie sich häufig darüber beklagte, dass ihre Karriere weniger wichtig sei als seine, hatten sie sich voneinander entfernt. Jetzt aber wollten sie alles besser machen. Inzwischen wollte Jamie im Job ein wenig kürzertreten, um Vanessa ebenfalls mehr Zeit für sich und ihren Beruf zu ermöglichen. Sie waren fest entschlossen, die Geburt ihres dritten Kindes würde alles verändern.

Doch im Gegensatz zu ihm wirkte Matheo nicht wie ein glücklicher Vater. Wo war die Euphorie, die Jamies Gang federnd leicht machte? Wo das grenzenlose Glück, das Jamie empfand? Wieso lungerte Matheo alleine im Flur herum, während Jamie es ziemlich eilig hatte wieder zurück zu seiner Familie zu kommen?

Doch Vanessa und das Baby würden einen Moment warten können. Irgendwas stimmte da nicht und Jamie wollte dem auf den Grund gehen. »Matheo.« Er setzte sich neben seinen ehemaligen Klassenkameraden. Gerne hätte er seine Hand auf Matheos Schultern gelegt, aber er war sich nicht sicher, ob Matheo das helfen würde.

Wieder einmal erinnerte Jamie sich an den Brief, doch er schüttelte den Gedanken ab, so wie er es die letzten Jahre immer getan hatte. Zwar hatte er Vanessa versichert, er hätte ihn weggeworfen, aber das war eine Lüge gewesen. Immer mal wieder holte er ihn hervor und las die Zeilen. Sein Magen fühlte sich dabei meist so an, als hätte er sich verdreht und verknotet.

»Matheo«, wiederholte Jamie leise und überwand sich dann doch. Sanft legte er seine Hand in die Mitte zwischen Matheos Schulterblättern. Dass Matheo fror, war sogar durch den Stoff hindurch zu spüren. Die Erinnerung an kühle Finger, die Jamies Wange berührten und sein Kinn umfassten, kam hoch. Doch Jamie konnte auch diese Erinnerung abschütteln. Langsam rieb er über den Stoff und machte sich Sorgen. Matheos Muskeln fühlten sich fest und verspannt an.

»Lass mich einfach in Ruhe«, bat Matheo. Seine Stimme hatte in den letzten Jahren bei ihren Begegnungen immer entweder wütend oder resigniert geklungen. Diesmal war seine Stimme aber leer. Keine Gefühlsregung mehr war vorhanden. Das machte Jamie Angst.

»Was ist passiert?«, erkundigte er sich und spürte, dass Matheos Anspannung auf ihn übersprang. Er fühlte sich nervös und verkrampft.

»Mein Sohn ... Signe ... mein kleiner Sohn ... Unser kleines Baby ...« Matheo schloss seine Augen und legte seine Hände über das Gesicht.

»Haakon?«, fragte Jamie erschrocken. Als er den Kleinen vor einem guten Jahr in der Bank gesehen hatte, hatte dieser gesund gewirkt. Er war ihm sogar pummeliger und vergnügter vorgekommen als es sein eigener Sohn lange Zeit gewesen war.

»Nein. Ihm geht es gut. Er ist bei Signes Schwester. Ich muss ... muss eigentlich zu ihm, aber ich konnte mich nicht aufraffen, hier wegzugehen.« Matheo öffnete seine Augen wieder und starrte Jamie mit einem erschreckend emotionslosen Blick an.

»Signe war wieder schwanger?«, erkundigte Jamie sich, obwohl das eigentlich überflüssig war.

»Es gab wieder Komplikationen die ganze Zeit über. Sie hat den Großteil ihrer Schwangerschaft im Bett verbracht«, erzählte Matheo. Plötzlich schien es ihm egal zu sein, dass Jamie derjenige war, der neben ihm saß. Er erzählte einfach. Jamie hörte ihm aufmerksam zu und strich ruhig mit seiner Hand über

Matheos steifen Rücken. »Dann hat sie mich plötzlich geweckt. Sie hat … ihn nicht mehr gespürt. Er ist gestorben. In ihr. Sie hat ihn gerade tot auf die Welt bringen müssen. Jetzt schläft sie. Was beneide ich sie nur darum.«

»Es tut mir so leid«, murmelte Jamie.

»Ich kann nicht mehr, Jamie.« Matheo wischte sich ruckartig über die Augen, vermutlich, um Tränen zu entfernen, dann sackte er seitlich gegen Jamie. »Ich schaffe das einfach nicht mehr. Signe und ich haben uns eigentlich nichts mehr zu sagen. Sie arbeitet rund um die Uhr, um mich und Haakon durchzufüttern. Mein Zeitvertrag ist nicht mehr verlängert worden. Ich bin schon wieder arbeitslos. Manchmal denke ich, dass Signe und ich uns ständig abrackern, aber nie wirklich ankommen. Wir rennen und rennen, aber kein Ziel in Sicht. Ich schaffe das nicht mehr. Ich bin so müde.«

Betroffen musterte Jamie Matheo und entschied, dass er nichts sagen würde. Stattdessen schlang er seinen Arm fester um Matheos magere Schultern und wiegte ihn leicht, so wie er seine Söhne tröstete, wenn sie ein aufgeschlagenes Knie hatten.

»Ich bekomme einfach keine Festanstellung. Es sind schon Jahre, wo ich nach Jobs suche und von einer Chance zur nächsten jage, aber dennoch schaffe ich es einfach nicht, meine Familie zu ernähren. Ich fühle mich wie ein Versager. Wie ein Schwächling. Und jetzt mein Sohn. Wir haben ihn im Arm halten dürfen. Der Schmerz in den Augen meiner Frau hat mir so wehgetan. So wehgetan ...« Matheo ballte seine Hand zu einer Faust. »Sie war eine fröhliche Frau, als ich sie geheiratet habe. Jetzt ist sie ständig traurig. Sie versucht mir und unserem Sohn gegenüber die Fassade aufrecht zu erhalten, aber ich weiß, dass sie sich heimlich in der Toilette einschließt und weint. Sie ist so unglücklich. Ich habe sie unglücklich gemacht.«

»Ich weiß nicht, was ich sagen soll«, gestand Jamie leise.

»Ich glaube, Signe und ich haben uns nichts mehr zu geben. Es hat vermutlich nie für ein ganzes Leben gereicht«, erklärte Matheo monoton und starrte unfokussiert gegen die andere Wand. »Wenn ich die Kraft hätte, würde ich mich scheiden lassen.«

Erschrocken sah Jamie ihn an. »Vielleicht solltest du dir das noch einmal überlegen? Gerade jetzt … ich meine, ihr könnt einander doch helfen und trösten und beistehen, oder?«

Wieder dachte er an den Brief. Wenn Matheo seinen Frieden damit gefunden hatte, war es nicht mehr wichtig, was darin stand. Falls aber nicht, dann würde Matheo mit Signe niemals glücklich werden können.

»Damit würde ich ihr keinen Gefallen tun. Sie geht an meiner Seite zugrunde, weil ich ihr einfach nicht die Wärme und Nähe geben kann, die sie braucht. Aber wie soll ich das hinbekommen?« Als ob Jamie die Antwort wüsste, sah er ihn fragend an. Er hob die Schultern. »Ich bin arbeitslos. Das Einzige, was ich in meinem Leben hinbekommen habe, war mein Sohn. Und wenn ich mich von ihr scheiden lasse ... dann wird er bei ihr leben, denn ich kann ihr nicht auch noch diesen Sohn nehmen, wo sie doch jetzt schon das Baby verloren hat.«

»Wenn du ganz ehrlich bist, dann ist das ein egoistischer Gedanke«, sagte Jamie leise, war sich aber nicht sicher, ob er überhaupt in der richtigen Position war, Ratschläge geben zu können. Auch seine Ehe war nicht immer gut verlaufen. Nur weil Vanessa und er gerade eine Hochphase erlebten, durfte er nicht überheblich werden. »Euer Sohn braucht euch beide und das, was er braucht, sollte das Wichtigste sein.«

Matheo schüttelte den Kopf, dann stand er ruckartig auf. »Ich gehe jetzt zu meinem Sohn. Ich muss ihm irgendwie sagen, dass das Baby ... gestorben ist. Er hat sich so auf das kleine Geschwisterchen gefreut.«

Rasch stand Jamie auf. Er fühlte sich hilflos. »Wenn ich irgendwas ...«

»Geh zu deiner Familie«, meinte Matheo und richtete seinen Pullover. »Mach's gut, Jamie.«

August 2009

Erst zwei Jahre später begegnete Jamie Matheo wieder. Oft hatte er an ihn in den Monaten zuvor gedacht und sogar schon Briefe formuliert, aber sich nie getraut, einen abzuschicken. Den Brief, den Matheo ihm damals vor vielen Jahren auf dem Weihnachtsmarkt gegeben hatte, hatte er immer wieder hervorgeholt. Immer wenn er das alte Schreiben gelesen hatte, hatte er lächeln müssen. Es war ein trauriges wehmütiges Lachen, denn er bereute inzwischen, dass er Matheo nie darauf angesprochen oder darauf bestanden hatte, mit ihm darüber zu reden. Jetzt schien es immer zwischen ihnen zu stehen und sie aneinander binden, ohne ihnen die Chance zu geben, einander besser kennenzulernen.

Als er mit seinen beiden Jungs Karten für das Fußballpiel Deutschland gegen England besorgte, rechnete er nicht damit, Matheo wiederzusehen. Als er ihn und seinen Sohn dann doch erkannte und sogar sah, dass die beiden ganz in der Nähe von ihnen saßen, schlug sein Herz höher.

Rasch schob er Marcel und Marius durch die Menge und sprang fast in den Weg der Beiden. »Matheo. Hallo. Hey, Haakon.« Jamie beugte sich zu dem Jungen, den er auf ungefähr fünf Jahre schätzte. Zumindest war er jünger als Marcel, aber älter als Marius.

Wahrscheinlich, weil Haakon ihn nicht kannte, drängte er sich enger an das Bein von Matheo. Sein Vater beugte sich hinab und nahm seinen Sohn hoch, um ihn auf die Hüfte zu setzen. »Du brauchst keine Angst zu haben. Das ist ein alter Bekannte von deinem Papa«, flüsterte er, bevor er sich Jamie zuwandte. »Jamie. Schön, dich zu sehen. Schlagen wir die anderen? Was meinst du?«

»Papa?« Marcel zupfte an Jamies Jeans. »Wer ist das?« Marius schien von all dem nichts mitzubekommen. Er war damit beschäftigt ein Eis zu essen. Obwohl Jamie angeboten hatte, ihm zu helfen, hatte er sich geweigert. Jetzt wirkte er hochkonzentriert. Jamie fand nicht, dass er sehr glücklich aussah. Das Eis überforderte ihn. Doch wenn er es alleine essen wollte …

»Das sind Matheo und sein Sohn Haakon. Matheo ist mit mir in die Schule gegangen«, erzählte Jamie Marcel und folgte Matheos Blick, der ein wenig fassungslos zu Marius sah. »Ähm, geht es dir gut?«, fragte Jamie und versuchte das Kribbeln in seinem Bauch zu ignorieren. Es war seltsam, dass er sich so sehr darüber freute, Matheo wiederzusehen. Doch vielleicht hing es mit der Tatsache zusammen, dass Matheo wirklich richtig gut aussah. Er hatte ein wenig zugenommen, trug seine Haare etwas länger als früher und wirkte gelöst und entspannt.

»Klar. Es ist schönes Wetter. Ich hoffe nur, dass wir die Engländer wirklich in die Tonne hauen«, meinte Matheo und nahm die Sonnenbrille, die an seinem Kragen hing. Er setzte sie auf und grinste Jamie lässig an.

»Ich habe gehört, du hast eine Ausbildung zum Altenpfleger begonnen«, meinte Jamie. Normalerweise hätte er nicht zugegeben, dass er mit Lisa darüber redete, was Matheo so trieb, doch Matheo wirkte so gut gelaunt, dass es er es einfach wagte. Lisa hatte durch ihren Beruf gute Kontakte zum Arbeitsamt. Sie hatte Matheo den Job vor vielen Jahren im Pflegeheim übermittelt.

»Ja. Ist besser so. Bringt weniger Geld, aber die Aussicht, irgendwann eine unbefristete Stellung zu bekommen, ist höher«, berichtete Matheo. »Ich habe es nicht mehr ertragen, von einem Job zum nächsten zu springen. Dann zwischendurch immer wieder die Arbeitslosigkeit. Das geht auf Dauer an die Substanz. Also habe ich halt noch mal ganz von vorne angefangen.«

»Hört sich echt gut an«, sagte Jamie und spürte, dass sein Herz in der Brust hüpfte. Er freute sich wirklich für Matheo.

»Ich bin geschieden. Die Mama von diesem wunderbaren jungen Mann und ich haben eingesehen, dass wir uns nicht mehr als Freundschaft geben können.« Matheo lächelte seinen Sohn an und kniff ihm leicht in die Wange, woraufhin Haakon kicherte. »Aber dafür wollen wir darin richtig gut sein. Freunde. Und Eltern. Die weltbesten Eltern. Richtig, Haakon?«

Auch davon hatte Jamie gehört. Es hatte ihm das Herz zerbrochen, als er davon hörte. Er dachte daran, dass Matheo noch weiter abstürzen könnte, wenn er alleine war. Und daran, dass Signe das nicht verdient hatte. Außerdem war da ja noch Haakon, der nur bei einem Elternteil leben und sich natürlich nicht aufteilen konnte. Als er davon gehört hatte, war es ihm fürchterlich traurig erschienen, doch Matheo wirkte fast schon entspannt, erleichtert, nur ein wenig Wehmut schwang in seiner Stimme mit.

»Siehst du ihn regelmäßig?«, erkundigte Jamie sich behutsam. Es war ein Thema, über das er oft nachdachte. Seit er beruflich kürzer getreten war, war Vanessa fast nur noch unterwegs. Manchmal tagelang. Er verstand, dass sie in ihrer Rolle als Sportlehrerin und Fitnesstrainerin in einem Fitnessstudio total aufging, aber er fühlte sich oft einsam. Sie stritten oft, Vanessa und er. Und schon einige Male hatte Jamie die Koffer gepackt oder Vanessa mit der Trennung gedroht. Bisher hatten sie sich aber immer wieder zusammengerauft, weil sie sich unsicher waren, wie sie das mit den Kindern machen sollten.

»Jedes Wochenende. Von Freitagmittag bis Montag früh. Aber dann ausgiebig und vollkommen entspannt.« Matheo drückte seinen Sohn und gab ihm einen Kuss. »Es ist besser so. Ich mache meine Ausbildung und brauche die Woche über viel Zeit für mich. Es ist schwer, in meinem Alter wieder neu anzufangen und so viel zu lernen. Da Signe auch arbeiten geht, ist der junge

Mann nach dem Kindergarten oft bei seiner Tante. Aber ich denke, da gefällt es ihm, oder?«

Energisch nickte Haakon.

»Papa?« Marcel zupfte wieder an Jamies Hose. »Das Spiel fängt gleich an.«

»Gleich, Schatz.« Jamie sah hinab und runzelte die Stirn. Während Marcel geduldig wartete, versuchte Marius weiterhin die Eiscreme zu essen. Jetzt klebte überall an seinen Klamotten und in seinem Gesicht das verschmierte Eis. Er seufzte und wischte mit einem Tuch kurz über Marius‹ Hände. Später würde er den Jungen richtig sauber machen müssen, aber fürs Erste musste das genügen.

Als er sich aufrichtete, bemerkte er, dass Matheo ihn beobachtet hatte. Er sah ihm in die Augen und räusperte sich. »War es wegen ...« »Nein«, protestierte Matheo laut, ohne ihn ausreden zu lassen. Rasch sah Jamie wieder zu seinem Sohn und stopfte das Taschentuch zurück in seine Hosentasche. »Okay. Klar.« Er nickte und spürte, dass seine Wangen heiß wurden. Die ganze Zeit hatte er darüber nachgedacht, Matheo auf den Brief anzusprechen, hatte sich aber überzeugen können, dass das ein Eingriff in dessen Privatsphäre war. Jetzt hatte er es doch getan und es fühlte sich nicht gut an. »

Du redest doch von dem Brief, oder?«, hakte Matheo nach und hob die Augenbrauen. Jamie nickte und hob seinen Kopf, um Matheo anzusehen. Etwas zog sich schmerzhaft in seiner Brust zusammen. »Du erinnerst dich also noch?«, fragte Matheo leise. »Klar.« Gezwungen grinste Jamie. »So lange ist es ja auch wieder nicht her.« Irgendwie fühlte er sich ertappt. Und unangenehm von Matheo erwischt. So als hätte er gerade etwas Peinliches offenbart. »Nur elf Jahre.« Matheo hob die Augenbrauen noch ein wenig höher »Ich glaube, ich muss mit meinen Söhnen eine Toilette benutzen. Ich sollte Marius waschen, bevor das Spiel losgeht«, sagte Jamie und hoffte, dass seine Wangen nicht allzu rot waren.

»Das stimmt.« Matheo grinste und sah zu Marius hinab, der stolz seine verschmierten Hände ihm entgegenstreckte. Sofort zuckte er etwas zurück. »Also, ich meine nur ... das mit Signe und mir ... wir hatten einfach zu viele Dinge, bei denen wir uns gegenseitig im Weg standen. Jetzt, da ich alleine bin, kann ich mein Leben besser in die richtige Bahn lenken.«

»Matheo.« Jamie berührte kurz Matheos Schultern. »Hör auf, dich zu erklären. Du siehst das erste Mal seit sehr langer Zeit richtig gesund und glücklich aus. Also war es die richtige Entscheidung. Es hat gut getan, dich wieder mal gesehen zu haben. Du siehst sehr gut aus. Ich meine ...« Jamie seufzte und riss die Hand wieder zurück. »Ich meine, im Sinne von gesund. Wirklich.« Dann nahm er eilig die Hand von Matheo und hob Marius auf seine Hüfte, um mit ihnen auf die Toilette zu gehen.

»Jamie?«

Mit klopfendem Herzen drehte Jamie sich um. Er hatte keine Ahnung, warum er so aufgeregt war und wieso es in seinem Bauch so kribbelte. Vielleicht war es die Erkenntnis, dass Matheo nun geschieden war. Es war, als würden plötzlich Möglichkeiten bestehen, die es zuvor nicht gegeben hatte. Über die er die ganze Zeit gar nicht nachgedacht hatte und von denen er nicht gewusst hatte, dass er sie überhaupt begehrte. Leider vergaß er dabei allerdings, dass er selbst verheiratet war.

Erschrocken über seine eigenen Gedankengänge biss Jamie sich auf die Lippen und drückte Marius fest an sich. Es war ihm egal, dass das Eis seines verschmierten Sohnes in seine Haare kam. Wieso war es für ihn eine Möglichkeit, wenn Matheo geschieden war? Es hatte nichts mit ihm zu tun. Außerdem ... war Matheo ein Mann. Hatte er das etwa vergessen? Doch damals hatte ihn das auch nicht gestört, oder?

»Ich meine, falls du Lust hättest. Wir könnten mal ein Bier zusammen trinken«, schlug Matheo vor.

Für einen Moment wusste Jamie nicht, was er sagen sollte. Er nickte wie betäubt. »Ich ... Soll ich dich mal anrufen?«

»Gerne. Frag Lisa. Sie hat meine Handynummer.« Matheo lächelte und er sah damit so bezaubernd aus, wie er noch nie ausgesehen hatte. Die Scheidung von Signe stand ihm ausgezeichnet. jegliche Schwere schien von ihm abgefallen zu sein. Schwungvoll drehte er sich herum und marschierte mit seinem Sohn die Tribüne nach oben.

Oktober 2010

Er spürte, dass jemand vor ihm stand, weil die letzte Herbstsonne nicht mehr auf seinem Gesicht zu spüren war. Jamie öffnete träge die Augen und versuchte sich zu orientieren. War er eingeschlafen? Verdammt, das durfte nicht passieren, wenn er mit den Kindern im Park war. Die Medikamente, die er immer noch nehmen musste, machten ihn immer so schläfrig.

Das Herz rutschte ihm fast in die Hose, als er erkannte, dass Matheo derjenige war, der vor ihm stand. Mit einer zitternden Hand richtete Jamie sich auf und sah nach seinen Kindern. Marius und Marcel waren immer noch auf dem Klettergerüst. Ein rotblonder Junge in ihrem Alter war bei ihnen. Vermutlich war das Haakon. Mia war im Sandkasten direkt in seiner Nähe. Offenbar war er nur sehr kurz eingenickt. Erleichtert konzentrierte er sich wieder auf Matheo.

»Hey. Matheo.« Er rieb sich über die Augen und richtete seine Brille. »Wir haben uns schon sehr lange nicht mehr gesehen.«

»Ein Jahr. Ich habe auf deinen Anruf gewartet«, meinte Matheo leise.

»Darf ich?« Er zeigte auf die freie Sitzfläche der Bank, auf der Jamie saß.

»Ich war leider beschäftigt«, meinte Jamie und klopfte leicht gegen sein Bein. »Glaube mir, ich hatte es wirklich vor ... dich anzurufen, meine ich ... aber dann ist das passiert und an den Kaffee mit dir war wirklich nicht mehr zu denken.«

Matheo sah zu seiner Hand und musterte das Bein genau, so als könnte man irgendwas sehen. »Hab es mitbekommen. Also Lisa hat es mir irgendwann erzählt. Du wurdest von einem betrunkenen Nazi während einer Demo überfahren.«

»Klischeehaft, ich weiß.« Jamie sah zu den Kindern und lächelte, als er beobachtete, wie gut Haakon sich mit seinen Jungs verstand. »Es ist so klischeehaft, dass es fast schon zum Lachen ist. Ich habe irgendwie gewusst, dass ich am Stock landen würde. Wenigstens kann ich noch laufen, wenn es auch eher ein Gewackel ist. Damit habe ich schon gerechnet. Ich habe einen sehr gefährlichen Beruf und habe viel zu viel gearbeitet und damit meine Gesundheit aufs Spiel gesetzt, aber ehrlich gesagt habe ich immer gedacht, mir würde das erst mit 50 oder 60 passieren und würde dann wohlverdient in Rente gehen. Aber jetzt schon? Ich bin noch so jung.«

Matheo schwieg und sah ebenfalls zu den Kindern. Dann wandte er seinen Kopf um. »Kommst du klar?«

Jamie berührte die Narbe, die er nun im Gesicht über dem Wangenknochen trug. Er hätte eigentlich gar nicht dort sein dürfen. Er war übermüdet und überfordert gewesen und hatte nicht rechtzeitig aus dem Weg springen können, als der Typ auf ihn zugerast war. »Es geht«, meinte er. »Ich werde nicht mehr als Polizist arbeiten, was mich persönlich sehr trifft. Außerdem bin ich frisch geschieden. Kommt halt alles zusammen. Aber ja, ich versuche irgendwie positiv zu denken. Hast du das von Vanessa und mir vielleicht auch gehört?«

»Geschieden und arbeitslos«, murmelte Matheo und faltete seine Hände zusammen.

»Das erinnert dich an jemanden, vermute ich?«, fragte Jamie grinsend.

Matheo blieb ernst. »Wie kommst du wirklich zurecht?«

Zuerst wollte Jamie einen dummen Spruch bringen, dann entschied er sich dafür, dass er ehrlich sein sollte. »Der Gedanke, mit meinen Kindern niemals toben zu können, erschreckt mich am allermeisten. Ich habe immer noch starke Schmerzen im Bein und die Schmerzmittel haben viel zu viele unerwünschte Nebenwirkungen, die mich weiter einschränken. Ich bin noch zu jung, um mich so alt und verbraucht zu fühlen. Dann die Sache mit Vanessa. Es hat sich schon eine ganze Weile angekündigt, trotzdem bin ich überrascht wie schmerzhaft es ist. Dachte, dass es mir nichts ausmachen würde, denn immerhin haben wir uns schon ein wenig auseinandergelebt, aber die Intensität des Schmerzes hat mich echt getroffen. Es tut weh.«

»Eine Scheidung ist immer schmerzhaft«, gab Matheo ihm recht.

»Ich glaube, wenn wir ehrlicher zueinander gewesen wären, dann hätten wir uns schon vor Jahren getrennt. Ich war egoistisch und war viel arbeiten. Sie ist auf der Strecke geblieben. Jetzt ist sie egoistisch. Sie sieht die Kinder wenig, weil sie kaum noch Zeit hat.« Jamie kniff die Augen zusammen. »Manchmal frage ich mich, ob wir beide überhaupt Kinder wollten. Ich meine, ob wir sie wirklich wollten. Wir haben sie eher als Pflaster für unsere verletzten Seelen genutzt oder waren sie der Funken, der unsere Langeweile vertreiben sollte? Eigentlich waren uns beiden die Berufe immer wichtiger. Vielleicht ist es ganz gut, dass ich jetzt gezwungen bin zuhause zu bleiben. Wenigstens haben die Kinder ihren Vater wieder.«

»Oh.« Matheo sah ihn überrascht an. »Also da waren Signe und ich uns immer sicher. Wir wollten beide wirklich sehr gerne Kinder. Am liebsten drei oder so. Sie hätte gerne vier gehabt, mir hätten zwei gelangt, also dachten wir immer, drei wären ein guter Kompromiss. Nun haben wir ein Kind.« Nachdenklich sah Matheo zu seinem Sohn.

»Ein wunderbares Kind«, meinte Jamie und sah ebenfalls dorthin.

»Ja.« Matheo lächelte leicht. »Wirklich ein wunderbares Kind. Aber Haakon hätte ein guter großer Bruder abgegeben. Und Signe wäre eine tolle Mama eines zweiten Kindes gewesen. Wir hätten es verdient gehabt.«

»Waren für euch Kinder nicht auch Pflaster, die am Ende nicht gegen den Zerfall zwischen euch angekommen sind?«, fragte Jamie vorsichtig.

»Nein.« Matheo schüttelte den Kopf. »Wir wussten, dass Kinder unsere Ehe nicht retten würden, aber bis heute glaube ich, dass Signe und ich gute Eltern sind. Mit ihr hätte ich gerne weitere Kinder bekommen. Sie ist die perfekte Mutter für meinen Sohn und sie wäre auch die perfekte Mama für seine Geschwister geworden. Daran ändert auch die Scheidung nichts.«

»Das hört sich wie eine schöne Liebeserklärung an. Trotz Scheidung«, meinte Jamie leise und schüttelte den Kopf. Nun fühlte er sich innerlich ganz kalt, denn er würde vermutlich niemals in der Lage sein, so liebevoll von Vanessa zu reden. Seit die Karten auf dem Tisch lagen, ertrugen sie es nicht einmal gut, sich in einem Raum aufzuhalten.

»Ich hätte gerne noch ein Kind.« Matheo zog die Beine auf die Sitzfläche der Bank. Normalerweise war er immer so steif und akkurat, doch jetzt gab er sich recht lässig. Es gefiel Jamie sehr, dass Matheo sich bei ihm nicht mehr so verstellte. Aber warum auch? Jamie hatte Matheo in seinen intimsten Momenten gesehen. Damals bei der Abiparty, betrunken und gierig danach seine Lippen auf die von Jamie zu legen. Als er dann arbeitslos gewesen war und er ihn mit Gras in der Tasche erwischt hatte, hatte er ihn am Boden liegen gesehen. Oder kurz nachdem Matheo und seine Exfrau den zweiten Sohn verloren hatten.

»Denkst du manchmal an ihn?«, erkundigte Jamie sich.

»Ja.« Matheo schirmte seine Augen ab, offenbar um sich vor der blendenden Sonne zu schützen. Ohne zu überlegen antwortete er, denn er wusste offenbar sofort, von wem Jamie sprach. »Nicht so oft. Aber immer, wenn ich an ihn denke, dann schmerzt es mich.«

»Hatte er eigentlich einen Namen?« Auch Jamie schützte seine Augen vor der Sonne und sah zu den Kindern. Er konnte sich den Schmerz nicht vorstellen, wie es war ein Kind zu verlieren. Einen toten Säugling nach der Geburt im Arm halten zu müssen. Um ein Kind trauern zu müssen, das man nie hatte kennenlernen können.

»Magnus.« Matheo lächelte traurig und winkte seinem Sohn zu, der glücklich lachte und sich dann umdrehte, um sich zusammen mit Marius auf die Schaukel zu stürzen.

»Häh?« Jamie runzelte die Stirn. »Das soll der Name sein? Magnus?«

»Wir wollten ihn nach dem Kronprinz von Norwegen benennen, Jamie.« Matheo schmunzelte leicht, wurde dann aber sofort wieder ernst. »Prinz Haakon Magnus. Wir fanden es schön, dass unsere Söhne den selben Namensvetter gehabt hätten.«

»Ich verstehe.« Jamie verlagerte sein Gewicht und stöhnte leise, als er sein Bein ein wenig strecken musste. Sein Knie war leider zu nichts mehr zu gebrauchen. Am Anfang hatte er sogar befürchtet, dass er das Bein verlieren würde, doch zum Glück hatten die Ärzte es geschafft, es zu erhalten. Zwar konnte er nicht so gut damit laufen, sein Knie war versteift worden und sein Bein und sein Fuß waren voller hässlicher Narben, aber er war dankbar, dass er keine Prothese benötigte.

Besorgt sah Matheo ihn an. »Ich dachte, du hättest weniger Schmerzen. Eigentlich hatte ich gehofft, dir würde es besser gehen. Du warst so lange im Krankenhaus. Habe mir sogar überlegt, ob ich dich besuchen sollte.«

Der Gedanke, von Matheo Besuch zu bekommen, rührte Jamie. Tränen schossen ihm in die Augen, obwohl er sich eigentlich gar nicht so traurig gefühlt hatte. Aber das letzte Jahr war so hart gewesen. Der Kampf um den Erhalt seines Beines und später die harten und schmerzhaften Therapien, die vielen Medikamente und Operationen, die Rehamaßnahmen. Währenddessen dann die Scheidung. Vanessas Auszug aus dem Haus. Die einsamen Nächte.

Wenn er von Matheo Besuch bekommen hätte, hätte ihn das ungemein getröstet und gefreut. »Ich wünschte, du hättest es getan«, flüsterte er mit einer rauen Stimme.

Überrascht blinzelte Matheo. »Wirklich?«

121

»Natürlich.« Jamie presste die Lippen zusammen, um wieder die Kontrolle über seine Gefühle zu bekommen.

»Ich dachte … du hast mich nie angerufen«, sagte Matheo leise.

»Natürlich nicht«, knurrte Jamie. »Ich war damit beschäftigt, im Krankenhaus herumzuliegen. Wie hätte ich mit dir einen Kaffee trinken gehen sollen?«

»Du … ich habe so sehr darauf gewartet. Es kam kein Anruf … und dann habe ich aufgegeben, darauf zu warten«, meinte Matheo. »Du hättest Bescheid geben können, dass du ins Krankenhaus gekommen bist. Du … wir hätten den Kaffee einfach dort trinken können. Lisa erzählte mir irgendwann, was passiert ist. Doch ich habe es erst später erfahren, als du längst deine Reha begonnen hast.« Matheo seufzte.

Betroffen sah Jamie auf seine Hände in seinem Schoß. »Das habe ich nicht gewusst. Ich … war so beschäftigt mit den ganzen Massagen und Krankengymnastik und was weiß ich. Mir ging es wirklich sehr schlecht, Matheo.«

»Also hättest du mich angerufen, wenn du nicht den Unfall gehabt hättest?«, erkundigte Matheo sich in einem flüsternden Ton, so als ob er nicht wollte, dass Jamie ihn hören konnte. »Ich meine ... Das war damals nicht einfach nur Höflichkeit, damals beim Fußballspiel?«

»Ich denke schon. Ich hatte es zumindest vor.« Jamie spürte, dass er rot wurde. »Ich meine … ich bin mir nicht sicher. Dieser Brief damals ...«

»Bitte … bitte nicht. Sprich nicht davon. Denke darüber erst gar nicht nach«, bat Matheo hastig und richtete sich ein wenig auf.

»Aber jetzt … ich meine. Schau, die Dinge haben sich geändert«, betonte Jamie.

»Für mich nicht.« Matheo schüttelte den Kopf. »Vor einem Jahr habe ich gedacht, ich könnte es vielleicht durchziehen, aber inzwischen weiß ich, dass es nicht geht. Tut mir leid, aber für mich hat sich nichts geändert.«

»Du hast aber geschrieben, dass ...«

Wieder wurde Jamie von Matheo unterbrochen. »Wenn ich gewusst hätte, dass du mit dem Gedanken spielst, darauf einzugehen, hätte ich dir das niemals geschrieben. Tut mir leid, aber ich kann das nicht. Sei doch mal ehrlich zu dir. Wir waren jung. Wir waren betrunken. Jetzt sind wir das nicht mehr. Man kann sich nicht einfach plötzlich ändern. Einfach so. Könntest du dir das wirklich vorstellen? «

»Ich weiß nicht«, meinte Jamie ehrlich. »Man könnte es auf einen Versuch ankommen lassen.«

»Wir sind keine Jugendlichen mehr, Jamie, wir können es nicht einfach so versuchen«, betonte Matheo. »Wir sind erwachsene Männer. Wir haben Kinder. Verantwortung. Ich habe endlich eine Festanstellung. Und du musst in erster Linie jetzt erst mal an dich denken und versuchen wieder auf die Beine zu kommen, Jamie. Es wäre jetzt kein guter Zeitpunkt.«

Verwirrt blinzelte Jamie. »Wann wäre ein guter Zeitpunkt? Glaubst du wirklich, wir sind zu alt, um nochmal was Neues anzufangen?«

»Ich bin noch jung genug für etwas anderes. Ich … ich könnte noch mal Vater werden. Jetzt, da ich endlich einen richtigen Job habe und regelmäßig Geld verdiene. Mir geht es das erste Mal wirklich gut. Altenpfleger zu sein war nie mein Traumjob, aber es ist wenigstens ein richtiger Beruf mit einem festen Einkommen.« Matheo sah ihn an und wirkte fast flehentlich. »Du bist vielleicht an einem anderen Punkt deines Lebens angekommen. Du hast deine drei Kinder und gerade viel Zeit, ich weiß, aber ich … ich bin noch nicht so weit wie du. Oder schon weiter als du. Keine Ahnung. Wenn du dich an die Einsamkeit gewöhnt hast, dann wird es erträglicher. Dass es dir gesundheitlich so schlecht geht, tut mir leid, aber das ist kein Grund, dich in irgendeine Sache zu stürzen, von der du dir Trost oder Ablenkung erhoffst.«

»Ich erhoffe mir keinen Trost oder Ablenkung«, erwiderte Jamie. Ihm wurde auf einmal kalt. Im letzten Jahr hatte er oft an Matheo gedacht. Am Anfang hatte er ihn nicht anrufen können. Zu sehr war er mit sich und seinem Bein beschäftigt gewesen, später war er sich unsicher gewesen, ob das überhaupt angemessen war. Immerhin hatte er schwer verletzt im Krankenhaus gelegen und hatte nicht einmal laufen können. Es wäre ihm seltsam erschienen, Matheo einfach herzubestellen, während er mehr oder weniger nutzlos im Bett lag. Als Kranker freute man sich immer über Besuch, aber man konnte den Besuch doch nicht einfordern. Und Matheo war nie von sich aus gekommen.

Trotzdem hatte er immer die Hoffnung gehabt, dass sie irgendwann doch noch mal die Gelegenheit haben könnten, einen Kaffee zu trinken. Er wusste nicht, ob er sich auch mehr erhofft hatte, aber dieser Kaffee … den wollte er. Aber jetzt bekam er ihn offenbar nicht mehr. Nicht einmal das. Seine Chance war vorbei. Während ihm das bewusst wurde, zog sich alles in ihm schmerzhaft zusammen. Wie konnte er etwas vermissen, von dem er nicht einmal gewusst hatte, dass er es gewollt hatte?

»Jamie, es tut mir leid«, wiederholte Matheo leise.

»Lass es einfach. Wir reden nicht mehr darüber«, betonte Jamie eilig und biss sich auf die Lippen, als er nach seinen Krücken griff und sich umständlich aufstellte. Es war ihm gar nicht recht, dass Matheo ihm zusah. Er fühlte sich verletzlich und bloßgestellt.

»Soll ich dir helfen?«, erkundigte Matheo sich und stand ebenfalls auf.

»Du hast nie zugelassen, dass ich dir helfe. Wieso sollte ich es jetzt zulassen, dass du es tust?«, knurrte Jamie und hätte fast die Balance verloren.

»Natürlich habe ich mir von dir helfen lassen«, betonte Matheo und runzelte die Stirn. »Damals ... als wir betrunken waren und du ... für mich da warst. Als du mich mit den Drogen erwischt hast und mir den Tipp gegeben hast, mich an Lisa zu wenden. Oder im Krankenhaus, nachdem wir Magnus verloren hatten. Du warst da für mich. Immer wieder. Du warst mir immer eine Konstante. Wenn es gar nicht mehr ging, warst du da. Hast du keine Ahnung, wie sehr du mir wirklich geholfen hast?«

»Du bist immer ziemlich schnell weggelaufen. Genauso wie ich es jetzt auch mache.« Jamie sah auf seine Krücken und runzelte die Stirn. »Oder zumindest schleiche ich dir davon.« Er humpelte zu seinen Kindern und bat sie mitzukommen. Als er ihnen versprach, dass es frischen Zitronenkuchen gäbe, kamen sie sogar sofort mit, ohne zu meckern. Matheo versuchte nicht noch einmal, ihn aufzuhalten, aber Haakon lief einige Meter mit ihnen mit und drehte sich erst von ihnen ab, als sein Vater ihn zu sich rief.

Dezember 2012

Jamie kniff die Augen zusammen, als er seinen ehemaligen Schulfreund am Rand der öffentlichen Eisfläche bemerkte. Neben ihm lief Haakon, der erstaunlich weit in die Höhe geschossen war, und eine schwangere Frau.

»Matheo. Schau mal«, sagte er zu Andy. Andy drehte sich um. »Stimmt«, sagte er. »Hattest du nochmal Kontakt zu ihm?«

»Wir haben uns seit zwei Jahren nicht mehr gesehen«, erwiderte Jamie und runzelte die Stirn. Er beugte sich zu seiner Tochter hinab und überprüfte noch einmal, ob sie ihre Schuhe fest zugebunden hatte. »Alles klar?« Als sie nickte, half er ihr auf die Eisfläche zu kommen und lächelte, als sein kleines Mädchen sicher über das Eis davonfuhr.

»Ich fahre auch nochmal eine Runde, Kumpel«, rief Andy und nahm Anlauf, um seinen Kindern und denen von Jamie nachzujagen.

Seit Jamies Bein nicht mehr alles mitmachte, war Sport für ihn Geschichte. Am Anfang hatte es ihn geschmerzt, seinen Kinder dabei zuzusehen, wie sie Dinge ohne ihn entdeckten, und war nicht mitgegangen. Stattdessen hatte Andy sie oft mitgenommen, wenn er mit seinen eigenen Kindern eine Fahrradtour machte oder Drachen steigen ließ. Doch inzwischen kam Jamie besser damit klar. Als Mia ihn darum gebeten hatte, sie zu begleiten, hatte er natürlich nicht nein sagen können. Er war stolz, ihr dabei zuzusehen. Sie wirkte sehr sicher auf dem Eis, was bestimmt daher kam, dass sie für ihr Leben gerne Inliner fuhr.

Abgesehen davon, dass Jamie es vermisste mit seinen Kindern zu rennen oder zu toben, hatte er sich überraschend gut an das Frührentnerdasein gewöhnt. Seit er nicht mehr als Polizist arbeitete, konnte er komplett für die Kinder da sein. Und das genoss er. Manchmal fragte er sich, ob der Typ, der ihn verletzt hatte, ihn nicht sogar einen Gefallen getan hatte. Doch er schaffte es nicht, Dankbarkeit zu empfinden. Dafür waren die Schmerzen und Einschränkungen zu umfassend. Trotzdem fühlte er sich nicht schlecht, als Frührentner und Vollzeitpapa.

Andy und dessen Frau versuchten ihn zwar dazu zu drängen wieder einen Job zu suchen, zumindest als Teilzeit. Oder wenigstens ein Ehrenamt, aber momentan wollte Jamie noch nicht so gerne in die Öffentlichkeit und sich dauerhaft binden. Er hatte in der frühen Kindheit seiner Kinder so viel verpasst. Er war dankbar, dass er sie hatte. Und solange er konnte, wollte er Zeit mit ihnen verbringen.

»Hallo, Jamie.«

Damit, dass Matheo zu ihm kommen würde, um ihn zu begrüßen, hatte er nicht gerechnet. Er drehte sich auf der Bank leicht um und starrte überrascht zu Matheo, der ihn mit gerunzelter Stirn musterte. »Hallo, Matheo.«

»Wie geht es dir?«, fragte er und sah von oben auf Jamie hinab. Zum ersten Mal störte es Jamie, dass er ständig hockte, während die Leute um ihn herum standen. Und ihm wurde bewusst, wie sehr es Matheo erschrecken musste, ihn zu sehen. Seit der Sache mit dem Bein war er faul und gemütlich geworden. Weil er so viel saß, hatte er zugenommen. Seine Ausdauer war nicht mehr gut und manchmal schmerzte sein Rücken. Er wusste, dass das auf Dauer nicht gesund war und dass er sich nicht so sehr von dem Bein einengen lassen sollte, aber momentan fehlte ihm einfach die Motivation. Solange er sich mit seinen Kindern beschäftigen konnte, fühlte er sich glücklich. Das war zur Zeit das Einzige, was wichtig für ihn war.

»Gut. Alles klar. Dir geht es aber auch sehr gut, oder?« Jamie lächelte nach oben und nickte dann zu der schwangeren Frau und Haakon. Die Frau war erheblich jünger als Matheo. Er hoffte, er konnte seine Verunsicherung und sein Schamgefühl überspielen und selbstsicher wirken. Trotz allem.

Matheo drehte sich leicht herum »Ja. Das ist meine Frau Anne. Wir erwarten unser erstes gemeinsames Kind.«

»Schön für dich.« Jamie nickte und fühlte eine Mischung aus Zufriedenheit und Frustration. Es freute ihn wirklich für Matheo, aber … gleichzeitig mochte er es nicht, dass dieser wieder verheiratet war. Es störte ihn mehr, als er erwartet hatte.

»Was ist mit dir?«, erkundigte Matheo sich und beugte sich vor, um sich gegen die Brüstung zu lehnen, die die Eisfläche von den Zuschauertribüne abtrennte, so als wolle er auf Jamies Höhe sein. Das fand Jamie noch nerviger als die Tatsache, dass Matheo von oben zu ihm herabgeschaut hatte.

»Ich habe weder eine neue Frau noch erwartet irgendjemand ein Kind von mir«, erwiderte Jamie genervt. Er packte seine Krücken und spielte mit dem Gedanken, abzuhauen.

»Hat sich beruflich was bei dir geändert? Lisa meinte, du würdest dich bei ihr nicht mehr melden.« Matheo richtete sich wieder auf. Vermutlich war es ihm zu ungemütlich, dauerhaft nach unten schauen zu müssen. Er sah sich um und lehnte sich dann gegen einen Pfosten der Bank. Auch wenn Jamie froh war, dass er sich nicht einfach neben ihn setzte, verletzte es ihn auch etwas.

»Wenn ihr nichts gehört habt, dann wird sich wohl auch nichts getan haben, oder?« Jamie schüttelte den Kopf und stellte sich mühsam auf, bevor er sich schwer auf die Krücken stützte. Wenigstens war er jetzt auf derselben Augenhöhe wie Matheo. Zumindest wenn man ignorierte, dass Jamie einen Kopf kleiner war. Ihm war nicht ganz klar, wieso er so sauer war. Doch er vermutete, dass es etwas mit der neuen Frau an Matheos Seite zu tun hatte. Es störte ihn gewaltig, dass Matheo schon wieder geheiratet hatte. Wenn er ein solch großes Interesse an Frauen hatte, hätte er sich den Brief doch auch sparen können, oder? Oder wenigstens bei Signe bleiben können, die es nicht verdient hatte, verlassen zu werden. »Ständig erkundigst du dich bei Lisa nach mir. Was soll denn das?«

»Als hättest du das vor einigen Jahren nicht auch gemacht«, erwiderte Matheo ebenfalls leicht gereizt. »Ich frag sie halt manchmal, ob sie dich mal gesehen hat.«

»Keine Sorge, es ist nichts Besonderes passiert. Sie haben mir nicht das zweite Bein zertrümmert und weitere Kinder habe ich auch nicht in die Welt gesetzt«, erwiderte Jamie.

Matheo seufzte. »Ich denke, es wäre einfach mal wieder schön, was von dir zu hören.« Er hob die Schulter. »Ich habe oft an dich gedacht und immer gehofft, dass es dir besser gehen würde.«

»Wenn du wissen willst, wie es mir geht, dann hättest du dich einfach bei mir melden sollen«, fauchte Jamie und drehte sich um. Er hatte keine Ahnung, wohin er gehen sollte, aber vielleicht könnte er die Plakate in der Eingangshalle studieren.

Glücklicherweise folgte Matheo ihm nicht.

Februar 2015

»Mit dir habe ich überhaupt nicht gerechnet.«

Jamie schrak zusammen und wirbelte herum. Nur schwer konnte er sich vom Fallen abbringen. »Du hast mich ziemlich erschreckt.«

»Genauso wie du mich damals im Polizeipräsidium. Es kommt mir vor als wäre es hundert Jahre her«, erzählte Matheo. »Ich kann mich an jedes Treffen mit dir erinnern. An jedes. Das letzte war noch vor Mette-Marits Geburt. Aber auch an jedes Treffen hier in der Aula.«

Auch an das nach unserer Abiturfeier?, fragte sich Jamie in Gedanken. Doch er sprach es nicht laut aus, was sollte er Matheo auch unnötig provozieren? »Du bist also Vater geworden.« Jamie sah sich in der Aula ihrer ehemaligen Schule um, um zu sehen, ob Matheos Frau und das Kind hier waren.

Doch er fand sie nicht. Stattdessen sah er direkt in Signes Augen, die etwas weiter entfernt stand und offenbar auf Matheo wartete. Sie winkte ihm freundlich zu und legte dann den Arm um Haakons Schultern, der noch größer geworden war. Anscheinend hatte nicht nur Matheo die Scheidung gutgetan, sondern auch Signe. Zumindest wirkte sie wieder jünger und strahlender – und das, obwohl er sie seit sehr vielen Jahren nicht mehr gesehen hatte. Zumindest nahm Jamie an, dass die beiden nach wie vor getrennt waren, auch wenn es seltsam war, dass sie zusammen hier waren. »Ist es ein Mädchen?«

Empört musterte Matheo ihn. »Natürlich ist es ein Mädchen. Ich sagte doch, sie heißt Mette-Marit.«

Leise lachte Jamie. »Tut mir leid, dass mit den Namen ist bei euch nicht immer ganz klar. Kommt der Name auch aus Norwegen?«

Matheo runzelte die Stirn. »Du kennst dich wirklich nicht aus mit dem Adelshaus, oder? Mette-Marit ist die Frau von Haakon-Magnus.«

»Also ...« Kurz war Jamie verwirrt. »Deine Tochter, die du mit einer deutschen Frau hast, hat einen norwegischen Namen, weil deine Exfrau Norwegerin ist?«

»Meine Tochter hat einen norwegischen Namen, weil mein Sohn einen norwegischen Namen hat«, erläuterte Matheo und klang dabei sanft. »Bist du mit deinem Sohn hier?«

Jamie nickte. »Was treibst du hier? Haakon ist doch nicht alt genug, um in diese Schule zu gehen, oder?«

»Er freut sich schon so sehr. Wenn schon Tag der offenen Tür ist, dachten wir einfach, dass wir ihm die Schule mal zeigen können, in die wir gegangen sind.« Matheo hob die Schultern. Dann musterte er Jamie sehr genau und sah ziemlich lange auf sein Bein. »Wie geht es dir, Jamie?«

»Ich arbeite wieder im Polizeipräsidium, aber das hast du ja vielleicht schon durch Lisa mitbekommen. Ich war nach dem letzten Treffen so verdammt sauer auf dich gewesen, dass ich mich sofort beworben habe«, erzählte Jamie und musste wegen sich selber die Augen verdrehen.

Matheo lachte laut. »Ging mir auch häufiger so. Du hast mich provoziert und ich habe prompt etwas getan, was mich weitergebracht hat. Meine Scheidung einzureichen zum Beispiel oder die Ausbildung zu machen.« Matheos

Blick wurde sanfter. »Du hast mir wirklich geholfen. Mehr als du denkst. Schon seit Jahren.«

»Freut mich.« Jamie lächelte und spürte Wärme in sich aufsteigen.

»Und was machst du dort, Jamie? Kannst du als Polizist noch arbeiten?« Aufmerksam sah Matheo ihn an.

Jamie bemerkte, dass er es mochte, wenn Matheo seinen Namen aussprach. »Nein, das ist leider endgültig vorbei. Ich bin für die Ausbildung zuständig, betreue die Auszubildenden und unsere Studierenden und schicke die Alten auf regelmäßige Weiterbildungen. Es ist besser, als ich erwartet hatte. Es tut gut, wieder was zu machen«, erzählte Jamie und kratzte sich am Kopf. »Meine Kinder werden immer älter und selbstständiger. Es hätte mich auf Dauer umgebracht, zuhause zu sitzen. Außerdem hat es mich faul und dick gemacht.«

»Ich denke auch. Ein guter Job ist echt wichtig. Seit ich einen Beruf habe, geht es mir viel besser.« Matheo betrachtete Jamie. Seine Augen leuchteten. »Ich bin jetzt Leiter in dem Altenpflegeheim, in dem ich die Ausbildung gemacht habe.«

»Ja, das hat Lisa mir erzählt, aber sie ist immer so genervt, wenn ich nach dir frage«, murmelte Jamie.

»Das kenne ich. Ich traue mich auch echt selten, mich nach dir zu erkundigen«, erwiderte Matheo und hob die Schultern. Er grinste.

Kurz dachte Jamie daran, dass es für all das eine Lösung geben könnte. Zum Beispiel könnten sie einen Kaffee zusammen trinken gehen. Doch da Matheo jetzt wieder verheiratet war, würde das nicht funktionieren. Da sie nie über den Brief gesprochen hatten, lag er unausgesprochen zwischen ihnen und verhinderte, dass sie einen normalen Umgang miteinander pflegen konnten.

»Wie geht es deiner Frau? Wieso bist du mit deiner Exfrau hier?«

»Anne und Signe verstehen sich nicht sonderlich gut.« Matheo verzog das Gesicht. Anscheinend war das ein großes Thema in seinem Leben. »Aber Haakon wollte lieber mit Signe gehen. Ist ja auch logisch, sie ist seine Mama. Also musste Anne zuhause bleiben und passt jetzt auf Mette-Marit auf.«

»Oh je, du scheinst Organisationstalent zu gebrauchen mit deinem Harem.« Ein wenig amüsiert sah Jamie Matheo an und verlagerte sein Gewicht. Zwar war er aktiver, aber das Bein behinderte ihn immer noch. Zum Beispiel konnte er nicht solange am Stück stehen. Doch er wagte nicht, sich einen Stuhl zu holen, denn er hatte Angst, dass Matheo dann zu Signe und Haakon zurückgehen würde.

»Zickereien eben. Hast du gar keinen Kontakt zu deiner Exfrau?« Matheo betrachtete die Fugen der Aula. Sein Blick wanderte leicht in die Ecke hinter den Spinden. Jamie folgte seinem Blick. Dort hatten sie miteinander geknutscht, vor vielen vielen Jahren. Betrunken, verschwitzt hatten sie sich aneinandergeklammert. Jamie war so verzweifelt gewesen, nachdem er die Prüfung versaut und plötzlich ohne Abschluss dagestanden hatte. Matheo hatte ihn trösten wollen, aber dann ... war etwas anderes daraus geworden. Etwas, was sie bis heute nicht wirklich thematisiert hatten.

Jamie wandte seinen Blick wieder zu Matheo und bemerkte, dass dieser ihn dabei beobachtet hatte, wie er in die Ecke gestarrt hatte. Etwas zog schmerzhaft in seinem Magen. Er empfand Wehmut. »Selten. Sie schickt den Kindern regelmäßig Briefe, aber die Besuche werden immer seltener. So wie es aussieht hast du jetzt zwei Frauen und ich gar keine. Ich bin alleine hier. Wollte mich mal umsehen, was sich so verändert hat. Mein ältester Sohn wird bald hier zur Schule gehen.« Jamie hob die Schultern.

»Und ansonsten?« Matheo sah ihn direkt an.

»Den Kindern geht es gut. Andy geht es gut. Alles beim Alten.« Wieder hob Jamie die Schultern.

»Wie geht es dir wirklich, Jamie?«, fragte Matheo scharf.

»Warum sollte ich dir das beantworten?«, erwiderte Jamie knurrend. »Wie geht es denn dir? Wie geht es dir wirklich?«

Einen Moment lang schwieg Matheo. »Ich weiß nicht, ob ich einen Fehler gemacht habe, als ich Anne geheiratet habe. Meine Tochter ... Es ist so schön, seit sie da ist. Wenn ich mit ihr spiele ... Es ist wunderbar. Aber vielleicht sollte ich langsam anfangen dazu zu stehen, wer ich wirklich bin.«

»Du hast diese Frau nur geheiratet, weil du noch ein Kind wolltest«, murmelte Jamie. »Du hast Signe geheiratet, um Kinder zu bekommen. Als sie daran gescheitert ist, hast du sie eiskalt aussortiert und dir eine andere Frau gesucht. Gewollt hast du all die Jahre etwas anderes, das wissen wir beide.«

»So grausam, wie es sich jetzt anhört, war das nicht. Ich habe Signe nicht aussortiert, weil sie daran gescheitert ist. Wir haben uns gegenseitig so sehr ausgelaugt. Es musste sein. Wir wollten beide die Scheidung«, erwiderte Matheo heftig.

»Hast du aus der Sache mit Signe gelernt?«, erkundigte Jamie sich wütend. »Nein, hast du eben nicht. Du bist einfach in die nächste Sache gelaufen.«

»Jamie ... der Brief.« Matheo legte ihm die Hand auf den Arm.

Jamie riss den Arm weg und riskierte damit, dass er wankte, doch er konnte sich noch halten, in dem er sich an der Wand abstützte. »Jetzt fängst du damit an, Matheo? Jetzt?«

»Warum nicht jetzt?« Matheo sah ihn bestürzt an.

»Weil ... es zu spät ist!«

»Zu spät?« Matheos Gesicht verzog sich. »Warum?«

»Weil ich seit einer halben Ewigkeit endlich einen Menschen getroffen habe, der sich mit mir verabreden will«, meinte Jamie und humpelte einen Schritt zurück. Er sah Matheo erbost an. Seine bloße Anwesenheit brachte ihn total aus der Fassung. Gerade jetzt, wo Jamie wieder angefangen hatte, glücklich zu sein, wollte er über diesen verdammten Brief reden? Jamie war Jahre lang dafür bereit gewesen. Jetzt war es zu spät. Matheo hatte seine Chance verpasst. »Dieser Mensch mag das, was ich wirklich bin: Ein mittelalter Mann mit drei Kindern, der von seiner Frau sitzengelassen wurde und jetzt Alleinerziehender ist, nicht mehr die beste Figur hat und kaum laufen kann. Ich fühle mich endlich angekommen. Endlich verstanden. Ich bin wieder glücklich! Ich will jetzt nicht über den Brief reden. Du hättest die letzten zwei Jahre mit mir über diesen bescheuerten Brief reden können, aber jetzt nicht mehr. Ich lasse mir diese Chance nicht nehmen.«

Kurz schloss Matheo die Augen. »Ich will dir die Chance ja gar nicht nehmen.« Er lächelte. »Ich freue mich für dich. Du hast eine neue Freundin. Das ist schön. Wirklich schön.«

»Genau.« Jamie verdrehte die Augen. »Nur, dass wir noch nicht fest zusammen sind, sondern uns nur verabreden. Aber das lasse ich mir nicht kaputtmachen. Nicht von dir. Und Matheo? Noch was: Es ist keine Frau. Es ist ein Mann.« Obwohl er gerne das verblüffte Gesicht von Matheo gesehen hatte, wandte Jamie sich um, um aus der Aula zu laufen. Mit Matheo war er durch. Endgültig. Mehr als vage Andeutungen hatte es nie gegeben und darauf hatte er keine Lust mehr. Außerdem gefiel ihm nicht, dass Matheo nun schon die zweite Frau in das Drama gezogen hatte, das sein Leben war, obwohl er schwul war. Das hatte ihm in dem Brief gestanden, er hatte also viel früher gewusst, was Sache war.

April 2015

Jamie stöhnte und legte die Gabel ab, als er sah, wer auf sie zukam. Zuvor hatten sie sich zwei Jahre lang nicht gesehen, wieso tauchte Matheo jetzt innerhalb von wenigen Monaten zweimal auf? Ausgerechnet heute, wo Jamie mit seinem neuen Freund einen schönen Abend in einem schicken Restaurant verbringen wollte. Er straffte seine Schultern und richtete sich ein wenig auf. »Tim? Das ist Matheo.« Er zeigte auf den blonden Mann, der mit aufgerichteten Kinn neben ihrem Tisch stehen blieb. »Matheo. Mein Freund Tim.«

Die beiden Männer gaben sich die Hand.

»Alles klar bei dir, Matheo?«, erkundigte Jamie sich wenig freundlich. Diesmal wollte er wirklich, dass Matheo so schnell wie möglich verschwand. Es war zu gefährlich ihn hier zu haben. Er könnte das, was Jamie sich mit Tim aufgebaut hatte, mit wenigen Worten niederschmettern. Das mit Tim war noch so empfindlich.

»Es geht so.« Matheo drehte sich um und machte eine Geste zu einem anderen Mann, die wohl andeutete, dass dieser sich schon setzen sollte. Jamie kniff die Augen zusammen. Hatte Matheo sich etwa auch endlich einem Coming Out gestellt? Hatte er einen Freund? »Was ist mit euch?«

»Tja.« Jamie nahm das Weinglas und schwenkte den Wein langsam. »Wir genießen den ruhigen Abend. Wie geht es Anne?« Er war viel zu neugierig, um das einfach auf sich beruhen zu lassen. Von Lisa erfuhr er nichts mehr. Sie weigerte sich, ihm weitere Informationen zu geben, weil sie fand, dass sie kindisch waren, weil sie keinen Kontakt miteinander pflegten, aber ständig bei ihr nachfragte, was der jeweils andere so trieb.

»Ich bin ausgezogen«, erzählte Matheo.

»Aha.« Jamie sah zu Tim, der der Unterhaltung neugierig verfolgte. Für einen Moment spürte er, wie alles in ihm weicher wurde. Seit es Tim in seinem Leben gab, ging es ihm richtig gut. Er war glücklich. Endlich wusste er, was er wollte.

Wenn er aber zu Matheo sah ... Ob auch er glücklich war? Jamie würde es ihm gönnen. Er dachte daran, dass Matheo jetzt zwei Kinder von zwei unterschiedlichen Frauen hatte, die sich gegenseitig nicht leiden konnten. Konnte er die Kinder wenigstens regelmäßig sehen? Musste er um das Besuchsrecht kämpfen? War es schwierig, die Papawochenenden mit zwei Kindern von unterschiedlichen Frauen zu organisieren?

»Ich gehe mal wieder rüber zu meinem Anwalt«, meinte Matheo und klopfte leicht auf die Tischplatte. Seine Finger verfehlten dabei nur knapp Jamies Hand, was Jamie einen Schauder am Arm bescherte.

»Das ist dein Anwalt?« Er runzelte die Stirn. Auf einmal wollte er doch nicht mehr, dass Matheo verschwand. Irgendwie konnte er ihn nicht einfach davonlaufen lassen.

»Scheidungsanwalt. Das mit mir und Anne ist um einiges schwieriger als das mit Signe jemals gewesen ist. Es ist ... alles noch viel komplizierter, schmerzhafter und schlimmer. Mit Signe bin ich befreundet, aber mit Anne sind die Fronten verhärtet, das macht es so schrecklich. Wir streiten um Geld. Um Möbel. Darum, wer mehr Schuld auf sich geladen hat.« Matheo seufzte leise und Jamie hatte das Bedürfnis seine Hand zu nehmen und seine Finger zu drücken. Ihn trösten. Sein Beschützerinstinkt erwachte. »Ich habe Signe nicht aussortiert, weil sie unser Baby ... Magnus verloren hat, Jamie. Das hat mir damals sehr wehgetan, als du das gesagt hast.«

»Der Gedanke lag einfach nahe«, erwiderte Jamie betroffen und räusperte sich leise. Es berührte ihn sehr, dass es Matheo wieder so schlecht ging. Wann konnte Matheo endlich mal auch an sein Ziel ankommen? Wann konnte er endlich zu sich selber finden? Vielleicht musste er zu der Wahrheit, die in dem Brief stand, stehen. Vorher würde es wahrscheinlich einfach nicht besser werden. »Tut mir leid, dass ich das gesagt habe.«

»Signe und ich hatten eine unglaublich schwierige Zeit. Wir sind daraus als Freunde hervorgegangen. Das schaffen nur die wenigsten Exehepartner. Und das mit unserem Baby ... das war nicht Signes Schuld oder meine. Es war der unglücklichste Moment in unserem Leben. Es hat nicht nur mich, sondern auch Signe für immer geprägt.« Matheo nickte leicht.

»Wenn das mit Anne so schwierig ist - wie ist das mit deiner Tochter?«, erkundigte Jamie sich behutsam.

»Schwierig. Auch darüber müssen unsere Anwälte verhandeln.« Matheo klopfte erneut auf den Tisch und hob die Hand. »Aber das mit Signe, Haakon und mir klappt dafür super. Wir funktionieren als Patchworkfamilie richtig gut. Aber ich will jetzt nicht länger stören. Jamie, Tim, ich wünsche euch noch einen schönen Abend.«

»Warte. Matheo.« Jamie beugte sich zu Tim und versprach ihm, dass er gleich kommen würde, dann lehnte er sich zur Seite und nahm seine Krücken. Er war inzwischen besser zu Fuß, konnte schneller und weiter laufen und schaffte es auch an einem Ort für einige Minuten stehen zu bleiben, aber die Krücken brauchte er dennoch immer noch, um sein schwaches Bein zu entlasten. »Komm kurz mit«, bat er und nickte zur Bar.

Matheo folgte ihm, sah aber widerwillig aus. »Was ist, Jamie? Du kannst doch nicht einfach deinen Freund sitzen lassen, nur um mit mir zu reden. Ist dir klar, was er jetzt denkt?«

»Matheo, verdammt, jetzt mach die Augen auf«, forderte Jamie. Er lehnte seine Krücken gegen den Barhocker und griff nach Matheos Schulter. »Wir müssen über diesen Brief reden. Wir müssen das einfach tun.«

»Jamie.« Auch Matheo legte ihm eine Hand auf die Schulter. Er lehnte sich nach vorne, so dass Jamie seinen Atem auf der Haut fühlen konnte. »Du hast da einen gutaussehenden nett wirkenden Mann sitzen. Du hast mich darum gebeten, dir diese Chance nicht zu nehmen. Das werde ich auch nicht tun. Ich freue mich für dich. Ich bin nicht mehr länger neidisch auf dich. Das war früher, als es mir wirklich schlecht ging. Aber, dass ich jetzt in meiner zweiten Scheidung stecke, ist ganz alleine meine Schuld. Ich habe aus der ersten Sache nicht gelernt, genau wie du es mir vorgeworfen hast. Dabei wäre ich es mir schuldig gewesen. Mir, Signe, dir, meinen Kindern. Vielleicht sogar Anne gegenüber. Das ist jetzt meine Sache und ich muss da alleine durch. Es geht dich nichts an.«

»Wir könnten Freunde sein«, schlug Jamie hektisch vor.

»Wir waren noch nie gut darin, Freunde zu sein, Jamie«, erwiderte Matheo leise. »Du weißt, dass wir nur extrem sein können. Alles oder nichts. Irgendwas dazwischen würde nicht zu uns passen. Es passt zu Signe und mir, aber bei uns beiden … Wir müssen Distanz wahren, ansonsten kommen wir nicht voneinander los. Ist dir das noch nicht aufgefallen?«

Traurig griff Jamie nach der Bar, um sich festzuhalten, und nickte. Sein dummes Bein. Wenn er jetzt das Gleichgewicht verlieren würde ...

Doch er stand plötzlich wieder stabil, weil Matheo seinen Ellenbogen ergriff und ihm die Krücke reichte, während er ihn ernst ansah. »Danke für deine Anteilnahme, Jamie, aber du hast recht, das hier ist deine große Chance. Du hast den Schritt nach draußen gewagt und triffst dich mit Männern. Ich freue mich wirklich sehr für dich. Geh zurück zu deinem Tim und genieße den Abend.«

Ohne sich weiter zu verabschieden, drehte Matheo sich um und ging zu seinem Anwalt. Er beugte sich zu dem Mann, sprach kurz mit ihm und dann verließen beide das Restaurant. Anscheinend hatte Matheo seinem Anwalt mitgeteilt, dass es besser wäre in ein anderes Restaurant zu gehen.

Langsam ging Jamie wieder zurück zu Tim.

»War das ein Exfreund?«, erkundigte Tim sich neugierig.

»Nein. Hast du nicht zugehört? Er ist mit einer Frau verheiratet.« Jamie runzelte die Stirn.

»Aber er ist etwas Besonderes für dich, oder?« Tim sah ihn aufmerksam an.

»Ja«, sagte Jamie leise und sah zu dem Tisch, an dem Matheos Anwalt gesessen hatte. »Ja, das ist er. Aber nicht auf eine Weise, die dir Sorgen machen müsste.« Das Erste entsprach der Wahrheit, das Zweite war eine glatte Lüge. Das wusste Jamie. Und er wusste auch, dass Tim das spüren konnte.

Oktober 2018

»Schau, wer da ist«, murmelte Andy.

Matheo war eingetreten, obwohl die beiden ehemaligen Mitschülerinnen, die das Ehemaligentreffen organisiert hatten, nichts von ihm gehört hatten. Er war in einem dunklen Mantel gehüllt, der bis zur Kehle zugeknöpft war. Sein helles Haar wirkte vorne an der Stirn schon ein wenig kahl, was das spitze Kinn noch deutlicher hervorhob. Seine zweite Scheidung hatte ihn altern lassen.

Ein Gefühl von Enge raubte Jamie den Atem. Matheo wiederzusehen war schmerzend, weil es ihn daran erinnerte, wie sehr sie beide immer wieder versagt hatten. Seit zwanzig Jahren.

Das mit Tim hatte nicht lange gehalten. Irgendwann nach den ersten euphorischen Wochen der kribbelnden Verliebtheit hatte Jamie all die Macken bemerkt, die ihn an Tim immer mehr gestört hatten. Außerdem war Tim viel zu jung für ihn. Es war nicht so, dass er unreif war, aber man merkte ihm an, dass er viele Dinge nicht verstand, die Jamie erlebt hatte. Die Sache mit seinem Bein, die Scheidung. Er hatte die Schwere, die Leere in Jamie nicht wirklich nachvollziehen können, obwohl er sein Bestes versucht hatte. Die Trennung von Tim war schmerzhaft gewesen, weil Jamie ihn wirklich gerne gehabt hatte. Es hatte lange gebraucht, bis es nicht mehr so weh getan hatte, und Jamie war froh, dass er sich genug Zeit genommen hatte, um dieser zweiten Beziehung nachzutrauern.

Jetzt, wo Tim und er sich endlich komplett voneinander gelöst hatten und Jamie nicht mehr so oft an ihn dachte und er nicht mehr diesen schmerzenden Stich im Herzen fühlte, wenn er sich an die gemeinsame Zeit erinnerte, wusste er, dass es die richtige Entscheidung gewesen war. Das mit Tim und ihm wäre nicht lange gut gegangen.

Außerdem hatte Jamie einfach nicht vergessen können, was Matheo ihm gesagt hatte. Sie waren die Typen fürs Extreme. Sie konnten nicht einfach so Freunde sein. Doch sollten sie dann nicht endlich mal über diesen bescheuerten Brief reden?

Nachdem Matheo seinen Mantel abgelegt und einen freien Platz am anderen Ende des Lokals gesucht hatte, entschuldigte Jamie sich bei seinen Freunden und ging zu Matheo.

»Hallo«, sagte Jamie und lehnte sich gegen die Wand.

»Wow.« Matheo hob die Augenbraue. »Du läufst schnell und das ohne Krücken.«

»Ich habe eine wunderbare Physiotherapeutin, die mit mir Übungen macht. Ich mache echt gute Fortschritte«, sagte Jamie und klopfte leicht gegen sein Bein. »Hör mal, ich wollte grad raus, eine rauchen. Willst du mit mir an die frische Luft?«

»Du rauchst?«, fragte Matheo erstaunt.

»Eigentlich nicht«, sagte Jamie und verdrehte die Augen. »Aber ich fühle mich gerade an meine Jugend erinnert.«

»Hast du überhaupt Zigaretten?«, erkundigte Matheo sich und stand von seinem Stuhl auf. Er griff an Jamie vorbei an seinen Mantel.

»Ich dachte, du lädst mich ein«, antwortete Jamie und hob die Schulter.

»Raucht Tim auch?« Matheo zog den Mantel an.

»Wir haben uns getrennt«, teilte Jamie ihm mit.

»Ah.« Matheo nickte und steckte die Hände in die Tasche. Dann sah er zum Boden. Er sah wirklich älter aus als damals, als sie sich das letzte Mal im Restaurant gesehen hatten. Außerdem wirkte er erschöpft. Und er hatte wieder abgenommen. Er musste dringend mal ein paar Pfund zunehmen. Jamie hatte einige zu viel, die er Matheo gerne zur Verfügung stellen würde.

»Also, gehen wir raus?«, wiederholte Jamie.

»Gut. Dann gehen wir halt rauchen.« Matheo runzelte die Stirn. »Ich frag mich, seit wann du rauchst. Hat dir Tim das beigebracht?«

»Oh. Er hat mir jede Menge beigebracht«, meinte Jamie und klopfte leicht auf Matheos Schulter. »Wenn du möchtest kann ich dir alles zeigen, was ich bei ihm gelernt habe.« Er grinste, als sich Matheos Wangen rot färbten. Dann beugte er sich vor und flüsterte in Matheos Ohr, damit ihre ehemaligen Schulkameraden nichts davon mitbekommen konnten: »Und wenn wir draußen geraucht haben, werden wir uns einen Kaffee bestellen, so wie wir es schon lange geplant haben. Und wir werden uns über diesen Brief unterhalten. Ich werde dieses Mal keinen Protest dulden.«

Dezember 2019

Schmunzelnd faltete Jamie das zerknitterte Papier auseinander und glättete es. Er hatte es in den letzten Jahrzehnten einfach zu oft hervorgeholt und gelesen. Wieder las er den Brief von Matheo, obwohl er ihn mittlerweile auswendig kannte. Matheos Geständnis, schwul zu sein und Gefühle für Jamie entwickelt zu haben, klang kindlich und unsicher. Es berührte Jamies Herz immer wieder.

»Jamie? Kommst du? Das Essen steht auf dem Tisch.« Matheo lehnte sich gegen den Türrahmen.

»Klar.« Jamie legte den Brief von Matheo ordentlich wieder in die Kiste, in der er Dinge bewahrte, die ihm wirklich wichtig waren: Ein gesticktes Deckchen von seiner Oma, die Manschettenknöpfe seines Vaters, ein Bild von Andy und ihm im Urlaub, der alte Fahrzeugbrief seines ersten Autos, ein Bernstein, den er in einem Urlaub gefunden hatte, seine alte Polizeimarke, einige gebastelten Sachen von seinen Kindern, der Ehering von Vanessa und der Brief von Matheo. »Bin gleich da«, murmelte er und berührte die Polizeimarke.

Obwohl sie in all den Jahren niemals ein Paar gewesen waren, hatten sie ihre Leben doch aus einer gewissen Distanz miteinander verbracht. Sie hatten ihre Auf und Abs miteinander erlebt. Doch das war jetzt vorbei. Jetzt hatten sie ein gemeinsames Leben. Gemeinsame Auf und Abs.

»Papa«, rief Marius und drängte sich an Matheo vorbei. »Wir wollen Geschenke auspacken.«

»Und ich habe Hunger.« Auch Haakon kam nach vorne. Beide Jungen liefen zu Jamie.

»Tja, ich habe dir ja gesagt, du sollst nicht trödeln«, meinte Matheo und hob die Augenbrauen. »Unsere Kinder kennen da keine Gnade.«

»Haha.« Jamie streckte Matheo die Zunge raus, dann hielt er Marius und Hakon die Hand hin und ließ sich von beiden hochhelfen. Inzwischen kamen alle Kinder, wahrscheinlich um zu sehen, was los war und warum Jamie mal wieder solange brauchte. Sobald er sicher stand, trat er einen vorsichtigen Schritt nach vorne. Sein Bein machte heute keine besonderen Probleme, weswegen er es wagte, spontan in die Hocke zu gehen und die Kleinste von ihnen, Matheos Tochter Mette-Marit, in die Höhe zu heben und sie zu küssen. Dann stellte er sie wieder ab, weil sie zu schwer für ihn geworden war. Er strich auch kurz Marcel und Mia über die Haare, bevor er sich an Matheo wandte. »Ich bin jetzt soweit.«

»Sehr gut.« Matheo nahm seine Hand und küsste ihn fest auf die Lippen. »Ich habe nämlich auch Hunger. Und ich will auch endlich Geschenke auspacken.«

Sturmflut

Impressum: Veröffentlichung in der ursprünglichen Auflage / Lektorat & Korrektorat: Lisa Lamp

Zusammenfassung: Die Schwestern Emma und Babsel könnten nicht unterschiedlicher sein, doch während sie wegen einer Sturmflut auf einer Hallig zusammen festsitzen, stellen sie fest, dass sie das nicht daran hindern sollte, ihre enge Beziehung aus ihrer Kindheit wieder aufleben zu lassen.

Vorwort: Auf der Hallig Hooge leben aktuell 92 Bewohner und Bewohnerinnen. In regelmäßigen Abständen wird die Hallig überflutet (Land unter), dies geschieht etwa fünf bis zwanzig Mal im Jahr, doch die Häufigkeit steigt signifikant bedingt durch den Meeresspiegelanstieg. Zwar ist diese Geschichte nicht biographisch, und doch verbinden meine Schwester und mich viele wunderbare Momente mit der Insel Pellworm und der Hallig Hooge. Deswegen ist diese Geschichte meiner Schwester Tanja gewidmet, meiner ältesten und besten, und in manchen Phasen meines Lebens auch einzige Freundin. Es gibt nur wenige Menschen, mit denen ich während einer Sturmflut auf einer Hallig festsitzen möchte, sie ist einer davon.

»Was genau meinst du damit?«

»Diese Hallig besitzt keinen Deich, weswegen sie regelmäßig überflutet wird.«

»Rede normal mit mir, Babsel! Was ist eine Hallig?«

»Oh Emma, hast du denn wirklich gar keine Ahnung? Eine Hallig ist eine Insel in der Nordsee, die keinen Deich oder von mir aus Damm hat, habe ich dir doch eben gesagt. Deswegen stehen das Haus, in dem ich wohne, und die Häuser meiner Nachbarn auf Warften«, erläuterte Babsel mit einer hastigen genervten Stimmlage.

»Warften? Was?« Emma wollte nicht nerven, aber es fiel ihr schwer, ruhig zu bleiben. Immer wenn sie aus dem Fenster blickte, sah sie, wie das dreckige Wasser immer näher zu dem Haus kam, in dem sie gerade mit ihrer Schwester festsaß. Warum hatte die Idiotin sie nicht vorgewarnt und wieso hatte sie sich überhaupt entschieden, an so einem gefährlichen Ort zu leben? Doch warum wunderte es sie überhaupt? Verrückt war Babsel ja schon immer gewesen. Und lebensmüde.

»Warft ist ein künstlich aufgeschütteter Erdhügel«, fügte Babsel ungeduldig hinzu, so als ob jeder normale Mensch das wissen müsste.

»Tut mir leid, aber ich muss krank gewesen sein, als wir das in der Schule gelernt haben. Vielleicht lag ich wegen meines gebrochenen Arms gerade im Krankenhaus«, schnappte Emma und verschränkte die Arme vor der Brust.

»Nicht dein Ernst, oder?« Babsel schüttelte den Kopf.

»Was?« Emma kniff die Augen zusammen.

»Das wirfst du mir vor? Nach all den Jahren?« Babsel verdrehte die Augen.

Emma wollte gerade den Mund öffnen, um etwas Gemeines zu sagen, doch dann hielt sie inne. Sie waren nun beide erwachsen und sollten sich nicht wie Kinder benehmen. Sie war hierher gekommen, um mit Babsel über die Eltern zu reden, die immer mehr zu einem Problem wurden, nicht um zu streiten. Und das mit dem Arm war ein blöder Unfall gewesen. Babsel war unvorsichtig gewesen und hatte Emma dazu angestiftet, mit ihrem Fahrrad über die Rampe zu fahren. Zwar war Emma die Jüngere gewesen, doch sie hätte dennoch nicht einfach das tun müssen, was Babsel ihr gesagt hatte. Deswegen zählte der gebrochene Arm nicht.

Aus Babsels Kehle kam ein gefährliches Knurren, als sie dann aber weiter erklärte, klang sie erstaunlicherweise ein wenig freundlicher. »Wenn das Wasser der Nordsee stark ansteigt, dann nennen wir auf den Halligen es ›Land unter‹. In Extremfällen ragen dann nur noch die Häuser auf den Warften, also Erdhügel, aus dem Wasser.«

»Ist das hier ein Extremfall?«, fragte Emma atemlos.

Babsel nickte.

»Oh, nein. Was muss ich nur für ein Pech haben?« Emma schob ihre Hände in einer verzweifelten Geste in ihr Haar und zog leicht daran. Das war etwas, das sie normalerweise nur machte, wenn sie alleine war, aber gerade war es ihr so was von egal, dass Babsel sie so sehen konnte. Ihr Leben stand auf dem Spiel.

»Vor der Sturmflut Xaver wurde vorher tagelang gewarnt.« Babsel lächelte mild. Sie selber schien kein Problem damit zu haben, bald mit Emma in einem alten Haus an der deutschen Küste zu sterben.

»Das Ding hat einen Namen?«, fragte Emma entsetzt.

»Jetzt mach dir nicht so in die Hose, Emma. Land unter zu erleben ist ein einmaliges Naturerlebnis. Nur wenige Touristen werden davon Zeuge. Schade ist nur, dass wir jetzt auf engstem Raum mehrere Tage zusammenhocken müssen. Wir werden uns zusammenreißen müssen. Ich will nicht ständig mit dir streiten. Komm, trink noch einen Tee.« Babsel schob Emma die Kanne zu.

»Was?« Die Stimme von Emma war hoch.

»Trink deinen Tee«, wiederholte Babsel amüsiert. Offenbar schien ihr der Ernst der Lage nicht bewusst zu sein

»Mehrere Tage?«, hakte Emma panisch nach.»Oh, sicher. Hast du gedacht, das ist morgen vorbei?« Lässig kippte Babsel ihren Stuhl nach hinten, sodass sie nur noch auf den hinteren beiden Stuhlbeinen stand und sah Emma schmunzelnd an.

»Du hast gesagt, dass die Ebbe immer kommt«, protestierte Emma verzweifelt.

»Ja, aber die werden wir bei der Sturmflut, die da gerade auf uns zukommt, nicht bemerken.« Babsel hob die Schulter. »Bekomm' jetzt bloß keinen Panikanfall. Wir machen jetzt das Beste aus der Situation.«

»Oh nein.« Emma schüttelte den Kopf und konnte ein Wimmern nicht unterdrücken. »Warum muss ich Seite an Seite mit meiner verrückten Schwester sterben? Bin ich wirklich so ein schrecklicher Mensch?«

Polternd lachte Babsel. »Trink noch einen Tee«, wiederholte sie, »dann ist es erträglicher.«

Entsetzt sah Emma wieder aus dem Fenster.

Das hatte sie jetzt von ihrem Versuch, ihre Schwester über den Zustand ihrer Eltern zu informieren. Da sie sowieso aus beruflichen Gründen in Hamburg gewesen war, hatte sie entschieden, schnell bei ihrer Schwester vorbeizusehen. Sie hatten kaum miteinander Kontakt. Babsel hatte weder ein Handy noch ein Telefon und rief meist einmal im Monat an, wenn sie auf dem Festland unterwegs war. Gesehen hatten sie sich schon ewig nicht mehr. Letztes Weihnachten war Babsel zwar bei ihren Eltern gewesen, doch Emma hatte eine Grippe vorgeschoben, um nicht kommen zu müssen. Leider standen sich die Schwestern nicht sehr nahe und sie empfand Babsel als sehr anstrengend. Es war unfair. Babsel lebte ein exotisches Leben und glänzte mit Abwesenheit, doch sobald sie da war, war sie der Mittelpunkt, die Sonne, um die sich alle zu drehen hatten. Dass Emma ein angepasstes Leben führte, Vollzeit arbeiten ging und sich ständig um ihre Eltern kümmern musste, das sah niemand. Später hatte es ihr leidgetan, dass sie Babsel an Weihnachten nicht gesehen hatte.

Und dann war sie in Hamburg gewesen und sie hatte noch das ganze Wochenende Zeit gehabt und sie hatte noch so viele Überstunden, die sie irgendwann eh abbauen musste. Und die Hallig, auf der Babsel lebte, sah auf der Karte von Hamburg aus gesehen nah aus. Also hatte sie bei ihrem Arbeitgeber angerufen, hatte sich Montag und Dienstag freigenommen und war nach Pellworm gefahren, um von dort zu der Hallig zu kommen. Doch die Fährverbindungen waren schlecht und eigentlich war es bereits eine Tortur gewesen, nach Pellworm zu kommen. Doch sie war nun schon so weit gekommen, jetzt wollte sie nicht aufgeben. Deswegen hatte sie sich ein Zimmer genommen und hatte zwei Tage in Pellworm verbracht. Sie hatte den Rest der Woche freigenommen und war dann endlich mit der Fähre nach Hooge gefahren. Nur, dass das keine Fähre gewesen war, sondern ein kleiner Kutter. Wenn sie vorher gewusst hätte, welche Strapazen sie auf sich nehmen musste, nur um Babsel kurz zu besuchen, hätte sie sich das dreimal überlegt. Jetzt verstand sie, dass Babsel so selten zu Besuch kam.

Als sie endlich auf Hooge angekommen war, war sie schlecht gelaunt gewesen. Es gab keine Busse, also hatte sie laufen müssen, einen langen langweiligen Weg an Weiden vorbei mit freilaufenden Schafen, deren Dreck auf dem Weg verstreut lag. Endlich am Ziel, hatte sie angefangen mit Babsel zu diskutieren, die sichtlich überrascht gewesen war, Emma zu sehen. Schnell waren sie in Streit geraten. Wie immer, wenn sie aufeinandertrafen. Doch Emma konnte leider auch nicht mehr abreisen. Dafür war es deutlich zu spät gewesen. Also war sie über Nacht geblieben. Doch am nächsten Tag fuhr keine Fähre, weil ein Sturm aufzog. Nicht mal das kleine Schiff ihrer Schwester hätte sie nehmen können, weil die See bereits zu stürmisch war. Zumindest hatte Babsel ihr eindringlich geraten, es gar nicht erst zu versuchen, und hatte betont, dass Emma bei dem Versuch ans Festland zu kommen, ertrinken würde.

Sie saß fest. Mit Babsel. Und um sie herum nur schlammiges, graues, eiskaltes Wasser und ein tosender, tobender, grimmiger Wind.

Ganz am Anfang hatte Emma noch die Wege zwischen den Häusern erkennen können, die Babsels Haus mit den anderen Häusern verband, inzwischen war alles überflutet – mit Wasser, das sich immer weiter über die grünen Wiesen und die grauen Straßen ausbreitete. Alles war bereits überspült. Nur noch ein Teil des Geländers war zu sehen, aber Babsel hatte bereits angekündet, dass auch das bald verschwinden würde.

Der Erdhügel, auf dem Babsels Haus stand, war eigentlich schon selbst eine Insel. Die anderen Häuser der Hallig waren kaum zu sehen, weil der Regen fast undurchlässig war. Ein Albtraum.

*

Als Emma am nächsten Tag in die Küche kam, stürmte es draußen immer noch, aber es sah nicht mehr ganz so bedrohlich aus, weil es wenigstens nicht mehr dunkel war. Am Abend hatte sie kaum noch mit Babsel gesprochen und war früh ins Gästezimmer gegangen, das Babsel ihr angeboten hatte. Eigentlich hatte sie erwartet, dass sie nicht schlafen können würde, aber irgendwann war sie doch eingeschlafen. Vielleicht war es die Luft oder das Klima, das sie wie ein Baby schlafen und die Sorge darum, hier ertrinken zu müssen, vergessen ließ.

Auf dem Tisch standen ein frischer Teller und eine Tasse, sowie Brot, Tomaten, Gurken und zwei Schalen mit seltsam riechendem Brotaufstrich. Besorgt sah Emma aus dem Fenster, ohne sich um das Frühstück zu kümmern.

»Können wir hier wirklich nicht weg?«

»Nö. Ich denke, ich werde dich erst in vier oder fünf Tagen zum Fähranleger bringen können, wo du dann auf die Fähre steigen kannst, die dich zur nächsten Insel fährt.«

»Auf die nächste Insel?« Emma sah ihre Schwester irritiert an. »Amrum«, erläuterte Babsel und verdrehte die Augen, als würde sie Emma verspotten. Das tat sie mit Sicherheit auch. Sie hielt Emma für unwissend. »Mein Auto steht auf Pellworm, genau dort muss ich wieder hin«, betonte Emma.

»Ich glaube nicht, dass das Boot nach Pellworm fahren wird. Es ist viel zu klein. Die Überfahrt wäre zu gefährlich. Bis der Sturm sich gelegt hat, wird niemand dich dorthin fahren. Du wirst nach Amrum fahren müssen und von dort aus dann mit einem anderen Schiff nach Pellworm. Vielleicht hast du Glück und du kannst mit einem Ausflugsschiff von Amrum aus nach Pellworm kommen. Wenn du Pech hast, musst du erst mit der Fähre aufs Festland, mit dem Bus nach Nordstrand und von dort dann wieder die Fähre nach Pellworm nehmen.«

»Du verarschst mich«, flüsterte Emma entsetzt.

Babsel sah sie ernst an und schüttelte den Kopf. »Wir sind hier nicht in Heidelberg, wo alle zwei Minuten eine Straßenbahn fährt.«

Emma stöhnte auf. »Ich muss am Montag wieder im Büro sein«, knurrte sie.

Babsel hob die Schultern. »Es tut mir leid, aber ich habe den Sturm nicht hierher bestellt.«

»Und Mama muss am Dienstag zum Arzt. Ich wollte sie begleiten«, knurrte Emma. Sie spürte, wie wütend sie war. »Da du das ja nicht tust, muss ich es machen.«

Babsel sagte nichts, sondern hob nur erneut die Schultern.

Emma presste ihre Lippen aufeinander und betrachtete das viele Wasser draußen. Hohe Wellen klatschten mit voller Wucht gegen die Wand des Stalls, der gegenüber des Hauses stand. Das Gattertor wackelte gefährlich im Sturm. Eine Gießkanne, die Babsel gehören musste, war bereits verloren. Sie trieb immer weiter weg von dem Haus.

»Versuch die Zeit zu genießen. Was anderes wird dir eh nicht möglich sein«, betonte Babsel schließlich und klang ungewöhnlich sanft.

Rasch wandte Emma sich um und starrte Babsel an. »Wie soll ich meine Zeit genießen, wenn ich zuhause so viele Verpflichtungen habe?«, fragte sie und wunderte sich darüber, wie Babsel so ruhig bleiben konnte. Während Emma immer wieder das Bedürfnis hatte, zum Fenster hinauszuschauen, um zu sehen, ob das Wasser schon bis zur Fensterbank reichte, lag Babsel auf dem Sofa. Sie hatte ein Buch in der Hand und knabberte an einem Stück Gurke. Lässig hob sie die Schultern.

»Machst du dir denn wirklich gar keine Sorgen, Babsel?«, schnappte Emma verärgert.

»Nö«, sagte Babsel und blätterte eine Seite des Buches um. Sie wackelte mit ihren Füßen, die in selbst gestrickten dicken Strümpfen steckten.

»Babsel«, knurrte Emma.

»Was?« Die Augen verdrehend, legte Babsel das Buch auf ihren Schoß und sah Emma auffordernd an.

»Warum kann ich erst so spät hier weg?« Emma setzte sich jetzt doch an den Esstisch, aber sie begann nicht zu essen. Immer wieder sah sie hinaus zum Fenster, doch zum Glück stieg das Wasser zumindest nicht sichtbar weiter an. Wie hatte sie nur einschlafen können? Was, wenn das Wasser in das Haus eingedrungen wäre und sie weggeschwemmt hätte? Wenn sie ertrunken wäre? Sie hätten sich abwechseln sollen, hätten immer in Schichten schlafen sollen. Doch Emma hatte ihrer Schwester vertraut, und war ins Bett gegangen und dann war sie eingeschlafen. Einfach so.

»Es dauert einfach noch. Der Schiffsanleger ist noch tief unter Wasser«, erläuterte Babsel. »Hab doch jetzt einfach ein wenig Geduld, verdammt.«

»Oh verflucht«, erwiderte Emma und nahm sich ein Stück Brot, welches sie trocken essen würde. Diese seltsamen Brotaufstriche wollte sie bestimmt nicht ausprobieren. »Du sprichst in Rätseln.«

»Also gut.« Babsel schwang ihre Beine vom Sofa. »Ich werde dir das alles nochmal erklären.«

*

Den Vormittag verbrachten sie damit, gemeinsam Tee zu trinken und Kekse zu essen, während Babsel ihr erklärte was Ebbe und Flut, Deiche und Warften sowie Priele waren. Zuerst fand Emma es ziemlich langweilig. Anstatt Babsel wirklich zuzuhören kaute sie auf einem trockenen Zimtstern herum und sah immer wieder nach draußen. Das Wasser stieg nicht weiter an und die See war relativ ruhig, trotzdem war es ein komisches Gefühl, dass zwischen der rauen kalten Nordsee und ihnen nur eine Mauer lag. Wenn Emma die Tür öffnen würde, würden sie weggetrieben werden und vermutlich sterben.

Erst als Babsel von einer großen Sturmflut im Mittelalter berichtete, die die große Insel Strand in mehrere Teile gerissen und vielen Menschen das Leben gekostet hatte, widmete Emma ihr die volle Aufmerksamkeit.

Stumm betrachtete Emma sie und runzelte die Stirn. Ihr gingen zu viele Fragen im Kopf herum und sie hatte keine Ahnung, welche sie zuerst stellen sollte. Das alles verwirrte sie. Je länger sie darüber nachdachte, desto irritierender wurde das alles. Warum hatte ihre Schwester sich für solch ein Leben entschieden? Was faszinierte sie so sehr an dieser Einöde? Doch wenn Babsel ihr etwas erklärte, dann wurde nichts klarer, sondern nur noch seltsamer.

»Aber warum?«, fragte Emma.

»Warum, was?« Babsel sah sie verständnislos an.

»Warum bist du hier?« Emma stellte ihre Tasse ab und schüttelte den Kopf.

»Erst hier habe ich meine Ruhe gefunden, die ich brauche, um meinen Beruf auszuüben«, antwortete Babsel. Bemerkte sie dann gar nicht, dass das überhaupt nichts beantwortete?

»Du … du hattest doch alles zuhause. Unsere Eltern hätten dir auch ein weiteres Studium finanziert. Du hattest deine Wohnung in Heidelberg. Deine Freunde. Du hattest da diesen Typen, der dich angehimmelt hat. Du hattest einen tollen Abschluss. Du hättest als Anwältin arbeiten können. Hättest viel Geld verdient. Du … du hattest da doch alles.« Fassungslos sah Emma die Frau ihr gegenüber an, der der früheren Babsel von der Art her auf erschreckende Art und Weise so sehr ähnelte, obwohl sie so komplett anders erschien.

Ihre Schwester war schon immer anders als sie gewesen. Verrückter, lebhafter. Es waren nicht die gefärbten Haare, die abgenutzten Klamotten oder das mangelnde Make-up, das sie anders erscheinen ließ. Sie war auch schon damals als Jurastudentin in Heidelberg immer mehr zu einem Ökohippie geworden. Doch ihre Eltern waren immer tolerant gewesen und sie hatte in Heidelberg ihre Freiheit gefunden, die sie auf dem Land vermisst hatte. Eher war es diese ruhige, besonne Art, die anders war. Ihre Kindlichkeit, ihre Naivität war verschwunden. Ihr war es bei den kurzen Besuchen an Weihnachten nie aufgefallen, aber ihre Schwester wirkte merkwürdig reif. Erwachsen. Angekommen. Aber auch ein bisschen weniger strahlend als früher.

»Aber das wollte ich nicht.« Babsel grinste. »Ich wollte nicht in dieses Hamsterrad gelangen, in dem ihr euch tagtäglich abstrampelt. Warum hätte ich Anwältin werden sollen? Wieso? Ich wollte den Menschen Gerechtigkeit bringen, aber während meiner Praktika ist mir aufgegangen, dass es darum längst nicht mehr geht. Es geht nur noch um Profit und Macht. Das wollte ich einfach nicht.«

»Aber du hättest doch die Anwältin sein können, die du als Praktikantin nicht gefunden hast«, stieß Emma aus. Sie hatte Babsel bewundert, weil sie scheinbar immer für das Richtige kämpfte. Weil sie ein schwieriges Studium gemeistert hatte. Sie hatte es nie zugegeben und sie würde es auch jetzt nicht tun, aber es war so. Babsel überlegte kurz. »Ja, aber ich hatte Angst.«

»Angst?«, fragte Emma. Sie runzelte die Stirn. »Wovor?«

»Angst, dass ich mich verändere. Unsere Eltern hatten auch ihre Ideale, aber am Ende ... Ich hätte am Ende mitgemacht. Hätte mir was vorgelogen und hätte mich immer mehr zu dem Karrieremensch verändert, der ich nie sein wollte. Ich meine, ich hätte es versuchen können, aber ... das wollte ich nicht. Ich wollte einen neuen Kampf kämpfen.«

»Einen neuen Kampf kämpfen?« Emma verstand kein Wort.

»Ich engagiere mich für den Umweltschutz und schreibe Bücher. Das kann ich nur tun, wenn ich meine Ruhe habe«, erzählte Babsel. »Und nur so habe ich das Gefühl, dass ich etwas bewirke. Dass meine Existenz nicht bedeutungslos ist. Was bringt uns Geld? Ist es nicht die Erde, für die es sich zu kämpfen lohnt? Ist es nicht das einzige, was zählt? Unser Planet, die Umwelt?«

»Moment. Du schreibst Bücher?«, hakte Emma nach und fand, dass das Gespräch immer suspekter wurde. Kannte sie ihre Schwester überhaupt nur ein bisschen?

Babsel nickte. »Klar. Kennst du Aliya-Joline Yelen?«

»Sicher. Das ist diese verrückte Müslitante, die Bücher über eine vegane Ernährung, ein plastikfreies Leben und erneuerbare Energien schreibt. Die Frau hat es echt geschafft. Sie ist sogar mir ein Begriff.« Emma grinste. »Ich meine, du kennst mich, ich habe keine Ahnung von all den Themen, die dich beschäftigen.«

»Danke.« Babsel grinste ebenfalls.

»Du bist nicht Aliya-Joline Yelen«, sagte Emma laut und zeigte mit dem Finger auf Babsel. »Sag mir jetzt sofort, dass du dir einen Scherz mit mir erlaubst.«

»Ich bin Aliya-Joline Yelen«, betonte Babsel. »Ich hatte das Gefühl, meine Arbeit hier ist gut, aber ich kann noch mehr erreichen, wenn ich Bücher schreibe. Glücklicherweise bin ich erfolgreich genug, dass ich auch von einigen Menschen gelesen werde.«

»Du bist verrückt«, schnappte Emma und stand auf. »Weil ich Bücher schreibe?«, fragte Babsel ratlos.

»Weil du Bücher schreibst und das sogar recht erfolgreich, es aber niemand weiß. Wieso hast du uns das nie erzählt?« Emma starrte ihre Schwester betroffen an.

Babsel hob die Schultern.

Emma schüttelte den Kopf. Sie ging rasch ans Fenster und sah hinaus. Fast sanft schwappte das Wasser gegen die Mauer des gegenüberliegenden Schuppens. Wenn Babsel wirklich Aliya-Joline Yelen war … Wieso war sie geflohen und zog dieses Leben voller Einsamkeit und Erschwernisse vor? Sie verstand es einfach nicht. Wie konnte Babsel freiwillig auf die Zivilisation verzichten und sich in diese gefährliche Einsamkeit zurückziehen? Sie hätte auch in Heidelberg Bücher schreiben können.

»Ich bin vielleicht verrückt, aber ich weiß schon, was ich hier tue«, meinte Babsel und lachte leise. »Ich hatte das Gefühl, dass ihr das irgendwie nicht wertschätzen könnt, keine Ahnung.«

Emma lachte rau auf. »Dir war schon immer egal, was unsere Eltern von dir denken.« »Vielleicht war mir nicht egal, was du von mir denkst?«, stellte Babsel in den Raum. Sie klang unschlüssig, so als wüsste sie es selbst nicht, sondern als wäre es eine Überlegung, die sie zum ersten Mal anstellte.

Emma schüttelte erneut den Kopf. Ruckartig drehte sie sich um. »Wieso hast du das getan?«

Unschuldig blinzelte Babsel ihn an. »Was?«

»Du weißt schon was.« Emma schlug mit der flachen Hand auf die Küchenzeile. »Du verzichtest auf jeden Luxus, lebst unter schwierigen Bedingungen, du … du bist so einsam.«

»Nein, ich bin nicht einsam. Wir auf der Hallig halten zusammen und besuchen uns sehr oft. Ich würde behaupten, hier zu leben, verlangt von einem, dass man ein sozialer Mensch ist.« Babsel hob die Schulter. »Das hier ist ein Einzelfall. Normalerweise können wir die Straßen auch bei Flut befahren oder ohne Gefahr auf der Hallig herumlaufen. Die Sturmflut zwingt uns zur Isolation, aber das geht vorbei.«

»Was ist mit einem Partner?« Emma trommelte mit den Fingern gegen die Küchenzeile.

»Es gab einige Männer in meinem Leben, das weißt du, aber bei fast allen ging es am Ende immer um zwei Dinge: Karriere oder Familie. Zumindest eines von beidem war immer Thema.« Babsel wandte sich ab, so als ob es ihr schwerfallen würde, Emma anzusehen. »Oder es ging um Sex. Und irgendwann gab es Streit um Möbel. Um den Haushalt. Darum für was Geld ausgegeben wird. Es waren immer Oberflächlichkeiten.«

»Es gibt auch nette Männer«, protestierte Emma schwach und spürte, dass sie Babsel ein wenig bewunderte. Wenigstens war sie konsequent.

»Weil du ja immer so glücklich warst«, rief Babsel und sah sie nun direkt an. »Nein, Emma, für mich ist das nichts. Mir hat das zu viel Leid eingebracht.«

Verlegen sah Emma auf den Boden. Babsel hatte Recht. Sie hatte bisher nicht den richtigen Mann gefunden. Es war immer irgendwie nicht das Ideale gewesen. Doch sie hoffte weiterhin und manchmal machte die Hoffnung sie mürbe. Ihre Schwester hatte es wohl aufgegeben.

»Du schaust die ganze Zeit nach draußen und jammerst herum, dass das Wasser hier reinkommt«, fuhr Babsel fort. »Dabei lebst du in einer Welt, in der Menschen mit ihren zu großen Autos zu kurze Strecken fahren und viel zu viel CO_2 ausstoßen, in der die Klimaerwärmung keine Gefahr zu sein scheint, in der Schweine, Kühe, Hühner gequält und gezüchtet und grausam ermordet werden, nur damit das Fleisch möglichst billig ist. Du lebst in einer Welt, in der Menschen auf Kreuzfahrten gehen und jedes Jahr mehrmals in Urlaub fliegen, um neue Landschaften zu sehen, obwohl sie ein Weltkulturerbe hier vor der Haustür haben. Das hier, dieses Wattenmeer, ist schützenswert, Emma.« Babsel zeigte nach draußen auf das schmutzige graubraune Wasser.

Dazu sagte Emma nichts mehr, sondern sie drehte sich herum und starrte wieder nach draußen. Es war konsequent von Babsel, aber Emma fand auch, dass sie es sich ein wenig zu leicht damit machte. Sie hätte auch Zuhause Gutes tun können. Sie hätte als Anwältin arbeiten können. Als Autorin.

Doch sie hatten sich dagegen entschieden.

Sie hatten sich gegen ein Leben mit ihrer Familie entschieden. Sie hatte sich dazu entscheiden, ihre Schwester alleine zu lassen und glaubte, es müsste sie nichts mehr angehen, wenn ihre Eltern langsam alt und zunehmend unselbstständiger wurden. Sie hatte sich dazu entschieden, die Welt zu retten und ihre nächste Umgebung dafür zu opfern.

*

Gegen Abend wurde es wieder stürmischer. Das Wasser, das noch immer bis knapp unter die Fensterbank reichte, wurde nach oben gespritzt, weil dicke Regentropfen darauf landeten. Während Babsel kochte, saß Emma in dem Sessel am Fenster und starrte nach draußen in dieses schreckliche Naturschauspiel. Am Nachmittag hatten sie sich noch ein wenig gestritten, dann hatte Babsel begonnen zu stricken und Emma hatte versucht in einem Buch zu lesen, doch ihr war schnell langweilig geworden. Sie war gereizt. Deswegen hatte sie weiter mit Babsel gestritten. Das hatte sie etwas beruhigt, aber sie war immer noch angespannt. Und unruhig. Sie hatte das Gefühl, dringend an die frische

Luft zu müssen. Sie fühlte sich schrecklich eingesperrt. »Hast du denn gar keine Angst?«, fragte sie und sah kurz zu Babsel, bevor sie sich eilig herumdrehte, so als ob das Wasser die Fensterscheiben eindrücken würde, sobald sie es nicht mehr im Blick hätte.

»Nein. Das ist nicht meine erste Sturmflut, aber ich muss zugeben, dass es doch recht heftig ist. Bei meinem ersten ‚Land unter‘ war mir auch ein bisschen mulmig. Bald ist es vorbei«, beruhigte Babsel sie.

»Aber ...« Emma schüttelte den Kopf, denn sie wusste, dass Babsel ihre Angst nicht verstehen würde. Oder ihre Unzufriedenheit.

»Land unter ist für uns eher ein Anlass, mal die Füße hochzulegen und sich zu entspannen. Viele arbeiten hier sehr hart und körperlich schwer. Ich meine, normalerweise nutze ich eine Sturmflut dazu, ein wenig zu schreiben, aber momentan habe ich ja Besuch.« Komischerweise klang Babsel dabei gar nicht so unfreundlich.

Vielleicht lag das daran, weil zumindest der Abend recht ruhig verlaufen war. Sie hatten mehrere Partien Schach gespielt und anschließend nebeneinander auf dem Sofa gesessen, die zwei Katzen von Babsel zwischen ihnen, und Bildbänder von der nordfriesischen Nordseeküste angesehen. Es hatte sich ... gut angefühlt. Komisch, aber gut. Sie hatten seit Jahren nicht mehr so viel Zeit an einem Stück verbracht. Vielleicht das letzte Mal als Kinder, da sie auch als Jugendliche schon kaum Gemeinsamkeiten aneinander gefunden hatten.

»Auch ich bin oft im Watt, um das Plastik einzusammeln, was die Touristen einfach liegenlassen und halte drüben im Gemeindehaus Vorträge für unsere Tagesgäste über das Halligleben und den Umweltschutz. Somit ist es auch für mich mal ganz gut, dass ich praktisch dazu gezwungen werde, mich auszuruhen«, fuhr Babsel fort.

»Du sammelst wirklich Plastik ein?«, hakte Emma nach und verdrehte die Augen. Auch wenn Babsel es nicht hören wollen würde, dachte sie, dass ihre Schwester sehr klischeehaft unterwegs war.

»Ich kann es einfach nicht gutheißen, was das Zeugs mit dem menschlichen Körper und dem Meer anstellt. Oder den armen Tieren.« Babsel lächelte sie an. »Essen wir?«

»Gut.« Einen letzten prüfenden Blick richtete Emma nach draußen, dann setzte sie sich an den Esszimmertisch. »Was gibt es?«

Babsel trug einen großen Topf zum Tisch. »Tofu, Kartoffeln, Tomaten und Bohnen. Verfeinert mit getrockneten Kräutern aus meinem Vorgarten.«

»Bohnen mit Speck?«, fragte Emma provozierend und leckte sich über die Lippen.

»Das hier ist ein veganer Haushalt«, erinnerte Babsel sie und fügte grinsend hinzu: »Du willst mich nur ärgern.«

»Ach ja, stimmt. Nur Grünzeug.« Emma seufzte gespielt theatralisch, dann hielt sie Babsel den Teller hin. Den ganzen Tag über hatte sie nur Plätzchen gegessen und sie hatte Lust auf etwas Herzhaftes. Sie sah ihre Schwester ernst an. »Sehnst du dich nie nach einem Stück Fleisch?«

»Nee. Ich muss dir aber gestehen, dass ich manchmal von Käse träume, es gibt zwar Hefeflocken, die einen ähnlichen Geschmack haben, aber mir fehlt die Konsistenz. Kannst du dich noch an Mamas Lasagne erinnern?« Babsel zwinkerte Emma zu.

Sie nickte wehmütig. Ihre Mutter hatte diese Lasagne schon sehr lange nicht mehr gekocht. Doch das Zwinkern von Babsel gab Emma ein Gefühl der Verschwesterung. Es erinnerte sie an die vielen Momente, als Babsel ihr Sachen gebeichtet hatte, die sie auf gar keinen Fall ihren Eltern weitererzählen durfte. Sie war manchmal nachts in das Bett ihrer Schwester gehuscht und sie hatten sich gegenseitig Geschichten erzählt, wenn sie keine Lust hatten, zu schlafen. Einmal hatten sie gemeinsam entschieden, auszuziehen, weil ihnen die Eltern zu herrisch gewesen waren. Sie waren in die Gartenhütte gezogen und hatten sich dort einrichten wollen. Doch dann war draußen dunkel geworden und sie hatten es mit der Angst zu tun gehabt. Sie hatten nach ihrem Vater gerufen, weil es im Garten so unheimlich gewesen war, und der war sofort mit der Taschenlampe zu ihnen geeilt, um sie ins Haus zu bringen, so als hätte er bereits am Wohnzimmerfenster auf sie gewartet. Babsel hatte ihr erklärt, was es bedeutete, die Periode zu bekommen und Emma hatte Babsel immer zuerst gebeichtet, wenn sie eine schlechte Note geschrieben hatte. Erst danach war sie zu ihren Eltern gegangen, nachdem ihre Schwester ihr Mut zugesprochen hatte. Als ihr Opa gestorben war, hatten sie einander bei den Händen gehalten und sie hatten sich umarmt und fest aneinander gedrückt, immer wenn die Trauer sie überwältigt hatte. Emma empfand Wehmut bei diesen Erinnerungen. Ihr wurde bewusst, dass sie nicht nur ihre ältere Schwester, ihre Verbündete, sondern auch ihre älteste, beste, in einigen Phasen ihres Lebens sogar einzige Freundin verloren hatte, als Babsel und sie sich voneinander entfremdet hatten.

»Ich kann mich noch gut an den Geschmack erinnern«, murmelte sie. »Es war was Besonderes.«

»Es war die Muskatnuss und ihre fruchtige selbstgemachte Tomatensoße, glaube ich«, antwortete Babsel und lachte leise. Emma trieb das Lachen fast die Tränen in die Augen. Sie war für einen Moment so irritiert über sich selber, dass sie ihren Löffel zur Seite legte. Hatte sie Babsel wirklich vermisst? Hatte sie sie all die Jahre vermisst, ohne etwas davon gemerkt zu haben? Als Babsel aufhörte zu lachen, nahm Emma den Löffel wieder auf und probierte den Bohnentofu-Eintopf und musste feststellen, dass es nicht so übel schmeckte, wie es sich angehört hatte. Irgendein leckeres Gewürz war drin. Irgendwas, was sie an die Gerichte ihrer Oma erinnerte.

»Und, schmeckt es dir?« Neugierig sah Babsel sie an.

»Was ist da drin? Ich meine, außer den Grundzutaten.« Emma nahm eilig noch einen Löffel voll.

»Rosmarin und Knoblauch«, verriet Babsel ihr.

»Mmh.« Emma nickte, während sie sich den nächsten Löffel in den Mund schob. Wieder lachte Babsel und erneut spürte Emma, dass sie das Lachen ihrer Schwester vermisst hatte. Sie grinste. »Mich erinnert das irgendwie an ...«

»... Oma. Ja, es ist ein Rezept von ihr. Etwas abgewandelt, aber im Großen und Ganzen so wie sie den Bohneneintopf gemacht hat. Ich habe versucht möglichst viele Rezepte von Oma und Mama nachzukochen, aber die Lasagne habe ich nie wieder so hinbekommen. Es liegt nicht daran, dass ich es veganisiert habe, sondern, dass ich die Dosierung mit der Muskatnuss nicht richtig hinbekomme. Ich dachte, du hättest Omas Bohnen heute gerne zu Abend.« Babsel nickte.

Emma sah sie ergriffen an. Sie hatte nicht gewusst, dass Babsel die Familie doch noch so viel bedeutete, dass sie das Essen von ihrer Oma nachkochte und sich an der Lasagne ihrer Mutter versuchte.

Nach dem Abendessen erzählte Emma Babsel, was alles zuhause passiert war, seit diese gegangen war. Da es Babsel sehr interessierte und Emma das Gefühl hatte, dass sie nicht nur aus Höflichkeit zuhörte, erzählte Emma immer weiter. Bisher hatten sie nie lange genug geredet, ohne zu streiten, also war es das erste Mal, dass Emma ihrer Schwester wirklich sagte, was sie umtrieb, statt ihr nur vorzuwerfen, sich nicht genug zu kümmern. Sie erwähnte ihren Ärger, den sie wegen der Sturheit des Vaters hatte, und die Sorge um die Mutter, die von Jahr zu Jahr immer weiter abbaute. Sie betonte, wie nervig das alles war und dass ihre Eltern manchmal undankbar waren, geizig, sich nie etwas gönnten und stattdessen unzufrieden über den Pflegedienst schimpften.

»Das ist im Übrigen etwas, was ich nicht als oberflächlich bezeichnen würde«, meinte Babsel. »Das, was du da tust, meine ich.«

Emma schwieg einen Moment. Sie schluckte den Ärger hinunter. Wenn sie wieder Vorwürfe machen würde, würde das den ganzen Abend und ihre Annäherung ruinieren. »Ich habe mich nie dafür bedankt«, fuhr Babsel fort.

Emma seufzte. »Es ist wirklich anstrengend.«

»Du solltest es nicht tun. Du solltest nicht so emotional daran gebunden werden«, betonte Babsel.

»Irgendjemand muss es tun«, fauchte Emma. »Du bist nicht da und ...«

»Sie haben nicht das Recht, dich kaputtzumachen. Wenn sie trotz ihres Alters und ihrer Krankheit keine Hilfe annehmen, dann ... Du hast nebenbei noch einen Job. Und immer wenn ich dich sehe, dann denke ich ... du siehst so alt aus. So müde. So erschöpft. Das ist nicht richtig.«

»Nicht jeder kann fliehen«, betonte Emma und sah weg. Sie ertrug den Anblick ihrer Schwester nicht mehr. Nicht jetzt.

Zum Glück sagte Babsel nichts, aber sie machte etwas anderes. Sie streckte den Arm aus und berührte ihre Hand. Emma fuhr herum. »Hast du dir nie Gedanken darum gemacht, dass ich Unterstützung gebrauchen könnte?«

»Doch.« Babsel klang leise. »Doch, immer wieder. Ich weiß, dass ich ... dich alleine gelassen habe. Aber dann hatte ich das Gefühl, dass ich ... Es war fast so, als wolltest du das auch ein bisschen. Für sie da sein. Dich gebraucht fühlen. Du bist so gut darin, so perfekt. Anders als ich. Ich bin ungeduldig, habe zu viele Konflikte mit Mama und mit Papa weiß ich manchmal gar nicht, was ich reden soll. Du wärst immer besser darin gewesen als ich. Ich habe mich überflüssig gefühlt, wenn ich an Weihnachten zu Besuch war. Ihr wart ... eine Einheit.«

Emma hob die Schultern.

»Und ich finde es nicht richtig, dass sie so stur sind. Und so geizig. Und so viel von dir verlangen.« Babsel schüttelte den Kopf. »Das ist nicht richtig. Das denke ich mir immer wieder.«

»Lass uns nicht mehr darüber reden«, bat Emma.

»Aber ...«

»Nein«, sagte Emma scharf. Der Abend war so schön. Die Stunden mit ihrer Schwester fühlten sich wohlig an. Sie wollte ... es einfach genießen.

Sie tranken Schnaps und spielten ein Spiel mit vielen Karten, bei dem Emma ständig verlor. Sie lachten gemeinsam über komische Touristen, mit denen Babsel manchmal zu tun hatte. Und dann lästerten sie über ehemalige Klassenkameraden, denen Emma ab und zu über den Weg lief. Und irgendwann kicherten sie nur noch, weil das Spiel, das sie spielten irgendwie blöd war. Vielleicht waren auch sie einfach zu blöd. Sie kapierten die Regel nicht.

»Du bist so einsam, wie du es von mir denkst, oder?«

Sofort zuckte Emma zusammen. Vielleicht war es der Alkohol. Vielleicht aber auch die ausgelassene Stimmung. Sie entschied, dass sie nicht lügen würde, auch wenn das ihr erster Impuls war. »Woher weißt du das?«

»Ich weiß nicht. Ich spüre es irgendwie. Ich bin deine große Schwester, und auch wenn wir uns mittlerweile voneinander entfernt haben, so fühlst du dich doch vertraut für mich an«, erwiderte Babsel und sah sie besorgt an.

Emma biss auf die Lippen, dann riss sie den Kopf nach oben und starrte ihre Schwester aus zusammengekniffenen Augen an. »Ja, mag sein. Bist du es?«

Babsel lachte. Doch sie klang nicht wirklich fröhlich, sondern eher als müsste sie sich dazu zwingen. »Vielleicht. Manchmal. Im Sommer vergesse ich es, aber im Winter ... es kommt schon vor.«

Emma nickte nachdenklich, obwohl sie es nicht nachempfinden konnte. Sie hatte schon häufiger davon gehört, dass Menschen im Winter eher zu depressiven Verstimmungen neigten als im Sommer und manchmal auch einsamer waren, aber für sie machte es kein Unterschied.

Schweigend spielten sie weiter und Emma versuchte sich abzulenken, in dem sie sich auf das Spiel konzentrierte. Doch es gelang ihr nicht mehr. Immer wieder kam ihr der Gedanken in den Sinn, dass sie vielleicht einsamer war, als sie es vor Babsel zugeben wollte. Nachdem sie zwei weitere Male verloren hatte und Babsel die Karten wieder mischte, trank sie einen großen Schluck des Schnapses und fragte auf eine Weise, von der sie sich erhoffte, dass sie beiläufig klang. »Wirst du irgendwann zurückkommen?«

Dafür habe ich keine konkreten Pläne«, antwortete Babsel und verteilte die Karten auf eine geschickte Weise. »Ich bin hier zuhause, Emma.«

»Nein, du bist bei uns zuhause«, sagte Emma eilig.

Irritiert hob Babsel die Augenbraue. »Bei euch? Emma, werd erwachsen. Bau dir dein eigenes Leben auf. Du musst dich nicht um unsere Eltern kümmern.«

Emma spürte, dass sie wütend wurde. »Ist dir mal in den Sinn gekommen, dass ich ... dass ich gezwungen war zu bleiben, weil du einfach weg bist? Dass ich nicht abhauen konnte so wie du es getan hast, nachdem unsere Mutter krank wurde und du weg warst?« Sie starrte Babsel an.

Diese rieb sich mit dem Finger über Nasenwurzel. »Darüber habe ich nie nachgedacht.«

Emma schnaubte. »Ich denke manchmal auch, ich hätte mich aus dem Staub machen sollen. Als erste abzuhauen ist einfach leichter.«

Einen kurzen Moment sagte Babsel nichts. Sie seufzte und sagte dann: »Du kannst auch jetzt noch gehen. Unsere Eltern ...«

»Nein, kann ich nicht. Es würde ihnen das Herz brechen.« Emma riss die Karten an sich und entschied, dass sie aufhören würde zu diskutieren. Es würde nichts bringen. Sie waren unterschiedlicher Meinung und schienen meilenweit von einer Einigung entfernt zu sein, trotz des vertrauten Moments. Nachdem sie ein weiteres Male verloren hatte, verabschiedete sie sich, um ins Bett zu gehen. Sie hatte das Gefühl, dass sie über einiges nachdenken musste. Und dass sie es nicht mehr bei Babsel aushalten würde, ohne einen Streit zu beginnen.

»Emma?«

Als Babsel sie rief, blieb Emma sofort stehen und drehte sich langsam zu ihr um.

»Mach dir keine Sorgen, Emma. Dieses Haus hat im Keller einen Schutzraum. Sollte wirklich etwas passieren, werden wir dorthin gehen. Es gibt dort Decken, Wasser, Lebensmittel – alles um einige Tage zu überstehen. Aber ich glaube wirklich nicht, dass Xaver das notwendig machen wird. Vermutlich wird morgen früh das Wasser schon ein wenig abgelaufen sein.« Aufmunternd nickte Babsel ihr zu. »Schlaf einfach. Vertrau mir.«

Sofort fühlte sie sich wieder versöhnlich. Emma nickte gerührt. Sie fühlte sich daran erinnert, dass sie als junges Mädchen regelmäßig Liebeskummer gehabt hatte und Babsel ihr gut zugeredet hatte, dass der Typ einfach nicht ihrer würdig gewesen war. »Danke … Babsel.«

*

Das Wasser war am nächsten Tag tatsächlich schon ein wenig abgelaufen. Die ersten Halligbewohner kamen in hohen Gummistiefeln und Gummihosen zu Babsels Haus gelaufen und erkundigten sich danach, ob es ihnen gut ging. Als die nächste Flut kam, wurde zwar wieder mehr Wasser die Warft hochgedrückt, doch zur nächsten Ebbe floss das Wasser so weit nach unten, dass die Wege bereits zu sehen waren.

Babsel und Emma verbrachten den Tag aus Sicherheitsgründen drinnen, spielten, kochten gemeinsam und unterhielten sich ausführlich, ohne erneut zu streiten. Babsel stellte Emma den Nachbarn und Nachbarinnen vor, die mutig genug waren, um vorbeizukommen. Immer wenn sie ihre Hand auf Emmas Schulter legte und den Leuten ihren Namen nannte, schwang etwas Besonderes in ihrer Stimme mit. War es Stolz? Oder war es Beschützerinstinkt? Alle Halligbewohner wirkten sehr freundlich und schienen Emma aus vielen Erzählungen zu kennen.

Auch am nächsten Tag kam noch keine Fähre, worüber Emma gar nicht so traurig war, wie sie eigentlich erwartet hatte. Sie hatte zum Glück wieder genug Handyempfang, um bei ihrem Arbeitgeber anrufen und ankündigen zu können, dass sie ihren Urlaub verlängern musste. Das Telefon wurde an alle möglichen Kollegen herumgereicht, die alle sehr neugierig waren, was Emma erlebt hatte. Gemeinsam riefen sie bei ihren Eltern an und teilten ihnen mit, dass es ihnen gut ging. Emma schaltete auf Lautsprecher, sodass sie alle gemeinsam sprechen konnten. Ihre Eltern waren sehr erleichtert, dass es ihnen beiden gut ging. Zum Ende des Telefonats sagte ihre Mutter: »Ihr zwei … ihr …« Dann seufzte sie nur noch. Es wirkte wie ein besonderer Moment.

Am Vormittag setzte Emma sich auf das Sofa und las in dem Buch weiter, dass sie am Abend zuvor begonnen hatte, als sie nicht hatte schlafen können, während Babsel vor ihrem Laptop am Esszimmertisch saß und schrieb. Es war beruhigend, das Geräusch der Tasten im Rücken zu hören. Am Nachmittag machten sie einen langen Spaziergang über die nasse, schlammige, teilweise noch überschwemmte Hallig. Es tat gut, endlich wieder an der frischen Luft sein zu können. Es tat Emma sogar so gut, dass sie sich gar nicht darüber aufregte, dass sie im Dreck herumlaufen musste. Die Luft fühlte sich gereinigt an und fast genauso fühlte sich auch ihre Beziehung an. Der Himmel war blau, die Vögel schienen vor Vergnügen zu schreien. Endlich konnte sich Emma das neue Zuhause ihrer Schwester genauer ansehen. Sie genoss den rauen Wind und der klare Geruch nach Torf, der durch die aufgeweichte Erde erzeugt wurde. Sie genoss die Ruhe. Sie genoss es, die vielen Menschen zu sehen, die ihre Schwester herzlich umarmten. Während sie sich die Gegend ansah, machte Babsel sich Notizen über die Schäden, die der Sturm hinterlassen hatte. Zwischendurch erzählte sie Emma einige Storys über die Bewohnenden der anderen Warften, an denen sie vorbeiliefen, und zeigte ihr die Kirche, die eine eigene Warft hatte. Es gab bei der Hauptwarft in der Mitte der Hallig sogar ein kleines Café, wo sie warmen Erbseneintopf aßen.

»Im Sommer ist die Hallig wunderschön, Emma. Du solltest mal vorbeikommen. Oder im Frühling. Oder im Herbst. Ich meine, jetzt hast du eine Sturmflut überlebt, schlimmer kann es nicht kommen«, meinte Babsel, während sie Emma über einen Steinweg unten am Ufer half.

»Die nächste Sturmflut kommt bestimmt«, erwiderte Emma.

»Ach, du bist doch jetzt eine Expertin. So eine Sturmflut wirft dich so schnell nicht mehr um.« Babsel zog Emma zu sich heran, ließ ihre Hand aber los, als Emma wieder sicher auf dem asphaltierten Weg stand.

Der Umgang war so merkwürdig vertraut und doch neu ... ungewohnt ... fremd. Emma betrachtete ihre Schwester und fand, dass sie in den letzten Jahren kaum gealtert war. Nur die kleinen Falten an den Augen verrieten, dass auch sie mittlerweile jenseits der dreißig war. Trotzdem konnte Emma anerkennen, dass sie gut aussah – auch mit den Piercings und den bunt gefärbten Haaren. Hatte ihre Schwester sich wirklich so verändert? Oder war vielleicht Emma diejenige, die sich verändert hatte? Verdammt, das war Babsel. Ihre ewige Rivalin um die Aufmerksamkeit ihrer Eltern. Ihre Verbündete im Kampf gegen ihre Eltern. Der verrückte Umweltfreak. Die engagierte, manchmal auch verrückte Kämpferin. Emma konnte sich noch gut an den Zeitpunkt erinnern, als Babsel ihr eröffnet hatte, dass sie das Studium aufgeben würde, um in den Norden zu ziehen. Es hatte sie verletzt. Sie hatte sich verlassen gefühlt, obwohl es irgendwie zu Babsel gepasst hatte. Es war vielleicht absehbar gewesen. Sie hatte sich Babsel nicht wirklich vorstellen können in einem angepassten Leben. Und doch ... Babsel hatte sie alleine gelassen. Und über dieses Gefühl hatte Emma nie mit ihr gesprochen. Stattdessen hatte sie Babsel vorgeworfen, egoistisch zu sein. Sich nicht um ihre Eltern zu kümmern. Sie hatte sie von sich weggeschoben und hatte die Versuche von Babsel sabotiert, mit ihr Kontakt zu halten. Und dann hatte Babsel den Kontakt immer weiter reduziert. Bis zu einem Maß, dass sie einander kaum etwas zu erzählen hatten, wenn Babsel zu Besuch war. Doch Babsel hatte Emma hier aufgenommen, obwohl Emma nur daran gedacht hatte, so schnell wie möglich wieder abzuhauen. Hatte ihr Kleidung ausgeliehen, ihr Shampoo mit ihr geteilt, für sie gekocht, sie über das Halligleben aufgeklärt und sie irgendwie von der tosenden Wassermasse abgelenkt, die vor der Haustür gewütet hatte.

»Die Hallig ist wirklich schön«, wiederholte Babsel und sah lachend über ihre Schulter, während sie weiterlief. »Du solltest mich wirklich häufiger besuchen. Das wird dir gut tun. Einfach mal rauskommen.«

»Ja, vielleicht mache ich das mal«, antwortete Emma und lief ihrer Schwester hinterher. Als sie sie eingeholt hatte, betrachtete sie sie. »Ich dachte immer, du hättest mich verlassen. In Wahrheit habe ich dir nie die Chance gegeben, mir zu zeigen, dass dem nicht so ist«, sagte sie außer Atem. Ihr Herz pochte ihr heftig in der Brust.

Babsel sah sie ernst an.

»Ich meine, als du gegangen bist ... Wir hatten so ein enges Verhältnis. Wir waren Freundinnen, trotz aller Unterschiede. Aber wir konnten einander vertrauen. Und dann ... war ich alleine.«

»Ich habe es dort nicht mehr ausgehalten, Emma.« Babsel berührte ihre Schulter. »Das hatte aber nichts mit dir zu tun. Überhaupt nichts. Im Gegenteil. Du warst der einzige Grund, warum ich es versucht habe. Warum ich das Studium überhaupt begonnen habe, obwohl ich immer wusste, dass es mir in der

Großstadt zu eng ist. Ohne dich wäre ich sofort gegangen, sobald ich volljährig war, aber wegen dir habe ich es versucht und für meine Ruhelosigkeit und Ungeduld sogar erstaunlich lange ausgehalten.«

»Das hast du mir so nie gesagt«, murmelte Emma.

»Ich wollte es dir sagen, aber dann hast du so ... so emotional reagiert und ich habe vielleicht zu schnell entschieden, dass es besser ist, mich von dir zu entfernen.« Babsel drehte sich um und sah sie aus hellen offenen Augen an. »Emma ...« Sie griff nach ihrer Hand. »Wir sind beide ohne Beziehung. Haben keine keine Kinder, keine Familie. Außer uns. Wir sind doch eine Familie!«

Emma nickte.

»Und unsere Eltern sind merkwürdig, gib es zu. Sie werden immer komischer je älter sie werden.« Babsel verdrehte die Augen.

»Das musst du mir nicht erzählen.« Emma lachte. »Ich kenne sie. Und ich kenne dich. Und ich weiß, dass dich das auf Dauer kaputt macht. Tritt ein wenig zurück. Lass mich dir helfen. Ich kann das auch von hier aus tun.« Babsel lächelte.

Emma zögerte kurz, dann nickte sie. »Wir sollten als Team arbeiten. Oder?«

»Ja.« Babsel drückte ihre Finger. Dann lief sie weiter. Ihre Hand immer noch mit Emmas Hand verschränkt. So wie früher wenn Emma Angst hatte eine dunkle Gasse zu betreten.

*

Am nächsten Tag begleitete Babsel Emma zu der Fähre. »Weißt du, was ich mir überlegt habe?«, fragte Emma und schluckte, während sie Babsel ansah. In der Nacht hatte sie kaum schlafen können, weil sie ständig hin und her überlegt hatte, ob sie etwas zu Babsel sagen sollte. Hoffentlich verließ sie jetzt nicht der Mut.

»Was?« Babsel sah sie interessiert an. Ihre Arme baumelten entspannt an ihrer Seite, sie lächelte.

»Ich glaube, wir sollten uns häufiger treffen. Ich würde dich gerne ab und an hier besuchen und ich hoffe, dass du auch wieder regelmäßiger bei uns vorbeikommst.« Emma sah auf den Boden, weil sie nicht sicher war, ob sie wissen wollte, wie Babsel jetzt aussah.

»Stellst du dir das so einfach vor?«, fragte Babsel amüsiert.

»Ich könnte zukünftig regelmäßig in Hamburg sein. Geschäftlich. Und das nutze ich, um ein verlängertes Wochenende bei dir zu verbringen.« Emma hob ihren Kopf und sah, dass Babsel nicht begeistert wirkte. Sie versuchte sich davon nicht entmutigen zu lassen, und fuhr tapfer fort. »Du solltest auch mal mitten im Jahr kommen, nicht nur dein Pflichtbesuch an Weihnachten bei uns verbringen.«

»Du denkst, das bekommen wir trotz der enormen Entfernung hin?«, hakte Babsel nach, und sah immer noch zweifelnd aus.

»Ich weiß, dass du auch der Meinung bist, dass wir mehr zusammenhalten müssen«, meinte Emma und biss sich ungeduldig auf die Lippen, als Babsel abwägend den Kopf zur Seite neigte.

»Ich fühle mich in Heidelberg einfach nicht wohl«, sagte sie.

»Ich habe eine Sturmflut überstanden. Wenn ich so etwas schaffe, dann schaffst du es eine Woche dort zu verbringen«, versuchte Emma sie zu überreden. »Mama würde sich freuen. Und Papa. Und ich auch.«

Babsel hob die Schultern. »Wir werden es versuchen, okay? Aber warte mal einen Moment.«

»Aber … oh Mann. Was ist denn?«, rief Emma zu Babsel, die sich einige Meter entfernt von ihr auf den Boden gehockt hatte.

»Schau mal.« Babsel richtete sich auf und hielt Emma ein schlammiges Etwas hin.

»Was ist das?«, fragte Emma und runzelte die Stirn. Wollte Babsel wirklich, dass sie das jetzt anfasste?

»Ein Pelikanfuß«, flüsterte Babsel und klang ehrfurchtsvoll. »Ich habe in den letzten acht Jahren ständig danach gesucht, aber nie einen gefunden.«

»Ein Fuß? Von einem Pelikan?« Skeptisch sah Emma sie an.

»Das ist ein Gehäuse einer Meeresschnecke, Emma.« Babsel seufzte, dann griff sie nach Emmas Hand und drückte ihr das dreckige Ding einfach hinein.

»Ich glaube, wir sollten das wirklich so machen. Du musst nämlich noch sehr viel lernen, Emma.«

»Das ist ... willst du mir das schenken?«, fragte Emma irritiert darüber, dass Babsel ihr den komischen Fuß gab, obwohl sie selbst so lange danach gesucht hatte.

»Ja. Will ich.« Babsel sah sie an. »Aber wenn ich in einigen Wochen nach Heidelberg komme, will ich, dass der Pelikanfuß einen Ehrenplatz auf deinem Regal gefunden hat.«

»Oh, das wird er.« Emma spürte, Wärme in sich aufsteigen. Sie lächelte, weil sie gar nicht anders konnte. Auch als sie auf der Fähre stand, lächelte sie. Sie hielt den Pelikanfuß fest in der Faust und starrte zu Babsel, die ihr lässig winkte. Eilig hob sie ebenfalls ihre Hand und winkte zurück.

»Danke für alles, Schwesterlein«, rief Emma und spürte, wie ihre Augen feucht wurden. Sie würde Babsel vermissen ... aber andererseits hatte sie dazu keinen Grund, denn das hier ... die Sturmflut, der Pelikanfuß ... das könnte der Neubeginn ihrer Freundschaft werden.

»Du weißt, dass ich diesen Spitznamen hasse, Sis«, schrie Babsel lachend und lief den Weg am Ufer entlang, um das Schiff noch ein wenig zu begleiten. »Ja«, brüllte Emma strahlend gegen den Wind. »Ja«, sagte sie etwas leiser, als die winkende Babsel stehenblieb und dem Schiff nachsah. Emma drückte den Pelikanfuß in ihrer Hand fest. »Ja«, meinte sie zu sich selbst und während sie sah, dass ihre Schwester immer kleiner wurde, spürte sie das Salz des Windes auf ihren Lippen und vernahm das Kreischen der Möwen. Sie bemerkte, dass sie das raue Nordseeklima nicht nur fürchten, sondern auch lieben gelernt hatte.

Samstag um 14 Uhr am Brandenburger Tor

Impressum: Neuveröffentlichung in der erweiterten Neuauflage / Testlesende: Bettina Reitz, Markus Jehle, Scarlett Lee, Sandra Pohlenz, Sabine Ernst

Zusammenfassung: Carla und Len verbindet bereits seit der Kindheit eine enge Freundschaft. Als Len ein Schicksalsschlag ereilt, finden sich die beiden plötzlich in einer leidenschaftlichen Affäre wieder. Können sie ihre Freundschaft beibehalten oder in etwas Neuem überführen? Oder haben sie alles riskiert?

Vorwort: Diese Kurzgeschichte existiert bereits etwas länger, ich fand sie aber lange zu platt. Als ich mich für die Neuauflage der Anthologie entschieden habe, stolperte ich erneut über diese Kurzgeschichte. Mir gefiel sie deutlich besser, entschied mich aber zu einer umfangreichen Überarbeitung, was die Kurzgeschichte auch im Kern etwas veränderte.

Gegenwart

Nervös starrte Carla auf die hellen Säulen des Brandenburger Tors, während sie unruhig von einem Fuß auf den anderen trat. Sie zog so fest an ihrer Zigarette, dass sie husten musste. Normalerweise rauchte sie nicht. Sie hatte es sich schon vor Jahren abgewöhnt, doch vorhin war sie zum Kiosk gegangen und hatte sich ein Päckchen gekauft.

Die Nächte waren inzwischen bereits etwas kälter, doch tagsüber bewiesen die Sonnenstrahlen noch eine erstaunliche Kraft. Carla lüftete ihre Basecap und fächerte sich Luft zu. Am Nacken unter ihren Dreads sammelte sich Schweiß, doch ihre Finger waren kühl. So kühl, dass sie die freie Hand zwischen ihre beiden Oberschenkel schob, um sie zu wärmen.

Heute war der vereinbarte Termin. Samstag um 14 Uhr am Brandenburger Tor.

Ihr war nicht klar, wie sich ihre Verabredung entschieden hatte, sie wusste jedoch, auf welche Entscheidung sie hoffte. Ob er kommen würde? Oder hatte er sich dagegen entschieden?

Unruhig starrte Carla auf die Uhr. Sie bemerkte, dass es eigentlich schon fast zu spät war. Wenn er überhaupt kommen würde ... Egal, wie er sich entschieden hatte, Carla wollte jede Entscheidung akzeptieren. Das hatte sie ihm versprochen.

Erneut zog Carla an der Zigarette und umfasste das Gitter des Bauzauns so fest, dass die Haut auf ihrem Knöchel heller wurde. Selten hatte sie sich so angespannt gefühlt wie jetzt.

Bald war es vorbei. Mit klopfenden Herzen musterte sie die vorbeieilenden Passanten. Eine Frau mit einem Kinderwagen, in dem ein Hund saß, eine andere mit mehreren Luftballons, die an ihrem Rucksack befestigt waren, eine androgyn wirkende Person, die rosa Kaugummiblasen mit ihren Lippen formte, und ein Mann mit einem Skateboard und riesigen Kopfhörern. In Berlin gab es alles, und wenn man auf dem Pariser Platz direkt beim Brandenburger Tor herumstand, konnte man sich nie sattsehen. Sie betrachtete die Menschen um sich herum genau, um sich abzulenken, aber auch, um ihn sofort zu bemerken, sollte er den Platz betreten.

Doch er kam nicht. Und jetzt war es im Grunde auch schon zu spät. Carla sah erneut auf die Uhr. Sie ging in die Hocke und drückte die Zigarette aus. Gerade als sie sich umdrehen wollte, um den Platz zu verlassen, hörte sie ein Räuspern. Die Person hinter ihr sagte mit leiser Stimme: »Hallo.«

Ihr Herz klopfte und ihre Lunge schien plötzlich viel zu klein für all die Luft zu sein, die sie einatmen wollte. Die Stimme war ihr so gut bekannt. Sie schob die eiskalten Hände tief in die Hosentasche, dann drehte sie sich um und betrachtete den Mann.

»Hallo«, erwiderte sie den Gruß.

8 Wochen zuvor

Nachdem er gekommen war, stürzte er schwer auf sie und umarmte sie mit hektischen Händen. Er hielt sie fest, als wäre er ein Ertrinkender. Er berührte ihre Brust mit vorsichtigen Fingern, ehrfürchtig, als würde er ihnen erst jetzt Beachtung schenken.

Die Luft war stickig und verbraucht. Es lag nicht nur an den hochsommerlichen Temperaturen, sondern auch an ihren Körpern, die eng aufeinandergepresst wie ein sich von selbst erhitzendem Organismus funktionierten. Es roch nach Sex. Aber auch nach Tränen. Eine Schwere lag im Raum.

Noch während sie miteinander geschlafen hatten, beschlich Carla ein ungutes Gefühl. Nun, wo Len neben ihr zusammenbrach, spürte sie eine Leere in sich aufsteigen, von der sie wusste, dass sie sie noch lange begleiten würde.

Das hätte nicht passieren dürfen.

»Len ...« Carla hielt inne und betrachtete ihren besten Freund, der sich umdrehte, ohne ihre Brust loszulassen und schwer atmend zur Decke starrte. Sie wusste nicht, wie sie es in Worte fassen sollte, und als sie in sein Gesicht sah, fiel es ihr noch schwerer. In seinem Gesichtsausdruck war ein Hauch von Lächeln zu sehen. Etwas, das ihr seit Wochen ... nein seit Monaten nicht mehr an ihm aufgefallen war. Trotzdem war sie sich sicher, dass das hier falsch war. Sie hätten nicht miteinander schlafen sollen. Andererseits hatte Carla eingewilligt, mitgemacht. Hatte die Situation, in der Len steckte, ausgenutzt. Nun musste sie die Konsequenzen tragen. Oder etwa nicht?

»Du bereust es.« Die Stimme von Len klang weich und irgendwie seltsam zufrieden. Es war eine Feststellung, kein Vorwurf darin zu hören.

»Ja. Nein. Ach, Len.« Nun, was sollte sie dazu sagen? Eilig rollte Carla sich auf die Seite und suchte den Kontakt seiner Augen. Diese dunklen Augen, die noch feucht waren, weil er geweint hatte. »Du weißt doch, dass es nicht richtig war«, flüsterte sie und umfasste seinen Oberkörper.

»Ungewöhnlich«, korrigierte Len. Er legte seine Hand auf ihre, verflocht ihre Finger miteinander. Er trug seinen Ehering. »Aber nicht falsch. Wir sind erwachsen, oder? Und nicht miteinander verwandt.«

Aber so gut wie, schoss es Carla durch den Kopf. Wusste er nicht, dass er ihr Bruder war - irgendwie zumindest? Sie verkniff sich den Kommentar, es würde Len nur irritieren. Sie waren Freunde. Beste Freunde. Vertraut miteinander, aber die Grenze zur Intimität hatten sie stets wie selbstverständlich gewahrt. Auch weil Len verheiratet war und Carla sich mehr zu Frauen hingezogen fühlte. Aber der eigentliche Grund war der gewesen: Sie kannten sich schon als Kinder. Man fühlte nach Jahrzehnten nicht plötzlich etwas anderes füreinander. In Carlas Augen war das etwas Unvorstellbares. Zumindest war es das bis eben gewesen.

Sie waren im Turnverein die einzigen beiden Kinder mit einer anderen Hautfarbe als die Masse der Gruppe gewesen. Eine kleine Gemeinsamkeit, die sie aufeinander neugierig gemacht hatten. Das war der Grund, warum sie angefangen hatten, miteinander zu reden und später gemeinsam nach Hause liefen. Len verstand etwas in Carlas Leben, das ihre anderen Freundinnen niemals wirklich nachvollziehen konnten. Später begannen sie, sich wirklich zu mögen. Sie waren in Kontakt geblieben und heute war Len ihr ältester Freund.

»Hat es dir denn wirklich geholfen?«, erkundigte Carla sich. Sie war neugierig, auch wenn sie sich vor der Antwort fürchtete. Was, wenn er es bejahte? Was, wenn es ihre Freundschaft nach dreißig Jahren veränderte?

»Für den Moment auf jeden Fall«, behauptete Len und streckte seine langen Beine weit aus. Er schob seine Füße unter das Laken. Dann grinste er sie an und wirkte tatsächlich etwas zufriedener als sonst. Obwohl seine Tränen noch nicht getrocknet waren.

»Das wird keine langanhaltende Heilung mit sich bringen«, erwiderte Carla und ließ den Protest bewusst mitschwingen, ein zweifelnder, widerstrebender Ton.

»Das ist es doch nie«, flüsterte Len. Vielleicht verstand er erst jetzt, dass Carla nicht überzeugt von der ganzen Sache war. Sie hätte ihre Zweifel besser artikulieren müssen.

Verdammt!

In Gedanken widersprach sie ihm. Er müsste selbst am besten wissen, dass es beständig sein konnte, auch wenn das zwischen ihnen nie dazu gedacht gewesen war. Aber er hatte es mit einer anderen erlebt: Eine ausdauernde Liebe. Langlebig. Doch sie sprach es nicht aus, weil es schmerzhaft für Len war, das zu hören.

Seine letzte Liebe war genau das gewesen: Eine dauerhafte feste Beziehung, die zu einer Hochzeit geführt hatte. Und zwei Menschen so sehr aneinander gebunden hatte, dass einer von ihnen nun vor Einsamkeit kaum atmen konnte und vor Verzweiflung mit der besten Freundin ins Bett gegangen war.

Len und Hilda - eine Einheit, an die Carla sich schnell gewöhnt hatte. Len ohne seine Frau zu sehen war schmerzhaft. Den Schmerz, den Len dabei empfand, konnte sie vermutlich nicht mal ansatzweise nachvollziehen. Carla hingegen war freier, hatte die eine oder andere Beziehung geführt, manche hatten länger angehalten, manche waren kurz und intensiv gewesen. Sie war fast nur mit Frauen zusammen gewesen, doch hin und wieder, in manchen Phasen ihres Lebens, hatte sie Männer attraktiver gefunden - und es dann genauso genossen wie mit ihren Partnerinnen.

Len jedoch war nie Teil ihrer Rechnung gewesen. Und sie nie in seiner. Wie hatten sie das nur vergessen können?

Als Len den Kopf drehte, erkannte Carla, dass dieser doch nicht so entspannt war, wie sie zuvor gedacht hatte. Seine Züge waren gelöster als zuvor. In den feuchten Augen war jedoch eine Hoffnungslosigkeit zu sehen, die nur für einen ganz kurzen Moment betäubt gewesen war. Es war eben keine langanhaltende Heilung gewesen.

Instinktiv rückte Carla von ihm ab, richtete sich auf und legte den Kopf auf den abgestützten Arm ab. Ihre Hand behielt sie, wo sie lag. Auf Lens Bauch. Ihre Finger miteinander verflochten.

Einerseits wollte sie Distanz schaffen. Weil es nicht richtig war. Nicht richtig sein konnte. Und Len schaden würde. Ihn ablenken würde von dem Prozess, den er gerade durchlitt. Außerdem fühlte es sich für Carla nicht gut an. Andererseits wollte sie sich nicht entziehen. Sie konnte sich jetzt nicht mehr so einfach entfernen. Weil sie es nicht ertrug, Len nach allem, was er in den letzten Monaten durchgemacht hatte, eine weitere Verletzung zuzufügen. Und Len würde eine Abweisung als Verletzung empfinden.

Immerhin war sie seine beste Freundin. Wie konnte sie ihm den kurzfristigen Trost verwehren, den er offensichtlich durch diese ganze Sache erhalten hatte? Sie liebte ihn - auf andere Art, aber nicht weniger tief. Auf Dauer würde es Len vermutlich schaden, aber es hatte ihm kurzfristig einen Moment des Trostes verschafft.

»Wir sind beide Singles«, meinte Len und hob die Schultern. »Du stehst nicht nur auf Frauen, sondern hattest auch Männer in deinem Leben. Wir lieben einander. Für mich hört sich das ziemlich normal an.«

»Wir lieben einander auf ganz andere Art«, wies Carla ihn hin. Sie rieb über die warme Haut, berührte seine festen Bauchmuskeln. Es war seltsam, ihn auf diese Art anzufassen. Jetzt noch mehr als zuvor, als sie im Takt ihres schlagenden Herzens den Höhepunkt herbeigesehnt hatten. Etwas in Carla erinnerte sich daran, dass sie es nicht genießen dürfte. Andererseits ... ja, es fühlte sich gut an. Sie mochte seine Haut, die feinen Härchen am Bauchnabel, die kräftigen Stränge unter der Oberfläche. Hart, definiert, nicht weich und zart wie bei ihrer vorherigen Partnerin.

Erneut ein Achselzucken. »Wir sind beide ungebunden, Carla. Warum sollte sich unsere Liebe zueinander nicht auch ändern dürfen?«

»Aber du bist nicht ungebunden«, wehrte Carla ab. Sie grub ihre Finger in sein Fleisch, statt mit dem Streicheln fortzufahren. Etwas zu grob, vielleicht zu abwehrend.

Len verzog das Gesicht. Doch nicht nur wegen ihrer unwirschen Berührung. Nein, er wurde einfach nicht gerne erinnert, versuchte es zu verleugnen. Entschuldigend rieb Carla über seine Haut, die ihre ursprüngliche Farbe wieder angenommen hatte. Doch anderes hatte ganz andere Folgen. Seelen heilten langsamer.

»Schau mal, du solltest in deiner Lage nichts überstürzen. Vor allem mache ich mir Sorgen um dich. Wie willst du das alles verarbeiten, wenn du die Ablenkung suchst?«

»Ich kann es verarbeiten und gleichzeitig Sex haben.« Die Stimme von Len hörte sich trotzig an. Ein bisschen wie damals beim Turnen, als er behauptet hatte, er hätte die Übung auf dem Schwebebalken bereits gemacht und könne jetzt zum Reck. Niemand hatte ihm geglaubt, alle hatten gewusst, dass er log, weil er das Reck liebte. Und es war genau diese Art von Erinnerungen, die Carla vor Augen führte, dass das hier falsch war.

Scheiße! Sie hätte sich nicht darauf einlassen sollen. Am liebsten hätte sie sich selbst kopfschüttelnd angeschaut und gefragt, was sie sich nur bloß dabei gedacht hatte. Sie war diejenige, der es emotional besser ging. Sie hätte die Grenze ziehen müssen, zu der Len gerade nicht in der Lage war. Andererseits, wer konnte ihr verübeln, dass sie überfordert gewesen war? Was machte man, wenn einem der beste Freund tränenüberströmt überfällt, zum Bett zerrt und dabei so überraschend gut roch? Wenn er mit festen Lippen den Hals so küsste, dass Carla für einen kurzen Moment die Augen geschlossen und es angenommen hatte?

Natürlich hätte sie standhaft bleiben müssen. Nicht, weil Len ihr bester Freund war. Nicht, weil sie wusste, dass sie sich schon bald wieder mehr zu Frauen hingezogen fühlte. Sondern, weil Len sich in einer Ausnahmesituation befand und nicht wirklich urteilen konnte, welche Folgen sich aus diesem kuriosen Abenteuer ergeben konnten.

Doch der Wunsch, Len ein wenig Erleichterung zu geben, war stark gewesen. Len war so einsam, dass er sich nach körperlicher Nähe sehnte, so verzweifelt, dass ihn Carlas Worte nicht mehr hatten erreichen können. Seine Seele liebte Hilda. Aber sein Körper verzerrte sich nach Innigkeit und Intimität.

Und was, wenn Len recht hatte? Was, wenn das irgendwie auch okay war? Sie waren schließlich beide erwachsen, hatten es ja beide auch genossen. Wenn es Len besser ging und sie alles untereinander geklärt hatten, würde Carla vielleicht sogar erneut mit ihm schlafen. Warum auch nicht? Wenn sie beide bereit dazu waren? Es ihnen beiden gut tat? Wenn sie sich beide aktiv dazu entschieden, dass sie das wirklich wollten und brauchten? Wenn sie die Folgen, die daraus entstanden, auch in Kauf nehmen wollten ... dann war es okay.

Aber Len war gerade nicht fähig, zu entscheiden, was gut für ihn war und was nicht. Er benötigte noch Zeit, um sich von Hilda zu lösen. Erst danach konnte Carla mehr für ihn sein. Es wäre auch dann noch ungewöhnlich. Komisch. Und vielleicht auch riskant. Aber dann wären sie wirklich die zwei ungebundenen Erwachsenen, die alles miteinander tun durften, was sie wollten.

»Bitte verlass mich nicht.« Die Stimme von Len war dünn, schrecklich kratzig. Es tat Carla körperlich weh, ihren besten Freund so sprechen zu hören.

»Blödsinn.« Eilig schüttelte sie den Kopf. »Ich verlasse dich doch nicht. Ich habe dich seit 30 Jahren nicht verlassen. Ich bin deine beste Freundin.«

»Nein. Sei meine Geliebte.« Len umfasste Carlas Handgelenk so kraftvoll, dass es schmerzte.

»Len ...«

»Sei für mich da«, unterbrach Len.

Seufzend schüttelte Carla den Kopf. Sie löste sich langsam aus der Umklammerung, zog ihr Bein weg, das eingeklemmt zwischen seinen lag, bedeckte ihre Brüste mit der Bettdecke. Schaffte Distanz. Dieses Mal wirklich. Auch wenn der Schmerz in Lens Augen sie fast umbrachte. »Du bist nicht bereit dazu«, sagte sie leise.

»Ich will nicht alleine einschlafen.« Len begann zu weinen. Wieder. Leise und unscheinbar, doch jede einzelne Träne zeugte von tiefer Trauer, kalter Einsamkeit, einem dunklen Schmerz.

Carla erschütterte es, ihn so zu sehen. Ihr Verlangen, die Arme auszubreiten und ihn in den Arm zu schließen, war fast nicht auszuhalten. Aber gerade jetzt, jetzt wo Len es am nötigsten hatte, konnte sie ihm diese Art von Trost nicht geben. Dass sie das nicht konnte, sondern standhaft bleiben musste, war eine Folge, vor der Carla sich gefürchtet hatte. Spätestens als Lens Zunge voller Leidenschaft den Kontakt zu ihrer gesucht hatte.

»Len. Hör mir zu.« Carla hatte sich nun entschieden. Und es fühlte sich richtig an. Sie schob ihre Beine über die Bettkante, saß mit dem Rücken zu Len, aber sie drehte sich um, um ihn ansehen zu können. »Du musst nicht alleine schlafen. Ich bin für dich da. Weil ich deine beste Freundin bin und das nie zur Diskussion stand.«

»Ja?« Hoffnungsvoll sah Len sie an.

Es tat Carla so weh, seine Hoffnung sofort wieder zerstören zu müssen, andererseits würde sie ihn am Ende entscheiden lassen. Sie wollte nur, dass er es mit klarem Verstand tat. »Ob ich aber auch dein Bett mit dir teile, Len, das kannst du in deiner momentanen Verfassung nicht entscheiden. Und deswegen möchte ich, dass du wie verabredet für die nächsten Wochen zu deinem Bruder an die Nordsee gehst. So wie es dir deine Eltern empfohlen haben.«

»Du bist jetzt auch dieser Meinung?« Abwehr überzog Lens Gesicht. Seine Hand krallte sich ins Bettlaken, als suchte er dort den Kontakt, jetzt wo Carla sich ihm entzogen hatte.

Len quälte sich und litt. Was er jetzt brauchte, war eine gute Freundin, keine Liebhaberin. Das hätte Carla klar sein müssen. Und weil sie gerade selbst nicht in der Lage war, ihm das zu geben, was er brauchte, unterstützte sie den Vorschlag seiner Eltern. Sie musste rigoros sein, auch wenn es ihr sehr wehtat, Len wegzuschicken.

»Alleine«, sagte sie entschieden.

»Aber ...«

»Len, jetzt hör' mir doch mal zu. Du gehst zu Elmar. Deinem Bruder. Dort bist du nicht alleine. Du nimmst Abstand von hier. Nimmst dir die Zeit. Überlegst, was du wirklich brauchst. Falls du wirklich der Meinung sein solltest, dass wir unsere Freundschaft zu mehr Intimität öffnen sollten, können wir es uns dann immer noch überlegen. Jetzt möchte ich, dass du dir diese 8 Wochen Zeit nimmst und nachdenkst.« Hastig ratterte Carla den Vortrag herunter. Sie betrachtete Len besorgt. Er sah verzweifelt aus. »Ich werde in acht Wochen auf dem Pariser Platz stehen. Samstag, um 14 Uhr am Brandenburger Tor. Wenn du kommst, dann weiß ich, dass du mich immer noch auf diese neue Art begehrst. Falls nicht, dann treffen wir uns später. Es ist deine Entscheidung, okay?«

Sie wartete nicht ab, was Len sagte, sondern verließ das Schlafzimmer. Sie duschte, zog sich an. Und als sie sich im Spiegel betrachtete, begann sie selbst zu weinen. Sie wusste, dass es das Richtige war. Und doch fühlte sie sich schlecht dabei. Sie hatte als beste Freundin versagt und musste nun Elmar hinzuziehen, weil sie überfordert war.

Bis heute hatte sie Lens Eltern gegenüber gesagt, dass sie es nicht richtig fände, wenn Len an die Nordsee ging. Doch Elmar und die Eltern der beiden

Brüder waren überzeugt davon, dass es Len gut täte, mit Elmar mitzukommen. Sie war eine der Einzigen, die Lens Wunsch gestärkt hatte, entscheiden zu können, dass er lieber bleiben wollte. Doch nun musste sie ihm in den Rücken fallen. Ihm zuliebe.

Schließlich ging sie in die Küche und rief Elmar an. Ihre Finger zitterten, als sie die Nummer ins Handy tippte. Oben hörte sie, dass Len ihr Bad nutzte, aber er kam nicht nach unten, auch nicht, als es an der Haustür klingelte. Elmar stand mit besorgtem Gesicht vor der Haustür.

Kurz zögerte Carla. Wie konnte sie zulassen, dass Elmar Len gegen seinen Willen mitnahm in die Einsamkeit der Nordsee? Weg von seiner Wohnung, seinem gewohnten Alltag, seiner geliebten Umgebung? Andererseits war Elmar ja da. Natürlich würde er Len nicht im Stich lassen. Und vielleicht hatte er Recht, dass es Len guttun würde, wenn er seinem gewohnten Umfeld entrissen wurde?

»Pass auf ihn auf«, bat Carla und ihre Stimme war flehend. Die Verzweiflung, die darin mitschwang, erschütterte sie. »Es geht ihm wirklich sehr schlecht.«

»Ich weiß, Carla.« Elmar war jünger aber größer als sein Bruder. Er kam mehr nach der Mutter, während Len eher seinem Vater ähnelte. Doch beide hatten die gleichen warmen, aufmerksamen Augen. Und es half Carla sehr, dass Elmar sie in seine Arme zog. »Ich weiß«, wiederholte er leise.

Carla erlaubte sich einen Moment der Schwäche und weinte, während Elmar ihr mit der Hand über den Rücken streichelte. Dann schob er sie von sich weg und betrachtete sie intensiv. »Es ist gut, dass du mich kontaktiert hast. Ich glaube, wir tun das Richtige. Wir gehen in seine Wohnung und packen und dann werden wir bereits in den nächsten Tagen abreisen. Vergiss nicht, dass auch du zur Ruhe kommen musst, Carla. Du hast in letzter Zeit so viel für ihn getan, du darfst dich nicht komplett aufopfern.«

Als er nach oben ging, um Len abzuholen, verschwand Carla in der Küche. Sie hörte die beiden Brüder die Treppen hinunterlaufen. Len sagte nichts. Elmar schwärmte von dem salzigen Meer und dem Gekreische der Möwen, als müsste er Len erst überzeugen. Als hätte Len noch eine Wahl, jetzt wo alle sich gegen ihn verschworen hatten.

Dann schloss sich die Tür. Und Carla war alleine.

Gegenwart

»Also hat er dir davon erzählt?«, fragte Carla.

Elmar nickte. Er ging auf sie zu und ohne etwas zu sagen, nahm er sie in den Arm. Dann schob er sie von sich weg und betrachtete sie ernst. »Was macht ihr nur für Sachen?«

Carla spürte, dass sie rot wurde. Sie senkte den Blick.

»Komm.« Elmar schob sie zur nächsten Bank und setzte sich. Erst als sie sich ebenfalls auf die Sitzfläche fallen ließ, räusperte er sich. »Er hat mir davon erzählt und er bat mich, dass ich vorbeischaue. Ich glaube, er ertrug den Gedanken nicht, dass du hier rumstehst und auf ihn wartest.«

»Wie geht es ihm?«, fragte sie leise.

Elmar schwieg einen Moment. Er hob die Schultern. »Ich denke, es geht ihm besser. Aber sowas braucht Zeit, ich glaube, wir müssen noch etwas Geduld haben, bis er wieder mehr der Alte ist.« Er seufzte.

Tränen der Dankbarkeit drangen in ihre Augen. Len ging es besser. Er hatte sogar Elmar vorbeigeschickt, um sie nicht hier alleine rumstehen zu lassen. Erst nach und nach sickerte die Erkenntnis in ihre verwirrten Gedanken, dass Len sich dagegen entschieden hatte, diese Verabredung anzunehmen. Sie war ... erleichtert.

Und dann wandelten sich das Gefühl von Erleichterung abrupt in Entsetzen und Scham, darüber was sie getan hatten. Sie begann heftig zu weinen, sie spürte, wie ihre Schultern vibrierten, und presste ihre flachen Hände gegen das Gesicht. Elmar berührte sie zunächst zaghaft zwischen den Schulterblättern, dann zog er sie in seinen Arm und sie lehnte sich gegen ihn.

Statt etwas zu sagen, ließ er sie weinen. Und das tat gut. All die Last fiel ab, auch wenn Carla sich erst jetzt bewusst wurde, wie schrecklich überfordert sie sich verhalten hatte. »Es ging ihm so schlecht, es erschien mir in dem einen Moment als das Richtige. Es war so dumm.«

»Du hast ihn so gut unterstützt, Carla, aber du hättest schon viel eher auch für dich Hilfe anfordern sollen. Die Zeit war auch für dich hart und niemand kann immer nur fortwährend geben. Ich habe mit Len besprochen, dass eine Therapie dringend ratsam ist und er hat eingewilligt. Ich habe bereits alles in die Wege geleitet. Ich hoffe, dass dich das ein bisschen entlastet. Aber wann immer etwas ist, dann zögere bitte einfach nicht, mich anzurufen, okay?« Elmar sah sie streng an.

Carla wischte sich energisch über die Augen und nahm das Tuch dankbar an, das Elmar ihr mit ernstem Blick entgegenstreckte.

»Ich glaube, du hast dich da in etwas reingesteigert, würdest alles tun, um Len mit seinen psychischen Problemen zu helfen. Aber das gelingt dir nicht, in dem du dich in einen Retterinnenkomplex stürzt, der dich selbst zerstört«, fuhr Elmar fort.

Alles was er sagte ... es wurde Carla auf einmal klar, wie ungesund das alles gewesen war. Was Len getan hatte. Aber vor allem auch, was sie getan hatte. Sie hatte sich Lens Entscheidung komplett ausgeliefert, ohne zu berücksichtigen, was sie wollte.

Elmar drückte ihre Hand und sah ihr prüfend in die Augen. »Er braucht professionelle Hilfe. Und auch du darfst jederzeit die Hand heben, wenn es dir zu viel ist. Du bist nicht verantwortlich für Len und darfst mich jederzeit anrufen.« Er wartete kurz ab. »Alles gut?«, fragte er sanft.

Als Carla lächelte, wurde ihr bewusst, dass sie befürchtet hatte, dass sie heute einen Freund verlieren könnte. Nun musste sie feststellen, dass sich Len für Freundschaft und gegen den kurzfristigen Trost entschieden hatte und Elmar mittlerweile ebenso ein guter Freund werden könnte.

*

Eine Stunde später waren ihre Tränen getrocknet und Carla betrat den Friedhof, wo sie Hilda vor vier Monaten beerdigt hatten. Eine große, kräftige Gestalt stand an ihrem Grab. Ein guter Anblick, nachdem Carla und Hildas Eltern die Grabpflege in den letzten Wochen übernommen hatten.

»Hey. Len«, sagte Carla leise, als sie sich neben ihn stellte.

Ihr bester Freund sah gut aus. Zwar war er dünner geworden und seine Augen sahen erschöpft aus, aber sein Lächeln wirkte erfrischend. Und vor allem tief und echt. Einer der schönen Anblicke, die sie sich für heute ersehnt hatte.

»Carla.« Len berührte ihren Ellenbogen. Zögerlich, schüchtern. Vielleicht, um zu testen, ob das jetzt, wo sie einmal die Grenze durchbrochen hatten, noch okay war. »Danke, dass du dich ... das sind schöne Blumen.« Er zeigte nach vorne zum Grab.

»Ja.« Carla musste lächeln, als sie sich vorbeugte, um eine eingeknickte weiße Rose aufzurichten. Sie ging in die Hocke und berührte die Erde, um sie auf Feuchtigkeit zu überprüfen.

Noch immer zog sich ihr Herz vor Schmerz zusammen, wenn sie an Hilda dachte. Diese lachende, energische Frau, die ihrer aller Leben so aufgewertet hatte. Besonders das von Len. Die Lücke, die Hilda hinterlassen hatte, würde noch lange nicht gefüllt werden. Vor allem nicht für Len, aber auch nicht für Carla, die eine ihrer besten Freundinnen verloren hatte.

»Es hat in letzter Zeit so viel geregnet. Man sieht den Pflanzen an, dass ihnen das gut tut und die Hitzewelle hart zu ertragen war.« Nachdenklich musterte Carla die anderen Pflanzen, dann richtete sie sich auf.

Grinsend hielt Len ihr die Hand hin und sie ergriff sie. Er zog Carla zurück nach oben. Kurz behielten sie die Hände ineinander verschränkt, dann lächelten sie sich an und ließen einander los. Es fühlte sich seltsam an nach allem, was passiert war. Es tat gut, die Hände nach einem kurzen Moment wieder zu lösen, anstatt daran festzuhalten.

»Es tut mir leid«, meinte Carla leise. Sie schaute zu Boden. »Ich hätte das nicht zulassen dürfen. Ich war die, die emotional gefestigter war.«

»Ich bin immer noch der Meinung, dass wir beide erwachsen sind und nichts getan haben, was abartig ist. Wir sollten es nicht wiederholen, aber wir haben keinen Grund, uns zu schämen. Vielleicht lachen wir eines Tages sogar darüber.« Len klang klar und betonte jedes Wort, es schien, als wäre es ihm wichtig diesen Punkt zu machen.

»Darüber lachen?« Carla hob die Schultern, dann grinste sie zaghaft. »War es so witzig?« Dann wurde sie wieder ernst. »Ja. Vielleicht. Irgendwann.«

Len sah zum Grabstein, dann ging er einen Schritt nach vorne und berührte das Herz, das darin eingraviert war. »Sie würde uns den Kopf abreißen, wenn sie davon wüsste.«

Carla dachte zurück an ihr letztes Treffen mit Hilda und daran, dass Hilda sie gebeten hatte, dass sie sich um Len kümmern sollte. Und dass Carla ihr versprochen hatte, es zu tun. Sie hatte es wirklich versucht. Aber vielleicht hatte Elmar recht. Sie konnte Len nicht alleine helfen. Sie konnte ihm beistehen, aber mehr auch nicht. Es war gut, wenn er jetzt eine Therapie begann, wo er seine Trauerdepression behandeln lassen konnte.

Auf einmal fühlte sie sich leicht. Befreit von einer Last und dem Versprechen, welches sie Hilda gegeben hatte. Sie atmete tief ein, blickte zum Grabstein, auf dem der Name ihrer Freundin zu lesen war. Auf einmal wusste sie, dass das alles niemals Hildas Wunsch gewesen war, sondern nur der Anspruch, den Carla an sich selbst gestellt hatte. Statt Len mit aller Kraft heilen zu wollen, hätte sie seine Trauer einfach annehmen müssen.

»Nein«, sagte sie leise. »Glaub ich nicht. Sie wusste, dass uns ihr Tod aus der Bahn werfen würde.«

Len trat nach hinten. Er sah sie an. »Ja, vermutlich hast du Recht.« Dann hob er zögerlich den Arm. »Darf ich dich umarmen?«

Carla dachte kurz darüber nach, dann nickte sie energisch. »Es ist so schön, dass du wieder da bist«, murmelte sie, als Len sie an sich zog. Sie ergänzte: »Und ich bin erleichtert, dich hier zu treffen. Und nicht am Brandenburger Tor.«

Die Umarmung fühlte sich genau richtig an. Sie hatte ihren besten Freund wieder zurück. Und gemeinsam würden sie den Verlust von Hilda weiter betrauern. Bis es irgendwann besser werden würde.

Eine Chance

Impressum: Veröffentlichung in der ursprünglichen Auflage / Lektorat & Korrektorat: Lisa Lamp

Zusammenfassung: Signe hat ein Geheimnis vor ihrer Familie. Bastian könnte sie unterstützen, doch das wollte er nicht. Dann steht er vor ihrer Haustür und erläutert ihr, dass er nun für sie da sein will. Kann sie das annehmen?

Vorwort: Diese Geschichte entstand recht spontan, während ich »Entfernt zusammen« überarbeitet habe, denn ich verspürte den Wunsch, auch Signes Weg weiter zu verfolgen. Ich mochte sie sehr, und sie ging als noch nicht auserzählte Figur aus der Geschichte. Somit ist dies eine kleine Fortsetzung. Lest diese Kurzgeschichte bitte erst nach »Entfernt zusammen«.

*

Mit gerunzelter Miene drehte Signe sich um die eigene Achse und musterte ihr Spiegelbild. Dass sie den Knopf ihrer Hose nicht mehr schließen konnte, konnte sie gut mit der längeren Bluse kaschieren, doch der Bauch, der sich hervorwölbte, war nicht mehr zu übersehen. Erneut versuchte sie den Seidenschal, den sie angezogen hatte, anders zu richten, aber es half alles nichts.

Der Bauch war da und jeder würde wissen, was los war. In den letzten Tagen hatte sie weite Pullover und bequeme Hosen tragen können, doch an ihrem Geburtstag konnte sie das leider nicht bringen.

Verärgert zog sie den Schal aus und warf ihn aufs Bett. Langsam drehte sie sich zur Seite und strich die Bluse mit den Händen glatt. Ob ihre Gäste nur annehmen würden, dass sie zugenommen hatte? War das so unwahrscheinlich? Immerhin hatte sie in letzter Zeit häufig genascht.

Nein. Empört über den Versuch, sich selbst zu täuschen, schüttelte Signe den Kopf. Niemanden würde sie etwas vormachen können. Ihr Gesicht sah so dünn aus wie immer und ihre Arme waren schlank. Es gab nur diesen Bauch. Unverkennbar ein kleiner Babybauch.

Wenigstens musste sie sich heute noch niemanden stellen. Die Gäste würden erst morgen kommen. Das hier war nur eine Kleidungsprobe, der letzte Versuch, etwas zu finden, was es kaschieren konnte. Doch morgen musste sie wohl ihren Freunden Rede und Antwort stehen. Zwar hatte sie kurz mit dem Gedanken gespielt, ob sie nicht einfach eine Jacke tragen könne, aber letztendlich wusste sie, dass sie damit die Probleme nur verschob. Irgendwann musste sie dazu stehen.

Spätestens, wenn das Kind da war.

Dass sie wieder schwanger war, freute sie mittlerweile, obwohl sie sich am Anfang nicht auf das Baby gefreut hatte. Nie hatte sie geplant, erneut schwanger zu werden und schon gar nicht auf diese Art und Weise. Dass sie sich auf einen Mann eingelassen hatte und ungeschützt einen One-Night-Stand gehabt hatte, passte eigentlich nicht zu ihr. Normalerweise war sie sehr bodenständig.

Dann war da aber der Geburtstag ihrer Bekannten – Lisa – gewesen und die Tatsache, dass ihr Exmann und sein neuer Partner so glücklich an diesem Abend gewesen waren. Sie hatte wieder einmal gespürt, wie einsam sie war. Ihr Sohn Hakon war bei ihren Eltern gewesen. Sie hatte den Abend für sich gehabt, also hatte Signe sich ungehindert an der Bowle bedient. Die Tatsache, dass sie betrunken gewesen war, durfte jedoch nicht als Entschuldigung gelten.

Dennoch war es ihr passiert.

Ein kurzer Moment der Unachtsamkeit. Sie hatte ihre Kontrolle und Disziplin über Board geworfen und hatte sich in die Arme eines Mannes geworfen, der als unreif und sprunghaft galt. Er war bekannt dafür, dass er ständig irgendwelche Affären hatte und keine Gelegenheit ausließ, ein Abenteuer zu erleben. Mit ihm mitzugehen war dumm gewesen. Nicht auf Kondome zu bestehen war unverantwortlich gewesen. Zu ihm passte das vielleicht, aber nicht zu ihr. Es war nicht mal besonders guter Sex gewesen. Doch sie hatte sich getröstet gefühlt. Und ein wenig rebellisch. Vielleicht hatte sie es auch heimlich Matheo heimzahlen wollen, der neben seinem Jamie so glücklich wirkte.

Am nächsten Morgen war sie verkatert und mit Kopfschmerzen aufgewacht. Und sie war alleine gewesen. Seine Sachen waren verschwunden, genauso wie er. Bevor er gegangen war, hatte er die Hotelrechnung bezahlt. Signe hatte sich seltsam ausgenutzt gefühlt. Und dreckig. Und wieder einsam.

Das böse Erwachen war erst sechs Wochen später gekommen. Eigentlich hatte sie an diese Sache gar nicht mehr gedacht, auch nicht als ihre Tage ausgeblieben waren. Weil ihr immer übel gewesen war, war sie eben zu ihrer Frauenärztin gegangen.

Während die Gynäkologin ihr alles erklärt hatte, hatte Signe einfach nur dagesessen und wie betäubt genickt. Erst als sie mit den Folsäuretabletten auf der Straße gestanden hatte, hatte sie kapiert, was das für sie bedeutete.

Hakon, ihr Sohn, den sie mit ihrem Exmann hatte, war nun schon so groß. Sie war bereits viele Jahre geschieden. Ja, sie hatte immer ein zweites Kind gewollt, damals als Matheo und sie noch verheiratet gewesen waren. Doch als sie endlich schwanger geworden war, hatte das Glück nicht lange gewährt. Sie hatte ihr Baby verloren, das noch vor der Geburt in ihrem Bauch gestorben war. Ein Grund, warum Matheo und sie jetzt geschieden waren. Einer von vielen Gründen. Danach hatte sie mit der ganzen Sache abgeschlossen. Sie hatte einen wunderbaren Sohn. Wollte sie jetzt wirklich wieder von vorne anfangen? Wollte sie sich das wirklich noch einmal antun? Und dann noch alleine? Man konnte Matheo vieles vorwerfen, aber nicht, dass er sie vernachlässigt hatte. Während sie mit Hakon schwanger gewesen war, hatte Matheo sich rührend um sie gekümmert und alles organisiert. Nach der Geburt war er immer für das Kind und sie da gewesen war, während der Ehe und auch noch nach der Scheidung.

Nun war sie alleine.

Dass sie von dem Vater des Kindes keine Hilfe erwarten konnte und er kein Interesse an einem Kind hatte, war ihr unmittelbar danach klar geworden, als sie ihm Bescheid gegeben hatte. Warum wunderte sie sich darüber noch? Im Gegensatz zu ihr war er nie sesshaft gewesen. Ständig war er auf Reisen, hatte immer wieder andere Frauen und empfand eine feste Beziehung als Fessel. Ein Kind passte noch weniger in seine Pläne als in ihre.

Außerdem liebten sie einander nicht.

Sie verstanden sich gut, ja. Er brachte sie zum Lachen. Vielleicht mochten sie sich sogar ein klein wenig. Und eine sexuelle Anziehungskraft war auch vorhanden. Sonst wären sie wohl kaum miteinander ins Bett gegangen. Trotzdem waren sie zu unterschiedlich. Doch sie hatte sich für das Kind entschieden, hatte eine Abtreibung abgelehnt. Obwohl sie alt genug war, dass ihre Schwangerschaft als Risikoschwangerschaft galt. Obwohl sie alleine war. Obwohl sie schon ein fast erwachsenes Kind hatte. Obwohl sie sich irgendwie drauf gefreut hatte, endlich durchzustarten, jetzt wo Hakon selbstständiger war.

Doch es war ihre letzte Chance.

Sie würde nicht mehr jünger werden. Und ob sie einen anderen Mann treffen würde, einer, der bereit wäre, das alles mit ihr durchzustehen, das wusste sie nicht. Ob es überhaupt jemanden geben würde, dem sie genug vertrauen würde, nachdem das mit Matheo so spektakulär in den Sand gesetzt worden war.

Es war ihre letzte Chance.

Außerdem liebte sie dieses Baby ja irgendwie jetzt schon. Es war genauso wie bei Hakon, den sie ebenfalls ab da geliebt hatte, als sie seine zaghaften Tritte in ihrem Bauch gefühlt hatte. Oder wie bei ihrem verstorbenen Sohn, den sie von da an geliebt hatte, als sie das erste Mal seine Faust auf einem Ultraschalbild hatte erkennen können.

Hakon und sein Bruder waren geplant gewesen. Sie waren innerhalb einer Ehe gezeugt worden.

Bei diesem Baby wäre es anders.

Trotzdem würde Signe es lieben.

Seufzend zog Signe ihre Bluse aus und versuchte, ihre Brüste zu ignorieren, die bereits ein wenig angeschwollen waren und wehtaten, wenn sie versehentlich daran stieß. Eilig zog Signe sich den weiten Pullover an, in dem sie sich so wohlfühlte. Immerhin war das heute ihr Abend.

Sie würde alleine sein.

Haakon war bei seinem Vater, der nun, nachdem er spät festgestellt hatte, dass er schwul war, mit seinem Partner zusammenlebte. Also konnte Signe es sich gemütlich machen, mit weiten Klamotten und einem leckeren aber gesunden Essen. Vielleicht würde sie einfach nur ein Buch lesen und sich vor dem Kamin aufs Sofa legen.

Morgen an ihrem Geburtstag waren alle eingeladen und sie alle würden es erfahren. Signe war schwanger geworden. Kein Grund zur Panik. Viele würden sich sogar für sie freuen. Doch wenn die Frage auf den Vater kommen würde, würde Signe nicht wissen, was sie sagen sollte.

Während Signe sich auch die Stoffhose auszog und in die gemütliche Jogginghose stieg, verdrehte sie die Augen. Warum hatte sie auch so viele Menschen eingeladen? Sie hätte es dieses Jahr einfach klein halten sollen. Doch es gab so viele Wegbegleiter und sie feierte jedes Jahr mit ihnen ihren Geburtstag.

Also hatte Signe nicht nur ihre Eltern, sondern auch weitere Verwandte eingeladen. Ihre Schwester und ihr Mann würden kommen und natürlich ihre zwei Nichten. Zwei ihrer besten Freundinnen und eine Kollegin. Sie alle. Und natürlich auch Matheo, der seinen Partner mitbringen würde. Es kam ihr immer noch komisch vor, dass ihr Exmann nun mit einem Mann zusammenlebte, aber sie konnte inzwischen akzeptieren, dass Jamie nun auch zur Familie gehörte. Auch wenn es ihr ständig vor Augen führte, wie alleine sie war. Während Matheo nun bereits in der zweiten Beziehung seit der Scheidung lebte, war sie seither alleine geblieben. Und das würde sie auch bleiben. Ihre Mutter verstand nicht, dass Signe noch so eng mit Matheo verbunden war. Sie verstand auch nicht, warum Signe Jamie akzeptierte und ihn ebenfalls gelegentlich einlud. Aber Matheo und sie waren gewissermaßen Freunde. Und Eltern. Er gehörte definitiv dazu. Und zu ihm gehörte Jamie.

Wenigstens ihre gemeinsamen Freunde hatten sich daran gewöhnt, dass ihr Exmann nun schwul war.

Ob es bei ihr auch so wäre?

Konnten sich die Leute daran gewöhnen, dass sie ein zweites, uneheliches Kind in ihrem Alter bekommen wollte?

Vermutlich nicht. Die Leute würden immer starren, wenn sie mit ihren Kindern unterwegs wäre. Jeder würde erkennen, dass die Kinder unterschiedliche Väter hatten. Genauso wie Matheo Hakon die blonden Haare, die blauen Augen und die helle Haut mit den Sommersprossen vererbt hatte, würde der Vater des Babys sein Aussehen vererben. Sie sah ein Kind vor sich mit schwarzen Augen, lockiges braunes Haar und dunklere Haut. Doch auch sie hatte Hakon Merkmale vererbt, warum sollte nicht auch das Baby etwas von ihr mitbekommen, und mit ein bisschen Glück wären die beiden für Außenstehende doch als Geschwister erkennbar.

Im Laufen verknotete Signe ihre Haare zu einem praktischen Dutt und schnappte sich in der Küche ihre Brille. Um nicht mehr darüber nachzudenken, was morgen wäre, würde sie sich mit Kochen ablenken. Doch die Gedanken kamen dennoch, obwohl sie sonst immer die Arbeit in der Küche als sehr entspannend empfand.

Was wohl ihre Eltern sagen würden? Vermutlich würden sie sich über ein weiteres Enkelkind freuen, aber gleichzeitig würden sie entsetzt reagieren, wenn Signe ihnen sagen würde, dass der Vater keine Rolle spielen würde, nicht in ihrem Leben und auch nicht im Leben des Kindes. Ihre Eltern würden mal wieder sagen, wie traurig sie waren, dass Signe und Matheo geschieden waren. Obwohl sie Matheo nie gemocht hatten, wäre es ihnen vermutlich viel lieber, er wäre der Vater des Kindes.

Auch vor der Reaktion von Matheo hatte Signe ein wenig Angst. Obwohl sie nun schon seit einigen Jahren geschieden waren, fand er immer noch, dass er für sie Verantwortung hatte. Vielleicht würde er sogar den Namen des Vaters verlangen, um zu ihm zu gehen. Dann würde er eine Predigt darüber halten, wie feige es war, sich aus dem Staub zu machen und die Mutter mit dem Kind sitzen zu lassen. Ständig reagierte Matheo so impulsiv und energisch. Einerseits war es ja rührend, andererseits ging es ihn eigentlich nichts mehr an.

Wie würden ihre Freundinnen wohl reagieren? Sie würden an ihrem Verstand zweifeln. Immerhin hatte Signe oft genug gesagt, dass sie jetzt Vollzeit arbeiten gehen wollte und dass sie gemeinsam Ausflüge unternehmen könnten. Dass sie glücklich war, dass sie jetzt selbstständig war und sich um sich selbst kümmern konnte. Die Kinder ihrer Freundinnen waren in Hakons Alter. Sie hatten einen gemeinsamen Urlaub – ohne Kinder und ohne Männer - geplant.

Der Einzige, der sich freuen würde, wäre Hakon. Er wünschte sich schon sehr lange ein kleines Geschwisterchen und hatte immer wieder betont, dass er helfen würde, wenn sie ein Baby bekäme. Er hatte bereits in dem kleinen Sohn, den Matheo mit einer anderen Frau bekommen hatte, einen kleinen Halbbruder, und die drei Kinder von Jamie waren für ihn wie Geschwister, doch er sah alle nur sehr unregelmäßig.

Seufzend hielt Signe inne und holte die Pfanne heraus, um die Karottenwürfel dort anbraten zu können. Nun würde sie noch Tomaten schneiden und

Kartoffeln kochen. Am Schluss würde sie die Tofustreifen hinzufügen, die sie so gerne mochte.

Gerade als sie sich herumgedreht hatte, um nach dem Olivenöl zu greifen, klingelte es an der Tür. Matheo hatte bereits zuvor angerufen und ihr mitgeteilt, dass Hakon wohlbehalten bei ihm angekommen war. Hatte Hakon vielleicht etwas vergessen? Doch dann hätte Matheo sicherlich eine kurze WhatsApp geschrieben, um sich anzukündigen. Also waren es ihre Eltern? Doch die würden heute nicht kommen, da sie für morgen eingeladen waren. Doch wer konnte es sonst sein? Sie sah auf die Uhr. Für die Post war es viel zu spät.

Kurz überlegte Signe, ob sie den Besucher ignorieren sollte, doch dann erklang die Klingel erneut. Mit gerunzelter Stirn schob Signe eine Haarsträhne nach hinten und leckte sich über den Finger, an dem noch Saft der Tomate hing. Bevor sie die Tür aufmachte, sah sie durch das kleine Fenster. Seit Matheo ausgezogen war, hatte sie sich angewöhnt, ein wenig vorsichtiger zu sein.

Als sie erkannte, wer auf der Eingangstreppe stand, zuckte sie zusammen.

Eilig öffnete sie die Tür. »Was willst du?«

Bastian schien nicht damit gerechnet zu haben, dass sie öffnen würde, denn er sah erschrocken zu ihr nach oben. »Ähm«, machte er und starrte auf die kanarischen Strelizien in seiner Hand, die Signe so gerne mochte. Woher wusste er, dass das ihre Lieblingsblumen waren? Dann weiteten sich seine Augen. »Wie siehst du denn aus?«

Erschrocken darüber, dass man es ihr bereits schon so sehr ansah, strich Signe mit beiden Händen über ihren Bauch. »Fett natürlich. Was hast du denn erwartet?«

»Nein.« Bastian winkte ab. »Das habe ich nicht gemeint. Du siehst ... sag mal, Signe, geht es dir sehr schlecht? Ist was mit dem Baby?«

Irritiert runzelte Signe die Stirn.

»Du siehst müde aus. Und irgendwie krank.« Bastian trat die letzte Treppenstufe nach oben. »Irgendwie anders. Vielleicht liegt es an deinen Haaren. Was ist denn das für eine Frisur?«

Endlich verstand Signe. »Ich bin nicht geschminkt. So sehe ich immer aus, wenn ich zuhause bin. Wie das blühende Leben sehe ich nur aus, wenn ich mich hergerichtet habe. Das, was du hier siehst, ist die traurige Wahrheit dahinter. Tut mir leid, dass ich dich enttäusche.«

»Nein.« Bastian schüttelte den Kopf. »Du enttäuschst mich nicht. Ich war nur überrascht.«

Signe verdrehte die Augen. »Manchmal ist es wohl überraschend, hinter die Fassade zu sehen. Was willst du denn hier?«

Kurz zögerte Bastian. »Darf ich reinkommen?«

Signe verschränkte die Arme vor der Brust. »Wieso?«

»Ich muss mit dir reden.« Bastian seufzte. »Ach, komm schon, Signe. Ich weiß, es ist überraschend, dass ich da bin. Lass mich doch bitte kurz rein. Ich will auch nicht lange stören. Nur kurz mit dir reden.«

»Ich glaube, dass du alles gesagt hast, was du zu sagen hattest, als ich zu dir gegangen bin, um dir zu sagen, dass ich schwanger bin«, betonte Signe kühl. »Du hast gesagt, dass du dich nicht reif für ein Kind fühlst und kein Interesse an einer Beziehung mit mir hast.«

Daraufhin sagte Bastian nichts. Er streckte nur seinen Arm aus und hielt ihr die Blumen hin.

»Woher wusstest du, dass ich die mag?«, schnappte Signe und konnte nur schwer ihre Empörung für sich behalten.

»Hat Lisa mir gesagt.« Bastian hob die Schulter.

Signe verengte die Augen. »Hast du mit ihr geredet? Hast du ihr gesagt, dass wir an ihrem Geburtstag miteinander ins Bett gegangen sind? Hast du ihr von dem Kind erzählt?«

»Nein.« Bastian trat von einem Fuß auf den anderen. Anscheinend war ihm kalt. Das war auch kein Wunder, denn er trug einen dünnen eleganten Anzug. Auf einen Mantel hatte er aus welchen Gründen auch immer verzichtet. Hatte er wirklich erwartet, dass Signe ihn hereinlassen würde? »Ich war aber erstaunt, dass sie keine Ahnung hatte. Ich habe ihr nur gesagt, dass ich etwas gutmachen müsste. Darauf hat sie überhaupt nicht reagiert. Du hast es noch keinem gesagt?«

»Bisher konnte ich es verbergen«, erwiderte Signe und seufzte leise. Mit Bastian würde sie nicht darüber reden, wie schwer es ihr fiel, dazu zu stehen. Dass es ihr peinlich war, dass sie sich hatte schwängern lassen und danach mit einem ungeborenen Kind sitzengelassen worden war. Auch sie hatte ihren Stolz.

»Darf ich reinkommen?«, wiederholte Bastian.

»Nein.« Signe lehnte sich gegen den Rahmen der Tür.

Leise stöhnte Bastian, dann nickte er. »In Ordnung. Dann sage ich dir eben hier, was ich zu sagen habe.«

»Nur zu.« Signe hob die Augenbrauen.

»Weißt du, du machst es mir überhaupt nicht leicht«, blaffte Bastian.

»War's das?«, erkundigte Signe sich und drehte sich um.

»Nein, warte. Signe, bitte. Bitte mach jetzt nicht die Tür zu. Ich weiß, dass ich mich wie ein Arschloch verhalten habe. Ich … ich habe dich einfach alleine gelassen, damals an Lisas Geburtstag. Ich … das war reine Gewohnheit. Tut mir leid, ich mache das immer so«, meinte Bastian eilig.

»Soll mich das jetzt trösten?« Signe schüttelte den Kopf. Wie konnte er hier auftauchen und ihr noch unter die Nase reiben, wie blöd sie gewesen war?

»Nein, natürlich nicht. Aber verstehst du denn nicht, dass ich … überfordert bin mit der Situation?« Bastian legte seinen Zeigefinger auf die Stelle zwischen seine Augen.

»Was soll ich denn sagen?« Aufgebracht sah Signe ihn an. »Ich bin 43 Jahre alt. Alleinerziehende Mutter von einem Teenager und berufstätig. In meinem Alter steckt man eine Schwangerschaft nicht mehr so leicht weg. Ich habe mich drei Monate lang erbrochen und leide unter Sodbrennen. Manchmal wache ich nachts auf und habe Krämpfe in den Beinen. Du hast keine Ahnung, wie das ist.«

Ernst sah Bastian sie an. Langsam nickte er. »Das stimmt. Ich habe keine Ahnung.«

»Also, was willst du dann hier?« Signe fröstelte. Auch sie war zu dünn angezogen.

»Du frierst«, stellte Bastian fest.

»Stimmt.« Signe nickte. »Deswegen werde ich jetzt auch reingehen.« Gerade als sie die Tür zuwerfen wollte, stellte Bastian den Fuß dazwischen.

»Bitte«, flehte er. »Wenn du wirklich der Meinung bist, du willst mir nicht zuhören, dann gehe ich, aber ich bitte dich trotzdem darum: Lass mich kurz rein.« Weil Signe keine Lust hatte, sich mit ihm zu streiten, ging sie einen Schritt zurück und ließ ihn eintreten. »Was willst du Bastian?«

»Ich weiß, dass ich nicht der ideale Mann für dich bin. Mir ist außerdem bewusst, dass ich keinerlei Erfahrung mit alldem habe, aber ich weiß, dass ich

… dass ich Vater werde. Ich will nicht, dass mein Kind ohne einen Vater aufwächst – so wie ich ...« Bastian brach ab.

Signe nickte leicht und lehnte sich mit dem Rücken gegen die Wand.

»Ich will auch nicht, dass die Mutter meines Kindes alleine damit ist«, fuhr Bastian fort und lehnte sich ebenfalls gegen die Wand gegenüber von Signe. Die Blumen legte er neben sich auf die Kommode. Er lächelte leicht, was Signe erwidern musste, obwohl sie noch unsicher war, was Bastian hier wirklich wollte. »Ich mag dich, Signe.«

»Das reicht nicht.« Signe schüttelte den Kopf. »Du kannst der Vater des Kindes sein. Das werde ich dir nicht verweigern. Dem Kind zuliebe kann ich das gar nicht. Damit habe ich auch schon Erfahrung. Am Wochenende ist Hakon bei Matheo. Genauso kann es auch mit dir funktionieren. Ich meine, sobald das Kind etwas älter ist.«

Bastian schwieg und wirkte enttäuscht.

Seufzend lehnte Signe ihren Kopf gegen die Wand und drückte ihren Rücken durch. Es war das erste Mal, dass sie vor jemanden ihren Bauch präsentieren durfte. Normalerweise versuchte sie immer ein wenig gekrümmt dazustehen, damit niemand auffiel, dass sie dicker geworden war. Doch vor Bastian musste sie nichts verheimlichen. Er hatte sie geschwängert. »Was hast du denn erwartet, Bastian?«

»Alles«, sagte er leise.

Signe lachte entsetzt auf. »Alles? Wir haben kaum etwas miteinander zu tun und bis auf ein paar belanglose Gespräche nicht miteinander geredet. Wir sind nicht mal Freunde oder so was in der Art. Du bist nur zufälligerweise der Bruder einer Bekannten meines Exmannes.«

»Aber ...«

Signe schüttelte den Kopf, was Bastian zum Schweigen brachte. »Dann ist es passiert«, fuhr sie fort. »Wir waren betrunken und sind miteinander im Bett gelandet. Am nächsten Morgen bin ich alleine aufgewacht. Du hast es nicht mal für nötig gefunden, mit mir einen Kaffee zu trinken. Als ich dir einige Wochen später gesagt habe, dass ich schwanger bin, hast du dich wie ein Arschloch verhalten.«

»Das tut mir leid«, betonte Bastian.

»Und jetzt kommst du und willst alles? Hier einziehen? Mich heiraten? Bist du verrückt geworden?« Signe zeigte Bastian, dass er spann, indem sie sich an die Stirn tippte.

»Ich will nicht einziehen. Ich will dich auch nicht heiraten. Vorerst nicht. Aber ich will eine Chance. Ich will dich sehen dürfen, will mich mit dir zusammen auf das Kind freuen. Ich will eine Rolle in deinem Leben spielen dürfen.« Bastian strich sich mit den Händen durch die kurzen Haare. »Es könnte ein Anfang sein, Signe.«

»Ein Anfang?« Signe sah ihn entsetzt an. »Du bist verrückt«, wiederholte sie.

»Vielleicht.« Bastian nickte. »Aber ich will es versuchen. Mit dir zusammen.«

»Du hast noch nie eine ernsthafte Beziehung geführt«, betonte Signe.

»Dann wird es langsam Zeit«, erwiderte Bastian.

»Wer sagt das? Deine Mutter? Lisa? Oder ein Freund von dir?« Signe schüttelte den Kopf.

»Es ist Samstag Abend und ich bin alleine«, sagte Bastian leise. »Ich will nicht mehr alleine sein.«

»Das ist keine gute Basis für eine Beziehung.« Signe verdrehte die Augen.

»Du hast deine große Liebe geheiratet und mit ihr ein Kinder bekommen. Am Ende habt ihr euch scheiden lassen, weil ihr euch gegenseitig krank gemacht habt. Ich bin von einer Affäre zur anderen gesprungen und hatte den abwechslungsreichsten Sex, den man sich vorstellen kann. Komm schon, Signe, gib es doch mal zu. Wir haben es beide nicht wirklich gut gemacht. Wie wäre es, wenn wir versuchen, es zusammen besser zu machen?« Bastian lächelte sie an.

»Ich habe Matheo geliebt«, sagte Signe leise. »Bei dir bin ich mir gar nicht sicher, was ich empfinde.«

»Aber du empfindest etwas. Irgendwas fühlst du, das spüre ich.« Bastian drückte sich von der Wand ab und kam auf sie zu. Als Signe sich versteifte, blieb er sofort stehen. »Ich weiß, dass wir keinen optimalen Start hatten, aber ich weiß, dass ich besser zu dir passe als es Matheo jemals tun wird. Wir sind beide unsicher im Umgang mit anderen und versuchen das mit gutem Aussehen zu kaschieren. Wir lieben Bücher. Wir sind ehrgeizig und konzentriert.

Wir sind beide oberflächlich und mussten beide erkennen, dass uns das auf lange Sicht einsam macht. Wir mögen denselben Humor. Wir haben schon über dieselben Witze lachen können, als du noch mit Matheo verheiratet gewesen bist. Und es gibt eine sexuelle Anziehungskraft zwischen uns. Sonst wären wir nicht miteinander im Bett gelandet.«

»Der Sex war nicht besonders gut«, erinnerte Signe ihn.

»Es ist der beste Sex, den ich je gehabt habe, denn daraus ist Leben entstanden. Es ist wie ein Wunder. Aus dem Nichts kommt etwas und wächst in dir heran zu einem eigenständigen liebenswerten Menschen. Noch nie war der Sex so sehr das, was er eigentlich sein sollte.« Bastian streckte seine Hand aus, aber Signe nahm sie nicht an.

»Sag das nicht zu meinem Exmann. Es ist homosexuellenfeindlich, zu behaupten, der Sex wäre nur dafür da, Leben zu zeugen«, rügte Signe amüsiert.

»Matheo durfte das Wunder der Vaterschaft erleben – ich bin neidisch auf ihn.«

Signe seufzte. »Du hast doch nie Kinder haben wollen. Wieso jetzt dieser Sinneswandel? Noch vor wenigen Wochen hast du gesagt, dass ein Baby dich nur einschränken würde. Wieso willst du jetzt plötzlich Vater sein und denkst darüber nach, dass Kinder ein Wunder sind?«

»Ich habe meine Meinung geändert«, meinte Bastian.

»So plötzlich?« Signe hob das Kinn etwas und betrachtete Bastian ernst.

»Jetzt habe ich ein Kind. Deswegen ist alles anders.« Bastian sah auf ihren Bauch und hatte einen seltsam verklärten Ausdruck im Gesicht.

»Und der Sex war grottig«, betonte Signe. »Es ist egal, was du sagst. Das war nicht besonders toll.«

»Na, dann wissen wir ja, was wir unbedingt üben müssen.« Bastian lachte leise.

Auch Signe musste schmunzeln.

»Signe.« Wieder streckte Bastian die Hand aus. »Ich weiß, was du dir mit mir ans Bein binden würdest. Ich bin ein spontaner Mensch, der bisher ständig mit einem hübschen willigen Mädchen ins Bett gegangen ist. Aber ich hatte immer im Gefühl, dass ich nur einen Anker benötige, der mich zur Ruhe bringt. Mir war lange nicht klar, dass du dieser Anker bist, weswegen ich am Anfang so fies reagiert habe, als du mir gesagt hast, dass du schwanger bist. Ich glaube jedoch wirklich, dass du diejenige sein kannst, an dessen Seite ich endlich ankommen kann. Bei mir ankommen, zur Ruhe kommen kann. Das stimmt, ich wollte nie Kinder, aber das Leben hat sich durchgesetzt. Mein Kind hat sich durchgesetzt. Das muss doch ein Zeichen sein.«

Signe biss sich auf die Lippen.

»Ich würde alles für dich tun, Signe. Ich habe Geschenke für Hakon mitgebracht. Ich habe bisher mit deinem Sohn wenig zu tun gehabt und ich habe ein bisschen Angst davor, aber ich glaube, dass er ein gutes Kind ist. Ich … will alles richtig machen. Ich gehe auch zu deinen Eltern und beichte, dass ich dich geschwängert habe. Ich nehme es sogar mit deinem eifersüchtigen Exehemann auf.« Bastian umfasste vorsichtig ihr Handgelenk. In seiner Umklammerung sah ihre Haut noch weißer aus als sonst. »Gib mir eine Chance.«

»Das reicht nicht, Bastian«, wiederholte Signe. »Wir mögen uns vielleicht, aber mehr ist da nicht.«

»Doch«, meinte Bastian stur. »Da ist mehr. Wir sind miteinander im Bett gelandet.«

Rau lachte Signe auf. »Du landest doch ständig mit jemanden im Bett. Das passt zu dir. Es ist nichts Besonderes.«

»Es passt aber nicht zu dir«, erwiderte Bastian ernst. »Und du bist auch nicht eines der Mädchen, die ich normalerweise einfach mitnehme. Tut mir leid, wenn ich das so drastisch formuliere, aber die Mädchen sind normalerweise ganz anders als du. Viel jünger und nicht so intelligent. Dich kenne ich schon so lange. Normalerweise sind es Fremde, die ich mitnehme.«

»Wunderbar.« Signe schüttelte empört den Kopf. »Und wieso kommt dir das erst jetzt?«

»Ich habe lange gebraucht, das weiß ich. Und das tut mir auch leid, Signe«, gestand Bastian. »Ich war überfordert und wusste nicht, wie ich reagieren sollte. Ich und ein Baby? Daran musste ich mich erst mal gewöhnen. Später als mir klar wurde, dass ich ständig an dich und das Kind denken muss und dass ich viel lieber bei dir als alleine oder bei einem Mädchen wäre, habe ich mich nicht getraut, zu dir zu gehen. Zuerst wollte ich mir auch wirklich wirklich sicher sein, denn ich will dich nicht enttäuschen. Ich wollte dir keine Versprechungen machen, die ich nicht einhalten kann.«

»Und du glaubst, du kannst sie jetzt einhalten?«, hakte Signe nach und sah Bastian entrüstet an.

»Ich habe sehr lange darüber nachgedacht.« Bastian nickte.

»Mit wie vielen Frauen warst du im Bett, seit du weißt, dass ich ein Kind erwarte?«, erkundigte Signe sich leicht verunsichert.

»Mit keiner. Seit ich mit dir im Bett war«, meinte Bastian.

Atemlos sah Signe ihn an. »Seit Juni warst du nicht mehr mit einer Frau im Bett?«

Bastian schüttelte den Kopf. »Zuerst hatte ich einfach zu viel zu tun, später konnte ich mich nicht aufraffen. Nachdem du mir dann gesagt hattest, dass du ein Kind von mir erwartest, kam es mir falsch vor, mich weiter zu amüsieren. Was soll ich sagen? Ich fühle mich dennoch gesund und munter. Ich glaube, das brauche ich nicht mehr. Wenn du mir keine Chance gibst, dann werde ich nicht an mein Leben anknüpfen, das ich bis zum letzten Frühling geführt habe. Ich werde mich ändern. Habe mich verändert. Egal, was du sagst. Auch wenn du das nicht erwartest.. Ich tue es auch für mich. Und ich will es am Liebsten an deiner Seite tun.«

Kurz hielt Signe inne. »Das reicht nicht«, wiederholte sie leise. »Als ich Matheo geheiratet habe, waren wir so verliebt.«

»Damals warst du ein Teenager. Vielleicht fühlt sich das Verlieben jetzt einfach anders an?«, stellte Bastian in den Raum.

Für einen Moment war Signe sprachlos, dann lachte sie leise und schüttelte den Kopf. »Würdest du es wirklich meinen Eltern, meinen Freunden und meinem Exmann sagen? Du würdest mir beweisen, dass du zu mir stehst? Würdest meinen Sohn kennenlernen wollen?«, fragte Signe.

»Na, klar.« Bastian nickte. »Matheo wird toben, ich kenne ihn doch. Er wird mich auf Herz und Niere prüfen, bevor er mir genug vertraut. Lisa wird mich sicherlich ebenfalls sehr misstrauisch beobachten. Genauso wie deine Eltern. Vor denen habe ich auch ein wenig Angst. Aber am meisten Angst habe ich vor dem Kennenlernen mit Hakon. Ich … bin halt ein wenig unbeholfen. Aber ich bin bereit, zu lernen, wie man das richtig macht. Ich werde das angehen. Du bist jetzt nicht mehr alleine. Und jetzt sag mir nicht, dass das nicht langt.«

»Ach Bastian.« Signe berührte ihre Schläfe. »Das reicht doch immer noch nicht.«

Sie musste an Matheo denken und an den Brief, der er vor einem Vierteljahrhundert Jamie geschrieben hatte. Die beiden hatten Jahre gebraucht, bis sie endlich genug Mut aufgebracht hatten, zueinanderzustehen. Matheo hatte in der Zeit zweimal geheiratet und hatte doch Jamie nie wirklich vergessen können. Doch, das was Bastian und sie hier taten, war genau das Gegenteil davon. Sie konnten so etwas doch nicht einfach überstürzen?

»Wirklich?« Bastian überwand die Distanz zwischen ihnen und legte seine Hand an ihre Wange. »Bist du dir ganz sicher?«

Seine Hand war warm und zärtlich. Signe konnte nicht anders als ihre Wange gegen seine Finger zu reiben und die Augen zu schließen. Sie fühlte sich aufgehoben und beschützt. Alles in ihr fühlte sich weich an, so als würde sich jede Anspannung lösen. Das Baby schien das zu bemerken, denn es bewegte sich, so als würde es erfreut tanzen.

»Es bewegt sich«, sagte Signe leise. Sie nahm die Hand von Bastian und drückte seine Finger zusammen mit ihrer Hand gegen den alten Pullover auf den Bauch. »Warte, eben hat es sich bewegt.«

Bastian hielt die Luft an und sah sie gespannt an.

Lächelnd verschob Signe die Hand. Wieder konnte sie die Bewegung spüren. Noch war das Kind zu klein, um die Bewegung kraftvoll auszuführen, weswegen es nur als sanftes Vibrieren gegen die Bauchwand zu fühlen war. An Bastians Augen konnte sie sehen, dass er es genauso fühlte. Er wirkte gerührt und schluckte heftig. Sein Adamsapfel hüpfte auf und seine Lippen bebten.

»Du spürst es?«, fragte Signe leise. »Das Kind?«

»Ich spüre es«, bestätigte Bastian. »Unser Kind.«

Signe sah nach unten und betrachtete ihre ineinander verschränkten Hände, die sich gegen den Bauch pressten. Seine dunkle Hand mit den gepflegten Nägel und ihre blassen hellen langen Finger. Es sah passend aus. Trotz allem. Rasch hob sie den Kopf und sah Bastian lächelnd an.

Vielleicht hatte er recht.

Mit Matheo hatte sich am Anfang alles richtig angefühlt, aber am Ende waren sie gescheitert. Jetzt war es vielleicht mal an der Zeit, es auf eine andere Weise zu versuchen. Sie kannte Bastian nicht besonders gut, aber sie war neugierig, ihn besser kennenzulernen. Sie fand, dass er gut aussah, und fühlte sich von ihm angezogen. Sie mochte seinen Humor. Sie schätzte seine Arbeit als Anwalt. Sie erwartete sein Kind.

Während er bei ihr war, fühlte sie sich gut. Besser als erwartet. Sie wollte lieber mit ihm den Abend verbringen als alleine.

Das war vielleicht keine große Basis, kein festes Fundament, aber es könnte ein Anfang sein.

Sie lehnte sich vor und küsste ihn. Als er ihren Kuss erwiderte, seufzte er leise. Ein Seufzer aus Erleichterung und Zufriedenheit. Und als er sie näher zu sich heranzog, war er sanft, aber er gab ihr auch das Gefühl in starke Arme fallen zu können.

Es fühlte sich gut an.

Das reichte für einen Anfang. Jetzt war sie sich sicher.

Lichtzeichner und Schwarzmaler

Impressum: Erstmals veröffentlicht 2015 als kostenlose Kurzgeschichte, inzwischen nicht mehr erhältlich / Korrektorat: Anja Arens / Lektorat: Lisa Lamp

Zusammenfassung: Oliver und Martin waren einmal beste Freunde und haben zusammen Fußball gespielt. Doch sie verlieren sich aus den Augen, als Oliver ins Gymnasium geht, während Martin die Realschule besucht. Scheinbar fällt Oliver alles in den Schoß, während Martin immer wieder Pech hat. Als sie sich als Erwachsene wieder über den Weg laufen, ist Martin mit Groll erfüllt und glaubt, sein Leben sei zerstört, weil er einige Zeit im Gefängnis verbracht hat und als Vorbestrafter keine Chance in der Gesellschaft hat. Kann Oliver ihm vielleicht helfen, oder hat er genug eigene Probleme?

Vorwort: Es gibt so viele Liebesgeschichten, aber wenige Geschichten über Freunde. Doch ein Freund ist oftmals noch viel wichtiger, als es ein Partner sein kann. Und manchmal können Freunde Konflikte überwinden, die Liebende unüberwindbar erscheinen. Ich widme diese Geschichte meiner Freundin Ece, die weniger Glück als Oliver hatte. Wir haben eine ähnliche Entfremdung durchlebt – etwas, was vielen Menschen passiert. Leider habe ich nicht mehr die Chance, diese Entfremdung zu überwinden. Das muss man sich bewusst werden. Manchmal gehen Menschen für immer, wenn man sie aus seinem Leben gehen lässt.

Wenn Martin gewusst hätte, dass er an diesem Tag auf Oliver treffen würde, wäre er wahrscheinlich nicht zum Fußballfeld gegangen.

Das Kicken war das Einzige in seinem Leben, das ihm noch Freude bereitete. Einer Mannschaft gehörte er schon lange nicht mehr an, aber er liebte die Atmosphäre während eines Spiels und versuchte sich manchmal danach darin, einige Tore zu treffen.

Er fühlte sich hier wie zuhause, weil er als Kind regelmäßig hier gewesen war, und einige Trainer kannte ihn noch von früher, weswegen er geduldet war, sogar während des Trainings. Früher hatte er zum Fußballfeld laufen können, aber in dem Haus, in dem er seine Kindheit verbracht hatte, lebte er schon lange nicht mehr. Sein Vater wohnte dort mit seiner neuen jungen Frau und den zwei kleinen Kindern. Nach der Trennung war seine Mutter mit ihm ausgezogen. Martin hatte immer darauf gehofft, sein Vater würde sich eine neue Bleibe suchen müssen. Immerhin hatte er seine Frau betrogen und sich somit auch von ihm, seinem Sohn, abgewandt. Doch es war anders gekommen. Seine Mutter und er waren gegangen, während sein Vater sie ersetzt und danach mit seinem Leben fortgefahren war.

Dass seine Mutter sich nicht gegen die Vorgehensweise gewehrt hatte, machte Martin noch heute wütend. Vielleicht hatte sie keine Wahl gehabt … aber trotzdem hatte Martin das Gefühl, dass es ihr gar nicht so unrecht gewesen war, ausziehen zu können. Und das nahm er ihr sehr übel. Sein Vater hatte ihr eines auswischen wollen, dessen war Martin sich sicher. Der Gedanke, dass seine Halbgeschwister nun in den Zimmern spielten, die einmal er bewohnt hatte, war unerträglich. Genauso schrecklich war die Vorstellung, dass seine Stiefmutter in dem Bett schlief, das seiner Mutter einst gehört hatte. Weil Martin sich bei der Trennung auf die Seite seiner Mutter geschlagen hatte, hatte er kaum noch Kontakt mit seinem Vater. Insgeheim fand Martin das ungerecht. Ohne seinen Vater fühlte er sich hilflos und wusste nicht, wie er die Probleme anpacken sollte, die auf ihn einstürmten. Doch zugeben konnte er das nicht. Er konnte sich nicht vorstellen, auf einmal doch noch bei seinem Vater zu klingeln und als Besucher in seinem ehemaligen Zuhause empfangen zu werden. Dafür war er viel zu stolz.

Seine Mutter war ihm dabei keine Hilfe, denn sie versuchte ihn ständig davon zu überzeugen, dass alles nur halb so schlimm sei. Ihr Optimismus war manchmal nahezu unerträglich. Sie arbeitete hart, um ihn finanziell zu unterstützen, und ließ ihn bei sich wohnen, obwohl er längst in einem Alter war, in dem er auf eigenen Beinen stehen sollte. Kurz nachdem er aus dem Gefängnis entlassen worden war, hatte sie ihn zur Berufsberatung begleitet. Sie war zwar der Meinung, er müsse für die Fehler, die er gemacht hatte, Verantwortung übernehmen, doch gleichzeitig glaubte sie fest daran, dass er jede Chance auf einen Neuanfang verdient hatte. Ihre bedingungslose Hilfe nervte ihn manchmal, weil er sich neben ihr ganz schwach fühlte.

Zwar gab es noch Geld, das sie damals auf Grund der Scheidung von seinem Vater erhalten hatte, aber seine Mutter lebte ein sehr sparsames Leben. Angeblich wollte sie für ihre Rente vorsorgen, da sie viele Jahre nicht arbeiten gegangen war, doch Martin hatte manchmal den Verdacht, dass sie lediglich vorsorglich nichts ausgab, für den Fall, dass er niemals Arbeit fand. »Wenn wir uns jetzt ein wenig einschränken, haben wir später nicht so große Probleme, Martin«, hatte sie ihm mehrmals gesagt. »Außerdem will ich dir wenigstens ein bisschen was hinterlassen, damit du vielleicht irgendwann mit deiner Familie eine eigene Immobilie kaufen kannst.« Wenn er überhaupt irgendwann mal eine Familie haben würde. Er rechnete sich nicht viele Chancen aus. Welche Frau wollte mit einem arbeitslosen Exknacki ausgehen? Immerhin war er bereits Mitte zwanzig und hatte noch nie eine Freundin gehabt. Seine Zukunft sah düster aus.

Außerdem erklärte das ihre Sparmaßnahmen nur bedingt, fand Martin. Was war daran logisch, dass das Geld bei der Bank vor sich hin schimmelte, während seine Mutter am Hungertuch nagte? Außerdem war sein Vater wohlhabend. Während seine neue Familie ein privilegiertes Leben führte, lebten sie auf engstem Raum zusammen. Als er seiner Mutter das vorgeworfen hatte, war sie wütend geworden. »Hungertuch?«, hatte sie ihn empört gefragt. »Wir essen gut. Jeden Tag regelmäßig. Gut und gesund und ausreichend. Ich sehe keinen Grund, weiterhin von deinem Vater abhängig zu sein. Wir sollten endlich mal beweisen, dass wir alleine klar kommen. Was ist daran verkehrt? Uns geht es doch gut. Verglichen mit anderen Menschen, geht es uns sogar sehr gut. Wir sollten dankbar für das sein, was wir haben. Wie viel dein Vater und seine neue Familie besitzen und ausgeben, hat mit uns nicht im Geringsten was zu tun.«

Als Martin nach seiner einjährigen Haftstrafe aus der Vollzugsanstalt entlassen worden war, hatte er seine Mutter kaum wiedererkannt und er mochte es nicht, wie optimistisch und offenherzig sie geworden war. Anstatt sauer zu sein, war sie dankbar und demütig. Verdammt, sah sie denn nicht, dass ihr Leben zerstört war? Dass sie sich umsonst für ihn abrackerte, dass sie kein Zuhause mehr hatten und dass er hoffnungslos und verloren war? Ihr eigener Sohn … er war seiner Zukunft beraubt. Und er würde sie noch in den Abgrund mitreißen. Wieso sah sie das nicht?

Immer wieder erinnerte sie Martin daran, dass sie jetzt ein neues Zuhause hatten, aber Martin konnte die mickrige Wohnung in der Innenstadt nicht sein Zuhause nennen. Es war mehr Zuhause als es seine kleine Zelle je hätte sein können, versuchte er sich immer wieder selbst zu überzeugen. Versuchte sich immer wieder daran zu erinnern, wie viel weniger Platz er dort gehabt hatte. Und doch fühlte er sich nicht wohl, dort zu leben. Zwar wusste er, dass er dankbar sein konnte, dass seine Mutter ihn überhaupt bei sich wohnen ließ, aber das Zimmer war so klein, dass es eher eine kleine Kammer war. Sein Computer hatte er im Wohnzimmer stehen, weil ein Schreibtisch nicht hineinpasste. Das führte dazu, dass seine Mutter und er sich häufiger störten. Immer mussten sie sich absprechen und jedes Mal, wenn seine Mutter aus Rücksicht zu ihm auf eine Fernsehsendung verzichtete oder sich in ihr Schlafzimmer verzog, um zu lesen, tat es ihm weh. Sie sollte nicht so aufopferungsvoll sein.

Wütend ballte Martin seine Hand zu einer Faust und verzog das Gesicht. Das Leben war ungerecht. Warum verstand ihn niemand? Wieso erhielt er für seine vielen Bewerbungen nicht einmal eine Absage? Warum war sein Vater so ein Arschloch? Ärger breitete sich in ihm aus, während er darüber nachdachte, wie sehr sich sein Leben zum Schlechteren gewandelt hatte.

Dass Martin heute zum Fußballplatz gegangen war, hatte auch mit seiner Mutter zu tun, denn er hatte es einfach nicht mehr in der Wohnung ausgehalten, die seine Mutter als ihr neues Zuhause auserkoren hatte. Sie waren in Streit geraten, wegen irgendeiner Kleinigkeit. So wie es halt immer war. Während Martin die Fassung verloren hatte, war sie ruhig geblieben und hatte zu ihm gesagt, dass er endlich anfangen müsse, erwachsen zu werden. Martin war vor lauter Wut die Tränen in die Augen geschossen. Also hatte er sich seine Jacke geschnappt und war zum Fußballplatz gegangen. Der einzige Ort, an dem er sich wirklich wohl fühlte. Mit hoher Geschwindigkeit war er auf der Bahn außerhalb des Feldes gejoggt und hatte dabei den Kindern beim Training zugesehen. Das hatte ihm gutgetan. Sich auszupowern war perfekt. Das hier zu tun, wo er in seiner Kindheit so viele schöne Stunden verbracht hatte, machte es noch besser.

Als er spürte, dass sein Ärger langsam verflog, hielt er an und wischte sich den Schweiß von der Stirn, während er sich an der Bande festhielt. Das Rennen half ihm dabei, wieder ruhiger zu atmen und sich zu entspannen. Natürlich war er immer noch verärgert auf seine Mutter, aber er fühlte sich nicht mehr so gereizt. Nun hatte er Lust auf ein kaltes Getränk und er ging zielstrebig zu dem Biergarten, der sich direkt neben dem Feld befand. Früher als Martin noch in der Mannschaft gewesen war, war er nach dem Training immer mit seinen Freunden dorthin gegangen. Im Sommer hatten sie sich manchmal auch abends verabredet, um zusammen zu essen oder eines der Länderspiele auf der Leinwand zu sehen. Mit keinem der Freunde hatte er noch Kontakt.

Nur ein Tisch war besetzt und als Martin erkannte, wer dort saß, wäre er am liebsten umgedreht und wieder gegangen, doch das hätte wahrscheinlich wie eine Flucht gewirkt. Und er flüchtete nicht – schon gar nicht vor Oliver. Da Martin sich aber auch nicht dazu bewegen konnte, weiterzugehen, blieb er mit offenem Mund an dem Tisch stehen und starrte seinen ehemaligen besten Freund an. Erst als Oliver freundlich lächelte, wurde Martin bewusst, dass das auch keine sehr gute Alternative war. Eilig schloss er den Mund und räusperte sich.

»Hallo Martin«, meinte Oliver und nickte zu dem Stuhl, der ihm gegenüber stand.

Sollte das eine Einladung sein? War Oliver verrückt geworden? War er während des Fußballspielens zu oft auf den Kopf gefallen? Zwar hatte Martin keine Ahnung, ob Oliver nach wie vor in der Mannschaft war, aber so sportlich wie er wirkte, konnte Martin es sich gut vorstellen. Er selber hatte einige Kilos zugelegt, seit er nicht mehr Fußball spielte.

»Warst du joggen?«, fragte Oliver.

»Nein«, antwortete Martin ironisch und drehte sich zu der Bedienung um, um sich eine Rhabarberschorle zu bestellen. »Ich war schwimmen. Liegt das nicht auf der Hand? Siehst du nicht meine nassen Haare?«

Die Tatsache, dass Oliver hier war, nervte ihn. Wieso konnte er nicht einfach seine Ruhe haben? Ausgerechnet jetzt, nach all den Jahren, musste er sich auch noch mit diesem Trottel auseinandersetzen? Frustriert kniff er die Augen zusammen. Heute hatte er einfach kein Glück. Anstatt beleidigt zu reagieren, begann Oliver zu lachen.

»Was ist los?«, fragte Martin und verschränkte die Arme vor der Brust. Wenn er das Verhalten von Oliver richtig interpretierte, war dieser nicht mehr böse auf Martin, dabei war es unschön gewesen, wie sie auseinandergegangen waren. Zuvor waren sie sehr gute Freunde gewesen, zeitweise sogar die besten und sie waren davon ausgegangen, dass sie immer befreundet sein würden. Doch dann waren sie auf unterschiedliche Schulen gegangen und hatten sich auseinanderentwickelt. Irgendwann hatten sie sich gar nichts mehr zu sagen gehabt und hatten sich nur noch gestritten. Oliver war immer arroganter geworden und hatte mit seinen Noten angegeben, während es bei Martin vermutlich bedingt durch einige falsche Freunde immer mehr nach unten gegangen war. Er hatte sogar ein Schuljahr wiederholen müssen und hatte unter der Trennung der Eltern so sehr gelitten, dass er den falschen Menschen vertraut hatte. Er hatte es nicht ertragen, sich neben Oliver so klein zu fühlen, und war häufiger fies geworden.

Oliver hob die Schultern. »Ach nichts. Ich habe dich joggen gesehen und hatte schon gehofft, dass du hierher kommst.«

Irritiert musterte Martin ihn und schüttelte ungläubig den Kopf. Warum musste er nur so ein Pech haben und ausgerechnet auf Oliver treffen? Warum nur? Sein Tag war perfekt, dachte Martin in einem Anflug von Sarkasmus. Er ging genauso weiter wie er angefangen hatte und würde wahrscheinlich auch so enden. Wunderbar! Frustriert schnaubte Martin und hängte seine Jacke über die Lehne des freien Stuhls. Er hatte einfach keine Lust, sich jetzt mit Oliver auszusprechen oder gar so zu tun, als wäre nichts gewesen. Sicherlich hatte Oliver mitbekommen, dass er im Knast gewesen war und er schämte sich dafür. Außerdem war es zwischen Oliver und ihm wirklich nicht einfach. Es war ihm schleierhaft, warum Oliver so tat, als wäre nichts passiert. Trotzdem wollte er auch nicht einfach wieder verschwinden, das wäre ihm wie eine feige Flucht erschienen.

»Ich war nicht wirklich joggen. Hatte einfach nur Lust, ein bisschen zu rennen«, erwiderte Martin und hob die Schultern. »Irgendwas zieht mich immer noch zu diesem Platz. Vermutlich habe ich instinktiv deine Anwesenheit gespürt«, fügte er trocken hinzu.

»Ich sehe, du hast deinen Humor nicht verloren«, meinte Oliver schließlich und lachte erneut auf, bevor er dann verstummte und Martin grinsend ansah.

»Und ich sehe, dass du deine Dummheit nicht verloren hast«, schnappte Martin. Witzig war er schon lange nicht mehr. Er bezeichnete es eher als Sarkasmus. Es störte ihn gewaltig, dass Oliver ihn scheinbar nicht mehr ernst nahm. Von seinem alten Leben war kaum noch etwas übrig, warum konnte nicht wenigstens Olivers Wut auf ihn so bleiben, wie sie zum Ende hin gewesen war? Musste sich denn alles ändern?

Gereizt strich Martin sich die Haare aus dem Gesicht.

Doch warum sollte Oliver ihn schon ernst nehmen? Er führte ein passables Leben, während Martin abgerutscht war. Am Anfang hatte Martin sich noch ziemlich darüber aufgeregt, dass Oliver immer in allem so viel Glück hatte und ihm alles scheinbar mühelos gelang, aber irgendwann hatte er entschieden, dass es leichter zu ertragen war, wenn er versuchte, Oliver zu vergessen. Von dem Kerl wollte er nichts mehr wissen. Der Neid würde ihn nur umbringen. Doch zu seinem großen Pech vermisste er seinen besten Freund manchmal ein bisschen. Es war genauso wie bei seinem Vater. Er versuchte sich erfolglos einzureden, er würde sie hassen, dabei entsprach das gar nicht der Wahrheit.

Er versuchte nicht so oft über Oliver nachzudenken, doch das gelang ihm nur bedingt, da seine Mutter häufig über ihn und ihre Freundschaft redete. Immer wieder begann sie davon. Sie konnte sich einfach nicht erklären, warum sie jetzt eigene Wege gingen. Ihr wäre es am liebsten gewesen, hätte Martin Oliver einfach mal angerufen, um ihren Konflikt beizulegen. In ihren Augen war Oliver ihm immer ein guter Freund gewesen. Aber als er Oliver am dringendsten gebraucht hätte, hatte dieser angefangen, sich überheblich aufzuführen, nur weil er im Gymnasium war.

Auf einmal fühlte Martin sich sehr hoffnungslos. Er war verloren, weil er sein neues Leben nicht ertragen konnte … doch niemand schien das zu interessieren. Oder zu verstehen.

»Auch deine Bissigkeit scheinst du nicht verloren zu haben«, stellte Oliver fest und legte glucksend den Kopf schief, was ihn wie ein Kind wirken ließ, das unbedingt ein Stück Schokolade wollte. Die Geste war total bescheuert und Martin hatte keine Ahnung, warum noch niemand Oliver gesagt hatte, dass das idiotisch war. Zu der Zeit, als sie noch miteinander befreundet gewesen waren, hatte Oliver das auf jeden Fall noch nicht gemacht. Daran würde Martin sich erinnern.

Auf jeden Fall schien Oliver immer noch sehr gelassen zu sein und reagierte einfach nicht auf Martins Provokationen. Das war etwas, was Martin schon immer verrückt gemacht hatte. Ein Oliver, der ihn nicht ernst nahm und ihn ignorierte, hatte ihn schon als Jugendlicher wütend gemacht. Wenn er Oliver durch seinen Spott nicht erreichte, dann konnte er ihn gar nicht erreichen. Und das störte Martin sehr. Das hatte sich bis heute nicht geändert. Verärgert biss er sich auf seine Unterlippe und versuchte seine Fassung irgendwie zu bewahren.

Wenn Oliver so entspannt war, dann durfte er auch nicht zeigen, dass er sauer war. Er wollte unbedingt vermeiden, dass er zu viele Gefühle verriet.

Am Anfang hatte er geglaubt, dass er Oliver einfach verachten würde, aber später war ihm klar geworden, dass es so einfach nicht war. Ihre Beziehung war hochkomplex und das war sie vermutlich auch schon gewesen, als sie noch gut befreundet gewesen waren. Sie waren so gute Kumpels gewesen und hatten sich dennoch immer wieder gegenseitig angetrieben durch Konkurrenzgehabe. Vielleicht ein bisschen wie es Brüder machten, die sich oft zankten, sich aber eigentlich sehr liebten. »Du hast keine Ahnung, was ich alles verloren habe«, schnappte er und beugte sich vor, während er sich auf dem Tisch mit beiden Händen abstützte. »Du hast keine Ahnung«, wiederholte er flüsternd und verengte seine Augen. Das war nicht unbedingt ein sehr entspanntes Verhalten, aber zu mehr Fassung war er einfach nicht mehr imstande. Alles in ihm war in Aufruhr. Der Streit mit seiner Mutter und diese überraschende Begegnung, hatte ihn aus dem Gleichgewicht gebracht. Der Kerl machte Martin wieder bewusst, wie einsam er sich innerlich fühlte.

Eigentlich hätte Martin sich gerne auf den Stuhl fallen gelassen und einfach angefangen zu weinen. Es war ihm einfach alles zu viel. Sein Leben fühlte sich zu hoffnungslos an und er wusste nicht wohin mit seiner Wut auf sich selbst, auf seine Eltern und auf die Gesellschaft. Wie konnte er nur wieder glücklich werden? Wie sollte er Trost und Hoffnung finden, ohne zuzugeben, dass alles, was er zuvor gemacht hatte, falsch gewesen war. Wie gelang das nur seiner Mutter?

Langsam nickte Oliver und sah ihm fest in die Augen. »Ich weiß, was passiert ist, Martin. Doch du bist nicht der Einzige, der etwas verloren hat.« Für einen kurzen Moment sah er ernst aus und biss sich fest auf die Lippen, dann schüttelte er den Kopf, als würde er eine unerwünschte Traurigkeit abschütteln wollen. Als er weiter sprach, klang er genauso zuversichtlich wie Martins Mutter sich an ihren besten Tagen anhörte. »Man muss zusehen, wie man nach einem Verlust weiterkommt. Anders geht es leider nicht. Allem hinterher zu trauen ist Zeitverschwendung und verhindert, dass man glücklich wird.«

Schnaubend richtete Martin sich auf und schüttelte erneut den Kopf. Er hatte keine Ahnung, was Oliver damit andeuten wollte, aber er fand es lächerlich. Wenn Oliver so tat, als könne er nachvollziehen, was Martin widerfahren war, dann war das ja schon fast zynisch. Immerhin hatte Oliver studiert und einen guten Arbeitsplatz gefunden. Außerdem war er wohl bereits verheiratet, zumindest sah der Ring an seinem Finger danach aus. Was wollte der Depp noch? Wieso glaubte der Kerl, dass er ihm einen Vortrag über Verlust halten konnte? Wem sollte diese Küchenpsychologie helfen? Der Zorn über seinen ehemaligen Kumpel fühlte sich so an, als würde er Martin den Atem nehmen und den Magen verkrampfen lassen. Immer diese innere Anspannung, die Martin zum Würgen brachte. Irgendwann würde er noch Geschwüre deswegen bekommen. Seine Mutter behauptete ja, dass er deswegen so oft Kopfschmerzen hatte. Dabei waren die Kopfschmerzen schon immer da gewesen. Obwohl sie in letzter Zeit fast die Züge einer Migräne entwickelt hatten …

»Sie sitzen hier, oder?«, erkundigte die Bedienung sich und zeigte auf den leeren Stuhl gegenüber von Oliver.

»Eigentlich nicht«, murmelte Martin, trat aber zur Seite, als die Bedienung die Rhabarberschorle auf Olivers Tisch stellte. Ihm wurde bewusst, dass er zu viel über sein Innenleben verraten würde, wenn er wegen der Verwechslung einen Aufstand machen würde.

»Komm, setz dich schon, Martin«, bat Oliver und klopfte mit der flachen Hand auf die Tischplatte.

»Um darüber zu streiten, wer mehr verloren hat?« Genervt sah Martin der Bedienung hinterher und drehte sich dann wieder zu Oliver um. Wieder formte er mit seiner Hand eine Faust und schüttelte energisch den Kopf. »Mach dir keine Mühe, das Duell gewinne ich.«

»Sich auf das zu konzentrieren, was man verloren hat, ist energieraubend und eigentlich unnötig, oder? Wir können auch einfach plaudern«, bot Oliver an.

»Plaudern? Wirklich? Einfach so?« Martin riss die Augenbrauen nach oben und musste nun überraschenderweise selbst lachen. Oliver schien tatsächlich einfach nett sein zu wollen. Innerlich spürte er, dass sich ein wenig von der Anspannung löste, auch wenn sein Magen sich immer noch verkrampft anfühlte.

»Ich kann gut plaudern«, betonte Oliver lächelnd. »Erinnerst du dich nicht mehr? Jetzt setz' dich schon. Mich macht das nervös, wenn du hier rumstehst. Außerdem stehst du vor der Sonneneinstrahlung und nimmst mir das Licht. Es ist so ein schöner Tag. Wenn du so vor mir stehst, wirfst du aber einen Schatten.«

»Deine Probleme hätte ich gerne«, murmelte Martin leise und setzte sich kopfschüttelnd. Warum er das tat, wusste er selbst nicht, aber vielleicht lag es daran, dass er nicht wusste, wohin er sonst sollte. Nach Hause wollte er nicht, denn seine Mutter ging ihm auf die Nerven. Weiter durch die Gegend zu rennen machte auch keinen Spaß. Und wenn er sich an einen eigenen Tisch gesetzt hätte, dann hätte das irgendwie blöd gewirkt. Trotz allem kannten sie sich ja und es war vermutlich kindisch so zu tun, als wäre das nicht der Fall, besonders nachdem sie sich jetzt schon unterhalten hatten.

»Wirklich?«, fragte Oliver interessiert und nahm ein Schluck von seinem Getränk. In seiner Stimme schwang Unglauben mit und noch etwas anderes, was Martin aber nicht identifizieren konnte. War es Amüsiertheit? Oder Spott? Oder einfach nur … Freundlichkeit? Es war wohl eine kuriose Mischung zwischen Traurigkeit und Fröhlichkeit. »Das hat schon sehr lange keiner mehr zu mir gesagt.«

»Ach, komm schon. Du hast doch einen guten Job und bist offenbar auch verheiratet«, antwortete Martin und verdrehte die Augen.

Wieder lachte Oliver. Es hörte sich frei und unbekümmert an. »Du hast in den sozialen Netzwerken noch nicht nach mir gesucht, oder?«, erkundigte er sich nach einem Moment, in dem er Martin lachend ins Gesicht gesehen hatte.

Einerseits war er immer noch sauer und ziemlich angespannt, aber andererseits … irgendwie fühlte es sich auch ein bisschen gut an, Oliver zum Lachen bringen zu können. Es war fast noch befriedigender als Oliver rasend vor Wut zu machen. Es war … fast wie früher. »Nein.« Martin sah seinen Gegenüber vorsichtig an und nahm einen großen Schluck seiner Rhabarberschorle. »In der Vollzugsanstalt bekommt man keine Zeitungen.«

»Du bist nicht im Vollzug«, erwiderte Oliver und sah sich um, als müsste er sich selbst von dieser Tatsache überzeugen.

»Ich war es aber«, schnauzte Martin ihn an, woraufhin Oliver lediglich die Schultern hob. Seine Ruhe regte Martin richtig auf. »Ich war ein ganzes Jahr dort, Oliver, und das heißt, dass ich ein ganzes Jahr verloren habe. Geht dir das endlich mal in den Kopf rein?« Martin hatte keine Ahnung, warum es ihm so wichtig war, dass Oliver sich bewusst wurde, was er durchgemacht hatte. Vielleicht machte es ihn einfach so wütend, dass Oliver keine Ahnung von seinen Problemen hatte, weil der Kerl so naiv durch die Welt ging. Dachte er denn wirklich, nur weil er ein Gewinnertyp war, dass es jedem so gut ging wie ihm?

»Martin.« Oliver spielte mit dem Salzstreuer, der auf dem Tisch stand. »Was ist eigentlich genau passiert?«

Martin biss sich auf die Lippen. »Hab mich mit den falschen Leuten angefreundet. Habe Drogen genommen, Tankstellen überfallen. Und das Schlimme daran ist, dass ich es nicht einmal wegen des Geldes gemacht habe, sondern um zu beweisen, was für ein cooler Typ ich sein kann. Einer der Kerle wollte mich schließlich bei der Polizei verpfeifen, weil er mich aus der Gruppe rausekeln wollte, und ich habe ihn verkloppt. Übel zugerichtet. Er musste sogar für einige Tage ins Krankenhaus.« Martin fiel auf einmal auf, dass er das noch nie jemanden erzählt hatte.

Oliver nickte, aber er lachte Martin weder aus, noch kritisierte er ihn.

»Ich bereue das sehr. Alles, was ich gemacht habe«, betonte Martin.

»Hattet ihr im Vollzug wirklich kein Internet?«, hakte Oliver nach und klang wunderbar unbeschwert, was die Wut in Martin wieder hochkochen ließ. Doch dann fuhr Oliver fort und klang ernster: »Die Frage ist ernst gemeint, ich habe zwar mitverfolgt, dass du einsitzt, aber die genauen Details kenne ich leider nicht.« Seine Stimme klang tatsächlich interessiert und aufmerksam, was Martin irritierte. Für einen Moment war er sprachlos und wusste nicht, was er antworten sollte. Oliver lächelte aufmunternd und schien ihn dazu bringen zu wollen zu antworten.

»Nein.« Martin schüttelte den Kopf und rieb sich über die Stirn. Seine Verwirrung war so groß, dass sein Ärger über Oliver fast vollständig verflog. »Es gab eine Bibliothek mit Büchern, aber Internet war verboten.«

»Aha. Das beruhigt mich ein bisschen. Ich meine, dass wenigstens Bücher erlaubt sind …« Oliver nickte nachdenklich und hielt dann inne, dann legte er erneut seinen Kopf zur Seite. »Und was treibst du jetzt so? Ich habe keine Ahnung, wie dein Leben so verlaufen ist.«

Misstrauisch verengte Martin die Augen. »Was genau wird das hier? Ein Verhör, oder so etwas?«

»Plaudern?«, schlug Oliver grinsend vor. »Nennt man das nicht so?«

»Oh man!« Martin trommelte mit den Fingern auf der Tischplatte herum, musterte Oliver für einen Augenblick und entschied dann, dass er genauso gut auch antworten konnte, wenn sie hier schon so harmonisch beisammen saßen. Die Art und Weise seines früheren Freundes hatte eine beruhigende Wirkung auf ihn. Plötzlich dachte er, dass es gar nicht so übel war, dass sie sich getroffen hatten. Es war okay und Martin fühlte sich so entspannt wie schon seit einigen Stunden nicht mehr. Er drückte seine verkrampften Muskeln gegen die Rückenlehne und streckte die Beine aus. »Ich bin zur Zeit leider noch arbeitslos. Aber ich habe meine Ausbildung noch beenden können«, antwortete er schließlich. »Ich bin Schreiner. Hatte ziemlich miese Noten und habe kaum was gefunden. Doch ich muss sagen, während der Ausbildung habe ich mich zusammengerissen.«

»Oh.« Ruckartig setzte Oliver sich aufrecht hin. »Sehr interessant, das klingt nach etwas, das Spaß macht.«

»Ja, aber ich bin arbeitslos«, knurrte Martin und verdrehte die Augen. Auch wenn er diese Unterhaltung ein klein wenig genoss, musste er das Oliver ja nicht zeigen. »Seit wann bewirbst du dich denn?«, erkundigte Oliver sich und sah Martin neugierig an.

Langsam gingen Martin diese Fragen doch ein bisschen auf den Geist. Konnte Oliver sich das nicht denken? Stellte er sich so blöd an, weil er sich über Martin lustig machen wollte? »Arbeitest du seit Neustem als Berufsberater, oder was soll das genau werden?.«

»Ich versuche dich zu verstehen«, meinte Oliver und nickte mit gerunzelter Stirn.

»Ich bezweifel, dass du mich jemals verstehen können wirst.« Martin trank hastig erneut einen Schluck. Je schneller er trank, desto schneller konnte er hier verschwinden. Vielleicht war es eine Zeit lang ganz nett gewesen, mit Oliver hier zu hocken, aber das Schwätzchen hatte jetzt lange genug gedauert. Er durfte sich einfach nicht erlauben, sich hier zu entspannen. Die Gefahr, dass er sich zu weit öffnete und sich damit bloßstellte, war zu hoch.

»Wirst du nicht unterstützt?«, hakte Oliver nach. Offenbar merkte er nicht, dass Martin ungeduldig wurde.

»Doch schon, aber man darf halt auch keine Wunder erwarten«, erzählte Martin und hob die Schulter. Kurz zögerte er und seufzte. »Es wird sich sicher etwas ergeben, schätze ich. Hätte vermutlich schlimmer kommen können.«

»Es ist echt schade, dass du solche Probleme hast. Wirklich, das tut mir leid. Aber ich habe mir immer gesagt, dass die Alternative unserer ursprünglichen Träume auch in Ordnung sein kann. Ich meine, wir müssen es positiv sehen, oder?« Oliver kniff die Augen zusammen und hob ebenfalls die Schulter. Ein wenig Traurigkeit schwang in seiner Stimme mit, aber Martin merkte an seiner scheinbar lässigen Haltung, dass er versuchte, zuversichtlich zu klingen. »Manches kann man nicht ändern und was man nicht ändern kann, das muss man einfach akzeptieren und sich auf die Vorteile konzentrieren, denke ich.«

»Von was redest du?« Martin hatte langsam wirklich genug von diesem Gespräch. Wieso tat Oliver so, als könnte er Martin verstehen? Niemand konnte ihn verstehen, Oliver schon gar nicht. Wieso tat Oliver jetzt so, als würden sie im selben Boot sitzen? War der Typ blind oder so? Vielleicht sollte er seine Brille mal überprüfen lassen, wenn ihm offenbar nicht auffiel, dass er in einer ganz anderen Situation war wie Martin. Wie konnte man nur so … so kurzsichtig sein und so etwas Wichtiges einfach übersehen?

»Ich habe Sport auf Lehramt studiert«, berichtete Oliver und seine Stimme klang dabei wieder ein wenig lebhafter. »Am Anfang war ich sehr traurig, dass dieser Traum geplatzt ist, aber ich habe versucht, das Beste daraus zu machen. Vielleicht solltest du das auch versuchen. Manchmal sind Krisen auch Chancen.«

»Aus Scheiße kann man schlecht das Beste machen«, erwiderte Martin gereizt. Dass Oliver glaubte, seine Lebensweisheiten mit ihm teilen zu müssen, machte ihn zornig. Ausgerechnet Oliver … ausgerechnet er, dem alles in den Schoß gefallen war. »Du kannst schlau herumreden, Oliver, aber bei mir funktioniert das einfach nicht. Sieh es ein, wir sind in einer ganz anderen Lage.«

Oliver schüttelte langsam den Kopf, während er Martin musterte.

Diese Geste machte Martin wieder wütender. »Was?«, zischte er.

»Martin, so kenne ich dich nicht«, teilte Oliver ihm mit einer Stimme mit, die fast sanft klang.

»Du kennst mich gar nicht«, stellte Martin klar.

Oliver ignorierte seinen Einwand einfach. »Du hast dich nie so gehen lassen. Ich meine … du hattest es auch schon während unserer Schulzeit nicht immer leicht, aber du hast nie aufgegeben und für dein Glück gekämpft. Nach der Scheidung deiner Eltern bist du schlechter in der Schule gewesen. Du hast so gelitten, aber du hast trotzdem nicht aufgegeben. Ganz im Gegenteil. Du hast sogar eine Ausbildung gemacht, obwohl du laut deiner Aussage Drogen genommen hast. Darauf kannst du doch stolz sein. Wo ist das denn jetzt hin? Hast du diese Energie nicht mehr, mit der du früher so viele Hürden überwunden hast?« Oliver sah ihn energisch an und beugte sich ein wenig nach vorne. »Okay, du warst im Gefängnis, aber das war ein Jahr, das nun vorbei ist. Du kannst es hinter dir lassen und weitermachen. Wieso tust du es nicht einfach?«

»Vielleicht weil ich alles verloren habe?«, schlug Martin empört vor und schüttelte verärgert den Kopf. Warum stand er nicht einfach auf und verschwand? Warum blieb er noch hier, um sich von Oliver fertig machen zu lassen?

»Was genau hast du verloren?« Oliver musterte ihn geduldig und schob seine Arme über den Tisch in Martins Richtung, um sich abzustützen, während

er seinen Stuhl ein wenig durch sein Gewicht nach vorne kippte. »Ich meine …
vielleicht verstehe ich deinen Frust besser, wenn du mir erklärst, was alles
schief gelaufen ist.«

Das gab Martin seltsamerweise das Gefühl, endlich jemanden gefunden zu
haben, der ihm wirklich zuhören wollte. Selbst wenn es unglaublich war, dass
dieser jemand ausgerechnet Oliver war, war Martin nicht bereit, diese Chance
auszuschlagen. Es tat einfach zu gut, dass Oliver ihm seine ganze Aufmerksamkeit schenkte. Martin fühlte sich wohl. Er wusste, dass das gefährlich
werden konnte, dass er Oliver einen Vertrauensvorschuss gab, obwohl er nicht
wusste, ob Oliver ihn nicht erneut im Regen stehen lassen würde. In einem
Bruchteil einer Sekunde entschied er, dass es ihm egal war, wenn er sich später
dafür Vorwürfe machen würde. Jetzt und hier wollte er sich Oliver mitteilen.
»Ich habe manchmal so eine Scheißangst, dass ich es nicht hinbekomme. Dass
ich es nicht mehr auf die Beine schaffe.«

Oliver nickte und betrachtete ihn mit etwas in den Augen, das man Fürsorge nennen könnte, wenn es nicht so absurd wäre. Sie hatten sich schon so
lange nichts mehr zu sagen und Oliver hatte sich gegen Ende ihrer Freundschaft nicht mehr sehr für ihn interessiert. »Das kann ich wirklich sehr gut
nachvollziehen.«

»Ich habe das Gefühl, in der Gesellschaft nicht respektiert zu werden, weil
… du weißt schon. Ich habe so viel Mist gebaut.« Martin sah Oliver an, welcher nickte. Das veranlasste ihn dazu, weiterzusprechen. »Meine Mutter arbeitet wie eine Verrückte, weil sie möchte, dass es mir gut geht, aber ich komme
mir dann noch schlimmer vor. Ich fühle mich dann wie ein Versager, so als
wenn ich ihr nur eine Last bin und es alleine nicht hinbekomme.«

»Aber du kannst etwas dagegen tun, oder?« Oliver lächelte aufmunternd.
»Ich meine, du kannst es ihr doch sicher irgendwie wieder zurückgeben?«

»Wie denn?«, blaffte Martin wütend. Ihm war vage bewusst, dass es nicht
die Wut auf Oliver war, sondern die Wut auf sein Leben. »Ich habe keine
Ahnung, wie ich das schaffen soll. Ich sitze die ganze Zeit zuhause rum und
hoffe darauf, dass sich etwas verändert. Wenn ich Arbeit hätte, wäre es vermutlich leichter, aber wer will mich denn jetzt noch einstellen? Im Knast hatten wir
wenigstens eine Beschäftigung und man hat uns gesagt, wann wir was zu tun
haben. Doch jetzt fühle ich mich total überfordert … verstehst du, es ist …«

»Aber du hast einen Bewährungshelfer, oder?«, unterbrach Oliver ihn. »Die müssen doch wissen, dass es schwierig ist, wieder im Alltag anzukommen.«

»Natürlich hab ich jemanden, der mich betreut.« Martin verdrehte die Augen und schleuderte eine Portion Zynismus ins Gespräch. »Und er räumt alle Steine aus dem Weg und pudert mir den Hintern. Was glaubst du, was ein Bewährungshelfer ist? Ein guter Freund? Ein Gott, der mit einem Fingerschnippen alles wieder gut macht?«

»Jemand, der dir hilft, wieder zurechtzukommen. Der dich berät«, antwortete Oliver, ohne zu zögern. »Das tut er doch, oder?«

Kurz zögerte Martin und nickte dann. »Ja, schon, aber …«

Wieder unterbrach Oliver ihn. »Martin, du bist voller Groll. Ich glaube nicht, dass das gesund ist. Dieser Groll … das ist wirklich extrem, wie viel du davon mit dir herumschleppst.«

Entrüstet sah Martin ihn an und lachte dann trocken auf. »Ja, sicher. Darf ich das nicht sein? Willst du mir den auch noch nehmen?«

»Das wäre, als würdest du dir ein Messer ins Herz rammen, und zwar in der Hoffnung, damit jemand anderen zu töten«, erläuterte Oliver ruhig. »Nichts anderes ist Groll. Sinnlos und unnötig. Es wird dich nicht weiterbringen, Martin.«

Tränen traten in Martins Augen. Eilig kniff er sie zusammen, denn das Letzte, was er wollte, war, dass er vor Oliver losheulte. »Aber …«

»Du schadest dir damit nur selber, Martin«, fuhr Oliver fort, ohne auf Martins Protest zu achten. »Denke doch mal darüber nach und versuch mein Gesagtes nicht nur deswegen zu verurteilen, weil ich es dir gesagt habe. Du schadest dir nur selbst.« Dann schüttelte er den Kopf und griff in seine Hosentasche. Er warf einen Schein auf den Tisch. »Bezahl für mich mit, ja? Ich glaube, dass mein Neffe mit dem Training fertig ist.«

Ungläubig betrachtete Martin ihn. »Wie bitte?«, fragte er. Wollte Oliver ihn jetzt hier einfach so sitzen lassen? Wie konnte Oliver es wagen … Zuerst stellte er ihm aufdringliche Fragen und ausgerechnet dann, wenn er begann sich wohl genug zu fühlen, um diese Unterhaltung zu führen, wollte er einfach abhauen?

Doch die Wut in Martin konnte nicht hochkochen. Sie wandelte sich innerhalb eines kurzen Augenblicks in Verwirrung und anschließend wurde ihm bewusst, wie peinlich ihm das alles war, was sich sicherlich in flammend rote Wangen bemerkbar machte. Zumindest wurde es Martin von einer Sekunde zur nächsten sehr heiß und seine Wangen brannten.

Oliver beugte sich hinab und holte zwei Krücken hervor, die die ganze Zeit unter seinem Stuhl gelegen haben mussten, um aufzustehen. Der Anblick von all dem raubte Martin den Atem. Ihm war bewusst, dass er nicht starren sollte, aber er konnte einfach nicht wegsehen und hielt den Blick weiterhin knapp unterhalb von Olivers Hüfte, während er spürte, dass sein Herz kräftig in der Brust pochte, und er anfing zu schwitzen.

»Wir können ein anderes Mal weiterreden, wenn du möchtest«, meinte Oliver freundlich. »Ich meine ... so übel war es doch gar nicht, oder?«

Langsam hob Martin seinen Blick und sah Oliver ins Gesicht. In seinem Mund hatte sich so viel Speichel gesammelt, dass er heftig schlucken musste. Wenn er den Mund öffnen würde, um etwas zu sagen, würde er wahrscheinlich in einer sehr hohen Stimme reden und das wäre ihm peinlich, deswegen nickte er wie betäubt.

»Gut. Ich nehme über die sozialen Netzwerke Kontakt mit dir auf, dann können wir darüber reden, wo wir uns treffen.« Oliver wartete eine Antwort nicht ab, sondern drehte sich herum und ging davon, allerdings war Martin sich nicht sicher, ob man das ein Gehen nennen konnte, was er da machte.

Gequält schloss er die Augen und verbarg den Kopf in seinen aufgestützten Armen. Das war nun wirklich der Höhepunkt des Tages. Am liebsten hätte Martin seine Jacke genommen und wäre geflüchtet, doch gleichzeitig konnte er sich nicht vom Fleck bewegen. Mit einer zitternden Hand bezahlte er sein Getränk und das von Oliver, als die Bedienung kam. Er wankte, als er aufstand. Schweißperlen flossen seinen Rücken entlang. Das war mit die unangenehmste Begegnung, die er je mit Oliver gehabt hatte. Eigentlich müsste er sauer auf Oliver sein. Immerhin war sich der Typ sicher bewusst gewesen, dass Martin nicht gewusst hatte, dass er ... Doch das erste Mal an dem beschissenen Tag spürte Martin keine Wut mehr. Nichts mehr davon war übrig. Alles hatte sich aufgelöst. Stattdessen fühlte sich alles wie betäubt an. Und darunter konnte er Gefühle erahnen, zu denen er lange nicht mehr richtig fähig gewesen war: Mitgefühl und Anteilnahme. Scham und Entsetzen. Und Dankbarkeit darüber, dass er noch gesund war … Denn das, das musste er zugeben, war ihm tatsächlich geblieben.

*

»Martin?« Seine Mutter klopfte und schob ihren Kopf durch den Türspalt. Sie sah ziemlich vergnügt aus und schien sich über etwas sehr zu freuen. »Du hast Besuch.«

Irritiert runzelte Martin die Stirn. »Besuch?«, fragte er seine Mutter, die sich von ihm wegdrehte und zu jemanden sah, der hinter ihr im Gang stand.

Ohne ihm zu antworten, öffnete sie die Tür etwas weiter. »Komm doch rein, Oliver.«

Ruckartig richtete Martin sich auf und rutschte an die Bettkante, während er fassungslos zu seiner Mutter sah, die die Tür aufhielt und ins Zimmer zeigte. Entsetzt starrte Martin sie an. Das konnte sie ihm doch nicht antun! Warum machte sie das?

Oliver trat mit seinen Krücken hinein und bedankte sich höflich, in dem er sich leicht nach unten neigte, bevor seine Mutter die Tür wieder schließen konnte. Bevor sie das allerdings tat, lächelte sie ihn freundlich an.

Das konnte sie ihm doch nicht wirklich antun? »Was tust du hier?«, fragte Martin und strich das Betttuch glatt, um nicht in Olivers Richtung schauen zu müssen. Eigentlich hätte er schon gerne hingeschaut, aber er wusste nicht, ob er in Olivers Gesicht schauen sollte oder eher zu den Krücken. Er wollte nicht demonstrativ wegschauen, aber auch nicht gaffen. Vorzugeben mit dem Glattstreichen der Laken zu tun zu haben, kam ihm wie eine gute Lösung vor.

»Nach dir sehen.« Olivers Stimme klang ein wenig verunsichert und nicht mehr so gelöst wie an dem Tag, an dem sie sich im Biergarten getroffen hatten.

»Geht es dir gut?«

Langsam nickte Martin und zupfte weiter an der Bettdecke herum. Es war ihm ein wenig peinlich, dass Oliver ihn gesehen hatte, wie er hier auf dem Bett herumgelegen hatte, obwohl es ja eigentlich nicht schlimm sein sollte, wenn man es sich an einem verregneten Tag mit einem Buch gemütlich machte, oder? Er hatte nun mal kein eigenes Wohnzimmer und in dem kleinen Zimmer

nebenan saß seine Mutter und strickte. Deswegen hatte Martin sich zurückgezogen und hatte sich auf sein Bett geworfen, um zu lesen ... »Ich bin so
hastig aufgebrochen ... ich meine, mein Neffe war fertig und ich wusste nicht,
dass du ... dass du so ... ich meine, vielleicht hast du dich irgendwie sitzengelassen gefühlt ...«, begann Oliver und seufzte. »Dachte, du willst vielleicht
das Gespräch zu Ende führen?«

»Schon okay«, murmelte Martin und zwang sich dazu, seinen Kopf zu
heben. Wenn er sich weiter weigern würde, hinzusehen, würde es nur peinlich
werden. Oder noch peinlicher als es eh schon war. Ihm war das alles so
unglaublich unangenehm. Schon wieder wurden seine Wangen heiß und es war
anstrengend, Oliver ins Gesicht zu sehen. Erneut würde ihm der Fehler nicht
passieren, dass er so unhöflich starrte. Nein, diesmal war Martin vorbereitet
und Oliver konnte ihn nicht mehr überrumpeln.

Warum war Oliver überhaupt gekommen? Hatte er nicht bemerkt, dass
Martin keinen Kontakt mehr haben wollte? Wie konnte man sich jemanden nur
so aufdrängen?

»Ich habe dich im Internet angeschrieben«, fuhr Oliver fort und stützte sich
lässig auf die Krücken. Obwohl er nur noch ein Bein hatte, stand er ziemlich
stabil. Es sah leicht aus, so als wäre es keine Herausforderung. Die Arme
waren angewinkelt und lagen lässig auf den Armstützen der Krücken. Seinen
Kopf hatte er wieder leicht zur Seite gelegt, aber diesmal war es nicht so
extrem wie an dem Tag, an dem sie sich bei dem Fußballfeld getroffen hatten.
Seine Augen ließen Martin nicht los und verfolgten jede Bewegung, die er
machte.

Martin schluckte und senkte den Blick, um den Boden anzusehen. Es
fühlte sich komisch an, dass Oliver ihn so konzentriert musterte, während er
selber das Gefühl hatte, nicht so genau hinschauen zu dürfen. »Sehr häufig«,
betonte er und war erleichtert, dass seine Stimme sich nicht unsicher anhörte.
Wieder ein wenig selbstbewusster riss er den Kopf hoch und sah Oliver mit
hochgezogenen Augenbrauen an.

Nun lächelte Oliver. »Ja, das stimmt. Ich kann ziemlich hartnäckig sein.«

»Hartnäckig?« Martin war ein wenig überrascht darüber, dass sein Ton
amüsiert, ja, fast schon heiter klang. Tatsächlich fühlte er sich auch ein wenig
entspannter. Irgendwie wusste er, dass das, was er jetzt sagen würde, gut bei

Oliver ankommen würde und das gab ihm Sicherheit. »Ein schönes Wort für nervig.«

Wie erwartet lachte Oliver laut. Auch jetzt noch schien er fest entschlossen zu sein, Martin witzig zu finden. Diesmal musste aber auch Martin schmunzeln. Es fühlte sich ungewohnt, aber auch irgendwie gut an, Oliver zum Lachen gebracht zu haben. Ein bisschen fühlte Martin sich wie ein Held, auch wenn dieser Gedanke ziemlich unsinnig war. Man wurde kein Held, wenn man einen anderen Menschen zum Lachen bringen konnte. Wenn sein Leben schon in einer Sackgasse geraten war, dann war es wenigstens gut zu wissen, dass jemand seinen Humor verstand.

Dann wurde er ernst und kniff die Augen zusammen. Während Oliver lachte, konnte Martin ungestört zu ihm sehen. Wenigstens einen kurzen Blick konnte er wagen …

Wenn Oliver lachte, dann lachte sein ganzer Körper. Er wippte mit und beugte sich ein wenig vor, während alles an ihm vibrierte. Trotzdem machte er keinen unsicheren Eindruck auf seinem Bein. Die Krücken schienen ihm einen guten Halt zu geben, wofür Martin dankbar war. Einen wackligen Oliver zu sehen, hätte ihm wehgetan. Vielleicht war er neidisch, wenn es Oliver gut ging, aber dennoch wollte er auch nicht sehen, dass es ihm schlecht ging, das war ihm bewusst geworden, seit er gesehen hatte, was Oliver verloren hatte.

Verlegen hustete Martin.

Auch Oliver wurde ernst, räusperte sich und lehnte sich so weit nach vorne, dass er seinen Griff um die rechte Krücke löste und sich dafür mit dem Unterarm dagegen lehnte. Es sah lässig und stabil aus, aber nicht sehr bequem. Das konnte gar nicht bequem sein. Wenn es schon ungemütlich war, auf zwei Beinen zu stehen, war es sicherlich nicht gerade toll, auf nur einem stehen zu müssen. »Warum hast du mir nicht zurückgeschrieben?«

»Ich …« Martin schüttelte den Kopf und stand auf, um den Stuhl in der Ecke leer zu räumen und in Olivers Nähe zu schieben, dann ging er wieder zum Bett zurück und ließ sich auf die Matratze fallen. »Setz dich«, bat er laut, als Oliver den Eindruck machte, als hätte er den Stuhl nicht gesehen.

»Danke.« Oliver setzte sich und ließ die Krücken unachtsam neben sich auf den Boden fallen, bevor er sich gegen die Lehne des Stuhls drückte. Dann streckte er sein verbliebenes Bein aus und bohrte seine Ferse in den Teppich.

Bei ihm sah es gewöhnlich aus, als hätte er sein Leben lang nichts anderes gekannt.

Es war Martin ein Rätsel, wie er im Biergarten die Krücken hatte übersehen können und es war sehr seltsam, dass er nicht bemerkt hatte, dass Oliver ein Bein verloren hatte. Jetzt wo Oliver saß, fiel es ihm direkt auf, wie unsymmetrisch das alles aussah. Damals war der Tisch vor Oliver gestanden, was ihm vielleicht ein wenig die Sicht geraubt hatte. Trotzdem hätte Martin doch irgendwas bemerken müssen. Es war beschämend. Besonders weil Martin sich genau daran erinnerte, dass er Oliver deswegen verachtet hatte, dass dieser die Probleme nicht sah, die Martin hatte. Dabei hatte Oliver ziemlich alles im Blick. Er hatte sich sogar über die Haftbedingungen informiert und hatte ihm Links geschickt zu Foren, in denen er Gleichgesinnte treffen konnte. Derjenige, der nicht richtig hingesehen hatte, war er selber gewesen. Und er hatte auch nicht hingehört. Jetzt dachte er daran, dass Oliver schon zu Beginn des Gesprächs erzählt hatte, dass er nicht hatte Sportlehrer werden können, aber Martin hatte sich gar nicht dafür interessiert, warum das so war.

Er war nur mit sich selbst beschäftigt gewesen.

Das war genau das, was ihm seine Mutter gesagt hatte. Immer wieder. Aber Martin hatte es als Schwachsinn abgetan und er hatte sich geweigert irgendwelche Ratschläge zu befolgen. Immerhin war sie der Meinung gewesen, dass Martin es guttun würde, sich mit etwas anderes zu beschäftigen, als nur mit dem Jahr, das er im Gefängnis verloren hatte. Zum Beispiel hatte sie gesagt, dass Martin ein neues Hobby lernen könnte. Oder neue Menschen kennenlernen sollte.

Sich unwohl fühlend biss Martin sich auf die Unterlippe und erinnerte sich daran, warum er nicht auf Olivers Versuche reagiert hatte, mit ihm wieder in Kontakt zu bringen. Seit sie sich bei dem Biergarten neben dem Fußballfeld getroffen hatten, war Martin sich bewusst geworden, dass er alles um sich herum vergessen hatte, weil er sich so sehr auf sein eigenes Leid konzentriert hatte. Wenn er schon nicht mitbekommen hatte, dass sein ehemals bester Freund sein Bein verloren hatte ... was hatte er noch alles nicht mitbekommen?

Immerhin war es heutzutage wahrlich nicht schwer, sich über das Leben anderer Menschen zu informieren. Trotzdem war das alles an Martin vorbeigegangen. Was hatte er alles noch verpasst? Hatten vielleicht auch andere Menschen Schwierigkeiten, ihr Leben auf die Reihe zu bekommen? Vielleicht war Martin gar nicht der Einzige, dem es schlecht ging und der sich unwohl fühlte?

»Warum hast du mir nicht zurückgeschrieben, Martin?«, wiederholte Oliver und klang dabei traurig. Martin wurde sich bewusst, dass er den Ton in Olivers Stimme nicht mochte und er sehnte sich danach, ihn wieder lachen zu hören. Er nahm sich fest vor, dass er das bald wieder erreichen würde. Jetzt aber schien er keine Möglichkeit dazu zu haben. »Ist das nicht offensichtlich?« Er runzelte die Stirn.

»Du hast nicht gewusst, dass sie mir das Bein abnehmen mussten. Das verstehe ich inzwischen.« Oliver nickte und legte dann wieder den Kopf zur Seite. Es war beruhigend, dass Martin es immer noch genauso dämlich fand und nicht anfing, sein Mitleid alles zu überdecken. Wenn Martin das andeuten würde, würde Oliver ihn zusammenfalten. Das war ihm klar.

Martin kniff die Augen zusammen. »Warum hast du es mir nicht gesagt?«

»Warum hätte ich das denn tun sollen?« Oliver klang ehrlich überrascht. »Ich meine, ich hatte den Eindruck, dass es dir nicht besonders gut ging. Es wäre falsch gewesen, das in den Vordergrund zu stellen. Mir ist es auch erst später im Verlauf des Gesprächs klar geworden. Und spätestens nach deinem geschockten Blick, als ich aufgestanden bin, wusste ich es sicher.«

»Du hättest es mir sagen sollen«, betonte Martin und klang dabei so vorwurfsvoll, dass er zufrieden nickte.

»Das sehe ich anders. Ich bin nicht verpflichtet, es jedem aufs Auge zu drücken, der es übersieht. Auch ich habe ein Recht auf ein Gespräch, das nicht die üblichen Fragen zu meiner Behinderung beinhaltet. Ich glaubte, es war notwendiger, über dich zu sprechen. Und du hast mich ja auch nicht gefragt, wie es mir geht oder was in den letzten Jahren bei mir los war.« Oliver klang freundlich, aber bestimmt.

Martin senkte den Kopf. Er nickte, weil er verstand, dass er kein Recht hatte, schon wieder auf Oliver sauer zu sein. Es war leichter, die Fehler bei anderen zu suchen, nicht bei sich. Aber damit sollte er vielleicht aufhören. Er schämte sich über seinen Impuls, jede Verantwortung für sein eigenes Leben von sich wegzuschieben.

»Es ändert gar nichts zwischen uns!« Oliver hob die Augenbrauen. Seine Stimme hatte einen leicht empörten Klang. »Ich bin immer noch derselbe

Mensch und es ging im Gespräch um dich und deine Sorgen. Es ist doch egal, wie viele Beine ich habe.«

Leise knurrte Martin auf und tat so, als würde er Oliver ins Gesicht sehen, aber seine Augen starrten hinab zu Olivers Fuß, der so einsam wirkte. Ein kleines Loch im Strumpf des großen Fußzehes fiel ihm dabei auf. »Muss ich es wirklich laut aussprechen?«, fragte er und zwang sich dazu, Oliver wieder in die Augen zu schauen. Sicherlich mochte Oliver es nicht, so neugierig angestarrt zu werden, aber Martins Augen richteten sich irgendwie von selbst immer wieder dorthin.

»Martin, ich gebe mir so große Mühe, ein normales Leben zu führen. So normal wie es nur geht«, meinte Oliver leise und in seiner Stimme schwang Verletzlichkeit und Verunsicherung mit. Wahrscheinlich war es ihm gar nicht klar, dass Martin das heraushören konnte. »Ich ... es hat sich nicht so viel geändert. Ich kann dir wieder ein Freund sein und dir zuhören. So wie ich es damals hätte tun sollen, als dein Vater euch aus dem Haus geworfen hat.«

»Das Gespräch war aber sehr einseitig«, betonte Martin und rieb ungeduldig über die Matratze seines Betts. Das Gespräch strengte ihn sehr an, obwohl er die Anwesenheit von Oliver auch ein wenig genoss. Wenn nur nicht alles so verkrampft zwischen ihnen wäre ... Wenn Oliver einfach wieder lachen könnte – so befreit und fröhlich wie vorhin. »Ich habe dir gesagt, dass ich undankbar mit meinem Leben bin und habe herumgejammert.«

»Das stimmt.« Oliver nickte. »Hat sich das jetzt plötzlich geändert? Du wirst doch nicht auf einmal deine Meinung komplett geändert haben, oder?«

»Ich habe zwei Beine«, schnappte Martin. »Ich bin gesund. Vollkommen gesund und unversehrt.« Er zeigte auf seinen Körper und kniff die Augen zusammen, während er zu Oliver sah. »Ich habe überhaupt nicht das Recht, dir die Ohren vollzujammern. Aber du ... du ... Ach, vergiss es.« Erbost verschränkte er die Arme vor der Brust.

Verwirrt blinzelte Oliver. »Deine Beine hattest du doch auch, als wir uns in diesem Biergarten getroffen haben. Dir ist in der Zwischenzeit wohl kaum ein Bein gewachsen. Sollte das doch der Fall sein, dann verrate mir unbedingt, wie du das geschafft hast. Ich hätte Interesse an einem zweiten Bein.«

»Soll das lustig sein?«, zischte Martin.

»Es hat sich doch nichts geändert«, wiederholte Oliver stur.

Martin legte beide Hände auf sein Gesicht und schüttelte den Kopf. »Oliver, du bist so begriffsstutzig.« Er schob zwei Finger auseinander und bemerkte, dass Oliver grinste, weswegen er die Hände wieder herunternahm und laut seufzte. Wenn Oliver so schmunzelte, fühlte es sich wieder ein bisschen wie früher an. »Das sagt meine Frau auch immer«, gab Oliver zu.

»Seit wann bist du eigentlich verheiratet?«, wechselte Martin das Thema.

»Seit einem halben Jahr. Durch meine Erkrankung haben wir erkannt, wie schnell das Leben vorbeigehen kann und dass wir womöglich für einige Dinge keine Zeit mehr haben. Deswegen haben wir es einfach getan. Wir sind einfach ins Standesamt gegangen und haben die Formulare ausgefüllt«, berichtete Oliver und berührte seinen Ehering. Er lächelte und sah sehr zufrieden aus. Doch schnell senkte er seine Hand wieder und betrachtete Martin. »Es hat sich nichts geändert«, wiederholte er.

»Soll ich es wirklich aussprechen?«, fragte Martin leise. Eigentlich wollte er nicht darüber reden, sondern lieber über ein Thema sprechen, das ein wenig einfacher war. Wie zum Beispiel über Olivers Frau. Wenigstens konnte Oliver noch grinsen und nahm es Martin nicht allzu übel, dass er sich wie ein Vollidiot benommen hatte.

»Bitte.« Oliver nickte und in seinem Blick konnte man erkennen, dass er den Moment der Verunsicherung überwunden hatte. Er war nun wieder der starke selbstbewusste junge Mann, der die Welt anstrahlte und alles überwand, was man ihm in den Weg warf.

Das machte ihn zu einem Helden, dachte Martin. Das und nichts anderes. Und genau deswegen war Martin derjenige, der den Kopf einzog und die Hände miteinander verknetete. Im Gegensatz zu Oliver war er jemand, der schnell aufgab und sich nicht wehrte. Deswegen hatte er Drogen genommen, hatte sich dazu überreden lassen in diese Tankstelle einzubrechen und war schließlich wegen Körperverletzung inhaftiert worden. Deswegen war Martin kein Held und würde es auch nie sein.

Oliver wartete einige Sekunden geduldig, bevor er seine Schultern straffte. »Komm schon, Martin. Lass uns bitte darüber reden.«

»Mir ist es peinlich, weil ich leider zugeben muss, dass ich nur mein Leid gesehen habe, anstatt zu sehen, dass es Menschen gibt, die es noch schlimmer erwischt haben«, sagte Martin und war erstaunt darüber, dass es ihm so leicht fiel über seine Gefühle und Gedanken zu reden, doch Olivers Anwesenheit beruhigte ihn seltsamerweise sehr. Normalerweise war er sehr viel verschlossener und in sich gekehrt. Über seine Gefühle sprach er nur sehr selten. »Ich habe keinen dauerhaften Schaden erhalten. Ich muss nur aufstehen und mein Leben in Ordnung bringen.« Erst als er es jetzt sagte, wurde ihm bewusst, dass das der Wahrheit entsprach. Es würde nicht einfach werden und ihn viel Schweiß und Tränen kosten, aber er konnte aktiv werden, um irgendwann wieder ein zufriedener und glücklicher Mann zu sein.

»Gut erkannt.« Oliver hob beide Daumen nach oben. »Es freut mich, dass du dir Gedanken darüber gemacht hast. Als wir uns getroffen haben, war dein Groll ziemlich tief und es war ein wenig beängstigend, weil ich dich anders eingeschätzt habe. Du kannst kämpfen, Martin, das weiß ich.«

»Das sagt mir meine Mutter schon die ganze Zeit. Seit ich aus dem Gefängnis draußen bin, sagt sie, dass wir noch Glück im Unglück hatten und dass ich froh sein kann, dass ich eine Zukunft habe. Anstatt ihr zuzuhören, habe ich sie ständig angemault. Meine arme Mutter hatte es in letzter Zeit auch nicht leicht. Aber das war mir Scheißkerl ja egal. Ich habe jeden angemault und nicht bemerkt, dass ich mir das Leben damit selbst schwer mache.«

»Wenn ich dir zu dieser Erkenntnis verholfen habe, dann bin ich sehr dankbar dafür, dass wir uns wieder gesehen haben«, meinte Oliver leise. »Aber das bin ich so oder so. Als ... es wirklich ernst um mich stand, habe ich oft an dich gedacht und ich wusste, dass es eine Schande ist, dass so gute Freunde auf diese Art auseinandergehen. Ich habe mich nicht mehr groß um dich gekümmert, nachdem ich aufs Gymnasium gekommen bin. Deine neuen Freunde waren mir schnell peinlich, aber statt für dich da zu sein, habe ich einfach mein Ding gemacht und mich nicht groß um dich geschert. Als mir bewusst wurde, dass ich vielleicht sterben könnte, ohne mich bei dir entschuldigen zu können, habe ich mich ganz schrecklich gefühlt.«

Martin seufzte und rieb sich erschöpft über die Stirn. »Ich habe dich immer für blöd gehalten, aber die Erkenntnis, dass ich noch doofer bin, ist nur schwer zu ertragen.«

»Das glaube ich.« Oliver lachte endlich wieder.

Für einen Moment lehnte Martin sich zurück und stellte fest, dass es ihm gar nicht mehr schwer viel, zu entscheiden, ob er auf Oliver Bein oder sein

Gesicht sehen sollte. Solange Oliver so lachte, wurde alles andere an seinem Körper unwichtig. Zumindest für Martin. Es gab ihm genug Sicherheit, um die nächste Frage zu formulieren. Mit einer Stimme, von der er selbst erstaunt war, dass sie lebendig klang, anstatt schleppend zu sein, fragte er: »Was ist passiert, Oliver?«

Wenn es Oliver unangenehm war, darüber zu reden, dann konnte er es gut überspielen, aber vermutlich hatte er damit wirklich kein Problem. Er war einfach stärker als Martin. »Ich weiß nicht, wie viel du weißt …«

»Gar nichts«, unterbrach Martin rasch und legte seine Hand an den Bauch. »Ich habe nie nach dir im Internet gesucht und habe keinen Kontakt zu unseren alten Freunden. Ich war mir selbst wichtiger. Tut mir leid.«

»Nein.« Oliver schüttelte den Kopf. »Nein, ich finde das gut. Ich hasse es, dass die Leute glauben, alles über mich zu wissen, nur weil ich Bilder im Internet stehen habe, die verdeutlichen, dass mein Bein am Oberschenkel amputiert wurde. Es gab so viele oberflächliche Genesungswünsche, aber nur wenige haben wirklich zu mir gehalten. Ich mag Internetkontakte nicht besonders.« Er lächelte, als hätte Martin etwas Tolles gemacht und als würde er ihm zeigen wollen, wie stolz er war. »Es gibt mir die Chance, es dir selbst erzählen zu können.«

»Ich habe auch nicht weiter geforscht, seit wir im Biergarten waren«, fuhr Martin fort und erwiderte das Lächeln. Es fühlte sich gut an, dass Oliver der Meinung war, dass er sich richtig entschieden hatte. »Ich habe irgendwie gewusst, dass dir das nicht recht wäre. Außerdem wäre es mir wie ein heimliches Hinterhergeschnüffel vorgekommen.«

»Danke.« Oliver lächelte Martin noch breiter an und legte erneut den Kopf schief. »Kurz nachdem ich mein Studium begonnen habe, haben sie Krebs diagnostiziert. Ich habe dagegen angekämpft und habe es überwunden«, meinte er schließlich und hob die Schulter. Obwohl er ein solch ungeheures Schicksal trug, wirkte er unbekümmert und sorglos.

Martin rieb sich das Gesicht und spürte Übelkeit in sich aufsteigen. »Er ist zurückgekommen, oder?«

»Das hat sich später herausgestellt, ja.« Oliver nickte. »Ich war am Boden zerstört und sehr hoffnungslos. Die Aussicht, nochmal so hart kämpfen zu müssen … Mittlerweile war ich bereits sehr weit fortgeschritten in meinem Studium und ich habe meine jetzige Frau kennengelernt. Es war alles perfekt. Aber das war alles nur Schein.«

»Es tut mir so leid«, murmelte Martin betroffen.

»Es war wirklich hart.« Oliver zeigte auf seinen verbliebenen Oberschenkel. »Aber es war meine einzige Chance.«

Betroffen sah Martin ihn an. »Die Ärzte haben also entschieden, dass sie dein Bein amputieren würden?«, fragte er leise und schluckte hastig.

»Nein.« Oliver ballte seine Hände zu Fäusten und Martin hatte das Bedürfnis, ihn zu beruhigen und die Hände solange zu umfassen, bis die Spannung gelöst war. »Nein, ich musste das entscheiden. Niemand wollte die Verantwortung übernehmen. Sie haben mir die Tatsachen genannt und mich dann entscheiden lassen. Ich wollte diesen radialen Schritt gehen, weil ich diesen Krebs endlich los werden wollte. Das war alles so schlimm für mich. Für meine Eltern, meine Schwester, meine Frau.«

»Oliver …«, flüsterte Martin entsetzt. Unruhig rutschte er hin und her und schüttelte den Kopf. Er war unfähig etwas zu sagen, auch wenn er wusste, dass er etwas sagen sollte, etwas, das Oliver trösten konnte. Solche Entscheidungen sollte man nicht selbst treffen müssen. Andererseits, wer sonst? Natürlich musste die Entscheidung immer bei den Betroffenen selbst liegen. Aber es muss hart sein. So hart.

»Es ist okay.« Oliver hob die Achseln. »Es war ein schweres Jahr, aber jetzt bin ich frei und kann wieder atmen. Der Krebs ist nicht wieder zurückgekommen und ich gelte offiziell als gesund. Ich habe akzeptiert, dass ich niemals Sportlehrer werde und mache jetzt eine Umschulung zum Sportpsychologen und ich habe geheiratet … ich sehe nach vorne.« Oliver lächelte optimistisch. »Und ich versuche, Menschen neu kennenzulernen. Wie dich. Ich habe echt viel an dich gedacht und ich habe es bitter bereut, dich so fallengelassen zu haben. Aber ich konnte dich ja auch nicht so einfach kontaktieren. Ich meine, im Gegensatz zu dir habe ich im Internet nach dir gesucht und dann festgestellt, dass du mit deinen eigenen Problemen zu kämpfen hattest. Es gab ja genug Gerüchte über dich und das mit dem Gefängnis. Aber du selbst warst im Internet nicht aktiv, so konnte ich dich nicht anschreiben.«

Langsam nickte Martin und schluckte fest. Bevor er antwortete, räusperte er sich, damit seine Stimme frei von Gefühlen war. »Ich hätte dich im Krankenhaus womöglich nicht besuchen können, denn so wie ich unser Timing kenne, fiel das genau auf die Zeit, in der ich ebenfalls in einer staatlichen Institution war.«

Daraufhin lachte Oliver wieder und sah Martin amüsiert an. »Mir hat dein Humor gefehlt.«

Martin runzelte die Stirn. Es war schon sehr lange her, seit er so offen ein Kompliment erhalten hatte. Oder vielleicht hatte er auch einfach nicht zugehört, weil er mit sich selbst beschäftigt gewesen war? Wer weiß ... »Außer dir versteht das niemand.«

»Ja, ich weiß.« Oliver gluckste erneut. »Deswegen ist es auch echt gut, dass wir uns über den Weg gelaufen sind.«

Energisch stemmte Martin seine Hände auf seine Oberschenkel. »Oliver, ich weiß nicht, was ich sagen soll. Du lagst im Krankenhaus und gleichzeitig war ich im Gefängnis und habe mir eingeredet, dich zu hassen, weil ich missgünstig auf dein Leben war. Wie kurios ist das?«

»Und mir sind die Augen geöffnet worden, als ich mich damit konfrontiert sah, zu sterben, doch ich konnte dich nicht kontaktieren, da du im Gefängnis warst.« Oliver hob die Schultern.

»Hatten wir wohl beide gleichzeitig ein beschissenes Jahr. Hätte wir uns nicht so auseinandergelebt, hätten wir uns gegenseitig unterstützen können. Doch wir können die Vergangenheit nicht mehr ändern, oder?«, fragte Martin leise.

Oliver nickte. »Das stimmt. Aber zum Glück können wir die Zukunft mitentscheiden.« Martin sah ihn einen Moment lang an. Dass Oliver wieder Teil seines Lebens sein wollte, war das Beste, was ihm seit sehr langem passiert war. Er wollte dieses Geschenk annehmen. Langsam nickte er. Ohne die Krücken zu nehmen, hüpfte Oliver in zwei raschen Sprüngen zu ihm und ließ sich neben ihn auf die Matratze fallen. Er zögerte kurz. »Freunde?«, fragte er schließlich mit einem Grinsen im Gesicht.

»Freunde«, sagte Martin entschieden.

Sturmflügel

Impressum: Veröffentlichung in der ursprünglichen Auflage / Lektorat & Korrektorat: Lisa Lamp

Zusammenfassung: Lohnt es sich noch, für eine Beziehung zu kämpfen, die langweilig geworden ist? Hätte Thorsten mit Bea über seine Vorlieben sprechen sollen? Hätte er sich überhaupt mit Sturmflügel, seiner Internetbekanntschaft, verabreden sollen?

Vorwort: Und hier haben wir die älteste Geschichte in dieser Sammlung, die, die schon seit fast zwei Jahrzehnten in der Schublade liegt. Sie wurde für einen Schreibcontest geschrieben. Ich habe nicht gewonnen, dennoch ist »Sturmflügel« einer der ersten kleinen Schritte gewesen, die mich letztendlich zu neun Veröffentlichungen geführt haben.

*

Unschlüssig saß Thorsten in seinem Golf und starrte auf das Café an der anderen Straßenseite. Er war sich immer noch nicht sicher, ob er das tun sollte. Hinein gehen. Und somit eine Tür öffnen, die unweigerlich das Schließen einer Anderen nach sich ziehen würde.

Seine Finger umklammerten das Lenkrad und sein Atem ging viel zu schnell. Er spürte in der Magengegend einerseits Aufregung, andererseits Panik. Ersteres deswegen, weil er endlich mal eine Frau treffen würde, die seine Vorlieben teilte. Letzteres deswegen, weil er Angst vor seiner eigenen Courage hatte. Und natürlich auch, weil er genau wusste, was es bedeutete, wenn er in dieses Café hineinging.

Es war unehrlich - und genau das machte es auch zu einer unschönen Sache.

Bea hatte das definitiv nicht verdient.

Trotz aller Differenzen lebten sie immerhin schon seit zehn Jahren zusammen, und sie war immer für ihn da gewesen, wenn er Probleme mit seinem Job hatte oder als damals seine Mutter gestorben war. Sie hatte ihn unterstützt und war nie von seiner Seite gewichen, auch wenn er nicht immer nett zu ihr gewesen war.

War das am Ende nicht das, was zählte? Bea und er waren ein unschlagbares Team. Dass vielleicht seine Bedürfnisse nicht immer befriedigt wurden, war doch zweitrangig, oder etwa nicht?

Doch da war dieses Desinteresse. Diese Schwere. Ihre Beziehung war nicht mehr lebhaft. Aber war das nicht normal? Wurde nicht jede Beziehung irgendwann langweilig? Und dass Bea nichts von seinen sexuellen Vorlieben wusste, war ja nicht ihre Schuld. Thorsten hatte ihr nie offen gelegt, wie er es sich gerne insgeheim vorstellte.

Bea hatte nie die Chance erhalten ihm diesen Wunsch zu erfüllen, weil er sich nie getraut hatte, darüber zu sprechen.

Und dann war er in diese Internetforen gegangen. Zuerst hatte er einfach nur gelesen, während er sich vor dem Schreibtisch einen runter geholt hatte. Später hatte er sich dafür geschämt. Irgendwann hatte er angefangen zu schreiben, weil er sich in seiner Anonymität sicher gefühlt hatte. Er hatte sein Alter leicht abgeändert, und sein Name, den er auf den Plattformen nutzte, gab keine Rückschlüsse auf ihn. Außerdem löschte er auch immer den Verlauf, bevor er den Computer runter fuhr.

Und in dieser Umgebung hatte er dann über seine geheimsten Wünsche gesprochen. Dinge, die er eigentlich Bea hätte mitteilen müssen, hatte er offenbart, und er hatte sich dabei schrecklich verloren gefühlt.

Und dann war da Sturmflügel82 gewesen. Eine junge Frau, die dieselben Vorlieben hatte, und die ihm so seltsam bekannt vorgekommen war. Wenn er sich mit ihr im Chat traf, dann schien es, als würde er sie schon seit Jahren kennen.

Vielleicht lag es an ihren gemeinsamen Interessen? Thorsten wusste es nicht.

Ratlos blickte er auf die Straße und fragte sich, ob er aussteigen und hinüber in das Café gehen wollte, um dort Sturmflügel82 zu treffen, oder ob er diesen Parkplatz verlassen und heimfahren sollte, um wieder in sein langweiliges, aber bequemes, Leben einzutauchen.

Es war Bea gegenüber einfach nicht fair. Sie hatte das nicht verdient. Sie wäre sicherlich entsetzt, wenn sie erfahren würde, dass er sich mit fremden Frauen traf. Zumal es ja auf der Hand lag, was vielleicht mit Sturmflügel passieren würde, wenn sie sich jetzt ebenso gut wie im Chat verstanden.

Er würde die Beziehung zu Bea zerstören. Zehn Jahre – einfach zu Ende. Er konnte es nicht glauben. Er liebte Bea immer noch. Auch wenn da nichts mehr war, was ihn an ihr faszinierte. Sie hatte ihn schon so lange nicht mehr überrascht und es war alles so vorhersehbar geworden.

Verdammt, er war doch erst 36 Jahre alt. Er war viel zu jung um in einer Beziehung zu leben, die staubiger war als die Ehe seiner Großeltern.

Aber, dachte er dann, war er nicht auch zu alt, um sich mit fremden Frauen in einem Café zu treffen? War das nicht eine feige und kindische Aktion?

Thorsten seufzte auf.

Mit zitternden Fingern holte er sein Handy aus der Hosentasche und wählte die Festnetznummer. Doch zu seiner Enttäuschung ging Bea nicht ran. Richtig, jetzt erinnerte er sich wieder, sie war doch heute mit ihrer Freundin Katja verabredet und gar nicht zuhause. Vielleicht hätte es ihm gutgetan ihre Stimme zu hören. Vielleicht hätte es ihn davon abgehalten, das Falsche zu tun.

Kopfschüttelnd stieg er aus. Es wäre doch auch Sturmflügel gegenüber unfair, wenn er jetzt kneifen würde. Sie würde glauben, er wäre nach Betreten des Cafés sofort wieder verschwunden, vielleicht weil sie ihm nicht gefiel. Und das würde sie am Ende noch verunsichern. Er wollte ihr nicht weh tun, dafür hatte sie viel zu sympathisch gewirkt.

Mutiger wäre es, wenn er nun hinein gehen würde und Sturmflügel mitteilen würde, dass er das nicht machen konnte. Dass er seine Frau nicht betrügen konnte.

Er ging über die Straße, nachdem er sich vergewissert hatte, dass niemand zu sehen war, der ihn kannte. Gerade als er die Tür zum Café aufmachen wollte, stürzte eine Frau hinaus.

Bea. Was tat sie denn hier?

Sie sah nervös um sich. »Thorsten! Was machst du hier?«

Er räusperte sich und versuchte seine Zunge zu lösen, die in seinem trockenen Mund am Gaumen klebte. Er wusste wirklich nicht, was er ihr jetzt erklären sollte.

»Du hast ein rotes Hemd an!«, rief Bea fassungslos und dann sah er, dass auch sie ein rotes Hemd trug. Das Erkennungszeichen. Er schüttelte den Kopf. Das konnte nicht sein.

»Du bist Römer80!«, stieß Bea aus und riss ihre Augen weit auf.

Niemand kannte seinen Namen, den er in den Foren trug. Er schüttelte erneut den Kopf, als ihm klar wurde, woher sie wusste, dass er Römer80 war.

»Du bist Sturmflügel?«, fragte er erstaunt.

Sie nickte und wurde bleich. Sie biss sich auf die Lippen und schüttelte den Kopf. »Ich konnte es nicht. Ich wollte es wirklich tun, aber dann habe ich Angst bekommen. Ich wollte dich nicht mit Römer80 betrügen, auch wenn er mir so verständnisvoll vorgekommen ist.« Ihre Stimme war laut, hektisch, und sie sprach viel zu schnell.

Sie war nervös.

»Ich bin Römer80«, wiederholte Thorsten und umfasste ihre Hand.

Sie schüttelte den Kopf und machte Anstalten zu ihrem Auto zu gehen, das, wie er jetzt erstaunt feststellte, neben seinem stand. Er hatte es nicht bemerkt. Vielleicht weil ihm der Anblick so vertraut war. Sein Golf und ihr kleiner Ford KA.

»Lass uns darüber reden«, bat er hastig und zog sie zurück. Ihre Hand war warm und weich, aber sie war immer noch nervös. »Bitte, lauf nicht weg, lass uns darüber reden.«

Sie nickte langsam und drückte seine Hand. Dann lächelte sie und ihr Lächeln zog sich über ihr ganzes Gesicht und ließ ihre Augen funkeln. Er sah ihr an, dass sie einfach nur erleichtert war, dass er Römer80 war und nicht ein anderer Mann. Diesen Optimismus liebte er so an ihr.

Dann wurde ihm bewusst, dass auch sie ihn hatte betrügen wollen und dann im letzten Moment wegrennen wollte. Und ihm wurde bewusst, dass sie ähnliche Bedürfnisse gehabt haben musste - all die Jahre in denen sie nebeneinander im Bett gelegen hatten. Warum hatte sie nicht einfach darüber gesprochen?

Und dann wurde ihm klar, dass sie ihn doch noch überraschen konnte – nach all den Jahren, die sie sich schon kannten.

Und dann war ich kein wir mehr

Impressum: Veröffentlichung in der ursprünglichen Auflage / Lektorat & Korrektorat: Lisa Lamp

Zusammenfassung: Lukas empfindet sich als Teil einer Einheit, doch als sein Zwillingsbruder stirbt, stürzt er in eine Identitätskrise. Vielleicht kann Flo ihm helfen, der junge Kerl, dem er einst geholfen hatte, ebenfalls während einer schwierigen Phase seines Lebens.

Vorwort: Wer »*Kontaktaufnahme*« kennt, der kennt auch Lukas, eine von sechs Hauptpersonen, der nun eine kleine Vorgeschichte erhält. Um die Kurzgeschichte lesen zu können, benötigt ihr das Vorwissen von »*Kontaktaufnahme*« nicht. Sinnvoll ist es dennoch, zunächst den Roman zu lesen und dann die Kurzgeschichte, da die Kurzgeschichte Enthüllungen vorwegnimmt, die im Roman erst gegen Ende offen gelegt werden. Auch Flo kennt ihr bereits, er ist die Hauptfigur von »*Schrankgeflüster*« und enthält hier ebenfalls eine Vorgeschichte. Wie ihr bereits ahnt, liebe ich es, Figuren aus verschiedenen meiner Romane aufeinandertreffen zu lassen.

Da er den Kummer seiner Mutter nicht ertrug, zog Lukas es vor, seine Eltern nicht mehr so häufig zu besuchen. Die Leere und Stille zwischen ihnen war schrecklich. Immer wenn Lukas seine Mutter weinen sah, fühlte er sich schuldig. Sie hatte Zwillinge unter dem Herzen getragen, auf die Welt gebracht und groß gezogen. Sie sollten zu zweit sein, aber nun war Lukas alleine. Sie alleine zu besuchen bedeutete nur, dass er sie es nicht vergessen ließ. Die Ähnlichkeit zu seinem Bruder war einfach zu groß, außerdem waren sie früher häufig nur im Doppelpakt unterwegs gewesen. Ohne Lars war Lukas nicht mehr Lukas. Aber wer war er, wenn er nicht mehr er selbst war?

Seine Welt reduzierte sich auf das Herumwandern in seiner leeren Wohnung. Da er krankgeschrieben war und nicht nur den Kontakt zu seinen Eltern, sondern auch den zu allen anderen reduziert hatte, störte ihn dabei auch keiner. Er war nicht wirklich traurig oder verzweifelt, sondern eher betäubt und nahm alles nur durch eine Hülle aus Watte wahr. Seine Augen sahen durch Nebel, seine Ohren hörten durch Rauschen, seine Zunge und die Nase schienen wie abgestumpft zu sein, anders konnte er es sich nicht erklären, warum ihm nichts mehr schmeckte. Wann immer er etwas anfasste, dann hatte er den Eindruck, als könnten seine Fingerspitzen nicht mehr richtig fühlen. Jede Zelle seiner Haut wirkte taub. Manchmal wünschte er sich, jemand anderes wäre gestorben. Einer seiner Freunde, zum Beispiel. Das wäre besser zu ertragen gewesen. Gleichzeitig hasste er sich für diesen Gedanken. War er solch ein bösartiger Mensch, dass er ein Leben gegen das andere tauschen würde?

Da Lukas es irgendwann nicht mehr aushielt, nichts mehr zu tun, widmete er sich seiner Steuererklärung oder formulierte eine Kündigung an seinen Arbeitgeber, aber er konnte sich nicht länger als einige Minuten auf irgendwas konzentrieren, und fuhr schließlich doch wieder damit fort in der Wohnung herumzulaufen. Immer wenn er alleine war, sehnte er sich nach Gesellschaft, doch wenn sein Vater oder ein anderer Verwandter da war, fühlte Lukas sich bedrängt und unruhig wie ein eingesperrtes wildes Tier. Noch schlimmer war es, wenn Freunde vorbeischauten. Die meisten schickte er sofort wieder weg. Er ertrug ihre Anwesenheit nicht. Sie redeten zu viel und versuchten sein Problem damit zu lösen, in dem sie die Situation analysierten und gute Ratschläge gaben, die für ihn nutzlos waren. Nein! Er wollte alleine sein!

Einziger Lichtblick war Nicole. Bei ihr fühlte Lukas sich wirklich wohl und wenn er sie im Arm hielt, dann vergaß er seine Ruhelosigkeit für einen kleinen Moment. Als er ihr allerdings einen Heiratsantrag machte, schüttelte sie den Kopf und brach in Tränen aus. Sie war so aufgelöst, dass sie seinen Antrag nicht einmal ablehnen konnte und stürzte voller Verzweiflung aus der Wohnung. Lukas verstand die Welt nicht mehr.

Einen Tag später standen seine Eltern vor seiner Tür und baten ihn eindringlich darum, zu ihnen zu ziehen. Nur für wenige Wochen. Bis es ihm wieder besser ging.

Für einen Moment sah Lukas von einem zum anderen, dann schüttelte er den Kopf. »Ich kann das nicht. Nicht ohne ihn. Es tut mir leid.«

»Du musst mit uns reden, Lukas«, meinte sein Vater energisch und schob sich an Lukas vorbei in die Wohnung, während seine Mutter verloren im Türrahmen stehen blieb. »Wir glauben, dass du hier mal raus musst, um wieder auf die Beine zu kommen.«

»Auf die Beine kommen?« Lukas blinzelte. »Ist dir bewusst, dass Lars tot ist? Hast du das vergessen, Papa?«

»Nein. Dass Lars nicht mehr da ist, sagt mir ein beharrlicher Schmerz in meiner Seele. Wie sollte ich das jemals vergessen, Lukas?« Die Stimme seines Vaters klang so leise und zerbrechlich, dass Lukas zusammenzuckte.

Manchmal vergaß er, dass er nicht der Einzige von ihnen war, der jemanden verloren hatte, den er liebte. Lars war nicht nur sein Zwillingsbruder gewesen, sondern auch ein wertvolles Familienmitglied für den Rest der Familie. Er schämte sich und berührte den Arm seiner Mutter. »Aber wir haben nicht nur Lars verloren, sondern müssen es ertragen, dass du immer mehr abstürzt«, fügte sein Vater hinzu.

Das war der Moment, als Lukas verstand, wie groß die Probleme seiner Familie waren, wie sehr sie alle litten und dass es sie an die Grenze brachte, ihn so leiden zu sehen. Endlich verstand er auch, wie egoistisch er sich Nicole gegenüber verhalten hatte. »Hat Nicole euch alles erzählt? Was ich gestern gemacht habe?«

»Sie hat Lars geliebt«, flüsterte sein Vater. »Du ... sie fühlt sich unglaublich überfordert damit, dass du ... du kannst doch nicht die Witwe deines Bruders heiraten.«

»Aber das ist meine Aufgabe.« Lukas sah seinen Vater energisch an. Er wusste, dass er Blödsinn redete, aber in seinem Kopf hatten die Gedanken noch Sinn ergeben. Nur ausgesprochen entblößten sie seinen Irrsinn. »Wenn sie ihn nicht haben kann, dann sollte sie mich haben, verstehst du? Ich habe mich verpflichtet gefühlt.«

»Du weißt, dass das nicht funktionieren wird«, meinte sein Vater sanft.

»Sie will Lars, Lukas. Nicht dich. Du bist nicht Lars. Du bist Lukas«, meinte seine Mutter leise und nahm ihn in den Arm. Es war das erste Mal, seit sein Zwillingsbruder gestorben war, dass Lukas das zulassen konnte.

*

Als Flo das erste Mal vor seiner Tür stand, wusste Lukas sofort, dass er von seinen Eltern geschickt worden war. Angeblich wäre er gerade unterwegs gewesen und wolle sich nur mal erkundigen, wie es ihm ging. Lukas glaubte ihm nicht und winkte ab, bevor er die Tür schloss. Zwei Tage später war Flo wieder da und hielt ihm eine Tüte mit Kaffeestückchen entgegen. Er war einige Jahre jünger als Lukas und der Sohn einer Bekannten seiner Mutter.

Flo war vor ein paar Jahren mal auf ihn zugekommen und hatte ihn um Rat gefragt. Damals hatte er sich gerade von seiner Freundin getrennt und fühlte sich noch vollkommen desillusioniert. Lukas hatte sich einige Male mit ihm getroffen, um ihm Tipps zu geben. Sie standen beide auf Männer, aber Lukas war älter und hatte zu dem Zeitpunkt bereits offen seine Sexualität ausgelebt. Doch Flos Coming Out verlief glücklicherweise fast reibungslos und deswegen verloren sie sich irgendwann wieder aus den Augen, weil Flo keinen väterlichen Ratschlaggeber mehr benötigte.

Jetzt war Flo wieder da.

Denn nun hatten sie mehr als nur eine Gemeinsamkeit.

»Was willst du hier?«, fragte Lukas fassungslos. Und wütend. Ja, er war einsam, aber was er wollte, war, wieder sein altes Leben zurückzubekommen. Er wollte seinen Zwillingsbruder bei sich haben, er wollte, dass seine Eltern glücklich sein konnten, wollte seinen Freundeskreis um sich rum haben und unbeschwert mit ihnen lachen. So wie es vorher gewesen war. Mit Lars. Auf Flo konnte er verzichten.

»Komm schon, du weißt es«, antwortete Flo und grinste schief. »Ich habe leckere Kaffeestückchen dabei.«

»Und das soll mir helfen?« Lukas stopfte sich die Hände in die Hosentasche und hatte den Eindruck, das erste Mal wieder klar sehen zu können. Der Nebel vor seinen Augen lichtete sich ein wenig, während er auf Flo hinabsah.

Er trug seine Haare nun länger und wirkte lässiger gekleidet. Selbstbewusster. Zufriedener.

»Deine Mutter ...« Flo zuckte zusammen und biss sich auf die Lippen, dann schluckte er und fuhr fort: »Deine Mutter hat mich geschickt. Sie meint, du ... der Verlust von ... na ja hat dich wohl sehr aus der Bahn geworfen. Ich weiß, wie das ist. Deswegen bin ich da. Tja ... so ist das.« Flo hob die Schultern.

Lukas schüttelte den Kopf und dachte insgeheim, dass Flo überhaupt keine Ahnung hatte. Doch er ließ die Tür offenstehen, als er in seine Wohnung zurückging. Flo folgte ihm und das Geräusch seiner Schritte übertönte das Rauschen in seinen Ohren ein klein wenig.

*

»Hey, heute keine Kaffeestückchen?«

Flo runzelte die Stirn und streifte sich die Schuhe von den Füßen. Er kam regelmäßig, blieb aber immer nur kurz. Und er brachte meist etwas vom Bäcker mit. »Ich kann mich nicht erinnern, dass du immer was mitgebracht hast, als wir uns wegen meines Coming Outs getroffen haben«, erwiderte er und hob die Schultern.

»Na ja«, meinte Lukas dumpf und setzte sich neben Flo. »Als wäre das dasselbe.«

Eine unangenehme Stille breitete sich aus. Im Gegensatz zu ihren sonstigen Treffen, wo sie ebenfalls wenig redeten, wirkte das Schweigen schwer und drückend, weswegen Lukas seine Beine unruhig bewegte. Das Schlimme an seinem Zustand war, dass er nie ruhig sitzen konnte, aber zu müde war, um sich länger zu bewegen.

»Ich weiß«, sagte Flo, stand auf und ging zum Fenster.

»Also«, meinte Lukas, weil er die Stille nicht mehr ertrug. »Wie geht es dir inzwischen?«

Flo kniff die Augen zusammen, während er aus dem Fenster sah, als ob er zunächst über die Antwort nachdenken musste. Dann drehte er sich um und setzte sich erneut. Irgendwann sah er Lukas an und hatte einen überraschten Ausdruck im Gesicht. »Ich weiß es nicht. Eigentlich gut. Ich habe meine Ausbildung inzwischen beendet. Einen Freund habe ich zwar nicht, aber ich treffe mich hin und wieder mal mit jemanden und das wird von jedem akzeptiert. Du hast mir damals sehr geholfen.«

»Was hat sich verändert?«, erkundigte Lukas sich und winkte ungeduldig ab. »Ich meine … als dein Vater starb? Tut es weh, an ihn zu denken?«

Flo sah ihn erleichtert an, so als ob er nicht gewagt hätte, es anzusprechen.

»Das ist doch der Grund, warum du gekommen bist, oder?«, fragte Lukas.

»Manchmal tut es immer noch weh«, erzählte Flo und seufzte schwer. »Ich weiß es nicht. Meist denke ich an die schönen Momente und freue mich, einen so tollen Papa gehabt zu haben. Doch mir fehlt etwas. Ich meine, ich weiß, ich bin erwachsen und in dem Alter ist die Bindung zu den Eltern nicht mehr so eng, aber manchmal kommt es mir so vor, als wäre sie gerade wegen seinem tragischen Tod nie richtig gelöst worden.«

»Es war Krebs, oder?« Lukas sah Flo aufmerksam an. Noch nie hatte er mit Flo darüber gesprochen. Damals als sie sich einige Male getroffen hatten, ging es nur darum, dass Flo auf Männer stand und nicht mutig genug war dazu zu stehen. Der Tod seines Vaters war schon länger her und Lukas hatte sich nie Gedanken darüber gemacht, wie einschneidend dieser Verlust für Flo gewesen sein musste. »Ja.« Flos Stimme war leise.

»Wie lange ist es jetzt her?«, fragte Lukas und wandte den Kopf, als er darüber nachdachte, wie süß Flo mit diesen Haaren aussah, die ihm wild in alle Himmelsrichtungen abstanden. Bisher war Flo einfach nur irgendwer gewesen, jemand der viel zu jung für Lukas war, weswegen er sich wahrscheinlich unbewusst verboten hatte, über so etwas nachzudenken. Es verband sie nichts, außer, dass sie beide zufälligerweise schwul waren. Doch nun verband sie noch etwas. Etwas, das ihn auch mit Nicole verband, die ihren Mann verloren hatte, in dem Moment als sein Bruder gestorben war.

»Es ist lange her. Aber der Schmerz vergeht nie«, betonte Flo.

»Das kann ich mir gut vorstellen«, meinte Lukas nachdenklich. »Du musst nicht darauf warten, bis es besser wird. Es wird anders werden, aber nie besser«, ergänzte Flo leise.

Lukas schloss die Augen. »Du kannst das nicht verstehen, wir waren Zwillinge. Wir ... waren immer zu zweit. Alleine bin ich nichts.«

Flo sah ihn schockiert an. »Du bist auch alleine jemand. Vielleicht musst du erst herausfinden, wer du bist. Aber ich weiß nicht, ob du dich kennenlernen wirst, wenn du hier sitzt. Du musst rausgehen und wieder anfangen zu leben. Deine Eltern machen sich Sorgen. Deine Freunde ... sie ...«

»Jetzt noch nicht«, murmelte Lukas.

»Nein, jetzt noch nicht«, gab Flo ihm recht und Lukas war erstaunt, wie sanft er dabei klang. »Du nimmst dir die Zeit, die du brauchst.«

*

Als Flo das nächste Mal vorbeikam, forderte er Lukas auf, sich anzuziehen und mit ihm nach draußen zu gehen. Das machte Lukas auch, wenn er auch großen Widerstand dabei empfand. Sie spazierten am Ufer eines Sees entlang und setzten sich schließlich auf eine Bank. Flo erzählte ihm zunächst von seinem Vater, schließlich von dem Coming Out und wie sehr Lukas ihm damals geholfen hatte, bis er irgendwann darüber redete, was er beruflich so machte.

So als würde er glauben, dass Lukas es nicht schaffen würde, über Lars zu reden, umging Flo dieses Thema. Als Lukas selbst darauf zu sprechen kam, zuckte Flo kurz zusammen.

»Ich habe mich immer als Teil von uns beiden definiert«, erzählte Lukas ihm. »Lars und ich waren eine Einheit.«

»Ich habe keinen Zwilling. Ich habe nicht mal leibliches Geschwister, doch ich habe ein enges Verhältnis zu meiner Stiefschwester, und ich bin mir sicher, dass wir dennoch zwei unterschiedliche Menschen sind, auch wenn wir so nah sind.« Flo sah ihn ernst an.

»Du kannst das nicht verstehen.« Lukas schüttelte den Kopf, dann biss er sich auf die Lippen. Es gab nicht viele Menschen, die ihn verstehen konnten.

»Ihr wart euch wirklich sehr ähnlich, oder?« Flo betrachtete ihn aufmerksam.

»Ja. Nicole will mich nicht heiraten«, fuhr Lukas fort und stand auf. Er trat einen Schritt nach vorne und betrachtete den Nebel auf dem Wasser. »Weißt du warum?« Er wartete eine Reaktion von Flo nicht ab, sondern meinte: »Sie hat Lars geliebt, Flo. Aber mich liebt sich nicht. Mich mag sie nur. Wie kannst du dir das erklären?«

»Offenbar hat sie euch nicht als Einheit gesehen, sondern als zwei unterschiedliche Individuen, von denen ihr einer lieber war als der andere«, überlegte Flo.

»Also, wenn Nicole das so sieht, dann … dann kann ich auch weiterleben, ohne zu einer Einheit zu gehören.« Lukas schluckte und presste seine flache Hand auf die Brust. »Ich meine, ich werde Lars nie vergessen, verstehe mich nicht falsch, aber vielleicht kann ich nicht mehr nur Teil eines Zwillingspaars sein, sondern muss irgendwie versuchen als eigenständiger Mensch zu leben. Es ist schwer … vielleicht auch unmöglich ...«

»Was unterscheidet dich denn von Lars?«, erkundigte Flo sich.

Nachdenklich musterte Lukas ihn. »Keine Ahnung.«

»Irgendwas muss es doch geben«, beharrte Flo.

»Er ist wie mein Spiegelbild.«

»Komm schon, Lukas, irgendwas muss es da doch geben.« Flo schüttelte den Kopf.

»Er heißt Lars und ich Lukas«, meinte Lukas leise. »Und er steht auf Frauen und ich auf Männer. Oder stand. Er stand auf Frauen. Auf Nicole, die jetzt alleine ist.« Erst nach wenigen Sekunden bemerkte er, dass Flo ebenfalls aufgestanden war und nun neben ihm stand.

»Ihr seid euch wirklich so ähnlich, aber unterscheidet euch in diesem Punkt so sehr?« Flo runzelte die Stirn.

Lukas lachte. »Du wusstest, dass ich schwul und seit langer Zeit Single bin, und dass Lars seit Jahren mit Nicole zusammengelebt hat und verheiratet war?«

»Ich dachte, ihr wärt vielleicht beide bisexuell, oder so.«

Lukas schüttelte den Kopf. »Nein, in diesem Punkt sind wir wirklich unterschiedlich.«

»Das ist ein Anfang«, meinte Flo. »Was noch?«

»Keine Ahnung.« Lukas hob die Schultern. »Wir haben aus Rücksicht vor anderen meist die Haare unterschiedlich getragen.«

»Wusstest du, dass Lars ruhiger war als du? Dass Lars nicht so zielstrebig war wie du, dafür aber mehr Leichtigkeit in sich trug? Dass Lars ganz anders gelächelt hat als du?«, fragte Flo. »Und das weiß ich, obwohl ich deinen Bruder kaum und dich nicht sehr viel besser gekannt habe.«

»Das sind Kleinigkeiten.« Lukas setzte sich wieder.

»Du solltest mit Nicole reden. Sie kennt die Unterschiede offensichtlich besser als du«, riet Flo.

»Ja.« Lukas nickte und versuchte, den Gedanken wegzuschieben, der drohte, sich in ihm festzusetzen. Wenn nicht einmal ihre Eltern sie hatten voneinander unterscheiden können, Nicole es aber gekonnt hatte … Warum konnte auch Flo in ihnen ebenfalls zwei unterschiedliche Individuen erkennen?

*

Immer mehr gewöhnte Lukas sich an die Treffen. Sie trafen sich meist direkt am See, gingen dort spazieren oder blieben auf der Bank sitzen. Nach einigen Wochen war er derjenige, der zum Bäcker ging, um Flo Stückchen mitzubringen. Er warf Flo die Tüte vom Bäcker in den Schoß und setzte sich.

»Hey«, meinte Flo und lächelte. Er legte das Handy zur Seite.

Mit geschlossenen Augen lehnte Lukas sich nach hinten und genoss die letzten Sonnenstrahlen dieses Jahres. »Hi, Flo«, antwortete er.

Es ging ihm besser. Das Loch, das Lars hinterlassen hatte, war immer noch riesig, aber Lukas hatte nicht mehr länger den Eindruck, als würde es ihn verschlingen. Er wusste, wo es war und schaffte es meistens darum herumzulaufen, anstatt hineinzufallen. Manchmal spielte er sogar mit dem Gedanken, seine Krankmeldung nicht mehr zu verlängern und zur Arbeit zu gehen. Doch sein Arzt und seine Eltern rieten ihm noch davon ab. Sein Beruf als Soldat war psychisch manchmal schon eine große Belastung, dafür musste man wirklich fit sein. Gerade, wenn er zu einem Auslandseinsatz gerufen wurde. Doch wäre vielleicht ein Dienst in Afghanistan oder Irak nicht auch eine Abwechslung? Wenn er anderen Menschen helfen könnte und nicht länger über sich nachdenken müsste? Außerdem wäre er dann weg, weg aus dem Dorf, in dem ihn alles an Lars erinnerte, weg von den Menschen, die ihn an die Umstände erinnerten, wie er Lars verloren hatte.

Doch er wäre dann auch weg von Flo und den Gesprächen, an die er sich inzwischen gewöhnt hatte.

»War Lars der Erste, dem du es gesagt hast?«, fragte Flo.

Lukas blinzelte und öffnete die Augen. Auch Flo hatte sich nach hinten gelehnt und war ihm so nah. »Ähm …« Hastig richtete Lukas sich auf, weil ihn die Nähe von Flo nervös machte. »Was meinst du?«, fragte er, obwohl er genau wusste, was Flo meinte.

»Er war bestimmt der erste, dem du erzählt hast, dass du auf Männer stehst.« Aufmerksam musterte Flo ihn.

»Ja, natürlich. Ich ... ich ... es wäre mir super unnatürlich vorgekommen, es ihm nicht als erstes zu erzählen.« Lukas sah Flo ernst an. »Ich fand es gar nicht so schlimm. Vielleicht weil ich mir Lars' Unterstützung immer sicher sein konnte.«

»Ich weiß nicht, ob ich es so sehen würde. Du hast keine Ahnung, wie sehr du mir damals geholfen hast. So ein Coming Out kann einem echt die Nerven kosten.« Flo beugte sich vor und widmete sich der Tüte mit den Nussecken.

»Ich war einer derjenigen, der sich nicht beklagen konnte und soweit ich mich erinnern kann, ging es bei dir doch auch glimpflich zu«, murmelte Lukas.

»Oh ja, stell dir mal vor, du lebst in einem konservativen Elternhaus. Schrecklich muss das sein«, meinte Flo und sah düster zum See.

Lukas runzelte die Stirn. Es wunderte ihn, warum Flo darüber nachdachte. Er wirkte nicht wie jemand, der unsicher wegen seiner Homosexualität war.

»Hier, nimm diese Nussecke«, sagte Flo und drehte sich zu ihm um. Sein Atem strich über seine Wange und Lukas schloss die Augen, weil es ein Kribbeln auf seiner Haut verursachte. Wieso war Flo ihm so nah? »Nimm schon«, meinte Flo lachend.

»Danke.« Lukas runzelte die Stirn und öffnete die Augen. Flo hatte sich wieder zurückgelehnt.

»Was ist denn das?« Flo runzelte die Stirn und sah auf sein Stückchen.

»Noch kleinere Nussecken konntest du nicht anschleppen, oder?«

Lukas starrte auf seine Eigene. Sie war etwas größer, aber ebenfalls ungewöhnlich kompakt.

»Das nächste Mal gehe ich wieder zum Bäcker«, murmelte Flo und streckte ihm die Zunge raus.

Daraufhin musste Lukas lachen. Das erste Mal, seit Lars gestorben war, lachte er laut und befreit und als Flo ebenfalls lachte, fühlte sich sein Herz ganz weich und leicht an.

*

Eines Tages sprach Flo ein Thema an, das Lukas ziemlich mitnahm. Er teilte Schokocroissants aus und sah ihn fragend an. »Lukas? Bist du eigentlich froh, dass Nicole deinen Heiratsantrag abgewehrt hat?«

Wie ertappt zuckte Lukas zusammen. »Ich denke schon. Ja. Ich dachte zwar, ich würde mir und Nicole einen Gefallen tun, aber in Wahrheit hätten wir beide unter solch einer Ehe gelitten. Wenn Lars noch hier wäre, hätte er mir einen Vogel gezeigt, dafür, dass ich seinem Mädchen einen Heiratsantrag gemacht habe.«

Wenn er jetzt darüber nachdachte, dann war es ihm peinlich. Damals war es ihm richtig und logisch erschienen, doch inzwischen schämte er sich dafür. Er hatte sich bei Nicole nie dafür entschuldigt. Doch seit er sie gefragt hat, ob sie ihn nicht einfach heiraten wollen würde, gingen sie verkrampft miteinander um. Das war sehr schade, denn sie waren so gute Freunde gewesen, als Lars noch gelebt hatte. Das war wichtig, denn Lars und er waren so eng, dass sie ihre Partner auch irgendwie mögen wollten. Anders hätte es sich Lukas sehr schwierig vorgestellt. Aber gerade nach Lars' Tod waren Nicole und er noch vertrauter miteinander umgegangen. Sie hatten einander Halt gegeben. Lukas wusste, dass Lars das gefreut hätte. Sie waren vermutlich die zwei Menschen, die er am meisten geliebt hatte. Doch nur weil Lukas so blöd gewesen war, hatte er diese wertvolle Freundschaft aufs Spiel gesetzt.

»Ich finde, es sollte dir nicht peinlich sein, du standest unter Schock und hattest eine blöde Idee, aber es ist nichts, wofür du dich schämen müsstest«, sagte Flo schnell.

Schweigend zog Lukas seine Beine auf die Bank und begann, Steinchen ins Wasser zu werfen. Das war ein weiterer Unterschied zwischen ihm und Lars, denn Lars hatte die Steinchen immer springen lassen, während die von

Lukas mit einem lauten Plopp untergingen. »Sie tut mir wirklich sehr leid. Sie hat alles verloren und ich bin ihr nicht mal eine gute Stütze.«

»Sie wird ihren Weg finden«, beruhigte Flo Lukas und lächelte. »Du hast mir erzählt, wie stark sie ist. Sie wird das schaffen.«

»Meinst du?« Lukas hob seine Augenbrauen.

Überzeugt nickte Flo. »Oh ja. Solche Verluste sind grauenhaft, aber man kann sie überleben.«

»Und du denkst, ich kann das auch?«, fragte Lukas leise und versuchte, zu ignorieren, wie sehr er sich danach sehnte, Flo in den Arm zu nehmen. Sein Lachen zu hören, dieselbe Luft wie er zu atmen, ihn zu schmecken und zu fühlen.

»Ja, Lukas, das wirst du.«

»Ich will leben. Meinen Weg finden. Mit dem Verlust fertig zu werden. Aber ... er fehlt mir manchmal so sehr ...« Lukas brach ab. Da war es, das Loch, das Lars hinterlassen hatte. Noch ein Schritt weiter und er würde hineinfallen und dann würde es Stunden, vielleicht Tage dauern, bis er sich wieder daraus hinausgezogen hatte.

»Ja«, meinte Flo fest. »Du schaffst das.«

Lukas biss sich auf die Lippen und stellte sich für einen Moment, für einen sehr kurzen Moment vor, es wäre Lars, der hier sitzen würde. Sein Bruder, sein bester Freund, sein Zwilling. Dann riss er sich davon los und schüttelte den Kopf. Er sah Flo an. »Ich glaube, ich sollte wieder mehr am Leben teilnehmen«, teilte er mit. »Wie soll ich herausfinden, wer ich wirklich bin, wenn ich hier auf der Bank sitzen bleibe, während das Leben ohne mich weitergeht? Ich möchte wissen, was ich vom Leben will. Möchte ich noch als Soldat arbeiten? Kann ich Nicole wieder ein richtig guter Freund werden? Wer bin ich? Was macht mich aus? Wenn ich das alles weiß, dann kann ich mich auch schwierigeren Fragen widmen.«

»Du bist also auf dem richtigen Weg?«, fragte Flo sanft.

»Ja.« Lukas nickte. »Bald.«

*

238

Zwei Wochen später wagte Lukas das erste Mal seit dem Tod seines Zwillingsbruders zum Frisör zu gehen. Sie hatten die Haare immer ein klein wenig anders getragen, einfach, um es ihren Mitmenschen leichter zu machen, sie zu unterscheiden. Im Normalfall hatte Lars die Haare immer etwas länger als er selber getragen, spätestens seit er sich als Soldat verpflichtet hatte. Doch immer, wenn sie ihre Frisur verändert hatten, hatten sie sich zuvor abgesprochen. Manchmal waren sie sogar direkt zu zweit dorthin gegangen. Es war ihm sehr schwer gefallen, sich nun alleine auf eine Frisur festzulegen. Da er sich nach dem Tod von Lars nicht mehr die Haare hatte schneiden lassen und dies durch seine Krankmeldung auch nicht notwendig gewesen war, war er Lars immer ähnlicher geworden. Er hatte es irgendwann nicht mehr ertragen und er wusste, dass auch seiner Mutter der Atem gestockt war.

Also mussten die Haare gekürzt werden.

»Sieht gut aus, richtig stylisch«, lobte Flo, als Lukas zu ihm zu der Bank an dem See trat, die ihr Treffpunkt in den letzten Wochen geworden war.

»Danke.« Lukas schluckte und versuchte, die Traurigkeit zu verdrängen, die er empfunden hatte, als er in den Spiegel gestarrt hatte, während die Frisörin ihre Arbeit gemacht hatte. Sein Spiegelbild, das Lars so ähnlich gesehen hatte, war nun immer mehr wie das Spiegelbild geworden, das ihn selber zeigte. Es tat so verdammt weh. Es war, als wäre Lars erneut gestorben. »Danke ... sie sind einfach zu lang geworden«, meinte er leise und strich mit den Fingern unsicher über die vom Gel fest gewordenen Haaren.

»Es sieht wirklich toll aus, Lukas!«, betonte Flo. Vermutlich verstand er Lukas' Problem mit dem Friseurbesuch nicht.

Lukas sah über Flo hinweg zum See und wagte nicht, in seine Augen zu sehen.

»Du solltest sie immer ein klein wenig gelen«, meinte Flo energisch und stellte sich auf die Zehenspitzen. Langsam berührte er Lukas' Haare und runzelte die Stirn. Ganz auf seine Aufgabe konzentriert zupfte er sie zurecht und schob sie etwas hinter die Ohren. Die Berührung seiner Finger am Ohrläppchen kribbelte, was sich beruhigend anfühlte, doch dann streifte Flo mit seiner Hand die Haut an seiner Stirn und Lukas stellte fest, dass sein Herz heftig zu schlagen begann. Sein Körper reagierte auf Flos Nähe wie er es seit Lars' Tod nicht mehr bei einem Menschen getan hatte.

»Nicht.« Lukas griff nach oben und packte Flos Hand am Handgelenk.

»Ich werde deine Frisur nicht zerstören«, murmelte Flo und lehnte sich gegen Lukas. »Ich … Darf ich …«

Langsam ließ Lukas die Hand los und nickte leicht. Es war einfach viel zu schön, als dass er es Flo hätte verbieten können.

»Danke«, sagte Flo und lächelte so herrlich strahlend, dass es in Lukas' Magen kitzelte. Dann zog wieder dieser konzentrierte Ausdruck über sein Gesicht und er zupfte erneut an den gegelten Strähnen herum. Als sich sein Fingernagel an Lukas Schläfe in die Haut eingrub, zog Lukas scharf die Luft ein.

»Tut mir leid«, flüsterte Flo, zog die Hand aber nicht zurück, sondern strich mit seinem Finger über die Stelle und lächelte verschmitzt. »Es steht dir, Lukas.«

»Danke«, wiederholte Lukas.

»Kein Problem.« Flo ging einen Schritt nach hinten, aber Lukas schlang einen Arm um seine Schultern und zog ihn zu sich. Sanft drückte er seine Lippen auf die von Flo, schloss die Augen und konzentrierte sich auf den wunderbaren Geruch von Flo. Als Flo den Kopf schief legte, kamen Lukas die Tränen, weil es sich so wundervoll perfekt anfühlte.

Als er den Kuss vertiefen wollte, drückte Flo ihn jedoch von sich weg und musterte ihn aus einer Mischung aus Traurigkeit und Ernsthaftigkeit. »Ich weiß nicht, ob das eine gute Idee ist.«

»Vermutlich nicht«, meinte Lukas und biss sich verlegen auf die geröteten Lippen.

»Du solltest dein Leben in Ordnung bringen«, fuhr Flo fort. »Stürz dich nicht in sowas, sondern versuche erst einmal den Tod deines Bruders zu verarbeiten.«

Lukas wandte sich ab.

»Hey.« Flo griff nach seinem Arm. »Versprichst du es mir?«

»Ja«, hauchte Lukas. »Ich verspreche es.«

*

Danach ging Lukas nicht mehr zu dem Treffpunkt. Ihm wurde bewusst, dass er denselben Fehler gemacht hatte wie bei Nicole. Er hatte versucht, sich an einen Partner zu binden und so wie er die Sache einschätzte, hatte er weder bei Nicole noch bei Flo eine Partnerschaft gesucht, die auf eine romantische oder leidenschaftliche Art funktionierte, sondern eher hatte er für sich einen neuen Zwilling gesucht. Doch den würde er nie wieder finden. Sein einziger Zwilling war tot. Es würde niemals Ersatz für Lars geben.

Er besuchte wieder regelmäßiger seine Eltern und ging sogar mit ihnen zum Grab. Während seine Mutter leise weinte, stand Lukas wie betäubt davor und starrte zum Grab. Dort lag sein Zwillingsbruder nicht. Das konnte gar nicht sein. Lieber stellte er sich Lars irgendwo in der Natur vor.

Einige Tage später ging Lukas auch mit Nicole zum Grab und er entschuldigte sich bei ihr. Sie drehte sich zu ihm und ließ sich von ihm in den Arm nehmen. Dann kündigte sie ihm an, dass sie darüber nachdachte, mit einer Hilfsorganisation als Ärztin ins Ausland zu gehen. Sie wollte hier weg, wollte sich ablenken, eine neue Aufgabe haben. Das plötzliche Gefühl von Einsamkeit umschlang ihn. Wie konnte sie ihn jetzt alleine lassen, jetzt, wo er endlich versuchte, die Sache zwischen ihnen zu bereinigen?

Dann aber dachte er an seine eigenen Pläne, als Soldat ebenfalls weit weg zu gehen und sich ganz darauf zu konzentrieren, anderen Menschen zu helfen. Er hielt Nicole im Arm und strich über ihr Haar, während er auf Lars' Grab starrte und ihm kamen die Tränen, als er darüber nachdachte, wie glücklich Lars wäre, wenn er sie beide hier sehen würde. Er küsste seine Schwägerin auf die Schläfe.

Irgendwann dachte er, dass er Flo nicht einfach aus dem Weg gehen wollte. Ihn nicht wieder aus seinem Leben lassen konnte, ohne sich zumindest verabschiedet zu haben. Er lief zum Bäcker und kaufte dort zwei große Plunderteilchen, anschließend machte er sich zu dem Weg zu der Bank, an der sie sich einmal die Woche getroffen hatten. Er hatte kaum Hoffnung, Flo dort zu sehen, doch er musste es versuchen. Und vielleicht glaubte Flo daran, dass er eines Tages wieder auftauchen würde. Tatsächlich sah er Flo kurz darauf um den See joggen.

Als er Lukas erblickte, blieb er irritiert stehen, bevor er in einem gemächlichen Tempo zu ihm ging.

»Du bist wieder da«, meinte Flo und lächelte erfreut. Er gab Lukas die Hand.

»Ich war mir nicht sicher, ob du heute hier bist«, antwortete Lukas.

»Ja.« Flo setzte sich. »Ich bin hier immer joggen gegangen in der Hoffnung, du würdest dich nochmal sehen lassen. Ich wollte nicht zu aufdringlich werden. Gleichzeitig hätte ich es traurig gefunden, wenn wir uns erneut aus den Augen verlieren. Geht es dir gut?«

»Mir geht es gut.« Lukas zeigte auf sich. »Wie du siehst, ein wenig zu gut. Hab mich ein bisschen zu oft von meiner Mutter gut bekochen lassen. Wird Zeit, dass ich wieder arbeiten gehe.«

»Ja, jetzt wo du es sagst.« Flo nickte und grinste schließlich. »Noch etwas, was euch nun unterscheidet. Du bist kräftiger als Lars es je gewesen ist.«

Für einen Moment sah Lukas Flo an und spürte Dankbarkeit in sich aufsteigen, dass Flo so normal über Lars reden konnte. Wenn Lukas bei seinen Eltern oder bei Nicole war, dann fühlte sich alles immer noch so wund an.

»Wie geht es dir, Flo?«, fragte er.

»Ich ...« Er zögerte. »Wegen dieses Kusses.«

Lukas winkte ab. »Vergiss es.«

»Nein, ich will nicht, dass das zwischen uns steht, Lukas.« Flo betrachtete ihn.

Seufzend rieb Lukas mit seinen Fingern über seine heißen Wangen. »Ich hatte da etwas falsch verstanden. Du hattest aber vollkommen recht. Ich sollte jetzt mir selber genug sein.«

»Ich habe damals für dich geschwärmt, wusstest du das?«

Stirnrunzelnd sah Lukas ihn an. Er lächelte. »Wirklich? Damals, als wir uns wegen deines Coming Outs getroffen haben?«, fragte er.

»Ja.« Flo lächelte ebenfalls. »Ich bemerkte, dass du in mir keinen potenziellen Partner siehst, sondern eher einen Jungen, der die Szene und seine schwule Identität erst kennenlernen muss. Also habe ich die Treffen eingestellt.«

»Ah.« Lukas nickte. »Jetzt macht das alles Sinn, dieser plötzliche Kontaktabbruch.«

»Damals hätte ich mir gewünscht, dass wir uns wieder über den Weg laufen und du mich endlich als den siehst, der ich für dich sein wollte. Ich habe davon geträumt, dass du mich küsst. Aber ... «

»Du musst es nicht erklären«, murmelte Lukas.

»Ich ... es ist einfach so, dass es da jemanden gibt. Mit dem ich mich treffe. Jona heißt er. Ich habe keine Ahnung, ob das was Ernstes werden könnte, aber ... Ich glaube nicht, dass ich das aufgeben sollte, besonders deswegen nicht, weil ich nicht denke, dass du dich jetzt ... du ... genauso wie du damals, spüre ich jetzt, dass du noch nicht so weit bist. Du solltest dir die Zeit nehmen.«

»Danke.« Lukas seufzte auf. Wie klug Flo doch war, obwohl er so viel jünger war. »Also, sowas muss man erst mal schaffen: Zwei Körbe innerhalb weniger Wochen.« Lukas schmunzelte, dann schüttelte er den Kopf und schloss die Augen. Es wurde Zeit, dass er sich um sich selbst kümmerte.

Flo lächelte. »Es tut mir leid. Wirklich leid.«

Ohne etwas zu erwidern, starrte Lukas auf den See. »Nein, das muss es nicht«, sagte er dann nach einem Moment doch noch. »Wirklich nicht.«

»Gut.« Flo sah erleichtert aus.

Sie schwiegen und aßen die Plunderteilchen, während sie die anderen Fußgänger beobachteten.

»Kennst du eigentlich den Unterschied zwischen einem Physiker und einer Hebamme?«, fragte Lukas, um den seltsamen Moment aufzulösen. Er wartete die Antwort von Flo nicht ab. »Der Physiker sagt H2O, die Hebamme OH2.«

Flo runzelte die Stirn.

»Oh ha, zwei!«, fügte Lukas hinzu. »Zwillinge. Lukas und ich... du verstehst?«

»Kann das sein, dass deine Witze auch mal besser waren?« Flo grinste und machte einen gelösteren Eindruck als zuvor.

»Vielleicht finden den nur Zwillinge gut.« Lukas hob die Schultern und grinste.

»Ja.« Flo nickte und lachte dann leise. »Das wird es sein.«

Lukas lehnte sich zurück und starrte zufrieden zu dem See. Er war nach wie vor Teil eines Zwillings, aber er war auch eine eigenständige Person. Und er war neugierig, wer diese Person war und was er bei sich selber noch entdecken würde.

Ein (zweiter) kurzer Sommer

Impressum: Neuveröffentlichung in der erweiterten Neuauflage / Testlesende: Bettina Reitz, Sandra Pohlenz, Imke Brunn, Sabine Ernst, Markus Jehle

Zusammenfassung: Trotz der Vereinbarung getrennte Wege zu gehen, suchen Kira und Miro wieder den Kontakt zueinander. Doch als Kira Miro erneut besucht, muss sie feststellen, dass sich etwas zwischen ihnen verändert hat. Haben sie eine Chance auf eine gemeinsame Zukunft, oder verabschieden sie sich am Ende des Sommers erneut voneinander?

Vorwort: Dies ist der zweite Teil der Kurzgeschichte *Ein kurzer Sommer*. Habt Ihr die Geschichten chronologisch gelesen oder habt Ihr alle anderen Geschichten zunächst übersprungen, um gleich erfahren zu können, wie es mit Miro und Kira weitergeht? Falls ja, dann will ich Euch nicht weiter auf die Folter spannen ...

Als Kira ihn zum ersten Mal wiedersah, fielen ihr sofort seine langen Haare auf. Im letzten Sommer hatte er sie noch kurz getragen, nun waren sie länger geworden und zu einem lässigen Dutt am Hinterkopf verknotet. Er hockte nicht wie andere Menschen auf der Sitzfläche, sondern auf der Rückenlehne der Bank, die Füße auf dem flachen Holz aufgestellt, die Unterarme abgestützt, sodass seine Hände zwischen seinen Oberschenkeln baumelten.

Seine Tätowierungen waren halb verdeckt von einem engen Langarmshirt, dessen Ärmel er etwas nach oben geschoben hatte. Es war zu warm für lange Ärmel, aber es betonte seine Muskeln in der Brust und die kräftigen Oberarme.

Einen Moment noch genoss sie den Anblick. Sie hatte ihn so vermisst, mehr als sie erwartet hatte. Und auch nach den ersten Monaten ihrer Rückkehr im letzten Sommer waren die Gedanken an ihn nicht weniger geworden. Dann im Frühling hatte sie begonnen erste zaghafte Kontaktversuche zu starten, Missverständnisse und unglückliche Zufälle hatten verhindert, dass sie sich früher sahen.

Nun aber waren sie hier, beide, an ihrem Treffpunkt auf der Bank am See, wo sie bereits vor einem Jahr gerne gesessen hatten.

Sie gab sich einen Ruck. Sie mochte den Anblick des verträumten Künstlers, aber noch mehr wollte sie seine Stimme hören, sein Grinsen sehen, seine Finger auf ihrer Haut spüren.

»Hej«, sagte sie auf Schwedisch, als sie nähertrat.

Er hob seinen Kopf, seine Augen sahen verunsichert zu ihr, dann entspannte er sich merklich und lächelte. »Hej. Kira. Endlich.«

Kira setzte sich nicht, sondern blieb neben der Bank stehen. Jetzt wo er erhöht auf der Bank saß, war er größer als sie. Wenn sie nebeneinander herliefen, sich im Stehen küssten, dann waren sie ungefähr gleich groß, deswegen war es ungewohnt, zu ihm aufzublicken.

»Das war kompliziert«, sagte er.

»Oh ja.« Kira nickte. Kurz, nachdem sie vor einem Jahr abgefahren war, war sie sich sicher, dass er nichts mehr von ihr wissen wollte. Er hatte sich zu schnell damit zufriedengegeben, dass sie nach Jönköpping zurückkehrte, hatte nicht einmal versucht, sie aufzuhalten oder einen Vorschlag zu machen, eine

Art Fernbeziehung zu versuchen. Ja, es waren mehr als 180 Kilometer, aber aus seiner Sicht schien das nicht einmal eine Debatte wert zu sein.

Als sie zuhause angekommen war, hatten familiäre Verpflichtungen sie so sehr in Anspruch gehalten, dass die Gefühle für ihn in den Hintergrund rückten. Es gelang ihr, sich einzureden, dass er nichts von ihr wollte, und dass sie den Liebeskummer irgendwie überwinden musste. Doch dann im Winter hatte sie es nicht mehr ausgehalten und sich im Internet nach der Glashütte umgeschaut, in der er angestellt war. Sie fand in den sozialen Medien schnell das Kunstwerk, welches sie gemeinsam hergestellt hatten. Es stand nun in der Vitrine, direkt neben denen von ihrer Oma. Im Text unter dem Bild wurde verraten, dass er es *für Kira* genannt hatte.

Für Kira? Eine Widmung an sie? An die fremde Frau, mit der eine lose Sommeraffäre eingegangen war? Sie fand, es klang eher wie eine Botschaft. Doch sie erinnerte sich, warum sie in Jönköpping lebte und dass ihre letzte Fernbeziehung kompliziert geendet hatte. Also ließ sie es zunächst auf sich beruhen.

Im Frühling schrieb sie schließlich hinter dem veralteten Posting, dass sie sich für diese Widmung bedanken wollte. Doch er antwortete nicht und reagierte nicht mit einem *gefällt mir*. Weitere Wochen vergingen, sie versuchte zu akzeptieren, dass sie ihm egal geworden war. Oder schon damals egal gewesen war.

»Warum hast du mir nicht einfach direkt auf meinen Beitrag in den sozialen Medien geantwortet?«, fragte sie neugierig.

Er musterte sie, seine Stirn runzelte sich. »Nutze ich nicht.« Er winkte ab, dann streckte er die Hand aus. Sie umfasste sie und ließ sich von ihm zur Bank ziehen. Sie kletterte auf die Sitzfläche und ließ sich neben ihm auf die schmale unbequeme Lehne nieder, einen großen Abstand zu ihm einhaltend.

»Also hast du mir stattdessen einen Brief geschrieben, der nie angekommen ist?«, murmelte sie und grinste. Sie warf ihm einen Blick zu und spürte ein Kitzeln in der Magengegend.

Verlegen senkte er den Blick. »Ich dachte, wenn ich ihn an deine Uni schicke, dann werden sie dich schon ausfindig machen.«

Kira lachte leise, dann schwiegen sie gemeinsam. Gedankenverloren lauschte Kira den Vögeln und dem Geraschel aus dem Wald, das davon zeugte, dass irgendwo ein paar scheue Rehe an ihnen vorbeischlichen. Sie hatte nicht nur ihn vermisst, sondern auch die Spaziergänge, die sie mit ihm unternommen hatte. Hier im Süden war der Wald anders als in der Nähe von Jönköpping. Dichter. Geheimnisvoller. Nun war sie wieder hier, ohne zu wissen, ob sie einfach ihre Semesterferien mit ihm verbringen würde, oder ob er sich dieses Mal etwas Dauerhafteres vorstellen konnte.

»Wie geht es dir?«, fragte sie leise.

Er hob die Schultern. »Es ist viel passiert. Seit du gegangen bist. Meine Schwester hat mich besucht.«

Erstaunt riss Kira die Augenbrauen hoch. »Echt? Die Schwester, mit der du keinen Kontakt mehr hattest?«

Miro nickte. Er kratzte sich an der Stirn. Er schien nicht darüber reden zu wollen, was verständlich war. Sie hatten mehr als ein Jahr nicht miteinander geredet. Und die Nähe, die sie vor einem Jahr empfunden hatte, war eine Illusion gewesen. Das spürte sie genau.

»Lass uns ein paar Schritte gehen.« Er sprang von der Bank und hielt ihr die Hand hin. Wie ein Gentleman half er ihr, als sie einen großen Schritt machte und den Fuß auf den weichen Waldboden aufsetzte. Als sie dem Pfad folgten, der sie um den See herumführte, hielt er ihre Hand weiter fest umklammert. Als hätte er Angst, dass sie jederzeit aufs Neue verschwinden könnte.

In den nächsten Tagen verbrachten sie viel Zeit draußen in der Natur. Er lud sie nicht in die Glasbläserei ein und auch nicht in seine Wohnung. Generell schien er nicht dort weitermachen zu wollen, wo sie aufgehört hatten. Er nahm ihre Hand, wenn sie spazieren gingen, berührte manchmal ihre Schultern, aber er küsste sie nicht mehr. Es war, als würden sie nochmal ganz von vorne anfangen.

Schon vor einem Jahr war er schweigsam gewesen. Er redete nicht gerne über seine Familie und hatte außerhalb der Glas-Community keine Bekanntschaften. Nur wenn er in der Fabrik war und mit dem Blasrohr hantierte, schien er sich ein wenig öffnen zu können.

Das war damals so gewesen, und so war es auch jetzt noch. Vermutlich fiel es ihm gar nicht auf, aber Kira hatte den deutlich höheren Redeanteil. Sie erzählte ihm, wie schrecklich es gewesen war, als ihr Großvater nach langer schwerer Krankheit gestorben war, und wie hart es für ihren Stiefvater gewesen war, diesen letzten Weg zu begleiten.

»Das war der Grund, warum ich dringend wegmusste«, erklärte sie ihm, während sie ihm den Fluss entlang folgte.

Miro blieb abrupt stehen. »Dein Opa lag im Sterben, als du bei mir warst?«

Kira nickte. »Warum glaubst du, habe ich mich auf die Suche nach den Kunstwerken seiner Frau gemacht? Er wollte, dass ich hinfahre, um zu schauen, ob ihre Glaskunst noch ausgestellt war. Als ich ihm erzählte, wie stolz ihr nach all den Jahren auf sie seid, war er sehr glücklich. Ich habe ihm ebenso von dir erzählt, von dem Künstler, der aus Deutschland wegen der Glaskunst nach Schweden ausgewandert ist. Der sich wegen seiner Frau so inspiriert gefühlt hat, dass er sich für die Glashütte entschieden hat, um die Ausbildung zu beginnen.«

»Das wusste ich nicht. Ich meine, dass dein Opa gestorben ist.« Er rieb sich über die Unterarme.

Und sie wusste noch viel weniger über ihn, dachte sie.

»Tut mir leid, dass dein Opa gestorben ist«, murmelte er und seine Finger gruben sich fest in die Haut seiner Innenarme. »Es hat dir bestimmt gut getan, dass ihr einen guten familiären Zusammenhalt habt.«

Kira dachte kurz nach. Sie waren eine Patchworkfamilie. Mit ihrem leiblichen Vater und dessen Familie hatte sie weniger Kontakt, aber sie war in die Familie ihres Stiefvaters gut integriert worden. Weder ihr Stiefvater noch dessen Familie hatten je einen Unterschied zwischen ihr und ihren beiden Halbgeschwistern gemacht. Vielleicht war das etwas, was sie zu selbstverständlich angenommen hatte. Wie sie bisher herausbekommen hatte, hatte Miro weniger Glück mit seiner Familie gehabt.

Sie wünschte sich, er würde mehr darüber erzählen. »Ja«, sagte sie. »Ich bin wirklich dankbar dafür.« Sie musterte ihn, gab ihm Zeit, darauf zu reagieren, aber er starrte nur in die Ferne in den dichten Wald.

Einige Tage später nahm Miro sie mit zu einer anderen Glasbläserei. Er musste dort im Auftrag seiner Chefin Unterlagen abgeben, die für eine bevorstehende gemeinsame Veranstaltung benötigt wurden.

Die andere Glasbläserei war größer und weitläufiger, die Verkaufsfläche riesig und die Cafeteria wirkte eher wie eine Kantine. Doch die Leute waren nett, und es war schön zu sehen, mit wie viel Herzlichkeit und Bewunderung Miro begegnet wurde. Er stellte sie als *Freundin aus der Stadt* vor, eine Bezeichnung, die sie schlucken ließ und in ihr die Zweifel hochkommen ließ, was das hier genau zwischen ihnen überhaupt war.

Während er mit den anderen Künstlern redete, entfernte Kira sich und sah sich im Shop um. Sie dachte darüber nach, eine zierliche Tierfigur aus buntem Glas zu kaufen, um sie ihrer Mutter zu schenken. Sie liebte Geckos und das Farbenspiel darin und sie wusste, ihrer Mutter würde es ebenfalls sehr gefallen.

Sie bemerkte nicht, dass Miro auf einmal hinter ihr stand, und zuckte zusammen, als er ihr die Hand auf den Rücken legte. Er lehnte sich nach vorne, einzelne Strähnen, die sich aus seinem Haarknoten gelöst hatten, kitzelten sie an der Wange.

Sie hielt inne, schloss die Augen und ließ den vertrauten Geruch auf sich wirken. Eine schwer zu beschreibende Mischung aus Rauch, verkohltem Holz und der Frische von Seife, die sie direkt mit ihm verband. Fast als würde sich seine Berufung direkt auf seine Haut setzen. Kurz ließ der Moment ihr Herz aussetzen, nur um dann in einem schnelleren Takt weiter zu schlagen.

»Wollen wir weiterziehen? Ich lad dich ein, hier in der Nähe gibt es ein gemütliches Café, die die besten Kanelbullar der Gegend anbieten. Lust bekommen?«, fragte er, bevor er sich von ihr entfernte und die Geckofigur musterte.

Kanelbullar, Zimtschnecken auf Deutsch. Sie redeten nicht schwedisch miteinander, wenn sie gemeinsam Zeit verbrachten. Vielleicht kannte er das deutsche Wort nicht? Sie lächelte und nickte. »Ich möchte zuerst diesen Gecko kaufen. Für meine Mutter.«

Miro schüttelte den Kopf. »Nein, nein, ich stelle dir eine Figur wie diese her. Eine, die noch schöner aussieht.«

Er wartete ab, bis sie nickte, dann führte er sie nach draußen, die Hand noch zwischen ihren Schulterblättern gelegt.

Auf einmal war sich Kira doch sicher, dass er mehr von ihr wollte, obwohl er die körperliche Nähe scheute. Ganz im Gegensatz zum letzten Jahr, als sie mehrmals miteinander geschlafen hatten.

Das Café in der Nähe stellte sich als ein kleiner, romantischer Garten heraus, in dem mehrere Tische unter Ebereschen und ihren zahlreichen roten

Früchten und Hagebuttenbüschen verteilt waren, an denen man wunderbar im Schatten seine Fika genießen konnte.

Nachdem sie sich mit Kanelbullar, Kaffee und kühlem Wasser versorgt hatten, setzten sie sich in der Nähe einer besonders großen Eberesche gegenüber an einen blauen Tisch mit gelben Stühlen.

»Warum hast du es nochmal versucht, mich übers Internet zu kontaktieren, obwohl du meinen ersten Brief nicht erhalten hast?«, fragte Miro unvermittelt.

Mit der Frage erwischte er sie eiskalt, sie spürte, dass ihre Wangen heiß wurden.

»Sag es«, bat er leise.

»Warum hast du mir einen zweiten Brief geschrieben, obwohl du meine Nachrichten im Internet nicht erhalten hast?«, erwiderte Kira grinsend.

Spielerisch hob Miro den Zeigefinger und bewegte ihn schnell hin und her. »Das ist unfair, ich habe zuerst gefragt.«

Sie sahen einander in die Augen, aber niemand von ihnen schien den Anfang machen zu wollen. Schließlich hob Kira die Schultern. »Ich konnte mich schlecht daran gewöhnen, dass du nichts mehr von mir wissen wolltest, obwohl der letzte Sommer so schön war.«

Miro kaute langsam auf einem Teil seiner Kanelbullen herum. Er schluckte, ohne sie aus den Augen zu lassen. »Ja, ging mir genauso.«

Den zweiten Brief erhielt Kira. Sie konnte sich noch gut daran erinnern, als sie von ihrer Professorin gebeten wurde, ins Sekretariat zu gehen. Sie hatte mit dem Schlimmsten gerechnet, stattdessen wurde ihr ein handgeschriebener Brief in die Hand gedrückt und sie darum gebeten, ihren Bekannten die eigene Privatadresse zu nennen.

Danach ging es schnell, denn Miro hatte ihr nicht nur seine Festnetznummer mitgegeben, sondern zusätzlich seine Adresse. Außerdem erreichten ihn nahezu gleichzeitig dazu auch endlich die Nachrichten, die sie ihm über die sozialen Netzwerke hatte zukommen lassen. Er hatte ihre Mailadresse und ihre Handynummer. Und als ob sie dieses Mal verhindern wollten, dass sie sich wieder verpassten, begannen sie auf allen möglichen Kanälen Unterhaltungen.

»Du fandest den letzten Sommer schön?«, fragte Kira.

Miro runzelte die Stirn. »Ja, natürlich. War das nicht offensichtlich?«

Kira hob die Schultern. Doch, eigentlich schon. Aber in diesem Jahr war er distanzierter und noch verschwiegener als er es vor einem Jahr gewesen war. Sie war sich unsicher, was seine Gefühle für sie anging.

Miro berührte ihre Hand, die neben der Blumenvase mit der Handfläche nach unten lag. »Ich fand es sehr schön. Ich bedauere, dass der Sommer so kurz war«, hauchte er. Für einen Moment, während Kira in dem Anblick seiner offenen, sanften Augen blickte, glaubte sie, für immer mit ihm glücklich sein zu können, doch dann schüttelte sie den Kopf, um sich selbst auf den Boden der Tatsache zurückzuholen. Vielleicht war er einfach ein talentierter Charmeur.

Sie bemerkte, dass sie sich über seine widersprüchlichen Signale weiter Gedanken machen musste, und dass sie das Thema wechseln wollte. »Also wirst du den Gecko für mich herstellen?«

Sie blieben in dem Café, bis sie die letzten Gäste waren. Sie räumten das Geschirr weg und Miro fuhr sie zu ihrer Pension. Bevor sie ausstieg, bedankte er sich bei ihr für den schönen Tag.

In der nächsten Woche sah sie ihn seltener. Er hatte viel zu tun in der Glasbläserei. Doch abends gingen sie häufiger spazieren. Am Wochenende besuchte sie ihn kurz in seiner Fabrik, aber sie blieb nicht lange. Es war viel los, und er hatte keine Zeit, sich mit ihr zu unterhalten. Es war allerdings schön, sich daran zu erinnern, was für einen offenen und extrovertierten Eindruck er machte, sobald er in seinem Element war. Sie betrachtete einen Moment lang die Kunstwerke in der Vitrine. Die von ihrer Oma und das Kunstwerk, das er ihr gewidmet hatte, und welches sie im letzten Jahr gemeinsam hergestellt hatten. Es war wie eine Erinnerung an eine längst vergangene Zeit und schien nichts mehr mit der Gegenwart zu tun zu haben.

Zu Beginn der nächsten Woche schlug er vor, gemeinsam zum Meer zu fahren. An diesem Tag hatte er frei und holte sie in der Pension ab. Als sie zu ihm ins Auto stieg, lächelte er sie an, und während er durch die schwedische Landschaft Richtung Süden fuhr, verlor er das Lächeln nicht. Wegen der Sonnenstrahlen trug er eine Sonnenbrille, aber alleine an seinen Lippen erkannte Kira, dass er sich freute, den Tag mit ihr verbringen zu können.

Seit Tagen, nein seit ihrer Ankunft, spürte sie diese Spannung zwischen ihnen, diese merkwürdige Distanz, die sie vorheriges Jahr nicht empfunden hatte. Insgesamt kam ihr der erste Sommer leichter und unbeschwerter vor, nun wirkte alles kompliziert und zäh. Was hatte sich verändert?

Auf dem Weg vom geschotterten Parkplatz zum Meer schlenderte Miro mit langsamen Schritten neben ihr, ruhig und entspannt, aber seine Zurückhaltung und diese Stille zwischen ihnen irritierte Kira, besonders weil sie auch körperlich so vorsichtig, fast empfindlich miteinander umgingen.

Kira hatte keine Ahnung, wie sie das Gespräch beginnen konnte, doch sie wusste, dass sie es klären musste, bevor sie erneut aus seinem Leben verschwand, ohne dass sie irgendwas thematisiert hatten.

Beim Anblick der Schären, die sich vor ihnen aufbauten, als sie den Waldpfad verließen, verblassten die trüben Gedanken zunächst ein klein wenig. Die Wellen glitzerten im Licht der Sonne, der Himmel war strahlend blau. Langsam liefen sie den schmalen Pfad entlang, der die Küste säumte, während sich das sanfte Rauschen des Wassers um sie legte und die Stille erträglicher machte. Die Luft roch nach Salz und Kiefernadeln, nach Meer und Wald, die trotz ihrer Unterschiedlichkeit diesen Ort zu etwas Besonderem machte. Kiras Herz schlug genauso unruhig, wie es die kleinen Wellen gegen die zahlreichen Felsen taten.

»Miro«, sagte Kira, um die Stille zwischen ihnen zu unterbrechen. Sie blieb stehen und wartete, bis er das ebenfalls machte und sich zu ihr umdrehte. Sie spürte die Unruhe in sich, während er weiter entspannt wirkte. Außerdem fielen ihr die Worte schwer; sie hatte keine Ahnung, wie sie das Gespräch beginnen konnte.

Miro wartete ab, dann schien ihm bewusst zu werden, dass es ihr ernst war und er schob die Hand nervös in seine langen braunen Haare, die er zu einem Knoten am Hinterkopf gebunden hatte. Als Kira in seine klaren, braunen Augen sah, spürte sie, dass sie ruhiger wurde. Sie hatten eine große Auswirkung auf sie, schon damals, aber ebenso noch heute. Sie fesselten sie, verstärkten das Kitzeln in ihrem Bauch, erregten sie - und gleichzeitig beruhigten sie sie, ließen sie sich besser konzentrieren. Sie konnte in ihnen versinken und alle Probleme um sich herum vergessen.

»Ich verstehe das zwischen uns beiden nicht. Du wirkst so ... distanziert. Ich habe das Gefühl, du hältst mich auf Abstand. Es passt nicht zu deinem Verhalten von vor einem Jahr.«

»Auf Abstand?« Als wollte er das Gegenteil beweisen, trat er einen Schritt nach vorne, doch er nahm nicht ihre Hand. »Nein, wirklich nicht.«

»Etwas ist anders«, betonte Kira.

Miro ließ den Blick übers Wasser schweifen, als suche er dort in den kleinen felsigen Inseln vor der Küste nach Worten. Er atmete tief durch. »Nein, ich halte dich nicht auf Abstand. Ich will dieses Jahr sicher sein, dass das zwischen uns eine Zukunft hat. Ich will ... mehr Sicherheit.«

»Sicherheit?« Kira runzelte die Stirn.

Miro versteifte sich. Er trat einen Schritt zurück, dann schüttelte er den Kopf. »Ach komm, lass es uns vergessen.«

»Wie bitte?« Kira spürte Wut in sich aufsteigen. Sie trat ihm in den Weg, als er die ersten Schritte zum Auto ging. »Wovon sprichst du bitte?«

Miro sah sie an. Gehetzt. Nervös. Aber in seinen Blick lag ebenso diese Verletzlichkeit, die er manchmal nicht verbergen konnte, wenn er seine Kindheit in Deutschland oder seine Familie erwähnte.

»Red mit mir«, flüsterte Kira. Nein, sie flehte.

»Ich will niemanden mehr an mich heranlassen, nur um dann festzustellen, dass es nicht ernsthaft ist. Ich will das nicht ständig erleben, wie eine Dauerschleife, in der ich gefangen bin.« Er ballte die Faust und biss sich auf die Lippen. Als er weiterredete, sah er ihr nicht in die Augen, sondern zum Boden. »Jedes Mal. Freunde. Partnerinnen. Alle, die gehen, bevor ich die Chance habe, ihnen nahezukommen. Und mir ist bewusst geworden, sie gehen, weil ich sie nicht an mich heranlasse. Es ist ein verdammter Teufelskreis.«

Kira schluckte. Sie hatte das Bedürfnis, ihn in den Arm nehmen zu müssen, gleichzeitig wusste sie, dass dafür nicht der richtige Zeitpunkt war.

»Und jetzt erzählst du mir, dass du ebenfalls glaubst, ich würde dich nicht an mich heranlassen. Dabei hatte ich einen guten Eindruck, was zwischen uns läuft.« Er schüttelte den Kopf, als wüsste er einfach nicht weiter. »Ich wollte dir doch nie den Eindruck vermitteln, es sei nicht ernst.« Er zögerte erneut, suchte nach den richtigen Worten. »Ich will sicher sein, dass es das wert ist. Dass es wirklich ernst werden könnte. Ich will nicht, dass du aus meinem Leben verschwindest. Dass ich ... wieder da rumhänge und dich vermisse.«

Kira spürte, dass ihr Herz für einen Moment stockte. Das war also der Grund für seine Zurückhaltung? Nicht, weil er kein Interesse hatte, sondern weil er die Befürchtung hatte, sie hätte keines?

»Aber ...« Sie räusperte sich, denn ihre Stimme war seltsam belegt. »Aber du ... du wolltest doch im letzten Jahr nichts Ernstes. Du hast mich gehen lassen, als ich nach Jönköpping zurückgegangen bin, hast nicht mal gefragt, warum es mir so dringend ist. Ich war überzeugt, dass es für dich eine Affäre war. Ein kurzer Sommer.«

Miro schloss die Augen, es sah aus, als wolle er den Schmerz in ihren Worten erspüren. »Kira«, sagte er nach einem kurzen Moment des Schweigens. »Ich hätte dich gerne gehalten, aber ... ich war es einfach gewohnt, dass Menschen vor mir abhauen, sobald ich ihnen ... sobald ich zu viele Ansprüche stellte. Das hat sich nun geändert. Nun ist mir bewusst geworden, dass ... ich ein Recht darauf habe, zu wissen, woran ich bin, bevor ich mich hingebe.«

Kira trat einen Schritt nach vorne, doch sie zuckte zurück, als ihre Hand seinen Unterarm berühren wollte. Es war zu früh. Nicht der richtige Zeitpunkt. »Was meinst du damit, du bist es gewohnt, dass Leute abhauen?«

Erneut wandte Miro den Blick von ihr ab und starrte auf die glitzernden Schäreninseln. »Meine Mutter hat uns verlassen, als meine Schwester und ich noch klein waren. Danach hat es sich in mir festgesetzt. Die Überzeugung, dass Menschen, denen ich mich nahe fühle, irgendwann gehen. Deswegen halte ich die Leute auf Abstand. Und vielleicht fühlt sich deswegen auch niemand verbindlich mit mir verbunden.«

Die Schwere in seiner Stimme war nicht zu überhören. Die Verletzung war tiefer als sie geahnt hatte. Und wer konnte es ihm verübeln? Sie selber hatte eine große Familie. Selbst ihr Vater, der eine neue Familie weit entfernt in Deutschland hatte, hatte stets den Kontakt zu ihr gehalten. »Also, deswegen bist du letztes Jahr so schnell ... intim geworden, und hast mich danach gehen lassen, ohne zu kämpfen?«

Miro nickte. Seine Stimme war kaum mehr als ein Flüstern. »Du bist jünger als ich, Studentin. Liebst Jönköpping, bist eng verbunden mit deiner Familie. Es ist längst kompliziert genug.«

Kira schüttelte den Kopf. »Dafür gibt es Lösungen. Kompromisse. Wir können eine Fernbeziehung führen, solange ich studiere und uns später irgendwo in der Mitte niederlassen. Aber zunächst müssen wir doch erst mal herausfinden, ob ... wir das überhaupt wollen. Und dafür müssen wir uns doch zunächst einmal kennenlernen.«

Als er sie nun anblickte, erkannte sie einen Funken Hoffnung. »Du weißt ja, dass meine Schwester mich vor einem halben Jahr besucht hat. Und ... mir wurde durch sie klar, dass ich ... gar nicht der bin, vor dem alle Leute abhauen, sondern dass ich derjenige bin, der abblockt, sobald es ernster wird. Aus Angst. Aber das ist keine Entschuldigung.«

Die Welt schien um sie herum stillzustehen. All die Missverständnisse, das Schweigen zwischen ihnen, die Unsicherheiten schienen mit den Wellen davon getragen zu werden. »Ich bin gegangen, weil mein Opa im Sterben lag, und weil ich die Zeit für meine Familie brauchte. Als du mir keine Handynummer gegeben hast, keinen Versuch unternommen hast, mit mir in Kontakt zu bleiben, musste ich akzeptieren, dass es für dich lediglich eine Affäre war.«

Nun sah Miro sie an, als wären das genau die Worte gewesen, die er gebraucht hatte, um mehr Sicherheit zu erhalten. Er streckte die Hand aus. Kira spürte, wie sich ihre Finger um seine legten. Die Wärme seiner Hand und das sanfte Rauschen der Wellen um sie herum gaben ihr das Gefühl, dass sie endlich am richtigen Ort angekommen war. Bei ihm.

Dann beugte Miro sich zu ihr. Endlich. Seine Lippen berührten ihre und in diesem Moment schien die Zeit stillzustehen. Es war anders als im letzten Jahr. Vorsichtiger, zögerlicher, aber auch sanfter und zarter.

Etwas in Kiras Innerem löste sich, etwas, dass sie ein ganzes Jahr in sich getragen hatte, ohne sich dessen bewusst gewesen zu sein.

Unerwartet löste Miro sich von ihr. Er strich mit dem Zeigefinger sanft über ihre Wange, dann schob er seine Hand in die Hosentasche.

Für einen Moment hielt Kira den Atem an. Sie hatte Angst, dass der flüchtige Moment der Nähe bereits vorbei war. Doch Miro wich nicht weiter zurück, sondern er lächelte sie an. Dieses weiche Lächeln, welches er ihr seit ihrer Ankunft vor drei Wochen gezeigt hatte, und das sie nicht als die Liebeserklärung interpretiert hatte, als die sie gemeint gewesen war. Seine Augen leuchteten, als er aus der Tasche etwas hervorzog.

Neugierig blickte Kira auf den Gegenstand, eine filigrane Geckofigur aus Glas. Sie erkannte die feinen Details, sauberer gearbeitet als in der anderen

Glasfabrik: Die winzigen Pfoten, der geschwungene Schwanz, das glänzende Grün und Blau, das im Licht der Sonne funkelte wie ein Diamant.

»Habe ich gestern geblasen. Für deine Mutter.« Seine Stimme hatte diesen rauen, ehrlichen Klang, den sie im vorherigen Jahr bereits an ihm gemocht und in diesem Jahr so bitterlich vermisst hatte.

Vorsichtig nahm Kira die Figur entgegen. Das Kunstwerk war perfekt. Klar strukturiert. »Wunderschön«, murmelte sie voller Ehrfurcht.

Erneut trat Miro näher, er schob ihr mit zärtlichen, aber zitternden Fingern eine Haarsträhne aus dem Gesicht. »Ich will dir so gerne zeigen, dass ich bereit bin, dich näher kennenzulernen. Und mich dir weiter zu öffnen.«

Als sich ihre Lippen dieses Mal berührten, war der Kuss tiefer; voller Verlangen und einer Gewissheit, die die letzten Zweifel wegspülte. Ihre Zungen fanden einander, vertraut und spielerisch. Sie schlangen sich umeinander, genau wie ihre Seelen. Eins im Rauschen der Wellen und dem leichten Wind, der um sie herum tanzte.

Mit festen Armen zogen sie sich eng aneinander, mit tastenden Fingern erkundeten sie den Körper des jeweils anderen. Es war wie letztes Jahr. Nur verbindlicher. Das, was sie sich beide die ganze Zeit erhofft hatten.

Schmetterling

Impressum: Veröffentlichung in der ursprünglichen Auflage / Lektorat & Korrektorat: Lisa Lamp

Zusammenfassung: Mit dem Schweigen ihrer Pflegetochter kann sich Manuela einfach nicht abfinden, doch zum Glück kann sich Samia auch stumm ihrer Mutter mitteilen. Das hilft Manuela und ihrem Mann dabei, geduldig zu bleiben.

Vorwort: Ich habe die Geschichte in einer Phase meines Lebens geschrieben, in der ich sehr ruhelos war und viele Probleme zu bewältigen hatte. Zwar wollte ich sie bei einem Wettbewerb einreichen, doch es gelang mir nicht, sie rechtzeitig zu überarbeiten, und erst mit der Zeit konnte ich sie wirklich schätzen. Für mich ist die Geschichte der Inbegriff von einem Neubeginn, dem Motto, das all die Kurzgeschichten in der Anthologie zusammenfasst. Ich widme diese Geschichte meinem Partner und den Schmetterlingen in unserem Leben, deren Flügelschlag zwar zart, aber bedeutend war.

»Ist bei dir alles okay?«

Als Antwort nickte Samia lediglich und spielte weiter mit der kleinen Puppe, die die Psychologin ihr überreicht hatte, um besseren Zugang zu ihr zu erhalten. Konzentriert knöpfte sie das Strickjäckchen zu, sah auf und strahlte Manuela an. Sie hob die Puppe und zeigte ihr die geflochtenen Zöpfe.

Kurz ging Manuela in die Hocke und musterte die Puppe des Mädchens. »Sieht sehr hübsch aus«, bestätigte sie und zupfte an der Hose der Puppe herum. »Wie fandest du den Besuch bei Frau Schmidt?«, hakte sie nach und sah ihr Pflegekind aufmerksam an. Die ganze Situation war ein wenig seltsam und sie wusste, dass sie darauf achten mussten, dass es Samia gut ging. Gerade weil sie sich nicht so gut ausdrücken konnte, fiel es ihnen nicht immer leicht, ihre Bedürfnisse richtig einzuschätzen. Zwar war die Therapie mit der Psychologin in ihren Augen sehr wichtig, aber sie wollte auch nicht, dass sie Samia damit überforderten oder irritierten.

Wieder nickte Samia nur und widmete sich erneut der Puppe.

Seufzend richtete Manuela sich auf und ging hinüber zu Marco, ihrem Mann, der die Szene aufmerksam beobachtet hatte. Auf der Stirn hatte er diese Sorgenfalte, die sich immer bildete, wenn er seine Stirn zusammenzog. Sanft strich Manuela darüber und versuchte die gerunzelte Haut zu glätten, bevor sie mit dem Daumen über das glatt rasierte Kinn fuhr. Erneut sah Manuela über ihre Schulter nach hinten. Samia war vollkommen damit beschäftigt, sich um die Puppe zu kümmern. Sie wirkte konzentriert, aber nicht besonders verstört.

»Und?«, fragte Marco angespannt und folgte ihr in die Küche.

»Sie ist so mit der Puppe beschäftigt und äußert sich überhaupt nicht dazu«, erwiderte Manuela und hob die Schultern. Sie seufzte. Ihr gemeinsames Pflegekind war ein äußerst ruhiges Kind und das nicht nur, weil sie kein Wort gesprochen hatte, seit ihre Eltern bei der Flucht aus Somalia bei dem Versuch Europa zu erreichen, ertrunken waren. Ihr Wesen war sehr still und brav. Nie war sie besonders wild oder stellte Dinge an. Anderen Kindern gegenüber war sie schüchtern. Ihr Gehorsam war manchmal ein wenig beängstigend. Manchmal wünschte Manuela sich ein Kind, das ein wenig frecher war.

Weil Manuela und ihr Mann sich immer Sorgen um sie machten, waren sie schließlich zu einer Psychologin gegangen. Das Jugendamt hatte Bedenken geäußert und gemeint, dass sie eher etwas Geduld haben sollten, doch da die

Psychologin sehr spielerisch auf Samia zugegangen war, hatte Manuela bisher immer ein gutes Gefühl gehabt. Gleichzeitig wollte sie auch nicht ungeduldig wirken und das ständige Nachfragen vom Jugendamt setzten sie unter Druck. Als Pflegeeltern eines traumatisierten Flüchtlingskindes, das bei der Flucht zum Waisenkind geworden war, waren sie der besonderen Beobachtung durch das Jugendamt ausgesetzt. Zwar verstand Manuela das, doch manchmal empfand sie es als sehr lästig. Hätten Marco und sie einfach ein Kind zur Welt gebracht, so wie es geplant gewesen war, hätte sich niemand um das Kind geschert, so wie es vielen Kindern in Deutschland ging, und einige wurden unter schrecklichen Umständen groß.

»Weißt du, vielleicht machen wir uns zu verrückt«, fügte Manuela hinzu und berührte die verspannten Muskeln ihres Partners. Kurz massierte sie seine Schultern, dann ließ sie ihre Hände wieder sinken und sah Marco an. »Sie vertraut uns doch und würde uns schon sagen, wenn es ihr dabei nicht gut gehen würde.«

»Du meinst zeigen«, murmelte Marco und atmete tief ein, während er sich gegen die Küchenzeile drückte. Man sah ihm an, dass er sich gerade viele Gedanken machte. Das machte er eigentlich immer, wenn sie bei der Psychologin gewesen waren.

Aber Manuela glaubte mittlerweile, dass sie sich weder von dem Jugendamt noch von der Psychologin verunsichern lassen sollten. Samia hatte sehr viele schlimme Dinge erlebt, doch sie hatte in Manuela und Marco zwei liebevolle Ersatzeltern gefunden und ein einfühlsames Zuhause. Vielleicht brauchte sie wirklich einfach nur Zeit. Wenn Marco und sie zu verkrampft an die ganze Sache herangehen würden, würde das vermutlich nur den gegenteiligen Effekt haben.

»Genau, das habe ich gemeint«, bestätigte Manuela und legte ihre Hand erneut auf Marcos Schulter, dann beugte sie sich vor und drückte einen Kuss auf Marcos Stirn.

Wieder hatte sich dort die Sorgenfalte gebildet. Wenn Marco so weiter machte, würde die Falte dauerhaft bleiben. Es würde Manuela nicht besonders stören, aber wahrscheinlich hätte Marco etwas dagegen. Deswegen rieb Manuela mit ihren Händen über Marcos Oberarme und übte Druck mit ihren Lippen aus, um die Haut zu glätten. Das schien Marco zu gefallen, denn er lehnte sich leicht gegen Manuela und gab ein sanftes Brummen von sich. Nach einigen Momenten entfernte Manuela sich von Marco und betrachtete ihn.

»Sie kann es uns nicht zeigen, Manuela. Sie weigert sich die Gebärdensprache anzuwenden«, protestierte Marco schwach.

»Sie wird sich uns schon mitteilen. Das hat sie doch schon immer gemacht. Selbst vor zwei Jahren direkt nach dem wir sie zu uns genommen haben«, flüsterte sie und schob ihre Hand erneut über Marcos verspannten Rücken. Leicht begann sie die verhärteten Muskelstränge zu kneten und wurde nach einem Moment kraftvoller. »Hör auf, dir Sorgen zu machen, Marco. Du machst dich unnötig verrückt. Vielleicht wird sie ja doch noch anfangen zu sprechen. Dafür, dass sie erst vier Jahre alt war, als sie ihre Eltern auf diese grausame Art verloren hat, sind zwei Jahren hier bei uns noch nicht lange. Sie muss einiges verarbeiten. Das ist normal. Sie ist körperlich in der Lage zu sprechen. Das haben uns die Ärzte doch mehrmals versichert.« »Also gut.« Entschlossen richtete Marco sich auf, küsste Manuela auf den Mund und sah wieder zufriedener aus. »Lass uns jetzt den geplanten Spaziergang zum Weiher im Wald machen.«

Während Marco ihrer Tochter half sich anzuziehen, räumte Manuela den Esstisch ab, wo noch die Kaffeetassen standen. Dann machten sie sich auf den Weg durch den herbstlichen Wald. Die Sonne schien durch die Bäume und ließ die gelben und roten Blätter leuchten. Es sah zauberhaft aus.

Am Anfang blieb Samia an Marcos Hand. Sie machte nie Anstalten und blieb immer in ihrer Nähe, ganz im Gegensatz zu den beiden Neffen von Manuela, die lieber vor rannten. Erst als sie an einer Pferdekoppel vorbeiliefen, ließ sie Marcs Hand los, und starrte mit glänzenden Augen zu den Tieren. Die Kinder ihres Bruders würden sich anders verhalten. Sie wären sofort davon gestürmt und hätte getobt. Doch Manuela konnte sich Samia nicht dabei vorstellen, aufgeregt auf dem Waldweg herumzurennen. Trotzdem hatte sie nicht den Eindruck, dass es ihrer Pflegetochter schlecht ging. Sie lachte über die Witze ihres Vaters und zeigte begeistert auf ein Eichhörnchen, das sie einen Baum hochklettern sah. Sie nickte eifrig oder schüttelte energisch den Kopf, wenn Marco sie etwas fragte. Ihre Augen strahlte eine andere Begeisterung aus als ihre Neffen. Ja, sie war ruhiger, aber sie wirkte zufrieden. Während Marco und Samia miteinander alberten, beobachtete Manuela die beiden. Das Lachen auf ihren Lippen und ihre glänzenden Augen stand ihrer kleinen Prinzessin.

Samias Art war stiller, aber nicht weniger lebhaft als bei anderen Kindern. Und auch Marco wirkte nun etwas entspannter und schien den Urlaubstag sehr zu genießen.

Lächelnd schob Manuela ihre Hand in die von Marco und drückte dessen kühle Finger. Kurz sah Marco sie an, grinste und wandte sich dann wieder ihrer Tochter zu. Glück durchströmte Manuela.

Sie hatten sich immer Kinder gewünscht und ihr Wunsch war auch mit Samia in Erfüllung gegangen, auch wenn der Weg dorthin beschwerlich gewesen war. Lange hatten sie versucht, schwanger zu werden, doch es war nichts passiert. Die Ärzte hatten dann festgestellt, dass es schwierig für sie werden würde, ein Kind zu bekommen. Während der zwei Jahre die geprägt waren von künstlichen Befruchtungen, neuen erschütternden Diagnosen und zwei Fehlgeburten hatten sie intensive Gefühle empfunden und zwischen Hoffen und Verzweiflung hin und her gependelt. Sie hatten es irgendwann aufgegeben und entschieden, dass sie auf Grund ihrer psychischen und körperlichen Gesundheit nicht mehr so weiter machen konnten. Eine Welt war zunächst für sie zusammengebrochen. Doch sie hatten sich aufgerafft und sich dazu entschieden, sich nicht unterkriegen zu lassen. In dem Jahr, als sie entschieden hatte, auch ohne Kinder glücklich werden zu können, war Samia in ihr Leben getreten. Der Pfarrer ihrer Gemeinde hatte von Samias grausamen Schicksal gehört, und hatte Manuela und Marco angesprochen. Er hatte von ihrem unerfüllten Kinderwunsch gehört, weil Marco sich ihm einmal anvertraut hatte. Sie hatten Samia sofort ins Herz geschlossen und hatten sie aufgenommen. Der Anfang war nicht einfach gewesen und der Schatten von Samias Schicksal schwebte manchmal immer noch über ihnen, aber sie waren zu einer glücklichen Familie zusammengewachsen. Nur, dass Samia nach wie vor nicht sprechen wollte, war eine große Sorge.

Als sie bei dem Weiher angekommen waren, setzte Manuela sich auf die Bank und betrachtete Marco und Samia, die sich sofort daran machten, die Enten mit getrocknetem Brot zu füttern. Samia liebte Tiere, und wann immer ihr die Möglichkeit sich bot, suchte sie die Nähe von Tieren. Aus dem Grund hatte die Psychologin ihnen auch vorgeschlagen, sich ein Haustier zu holen, das ebenfalls Teil der Familie werden könnte. Manuela streckte die Beine aus und schloss kurz die Augen, um die kühle Herbstluft tief einzuatmen und die letzten Sonnenstrahlen des Tages auf ihrem Gesicht scheinen zu lassen. Dann hörte sie das Lachen von Samia und öffnete die Augen wieder. Marco und Samia waren umringt von hungrigen Enten. Samias Augen glänzten und Marcos letzter Rest Anspannung hatte sich scheinbar an der frischen Luft aufgelöst.

Manchmal dachte Manuela darüber nach, ein weiteres Kind aufzunehmen. Es gab so viele Kinder, die ihre Hilfe benötigen würden, doch ein Pflegekind aufzunehmen bedeutete auch, dass man sehr viel Verantwortung für ein traumatisiertes Kind übernahm. Deutsche Kinder gab es kaum und Kinder aus dem Ausland waren nicht leicht zu vermitteln. Obwohl es so viel Elend auf der Welt gab, war eine Adoption sehr kostenintensiv und die werdenden Eltern mussten sehr viel Geduld aufbringen.

Samia war ihnen zwischen die Füße gefallen und hatte sie stolpern lassen. Manuela wusste nicht, ob sie ihr Glück überstrapazieren sollten, in dem sie das Glück weiter herausforderte.

Außerdem benötigte Samia all ihre Aufmerksamkeit. Sie hatte nach allem, was sie erlebt hatte, besondere Fürsorge verdient. Auch wenn Manuela sich daran gewöhnt hatte, dass eine Kommunikation mit ihrer Tochter schwierig war, wünschte sie sich für sie inständig, dass sie bald doch noch zu Reden begann. Marco und sie versuchten alles, um Samia die Integration mit anderen Kindern zu erleichtern und gingen regelmäßig mit ihr zu einer Therapeutin, die versuchte, Samia die Gebärdensprache beizubringen. Manchmal machte Manuela es traurig, wie schwer ihre Tochter es hatte. Sie hatte genug erlebt. Doch zum Glück waren Marco und sie Experten darin geworden, die Miene ihrer Tochter zu lesen und zu interpretieren.

»Hey«, rief Manuela und richtete sich auf. Es wurde Zeit, dass sie die Gedanken an die Vergangenheit von sich wegschob und sich wieder ihrer Familie widmete. »Habt ihr nicht den Schwan da vorne vergessen?«

»Ja, Samia, das haben wir tatsächlich«, meinte Marco und runzelte die Stirn.

Samia hob ihre Schultern und starrte zu dem Schwan, der im zweiten kleineren Weiher ruhig seine Runden drehte. Sie sah ein wenig eingeschüchtert aus.

»Wollen wir zusammen gehen?«, fragte Manuela und kam näher.

»Ja, macht ihr beide das mal«, meinte Marco in Samias Richtung.

Sofort nickte Samia eifrig. Sie streckte ihre kleine Hand nach Manuela aus. Lachend ging Manuela in die Hocke und zog ihren kleinen Schatz in die Arme. Sie drückte ihr einen Kuss auf die Stirn, woraufhin Samia sich lachend wandte, weil es sie kitzelte.

Die leiblichen Eltern von Samia hatten ihre Tochter einen wunderschönen Namen gegeben. Er kam aus dem arabischen Raum und bedeutete so viel wie Prinzessin. Außerdem gab es eine Schmetterlingsart, die ebenfalls Samia hieß. Genau aus diesem Grund war der Name so passend, fand Manuela. Ihre Tochter war wie ein Schmetterling, der überraschend gekommen war und wild um sie herum geflattert war, bevor er sich ganz leicht auf ihren Arm gesetzt hatte. Und dann da geblieben war.

Samia tippte ihr auf die Schulter.

»Was ist, mein Schatz?«, fragte Manuela.

»Schwan«, sagte Samia und zeigte zu dem Tier.

Kurz stockte Manuella der Atem. Doch die Psychologin hatte sie vorgewarnt, dass Samia vielleicht ganz plötzlich sprechen könnte. Wenn sie zu großes Aufsehen darum machen würden, würde das Samia eventuell überfordern. Also straffte Manuela die Schultern und richtete sich auf. Sie nahm Samias Hand in ihre und lief mit ihr zu dem Schwan. Sie zitterte, aber als sie sich umdrehte und Marco strahlen sah, konnte sie ihre eigene Freude einfach nicht mehr verbergen. Sie beugte sich vor und nahm Samia auf den Arm, um sie zu drücken.

Ernst sah Samia sie an, dann zeigte sie ungeduldig zu dem Schwan.

»Ja, lass uns gehen«, sagte Manuela leise und küsste Samia auf die Nasenspitze, bevor sie sie auf den Boden absetze.

Zu dritt liefen sie zu dem Schwan, der sie scheinbar vorwurfsvoll betrachtete, so als würde es ihn empören, dass es so lange gedauert hatte. Was er nicht wusste, war, dass es manchmal überhaupt nicht schlimm war, wenn etwas lange dauerte. Wichtig war nur, dass man auf dem Weg dorthin immer Fortschritte machen konnte und dankbar war für jeden Teilerfolg.

Danksagung und Nachwort

Schreibt man eine Kurzgeschichte für die Schublade, um ein persönliches Erlebnis zu verarbeiten oder das Schreiben zu trainieren, ist es von Vorteil, wenn man auf sich alleine gestellt ist. Möchte man die Kurzgeschichte jedoch veröffentlichen, ist es unmöglich ohne Unterstützung. Aus diesem Grund möchte ich all den Menschen danken, ohne die es diese Anthologie nicht gegeben hätte. Magdalena Chwastek-Puczkowska, Esther Guretzke, Daniela Hahner, Ute Köhler, Katja Kulin, Stefanie Steger, Franziska Lara, Sabine Grote, Sylke Richter, Marlene Holz, Eike Guthard und Alva Furisto haben die Geschichten teilweise Korrektur gelesen oder sogar im Falle von *Im Zeichen des Jupiters* lektoriert – vielen Dank für Eure Kritik, Eure Ehrlichkeit und Energie. Danke für Euren Zuspruch, wenn ich eine Phase der Selbstzweifel hatte. Lisa Lamp hat alle zwölf Kurzgeschichten der ursprünglichen Auflage Korrektur gelesen und lektoriert. Liebe Lisa, ich weiß nicht, was ich ohne Dich gemacht hätte, ich bin dir dankbar für alles, was du für diese Anthologie getan hast. Danke an Markus, der mich auch jetzt wieder sehr unterstützt hat. Für die drei Kurzgeschichten der erweiterten Neuauflage habt Ihr testgelesen: Bettina Reitz, Scarlett Lee, Sandra Pohlenz, Sabine Ernst, Imke Brunn - vielen Dank!

Liebe Lesende, vielen Dank für Eure Begeisterung, die Ihr meinen Protagonist*innen entgegen bringt. Ich hoffe, ihr könnt diese Kurzgeschichten genießen. Ohne Euch würde es diese Anthologie nicht geben.

Selbstpublizierende Autorinnen haben es schwer, in den Onlineshops Sichtbarkeit zu erlangen, von dem stationären Buchhandel ganz zu schweigen. Aus diesem Grund freue ich mich sehr über jede einzelne Rezension von Euch. Wenn Euch das Buch gefallen hat, lasst es mich und andere potenzielle Lesenden gerne wissen, und natürlich möchte ich auch gerne wissen, welche der Kurzgeschichten Euch am besten gefallen hat.

Bis bald, Eure *Sonja*.

Weitere Bücher der Autorin

Ihr wollt mehr über Ben und Zita erfahren? Die Gesamtausgabe der *Umdrehungen-Trilogie* ist überall im Handel erhältlich. Die Trilogie wird im Jahr 2025 komplett überarbeitet und mit neuem Cover versehen veröffentlicht. In der Neuauflage werden neu geschriebene Texte und Novellen die Liebesgeschichte um Ben und Zita ergänzen. Bitte habt also noch Geduld, und kauft die Trilogie besser jetzt noch nicht.

Informationen findet ihr wie immer auf der Homepage oder auf dem Instagram-Kanal der Autorin.

Bis dahin könnt ihr folgende Romane lesen:

Ihr wollt mehr über Lukas erfahren? Seine komplette Geschichte erfährst du in *Kontaktaufnahme*.

Ihr wollt mehr über Flo erfahren? In *Schrankgeflüster* erfahrt ihr mehr über ihn und Jona.

Ihr wollt mehr über Miro erfahren? Die Geschichte seiner Schwester Mila wird in dem Roman *Ein langer Winter* erzählt und voraussichtlich 2026 erscheinen.

Ein Überblick über alle bisher erschienen Romane findet Ihr auf den folgenden Seiten.

Das Bild zeigt mich in meinem Garten im Sommer 2024 mit meiner aktuell neusten Veröffentlichung *Umwege mit Alex*.

Umwege mit Joris

Eine Reise ins Ungewisse: Wird Joris zu sich selbst finden?

Nach dem Tod seines Vaters bricht Joris mit dem Rucksack nach Norwegen auf. Er benötigt dringend Antworten, damit er sein altes Leben wieder aufnehmen kann. Bereits in Kiel trifft er auf Charlie, Fabio und Pete, die mit ihrem verrosteten Camper unterwegs sind. Sie wollen den Sommer in Skandinavien verbringen.

Um Zeit und Geld zu sparen, willigt Joris ein, sich ihnen anzuschließen. Schon bald wird ihm klar, dass er mehr als ein paar Antworten braucht. Joris stellt sein bisheriges Leben in Frage. Können ihm die anderen dabei helfen, wieder zu sich selbst zu finden?

Ein emotionaler Roadtrip zwischen Wasserfällen und Fjorden durch die raue Landschaft Norwegens.

Eine Leseprobe könnt ihr Euch hier herunterladen:
https://buchshop.bod.de/umwege-mit-joris-sonja-bethke-jehle-9783741239847

ISBN: 978-3741239847 / ePub: 9783757836559 / mobi: B0C37L2VBS

Umwege mit Alex

Was bleibt dir, wenn die Welt um dich herum langsam dunkler wird?

Alex hat ein klares Ziel: Er will die Magie der Nordlichter mit eigenen Augen sehen. Mit nur einem Rucksack und einer unbestimmten Sehnsucht im Herzen macht er sich per Anhalter auf den Weg in den hohen Norden. Als ein altes Wohnmobil hält, zögert er nur kurz – ohne zu ahnen, dass diese Fahrt sein Leben verändern wird.

Fiefie, Fabio und Joris nehmen ihn in ihre bunt zusammengewürfelte Gemeinschaft auf. Doch je weiter sie gen Norden reisen, desto deutlicher spürt Alex, dass jeder von ihnen sein eigenes Gepäck mit sich trägt.

Während die Tage kürzer und die Nächte dunkler werden, muss sich Alex seinen eigenen Ängsten stellen.

Ein emotionaler Roadtrip durch die raue, dunkle Wildnis des Nordens.

Eine Leseprobe könnt ihr Euch hier herunterladen:
https://buchshop.bod.de/umwege-mit-alex-sonja-bethke-jehle-9783759723185

ISBN: 978-3759723185 7 / ePub: 9783759798206 / mobi: B0DDLGSJGV

Schrankgeflüster

Jona lebt ein unauffälliges Leben im Kreise seiner Familie, als er sich verliebt - in einen Mann. Sofort weiß er, dass er es nicht wagen kann, seinen Gefühlen für Flo freien Lauf zu lassen.

Als seine Schwester beginnt, gegen ihr Elternhaus zu rebellieren, denkt auch Jona darüber nach, sich stärker werdende Emotionen zu erlauben.

Immer im Hinterkopf bleibt sein jüngerer Bruder - denn der ist seinen Eltern loyal ergeben und würde jede Gelegenheit nutzen, um Jona vor ihnen schlecht dastehen zu lassen.

Doch je mehr er sich zu Flo hingezogen fühlt, desto unvorsichtiger wird Jona.

Eine Leseprobe könnt ihr Euch hier herunterladen:

https://buchshop.bod.de/schrankgefluester-sonja-bethke-jehle-9783753408545

ISBN: 978-3753408545 / ePub: 9783753412535 / mobi: B08XJGGHH8

Träume in Rot

Im Jahr 1969 kartografiert Eva den Mars. Als ihr Mann in den Vietnamkrieg eingezogen wird, muss sie eine Entscheidung treffen, die auch ihre Arbeit beeinflusst.

Im Jahr 2011 landet der Rover Curiosity auf dem Mars. Nina hat die Mission jahrelang geplant und mit Herzblut daran gearbeitet. Nun muss sie aber feststellen, dass sie während ihrer Arbeit ihre Ehe mit ihrer Ehefrau aufs Spiel gesetzt hat.

Im Jahr 2033 befindet sich Lea auf dem Weg zum Mars. Als ihr heftige Zweifel kommen, weiß sie nicht mehr, wie sie die lange Mission überstehen soll. Erst als sie einen Bericht von Nina über Evas Arbeit liest, kann sie neuen Mut schöpfen.

Die drei Frauen sind durch die Zeit getrennt, doch verbindet sie die gemeinsame Leidenschaft für den Mars.

Eine Leseprobe könnt ihr Euch hier herunterladen:
https://buchshop.bod.de/traeume-in-rot-sonja-bethke-jehle-9783755799399

ISBN: 978-3744890779 / ePub: 9783756298990 / mobi: B09WBKLVDY

Tango in der Dunkelheit

Ein herzergreifender Liebesroman über die Kraft des Vertrauens.

Felix hat zwei linke Füße und er ist blind. Für die Hochzeit seiner Schwester will er jedoch das Unmögliche möglich machen: Er möchte tanzen lernen. Aber das ist nicht sein einziges Problem. Seine Tanzlehrerin ist ausgerechnet Fiona, die beste Freundin seiner Schwester, mit der er sich noch nie gut verstanden hat. Beide geraten immer wieder aneinander, doch während die Tanzstunden voranschreiten, entwickelt sich zwischen ihnen etwas Unerwartetes: Vertrauen, Freundschaft – und vielleicht sogar Liebe.

Eine besondere Liebesgeschichte: „Tango in der Dunkelheit" erzählt davon, wie zwei Menschen durch das Tanzen nicht nur zu einem neuen Lebensgefühl, sondern auch zueinander finden. Trotz oder gerade wegen ihrer Unterschiede.

Auszeichnung: Aus über 200 Büchern wurde »Tango in der Dunkelheit« auf die Midlist der Skoutz-Awards 2019 in der Kategorie »Contemporary« gewählt.

Eine Leseprobe könnt ihr Euch hier herunterladen:

https://buchshop.bod.de/tango-in-der-dunkelheit-sonja-bethke-jehle-9783749451029

ISBN: 978-3749451029 / ePub: 9783749463107 / mobi: B07X3XW73F

Kontaktaufnahme

Sechs Personen. Vier Kontinente. Eine Verbindung. Kontaktaufnahme.

Eine Astrobiologin in den USA entdeckt einen vielversprechenden Planeten, auf dem Wasser und möglicherweise auch außerirdisches Leben existieren könnten. Ein katholischer Pfarrer auf einer Nordseeinsel fühlt sich von einer Buddhistin angezogen, zögert jedoch, seine Gefühle zuzulassen. Eine Ärztin in Nigeria wird trotz Unfruchtbarkeit unverhofft schwanger. Ein schwuler Soldat beginnt während eines Auslandseinsatzes in Afghanistan eine Affäre mit einem Einheimischen, obwohl Homosexualität dort unter Strafe steht. Ein ehemaliger Maurer hadert mit seiner Berufsunfähigkeit, seit er im Rollstuhl sitzt. Ein Gefängnisinsasse hat Angst, nach der Entlassung wieder in sein Heimatdorf zurückzukehren, wo jeder ihn und seine Tat kennt.

Diese sechs Personen kommen sich immer näher, obwohl sie scheinbar nichts verbindet. Doch vielleicht können sie etwas voneinander lernen?

ISBN: 978-3744890779 / ePub: 9783746054223 / mobi: B079DW3YWP

Umdrehungen: Gesamtausgabe

Ben und Zita sind frisch verliebt. Doch sie dürfen nur wenige Wochen der Unbeschwertheit erleben. Das Schicksal zwingt sie von heute auf morgen dazu, sich neu zu orientieren. Ein Unfall stellt sie auf eine harte Probe, als Ben schwer verletzt und mit einem Leben im Rollstuhl konfrontiert wird.

Bei der Aussicht darauf, sich mit einer bleibenden Behinderung arrangieren zu müssen, reagiert er überfordert. Er zweifelt, ob Zita diese Herausforderung mit ihm bestehen und die Beziehung dieser Belastung standhalten kann. Zu seiner Überraschung verspricht Zita, bei ihm zu bleiben.

Allerdings ahnen die beiden nicht, welch steiniger Weg vor ihnen liegt, und was er ihnen abverlangen wird.

ISBN: 978-3743194809 / ePub: 9783744841788 / mobi: B06XYNXCH1

Wichtiger Hinweis:

Alle vorgestellten Bücher sind überall im Handel erhältlich. Als E-Book im ePub-Format in allen gängigen Online-Shops für Bücher, als mobi-Format im Amazon-Shop und als Taschenbuch überall, wo es Bücher gibt - aber vor allem auch ganz sicher in der örtlichen Buchhandlung in Deiner Stadt - frag einfach dort mal nach.

Alle Hintergrundinfos, Links zu Rezensionen, Leseproben und Shops findet ihr auf der Homepage: www.sonja-bethke-jehle.de

Bildbeschreibungen

Das Buchcover zu *Umwege mit Joris* zeigt einen Mann mit einem großen Rucksack auf dem Rücken. Er steht am Ufer eines Sees und blickt in die Ferne. Im Hintergrund sind hohe, schneebedeckte Berge zu sehen. Der Himmel ist blau und es gibt einige Wolken. Der Titel steht in großen, verspielten Buchstaben oben auf dem Cover. Der Name der Autorin ist darunter kleiner gedruckt.

Das Cover zu *Umwege mit Alex* zeigt eine winterliche Landschaft. Ein Mann in einer warmen Jacke und einer Mütze steht mit Blickrichtung auf schneebedeckte Berge. Der Himmel ist dunkelblau und wird von einem grünlich-rosa Nordlicht durchzogen, das sich wellenförmig über den gesamten Himmel erstreckt. Titel und Name der Autorin sind in das Bild integriert.

Das Cover zu *Schrankgeflüster* zeigt zwei Männer, die sich an den Händen halten und von hinten zu sehen sind, während sie eine grüne Wiese entlanggehen. Im Hintergrund ragt eine weiße Klippe in den blauen Himmel, auf dem eine große, gezeichnete Wolkenlinie in Form eines Herzens den oberen Bereich des Covers dominiert. Innerhalb des Herzens steht der Titel „Schrankgeflüster" in blauer, geschwungener Handschrift.

Das Cover zu *Träume in Rot* zeigt im Hintergrund den Mars, sowie das All mit einem kleinen Raumschiff. Die Farbe Rot dominiert das Bild. Im Vordergrund sind drei Frauen unterschiedlichen Alters, die selbstbewusst in die Kamera, bzw. zu den Lesenden schauen.

Das Cover zu *Tango in der Dunkelheit* zeigt ein Paar, das gemeinsam tanzt. Eine Frau trägt ein weißes Kleid und eine Hochsteckfrisur, ihr Tanzpartner ein Hemd. Eine Lichtquelle erhellt die Szene, insgesamt ist sie jedoch im Dunkeln gehalten. Die Frau wendet sich leicht ab, ist tief versunken im Tanz, er sucht ihre Nähe. Der Titel und der Name der Autorin sind im Bild integriert.